Gelo & Sombras

Grupo Editorial Universo dos Livros – selo Hoo
Avenida Ordem e Progresso, 157 – 8º andar – Conj. 803
CEP 01141-030 – Barra Funda – São Paulo/SP
Telefone: (11) 3392-3336
www.universodoslivros.com.br
e-mail: editor@universodoslivros.com.br

AUDREY COULTHURST

Gelo & Sombras

São Paulo
2023

Of ice and shadows
Copyright © 2019 by Audrey Coulthurst
Mapa – Copyright © 2016 by Saia Jordan
All rights reserved.
Copyright © 2022 by Hoo Editora

Todos os direitos reservados e protegidos pela Lei 9.610 de 19/02/1998.
Nenhuma parte deste livro, sem autorização prévia por escrito da editora, poderá ser reproduzida ou transmitida sejam quais forem os meios empregados: eletrônicos, mecânicos, fotográficos, gravação ou quaisquer outros.

Diretor editorial: **Luis Matos**

Gerente editorial: **Marcia Batista**

Assistentes editoriais: **Letícia Nakamura e Raquel F. Abranches**

Tradução: **Marcia Men**

Preparação: **Marina Constantino**

Revisão: **Michelle Gimenes e Bia Bernardi**

Arte e capa: **Renato Klisman**

Dados Internacionais de Catalogação na Publicação (CIP)
Angélica Ilacqua CRB-8/7057

C892g	
	Coulthurst, Audrey
	Gelo e sombras / Audrey Coulthurst ; tradução de Marcia Men. — São Paulo : Hoo, 2023.
	448 p. (Of fire and stars ; vol. 2)
	ISBN: 978-85-93911-37-8
	Título original: *Of ice and Shadows*
	1. Ficção norte-americana 2. Ficção fantástica 3. Magia - Ficção 4. Lésbicas - Ficção 5. Homossexualidade - Ficção I. Título II. Men, Marcia III. Série
22-6974	CDD 813.6

*Para todas as garotas que amam outras garotas — vocês são
tão fortes, poderosas e lindas como Denna e Mare,
mesmo que ainda não saibam disso.*

OS REINOS DO NORTE

HAVEMONT

OSMA

MONTE VERÍDICO

ALCANTILADA

Província de Portonorte

CÂNION ZIR

CIRALIS

COROVJA

Província de Nax

LAGO VIERI

ALMENDORN

MYNARIA

LYRRA

PORTO
DOS REIS

*Província de
Flora-Régia*

ZUMORDA

FLORESTA
DE TAMERS

*Província de
Trindor*

KARTASHA

PORTO JIRAE

CANAL DE
TRINDOR

TERRAS DE
KRIANTZ

SONNENBORNE

PRÓLOGO

Quando minha mãe era viva, eu era uma pessoa diferente. Aquela garotinha usava roupas simples e flores do campo no cabelo e podia cantar qualquer ária ou música de taverna conhecida nos Reinos do Norte. Ela acreditava nos Seis Deuses e que eles protegeriam a ela e sua família.

Aquela garotinha era uma idiota.

As últimas chuvas do inverno e os primeiros raios de sol da primavera batalhavam pela dominância de nossa cidade no dia em que cavalguei com minha mãe pela última vez. Vestindo minhas calças favoritas e uma capa lisa, encontrei-me com ela nos jardins, acompanhando seus passos com entusiasmo até os estábulos.

—Vamos nos apresentar hoje? — perguntei, mantendo a voz suave.

— Acho que sim — disse ela com um brilho conspiratório nos olhos. — Neilla enviou uma mensagem dizendo que sentiram nossa falta no Sino e Rédea.

A ansiedade me fez saltitar. Neilla, a dona da cervejaria, fazia bolos saborosos e amanteigados, tão deliciosos que eu poderia jurar que todos os Seis Deuses os haviam abençoado. Mas eu estava feliz principalmente porque minha mãe se sentia bem o bastante para sair do castelo. Durante o inverno ela se tornara apenas um eco de si mesma;

a pele empalideceu, o rosto abateu-se. Mesmo o brilho flamejante de seus cabelos pareceu ter diminuído. Ainda assim, ela era a rainha, e tudo o que eu queria me tornar quando crescesse.

— Seu estômago está melhor? — perguntei. Era lá que sua enfermidade havia começado.

Ela tomou de um cavalariço as rédeas de seu cavalo, Leão, e o grande animal castanho empurrou seu ombro com carinho.

— Estou bem o bastante — afirmou. — Não se preocupe.

Senti um aperto no coração. Eu podia ser jovem, mas não era boba. Ela dizia isto quando não queria que eu soubesse a dor que estava sentindo. A magreza de seu rosto e o jeito cuidadoso com que se movia a entregavam. Ainda mais revelador era o fato de que este foi o primeiro ano desde o nascimento de meu irmãozinho em que ela não pegou algum cavalo para treinar sozinha. Sussurrei uma oração para o deus vento, pedindo a ele que levasse sua doença.

Montamos e nos dirigimos para as colinas atrás do castelo. O vento parecia indeciso entre manter-se parado ou em movimento, e a cada poucos minutos a brisa soprava gotas de chuva das árvores em nossos cabelos. Sentava-me ereta na cela, ainda orgulhosa em ter meu primeiro cavalo depois de anos cavalgando em pôneis travessos. Canela não era um cavalo de guerra, e eu não o treinei pessoalmente, mas ele era um belo cavalo ruano com galope suave. Nada me dava mais satisfação do que baixar o olhar para meu irmãozinho e seu pônei desta nova altura ou dizer a ele que se afastasse, pois Canela tinha um temperamento de um bêbado raivoso quando se tratava de outros cavalos.

Cavalgamos sob as árvores frondosas por uma trilha que mal se enxergava até um portão secreto. Minha mãe disse que meu pai e meu irmão tinham segredos também, mas eu não conseguia pensar que os deles fossem tão excitantes. Eles deixavam o castelo? Experimentaram milho no verão na Praça dos Catafractários, torrado e coberto com queijo e especiarias? Ganharam centenas de moedas como músicos ou jogaram com estranhos nos pubs? Eles sabiam aonde eu e minha mãe fomos, ou até mesmo que fomos?

O portão escondido dava para uma rua estreita de paralelepípedos, que minha mãe e eu seguimos cidade adentro. Gotas de água agarravam-se a cada folha e a cada broto, o sol as fazendo brilhar como milhares de pequenos espelhos. Já bem no interior do distrito dos mercadores, cavalgamos por um pequeno e silencioso pátio escondido das ruas agitadas e lojas movimentadas. Canteiros abarrotados de folhagens nos cercavam, dando uma sensação de jardim apesar das pedras sob nossos pés e dos prédios por todos os lados. Amarramos nossos cavalos em baias simples, afrouxamos as barrigueiras e jogamos um pouco de feno em seus comedouros.

—Vamos. — Minha mãe me chamou para dentro de um túnel de serviço atrás de uma porta secreta.

Lá dentro, mudamos de roupa: eu coloquei um vestido camponês com flores costuradas de forma desigual pela barra, e minha mãe vestiu calças curtas e uma túnica com mangas dobradas até os cotovelos. Ela aplicou cinzas no meu cabelo e o prendeu com um laço para esconder as ondas acobreadas, então vestiu um colete e completou seu conjunto com um chapéu reto de penacho roxo.

— Como estou? — perguntou.

Eu sorri. A roupa a fazia parecer quase como um garoto.

— Como o mais belo dos musicistas em toda a Lyrra.

Ela riu.

— Então precisarei da mais bela cantora para me acompanhar.

Fez surgir de trás das costas um pequeno ramo de flores de cerejeira. Enquanto ela as trançava em minha rede de cabelo com dedos habilidosos, fechei os olhos e me deleitei em seu amor.

Quando saímos pelo túnel dos empregados nos fundos do pub Sino e Rédea, já não éramos a Rainha Mirianna e a Princesa Amaranthine, de Mynaria. Éramos Miri e Mara.

Eu amava ser Mara. Mara não precisava frequentar aulas de história ou equilibrar livros na cabeça ou ter conversas educadas com cortesões chatos. Mara andava despercebida pela cidade com sua mãe. Cantava para ganhar centavos e sempre podia ficar com alguns para comprar alguma coisa de um vendedor no mercado. Mara era livre.

Neilla saiu pelos fundos do bar e deu um abraço em minha mãe que faria os nobres da corte desmaiarem. Uma plateia animada já se reunira para a apresentação da tarde, enchendo o pub com um caloroso burburinho. Enquanto minha mãe conversava com Neilla, abri o armário adjacente ao bar e puxei para fora um estojo de couro. Eu o deitei com cuidado no chão e abri as fivelas para revelar o instrumento que minha mãe era proibida de tocar desde que se tornara rainha. A madeira lustrosa do violoncelo brilhava mesmo na penumbra da taverna, as curvas contendo a promessa da beleza da música que se produziria.

— É indecente! — Os cortesões haviam cochichado pelas suas costas.

— Abrir as pernas para tocar o violoncelo é grosseiro demais para sua posição — explicara meu instrutor de etiqueta.

Aqueles parvos desmiolados claramente nunca tinham visto a alegria pura no rosto da minha mãe quando a música ganhava vida em suas mãos.

— Obrigada, Mara.

Minha mãe pegou o violoncelo. Ela o afinou enquanto eu guardava o estojo e Neilla abria as janelas do pub, deixando entrar a brisa aconchegante do início da primavera. Minha mãe ajustou seu banco uma última vez e, tomando fôlego e acenando para mim, encostou o arco nas cordas.

As primeiras notas ressoaram pela sala, silenciando toda conversação. A fraqueza da minha mãe desapareceu quando se apoiou na música. Cada frase vibrou clara como se ela fosse um orador, alcançando aqueles que a ouviam como se os próprios deuses falassem através dela. A música me levou para longe junto com ela, meu coração tão repleto que achei que pularia para fora do peito.

Mas agora não era hora de perder o controle. Eu tinha que cantar.

Meu soprano juntou-se às notas graves do violoncelo, tecendo seu encanto próprio sobre o público. Era tão fácil acompanhar a música, sentir cada palavra de forma tão precisa como se eu mesma tivesse composto a letra. Eu já havia deixado de ser a Princesa Amaranthine, mas agora abandonava também o disfarce de Mara, transformando-me no espírito solitário de uma garotinha que se perdera na floresta depois que sua mãe lhe mandara buscar água. A canção variava entre brincalhona e pesarosa, carregando a plateia por uma tapeçaria de emoções que culminava em tristeza profunda. Quando terminamos, o ambiente explodiu em aplausos. Havia lágrimas brilhando nos olhos de nossos ouvintes. Fiz uma reverência, então olhei para minha mãe, cujo olhar reluzia orgulhoso. Ela traçou o símbolo do deus do vento à sua frente, então me soprou um beijo. A felicidade explodiu dentro de mim em um clímax musical. Talvez o deus do vento tenha ouvido minhas preces. Como minha mãe podia estar morrendo se tocava com tanta paixão e vivacidade?

Nós tocamos e cantamos enquanto as pessoas entravam no pub, atraídas pela música. Eles jogaram moedas dentro do estojo do violoncelo de minha mãe e gargalharam, choraram e nos aplaudiram até que a tarde desvaneceu. Mal sabia eu que essas seriam as últimas músicas que cantaria com ela. Em menos de uma lua, ela tinha partido. Os deuses me traíram.

Depois que ela morreu, rezei e acendi velas de vigília todas as noites, pedindo aos Seis que a trouxessem de volta para mim. Eu chorava até dormir todas as madrugadas, até meu pai irromper no corredor e me estapear por mantê-lo acordado.

O único lugar a que eu podia recorrer era o estábulo, então os cavalos me aguentaram durante o luto. Pelo tempo que passei ali e pela personalidade mal-humorada que vesti como armadura, todos começaram a me chamar de Mare. Com o passar dos anos, me esqueci da garotinha que cantava e dançava e não queria nada além de ser uma boa rainha, como sua mãe. Aquela garotinha era tola e inocente. Ela se foi, e Mare se tornou a única versão de mim mesma que eu queria ser.

Mas algumas coisas exigem que alguém seja mais que um nome.
Um reino que precisa de um guerreiro.
A ameaça de uma guerra que pode destruir tudo.
Ou uma garota segurando fogo em suas mãos.

UM

Amaranthine

Deixei meu reino pela primeira vez em uma missão a serviço da Coroa que nunca me importei em agradar. Meu cavalo, Flicker, conduziu-nos em um trote rápido que logo deixou a larga ponte de pedra e os guardas da fronteira para trás. A estrada vermelha em que já estávamos havia dias se estendia à nossa frente, flanqueada por árvores perenes idênticas às milhares pelas quais já havíamos passado, e o vento gelado que nos perseguira desde Mynaria continuava a soprar incansável.

— Esperava que Zumorda fosse diferente de casa — eu disse para a garota cavalgando atrás de mim.

— Por quê? — perguntou Denna.

— Não sei — respondi. — As pessoas falam deste lugar como se ele fosse uma misteriosa armadilha mortal. — Eu pensava que a paisagem refletiria isto de alguma forma, ou ao menos justificaria a tensão que sentia em meus ombros. Afinal, eu era uma garota sem magia que entrou em um reino onde quase todo mundo a possuía. Vir aqui de livre e espontânea vontade me deixou mais alerta que um cachorro na tempestade.

— As pessoas gostam de exagerar — comentou Denna. — Esta é uma estrada comercial, e mercadores de cavalos passam por aqui o tempo todo.

— Parece quieto demais.

Minha sela rangia com o ritmo das passadas do meu cavalo enquanto o vento soprava através dos pinheiros. Tudo mais estava em silêncio.

— Depois daquela confusão na ponte, qualquer lugar parece quieto — disse Denna.

— É verdade.

Talvez a frustrante disputa com os guardas da fronteira para que nos deixassem atravessar tenha me feito esquecer a quietude da estrada. Talvez seja porque apenas há pouco deixamos para trás o constante barulho do rio que divide minha terra natal deste lugar — um reino que cresci ouvindo dizer ser cheio de hereges usuários de magia. Ou talvez eu estivesse só esperando que algo ruim acontecesse.

O vento gelado do fim de outono nos impulsionava, deixando-me arrepiada. Fiz com que Flicker acelerasse o passo, torcendo para que isso deixasse minha ansiedade para trás. Fiquei atenta à pressão do corpo de Denna contra o meu, um lembrete de que não estava sozinha. Sem dúvidas, ela era a única coisa que tornava tolerável a longa e fria cavalgada até Zumorda. O jeito como seus olhos dançavam quando ela sorria me acendia como nenhuma outra coisa neste mundo. Eu adorava sua impetuosidade e inteligência, bem como a habilidade que tinha de encontrar uma saída para quase toda situação com sua sagacidade.

Eu não gostava do fato de todos acreditarem que ela estivesse morta ou de que sua presença ao meu lado fizesse de nós duas traidoras.

— Estou começando a achar que sair em missão no inverno não foi das minhas ideias mais brilhantes — falei sentindo um arrepio.

— Deveríamos ter fugido luas atrás e ido para o mar, em Trindor — respondeu Denna.

Sorri com a ideia, sabendo que aquilo nunca teria acontecido. Denna estava muito preocupada em cumprir seu dever para com nossos reinos e, sendo honesta, eu nunca quis deixar Mynaria.

— Se eu fosse a herdeira do trono em vez do meu irmão, nem precisaríamos ter fugido.

—Verdade — disse ela. — Mas você teria odiado a responsabilidade.

— Outra verdade — concordei.

Vigiar meus modos e prestar atenção nos estudos nunca foram minha aptidão, e o trato com os cavalos é útil a uma princesa só até certo ponto, mesmo em Mynaria, onde a montaria tinha importância hierárquica. Ainda assim, senti uma pontada de culpa pelas escolhas feitas por mim e Denna, que acabaram por encerrar o noivado dela. No ano passado, meu irmão e eu perdemos nosso pai e nosso tio, mas, pelo menos, eu ainda tinha Denna. Tudo que Thandi tinha eram uma coroa e as consequências de um golpe estrangeiro para lidar.

— De qualquer forma, sinto que tenha acontecido assim — admitiu ela.

— Não peças desculpas. Não é culpa sua eu não estar acostumada com o frio. Além disso, sou a cabeça-oca que fez com que meu irmão me mandasse para iniciar as negociações com Zumorda. Eu deveria ter dito que iria me juntar às Irmãs do Sagrado Odre de Vinho ou alguma outra idiotice assim. Se eu dissesse que ia ficar correndo descalça pela floresta e me tornar uma vinicultora cercada por outras mulheres selvagens, era provável que ele acreditasse sem fazer perguntas.

A ideia me divertiu, apesar de vir acompanhada de uma pontada de culpa por mentir para meu irmão. Nós raramente nos dávamos bem, mas na maioria das vezes éramos honestos um com o outro — com frequência a ponto de sermos brutos.

Denna riu.

— Fico feliz que, em vez disso, você esteja comigo. — Ela me segurou mais forte.

— Eu também — disse, levantando uma mão enluvada para apertar seu braço em resposta.

Era estranho, mas eu estava até um pouco feliz em fazer algo importante para meu reino. Depois de anos sendo marginalizada pelo meu pai, que apenas esperava que eu me casasse e governasse uma casa qualquer, consegui convencer meu irmão a enviar a mim, a pessoa menos diplomática do nosso reino, para definir as bases de uma aliança. Se não pudéssemos ter Zumorda ao nosso lado, a guerra com Sonnenborne em nossa fronteira ao sul seria quase inevitável.

De alguma forma, eu teria que convencer a rainha de Zumorda de que Sonnenborne significava uma ameaça para os nossos reinos. Tinham assassinado meu pai e meu tio, usando artifícios mágicos para lançar suspeitas sobre Zumorda. Se eu conseguisse iniciar um diálogo com a rainha, Thandi poderia mandar os verdadeiros embaixadores, e eu estaria livre para me concentrar em ajudar Denna a encontrar alguém para ensiná-la a usar a magia que vinha escondendo sua vida inteira. Controlá-la era nossa única esperança de poder ter uma vida normal juntas, ainda mais se quiséssemos viver em Mynaria, onde aqueles com poderes mágicos eram, com frequência, castigados ou exilados. Mesmo que o reinado de meu irmão ajudasse a tornar o uso de magia mais aceitável, os comportamentos mudariam devagar.

Ainda assim, eu questionava minha capacidade de dialogar com uma rainha e nobres estrangeiros. Minha posição de princesa me fazia digna da tarefa, mas minha experiência não era bem com diplomacia — era treinar cavalos, sair de fininho do castelo para espiar a cidade e beber cerveja barata em pubs decadentes. Além do mais, mynarianos dificilmente iam até Zumorda. O reino era cheio de usuários de magia com os mesmos poderes que condenávamos: Afinidades com o fogo, ar, terra, água e sabe-se lá mais o quê.

— Já devemos estar perto de Duvey — disse Denna. — As árvores estão ficando menos densas, e os guardas da fronteira pareciam achar que chegaríamos ao pôr do sol.

— As árvores não estão só ficando menos densas; parecem estar quase mortas — observei.

GELO & SOMBRAS

Havia esqueletos de pinheiros por todos os lados em meio a árvores vivas. As árvores rangiam umas contra as outras com o vento, e seus ossos descorados cobriam o chão da floresta.

— Parece estar terrivelmente seco aqui, o que não faz muito sentido, já que não existe nenhuma razão geográfica para uma mudança de clima deste lado da fronteira — ponderou Denna.

— Se você está dizendo. — Eu tinha estudado os mapas bem o suficiente para saber para onde guiar meu cavalo, mas meu conhecimento terminava aí. — Tudo que sei é que, chegando em Duvey, quero cinco canecas de cerveja e dormir até depois do amanhecer.

Precisávamos de uma parada restauradora para nos fortalecermos para o resto de nossa jornada. Não seria fácil viajar até Corovja, a capital no extremo norte de Zumorda, com o inverno a caminho.

— Eu aceitaria algo mais forte que cerveja — ressaltou Denna. — Será que os zumordanos têm um festival de inverno com destilados? Em Havemont, temos uma competição entre os destiladores. Minha mãe nunca deixava que Ali e eu experimentássemos nenhum destilado além dos vencedores, mas ver as pessoas era sempre bom.

Ela falava de casa com um carinho cheio de arrependimento, uma emoção que eu achava difícil de entender.

Minha casa nunca foi um lugar em que me senti inteiramente confortável. Não no castelo, pelo menos. Disfarçada em algum lugar da cidade? Um pouco. No estábulo? Sem dúvida. Mas minha tendência de escapar de minhas damas de companhia e tarefas reais para ir trabalhar no estábulo e jogar cartas com os vassalos significava que me misturava aos outros nobres tão bem como um frasco de cheiro de excremento de cavalo em uma loja de perfumes.

— Bom, espero que, quando visitarmos Havemont, sua irmã esteja encarregada do festival. Duvido que ela vá impedir que experimentemos tudo que quisermos — respondi, já me imaginando sentada diante de uma grande fogueira com Denna em uma noite fria de inverno, as duas já meio zonzas pelos bons destilados e rindo demais.

A ideia do gosto doce do conhaque em seus lábios combateu instantaneamente o calafrio do vento de outono.

— Ela nos incentivaria, com certeza — disse Denna, e eu pude ouvir a alegria em sua voz. — Sempre teve uma tendência à malícia. Já contei sobre a vez em que ela me vestiu com peles e, numa festa, tentou convencer um comerciante de que eu era um gato que ele deveria comprar?

Eu ri.

— Parece algo que eu tentaria fazer com Thandi. Embora, na maioria das vezes, eu só o jogasse no monte de esterco sempre que ele me irritava.

— Se seus súditos soubessem que ele já foi o Rei da Pilha de Esterco… — Denna riu.

— Diversas vezes.

Sorri e senti um desconhecido arrependimento. Sempre me comportei como antagonista em relação a meu irmão, mas talvez não precisasse ter sido assim. Se tivéssemos tentado superar nossas diferenças com mais afinco em vez de ficarmos de lados opostos em cada discussão, será que toda a nossa família estaria morta? Era inútil pensar a respeito, mas era uma dúvida que sempre surgia para me provocar.

As sombras do crepúsculo se adensaram enquanto cavalgávamos por colinas suavemente onduladas, passando por campos de plantio esculpidos na floresta. Todas as casas que víamos estavam fechadas e no escuro, de janelas trancadas. Não havia lanternas penduradas do lado de fora, nenhum outro viajante na estrada. Tudo aparentava estar vazio de um jeito errado. Até Flicker parecia incomodado, de cabeça voltada para cima e orelhas balançando para a frente e para trás, preocupado.

— O castelo deve estar depois da próxima colina. Cadê todo mundo? — questionou Denna.

— Definitivamente há alguma coisa errada — falei. — Vamos desmontar e nos aproximar a pé por meio daquelas árvores. — Apontei para um bosque de pinheiros no topo da próxima colina. — Temos que nos assegurar de que é seguro.

Quando alcançamos as árvores, fiz com que Flicker parasse com suavidade e ofereci meu braço para que Denna desmontasse. Deixamos Flicker amarrado a uma árvore e adentramos a floresta. Do outro lado do bosque, tivemos uma visão clara do castelo Duvey, uma fortaleza de pedra no interior de uma alta muralha.

— Há cavaleiros lá — apontou Denna, intrigada.

Apertei os olhos, tentando enxergar alguma coisa na penumbra para entender o que acontecia logo abaixo. Várias pessoas a cavalo estavam dentro das muralhas do castelo. A princípio achei que estivessem fazendo um treinamento de batalha, até que um dos cavaleiros se aproximou um pouco mais, e consegui enxergar melhor seu cavalo. Tinha o perfil convexo distinto e o pescoço comprido típico da raça desértica de Sonnenborne. Em um movimento suave, o cavaleiro apontou uma flecha e ficou de pé sobre os estribos, preparando-se para lançá-la. O medo percorreu minha espinha. Não era um treinamento: o castelo estava sob ataque.

Meu estômago se revirou e agarrei Denna pela manga, puxando-a para trás de um emaranhado de arbustos espessos.

— O que está acontecendo? — ela sussurrou, parecendo igualmente abalada.

— É um ataque de Sonnenborne. Esses cavalos parecem exatamente como os que Kriantz levou para Mynaria. Aquela cobra sempre teve um plano maior.

A tristeza pareceu me sufocar. Pronunciar o nome Kriantz me consumiu com memórias da noite da morte de meu melhor amigo, Nils — a noite em que fui sequestrada do castelo e Denna escolheu desistir de sua coroa para vir atrás de mim. Por um lado, foi a noite que despedaçou a nós duas para sempre; por outro, foi a noite que nos tornou inteiras pela primeira vez.

— O povo dele deve ser mais unido do que pensávamos — concluiu Denna.

— Mas por que, em nome do Sexto dos Infernos, estão aqui?

É verdade que ele tinha dado a impressão de que várias tribos haviam se juntado sob sua bandeira apenas nos últimos tempos — que não fariam nada sem o seu sinal. Mas o fato de o povo de Sonnenborne estar ali queria dizer que seu plano era muito mais complexo e intrincado do que fizera parecer.

— Podem estar tentando tomar um posto avançado na fronteira mynariana — sugeriu Denna, sua voz soando sombria. — O castelo seria um assentamento perfeito para se fortalecer para o ataque.

— Pelo Sexto dos Infernos! — exclamei.

—Talvez planejem retaliar a morte de Lorde Kriantz — continuou Denna, temendo levantar a voz.

O povo de Sonnenborne não sabia quem havia matado o seu líder — apenas que isso acontecera em solo mynariano. Denna havia lhe concedido uma morte rápida e flamejante, invocando as estrelas com sua magia. Embora ela tenha salvado minha vida, eu sabia que aquela noite ainda a assombrava.

— Ei — falei, pegando em sua mão. —Você fez o que era preciso. Você me salvou.

Inclinei-me e beijei sua bochecha com suavidade. O medo em seu olhar diminuiu um pouco, então apertei meus lábios contra os dela apenas por tempo suficiente para que o calor familiar florescesse em meu estômago. A verdade é que aquelas memórias aterrorizantes também me assombravam. Às vezes a fumaça das fogueiras dos acampamentos ao longo de nossa jornada me lembrava daquela noite, o cheiro de floresta e carne queimando, a forma como a terra tremeu enquanto pedras incandescentes caíam do céu.

— Ou quem sabe os planos deles sejam mais elaborados do que pensávamos e eles estão tentando cortar uma das rotas comerciais mais lucrativas de Mynaria? — disse ela, sempre dez passos à frente.

—Você está certa — falei. — Eles estão posicionados para qualquer uma destas possibilidades. Precisamos sair daqui.

GELO & SOMBRAS

Manter Denna a salvo era a única coisa que me importava, mas também duvido que meu irmão aprovaria que sua irmã — ou sua enviada — fosse morta por saqueadores de Sonnenborne. Isto daria início à guerra que fomos enviadas para evitar.

Denna franziu o cenho.

— Se os guerreiros de Sonnenborne já estão neste ponto de Zumorda, devemos fazer duas coisas: contar a Thandi e fazer com que você chegue até a rainha o mais rápido possível.

Ela falava com o tipo de autoridade que eu a ouvira usar quando ainda era pretendente a consorte de meu irmão.

— Gosto quando você fala como uma rainha comigo — comentei com uma piscadela de flerte.

Um breve sorriso apareceu em sua expressão perturbada.

— Sério. A rainha ficará do seu lado se eles atacarem o povo dela.

— Vamos cavalgar para o norte — falei, já voltando em direção a Flicker. — Duvido que mandem batedores até que conquistem o castelo.

— Antes, temos que ter certeza que o povo de Zumorda vencerá esta batalha. — Ela me parou, agarrando-me pela mão. — Posso ajudá-los usando minha magia.

Eu a olhei como se ela tivesse ficado louca.

— Podemos morrer ao entrar nesta briga.

— Qual melhor forma de ganhar aliados do que ajudando o povo de Zumorda? — perguntou ela.

Medo tremulava em meu peito.

— Não podemos. E se alguma coisa der errado? — Por mais que a amasse, estaria mentindo se dissesse que sua magia não me assustava. Desde que ela invocara as estrelas para me salvar do Lorde Kriantz, seus poderes se tornaram menos previsíveis do que antes, quando, para começo de conversa, eram tão previsíveis quanto um potro recém-domado. Há menos de uma semana, em uma noite chuvosa, passamos fome porque Denna não conseguia acender o fogo e havia água demais para fazer fogo com as fagulhas que eu produzia com minha faca e uma pedra. Alguns dias depois, ela teve um pesadelo e, antes que eu pudesse acordá-la, ateou fogo em seu saco de dormir, reduzindo-o a cinzas.

Para minha frustração, Denna ignorou a negativa e continuou:

— Poderíamos escalar aquela árvore ao lado da muralha. Parece provável que os estábulos fiquem naquela primeira construção. — Ela gesticulou para uma construção de pedra dentro do castelo. A lateral tinha uma porta-balcão, e uma janela no segundo andar estava aberta como se ninguém tivesse ido fechar o estábulo para a noite. — Deve ter uma boa vista do palheiro.

— Palha é inflamável — falei. — Sua Afinidade é com o fogo.

— Então faremos uso disso — ela disse e, antes que eu pudesse impedi-la, ela já estava de pé, correndo em direção aos estábulos.

Xinguei e segui junto com ela.

Se eu tivesse uma Afinidade, seria, com certeza, com problemas.

DOIS

Dennaleia

Apesar das objeções de Mare, ainda ouço seus passos atrás de mim. Ela nunca me deixaria ir de encontro a uma situação perigosa sozinha. Eu só queria que ela tivesse em minha Afinidade metade da confiança que tenho nela.

Ainda que se envolver nesta batalha tenha sido uma ideia terrível, parte de mim desejava voltar a usar magia. Meus poderes foram erráticos e difíceis de acessar durante grande parte de nossa jornada, mas nos últimos dias pude senti-los crescendo. Temia que, se eu não desse um pouco de vazão a eles, as coisas sairiam do controle, como costumava acontecer em Mynaria. Agora que eu sabia o grau de destruição que poderia causar, a ideia de perder o controle me assustava ainda mais. Eu não queria machucar ninguém — especialmente Mare.

Subi de modo atrapalhado na árvore próxima à muralha, e Mare me seguiu com mais graciosidade. A distância entre a árvore e a muralha era maior do que eu esperava, e tive que ignorar o medo enquanto me movia com dificuldade de um galho frágil até a pedra. O canteiro entre a muralha e o estábulo parecia estar vazio, então não perdi tempo para descer desajeitadamente até o chão. Mare saltou alguns segundos depois, alcançando o solo e rolando de um jeito que invejei e não conseguia reproduzir.

Antes que pudéssemos prosseguir até a construção, um velho e um garoto loiro que aparentava ter uma idade próxima à minha correram pelo canteiro com um cavaleiro logo atrás deles. Fiquei paralisada enquanto o cavaleiro levantava uma fina lança e a cravava na nuca do homem. Ele caiu para a frente em cima da lança transpassada, deslizando pela arma e deixando um rastro de sangue no metal brilhoso.

— Pai, não! — gritou o garoto, virando-se para encarar o cavaleiro de Sonnenborne. Ele levantou as mãos e chamas acenderam em suas palmas.

Fiquei sem fôlego. Nunca havia visto alguém usar magia como a minha antes, e isto dissipou meu medo secreto de que estava sozinha no mundo.

O cavaleiro se inclinou e atirou um punhado de pó no rosto do garoto. As chamas chiaram e se apagaram, e o garoto caiu no chão. Não consegui conter o som angustiado que escapou de meus lábios.

Então o cavaleiro me viu. O medo se apossou de meu corpo quando ele tirou uma espada fina e curva de uma bainha às suas costas e cravou os calcanhares em sua montaria para fazê-la avançar.

— Não! — gritou Mare.

Levantei as mãos e busquei a magia dentro de mim. As áreas de meus braços que estavam adormecidas desde que salvara Mare doeram, como se tentassem voltar à vida. Cerrei os dentes para aguentar a dor, grata pela forma como ela dissipou meu medo. Chamas azuis envolveram minhas mãos, e tentei lançar a magia para a frente e formar um muro. Em vez disso, uma bola de fogo saltou de minhas mãos e engoliu o cavaleiro. Seu cavalo parou de forma brusca e empinou, recuando confuso e com medo. Desviei para o lado com o coração na garganta, temendo pela minha vida e pelo que fizera sem intenção. O cavalo girou e galopou de volta para o lugar de onde tinha vindo, o cavaleiro balançando em chamas sobre o animal até ser jogado em frente aos estábulos.

— Denna! — Mare correu em minha direção.

— Estou bem — falei, tentando evitar que minha voz falhasse. Tinha sido uma ideia estúpida, e eu tinha que seguir em frente. — Para dentro. Agora.

Agarrando a mão de Mare e a puxando em direção aos fundos do estábulo, lancei um olhar preocupado para o garoto que abandonávamos. Minhas botas esmagaram os cacos de uma lanterna que tinha sido quebrada perto da porta. Batidas de cascos soavam por perto e gritos ecoavam do lado de fora. Precisávamos encontrar um esconderijo. Mare passou por mim, subindo a escada de um palheiro, e eu a segui, atrapalhando-me com a madeira cheia de farpas. Desviamos das vigas do teto, avançando por entre pilhas de feno e alfafa que tinham um cheiro doce como o verão.

Uma janela larga na parede acima da entrada principal do estábulo nos deu uma vista ampla da maior parte do castelo. Acocoramo-nos sob os forcados pendurados dos dois lados dela, espiando com atenção a batalha lá embaixo. A culpa me consumiu quando vi uma amazona de Sonnenborne indo em direção ao garoto cujo pai havia sido morto na nossa frente. Ela desmontou, jogou o garoto sobre sua montaria e então usou um toco de árvore para voltar à sela.

— Estão fazendo prisioneiros? — sussurrou Mare.

— Parece que sim — falei. — Queria que tivéssemos feito mais para ajudá-lo.

A ideia do garoto acordando cercado por estranhos, sabendo que seu pai morrera… isso acabou comigo.

A amazona de Sonnenborne fez seu cavalo trotar, circundando um grupo muito maior de seu povo, envolvido na batalha com os soldados do castelo. Os cavaleiros passavam intermitentemente por soldados com armaduras pesadas que tentavam afastá-los a pé, mas a batalha estava longe de ser ordinária.

Eu me agarrei ao batente da janela, aterrorizada pelo que via. Um enorme cão de caça com um lustroso pelo marrom puxou um cavaleiro de Sonnenborne de seu cavalo e rasgou seu pescoço. Mais adiante, um leão montanhês saltou de um arbusto e cravou seus dentes na jugular de um cavalo, derrubando o animal na hora. O cavaleiro voou e foi empalado pela lança de um soldado do castelo antes mesmo que tentasse ficar de pé. Os animais lutavam com a mesma precisão de um mercenário.

— Por que os animais estão agindo de modo tão estranho? — sussurrou Mare, seus olhos assustados encontrando os meus.

— Talvez estejam sendo controlados por magia? — especulei. A ideia me deixou levemente maravilhada, mesmo com o pesar e a repulsa crescentes que sentia em relação ao derramamento de sangue. Obriguei-me a olhar novamente para fora. Se quisesse ajudar a pôr um fim naquilo, eu não podia me entregar ao medo.

Outro cavaleiro de Sonnenborne avançou em direção ao soldado que havia matado seu companheiro, mas um fulgor azul o tragou e ele se liquefez como se fosse feito de água. Seu cavalo disparou, tropeçando sobre corpos caídos em sua pressa de escapar. Segundos depois, uma amazona de Sonnenborne foi contida por alguma força invisível que a fez agarrar seu pescoço, em pânico, antes de colapsar no chão.

Os zumordanos definitivamente estavam usando magia. Uma energia crepitava sobre o campo de batalha, fazendo o meu próprio corpo zumbir em resposta. Um formigamento de alerta percorreu o meu braço, como se tivesse prendido minha mão em uma moita de urtiga. Era como se meu poder fosse sair do controle se eu não o usasse. Mesmo aterrorizada, parte de mim se sentia eufórica — e isso me enojava. Agarrei um pedaço de minha capa na tentativa de acalmar minhas mãos trêmulas, à procura de transformar o medo em confiança. Com certeza não podia ser difícil afugentar aquelas pessoas. Tudo que precisávamos era de alguns incêndios para criar um caos e dar aos guardas do castelo uma vantagem.

A única questão era se eu seria capaz de fazer com que minha Afinidade cooperasse.

GELO & SOMBRAS

—Vou tentar uma coisa — eu disse, juntando as palmas e soltando magia apenas o suficiente para fazer uma pequena chama dançar entre minhas mãos. Ela oscilava de forma errática.

— Tem certeza que pode controlá-la? — Mare me observava de olhos arregalados.

Tentei ignorar meu incômodo com o medo que ela sentia do que eu poderia fazer. Em vez disso, voltei minha atenção para uma carroça de madeira que havia tombado perto da batalha. Meus poderes emergiram com a força fumegante de um gêiser. A adrenalina da magia afastou meu medo, e acolhi a dor que a acompanhou. Direcionei a energia para a carroça, e a magia fluiu de mim com uma intensidade que me deixou zonza.

Chamas irromperam da carroça com um rugido. Os cavalos de Sonnenborne recuaram com os olhos revirando de medo do fogo. Um dos cavaleiros caiu, sendo empalado na barriga por uma lança antes que pudesse se erguer. Minha visão ficou turva enquanto eu tentava controlar a magia. Precisava calcular meu próximo movimento, mesmo que os poderes me dissessem que tudo que precisava fazer era liberá-los.

Olhei para Mare a tempo de vê-la puxar seu arco e preparar uma flecha. Seu primeiro disparo acertou um dos cavaleiros de Sonnenborne no braço, o que foi suficiente para que um dos soldados do castelo o derrubasse da sela. Gritos ecoavam do pátio enquanto os soldados que estavam a pé davam seu melhor para tirar vantagem da abertura que lhes foi dada.

— Estão aqui! — disse alguém na língua de Sonnenborne.

Eles nos acharam.

—Vou checar — respondeu outra pessoa. — Se forem usuários de magia, levem-nos vivos.

Eu me virei, contendo a magia o máximo possível e me afastando da janela em direção às sombras.

A escada do palheiro rangeu enquanto alguém subia. Prendi a respiração, aterrorizada pelo fato de estarmos prestes a ser descobertas pelo

31

inimigo. Passos se aproximaram até que uma guerreira de Sonnenborne apareceu, a lâmina de sua espada curta cintilando na luz fraca. Lancei um olhar rápido para Mare, que estava paralisada, de olhos arregalados e com as costas contra a parede da janela. Ela ficaria na linha de visão da mulher se nossa adversária desse mais um passo. O arco de Mare era inútil contra uma espada a curta distância, e ela sabia disso.

Com um grito a mulher avançou em direção a Mare.

Mare gritou. Não havia tempo para usar magia. Agarrei um forcado da parede e coloquei o cabo no caminho da espadachim. Ela tropeçou na ferramenta, arrancando-a das minhas mãos enquanto era lançada de cabeça pela janela, de onde caiu com um ruído nauseante nas pedras lá embaixo.

— Pelos Seis, Denna… — Mare deu um passo em minha direção e uma flecha passou assoviando por nós, a menos de um palmo de seu rosto. Ela se encolheu de medo.

A fúria percorria meu corpo, que ardia com a magia. Eu não deixaria ninguém machucar Mare. O pouco medo que me restava se evaporou. Não me importava que alguém me visse. Não me importava com o que fizesse. A direção do vento mudou enquanto eu conjurava mais magia, buscando tão fundo dentro de mim que poderia muito bem estar esvaziando meus próprios ossos. Lancei chamas ao vento e o poder saiu de mim, contorcendo-se fora de controle. Um vendaval se formou, varrendo o estábulo e balançando meu cabelo e capa, chumaços de feno provendo combustível para o fogo.

Uma onda de destroços em chamas formava-se em frente aos estábulos, esperando minhas instruções. Os guerreiros de Sonnenborne recuaram, gritando e apontando para o fogo que fervilhava acima deles. Sim, era isso que eu queria: afastá-los. E eles estavam me dando a oportunidade perfeita. Mandei parte do vendaval na direção deles, tentando guiar os ventos por cima dos soldados do castelo, para que ninguém da defesa se ferisse.

Seria mais fácil conter o ataque de um touro com um fio de linha.

GELO & SOMBRAS

A coluna de destroços em chamas derrubou dois soldados do castelo e ateou-lhes fogo antes de acertar o contingente de Sonnenborne e avolumar-se. Cavalos dispararam antes que as labaredas os alcançassem. Senti-me estranhamente dissociada de minhas emoções enquanto cavaleiros caíam e queimavam.

Os corpos forneciam mais combustível para minhas chamas, que avançavam através da grama seca em busca de mais vítimas. Gritos ecoavam pelas terras do castelo — não gritos de guerra e sanguinolência, mas de terror e morte. A única coisa que afastava o horror era a magia avassaladora que percorria meu corpo. Drenava-me e nutria-me ao mesmo tempo, fazendo com que eu me sentisse mais completa e viva do que nunca. As chamas brilhantes cresceram até que uma parede de fogo varreu o pátio, alimentando-se de tudo que podia queimar. Percebi que Mare estava gritando.

— Denna! — Sua voz soava como se viesse de quilômetros de distância. — Pare!

Meu corpo todo tremia com o esforço de tentar evitar que meus próprios poderes me engolissem. Lágrimas escorriam dos meus olhos pelo esforço e pela consciência de que havia ferido e até matado pessoas. Não importava de que lado aquelas pessoas estavam — aquilo não era quem eu queria ser. A magia dilacerou minha identidade ao percorrer meu corpo e me forçou a fazer coisas terríveis demais para serem assimiladas. Mas a magia fazia parte de mim tanto quanto o coração que batia em meu peito, e isso significava que eu teria que lidar com a culpa por aquelas mortes. Tentei parar a torrente que fluía de mim, tentei recolher a magia.

Mas ela não retornava.

Engasguei-me de terror quando o vento avançou ainda mais, atiçando as chamas do meu fogo até as muralhas externas do castelo. Os gritos foram ficando mais distantes, até eu não conseguir ouvir nada além do galope frenético da pulsação martelando em meus ouvidos.

Tentei pensar na terra, em algo que poderia me fazer sentir como se estivesse enraizada no chão. Mas, em vez disso, senti mentalmente as pedras da muralha, como se tivesse me tornado parte das chamas, como se as estivesse escalando e aquecendo com meu próprio corpo.

Não via nada além de fogo.

O som de rochas se despedaçando cortou o ar quando as muralhas do castelo se romperam em uma enorme explosão.

Então meu mundo escureceu.

TRÊS

Amaranthine

Corri para o lado de Denna no momento em que ela desabou e a tempestade de fogo chegou ao fim. Do lado de fora, o choque das armas deu lugar a gemidos de dor e pedidos de socorro. Toquei a testa de Denna com as mãos trêmulas. Sua pele parecia fria e pegajosa, mas seu peito ainda subia e descia com a respiração. Ela era a pessoa mais preciosa de todos os Reinos do Norte para mim, e éramos mais próximas do que eu jamais fora com alguém, mas quando ela se posicionou naquela janela, comandando uma onda de fogo grande o suficiente para destruir um pequeno exército, senti que não a conhecia direito. Tremi de frio e segurei as lágrimas que ameaçavam surgir.

— Denna? — Sacudi gentilmente seu ombro. Não sabia se deveria ter mais medo do que ela fizera com os cavaleiros de Sonnenborne ou do que poderia fazer comigo se acordasse assustada. Tentei não pensar na quantidade de pessoas que ela podia ter machucado ou matado. Com certeza não fizera de propósito — ela não era assim. A magia deve ter tomado conta de sua mente e de seu corpo.

— Quem está aí? — gritou alguém em zumordano do corredor do estábulo.

Espiei por sobre a borda do palheiro e vi quatro soldados, todos eles sujos e surrados pela batalha. No momento em que me avistaram, começaram a gritar em zumordano rápido demais para que eu os compreendesse.

— Preciso de ajuda — falei em linguagem comercial, minha voz quase falhando. Não havia a menor possibilidade de conseguir carregá-la para baixo sozinha. Não tinha outra escolha senão confiar neles e torcer para que a pudessem curar. Talvez soubessem até mesmo como conter sua magia.

— Entreguem as armas! — gritou o líder, agora falando em linguagem comercial.

— Não queremos machucá-los. — Levantei as mãos. — Eu só tenho um arco.

— Quem é você? — perguntou o soldado.

Pela primeira vez, fiquei agradecida por minha posição.

— Sou a Princesa Amaranthine de Mynaria, mandada como embaixadora pelo Rei Thandilimon. E esta é minha dama de companhia, Lia, que procura refúgio e treinamento para seus dons mágicos.

Não podia ver a expressão do soldado nas sombras, mas sua postura mudou de agressiva para cautelosa.

— Você disse "princesa"? — perguntou o soldado, seu tom demonstrando dúvida.

— Sim, e preciso de ajuda. Lia ficou inconsciente depois da explosão. — Estava orgulhosa de mim mesma por demonstrar autoridade, mesmo com o medo fazendo minhas mãos tremerem.

— Aquela explosão quase matou metade de nossos guerreiros! — afirmou o soldado.

— Ela também espantou os guerreiros de Sonnenborne e salvou a vida de vocês — respondi. — Estávamos tentando ajudar. Agora, alguém poderia, por favor, chamar um médico para ela?

Os soldados murmuraram entre si por um momento.

— Veremos se podemos abrir mão de um médico — anunciou o líder, por fim. — Houve muitos feridos na batalha.

GELO & SOMBRAS

— Sinto muito — eu disse. — Tinha esperanças de chegar aqui a tempo de impedir que algo assim acontecesse. O Rei Thandilimon me enviou para avisá-los da ameaça de Sonnenborne.

O soldado pareceu relaxar um pouco com esta demonstração aberta de solidariedade.

— Vamos tirar vocês duas daí de cima e dar uma olhada nela — falou.

O pequeno corpo de Denna fez com que a carregar escada abaixo e a colocar sobre alguns cobertores de cavalo limpos no corredor do estábulo fosse uma tarefa fácil.

— Ela está respirando com dificuldade — notou um dos soldados. — Provavelmente abusou de seu dom. — Ele balançou a cabeça. — Alguém com a idade e a força dela deveria saber disso.

— Ela não foi treinada — expliquei, irritada.

— Quê? — O soldado se virou para mim com uma expressão chocada.

— Usuários de magia não são bem-vindos em Mynaria. Ela teve que esconder seu dom a vida toda — continuei. De alguma forma, os fatos pareciam mais graves do que antes, talvez porque agora eu soubesse o alcance de seus dons. Meu estômago se revirou e engoli em seco. Ela nunca machucaria alguém de propósito, a não ser que precisasse. Ela não era esse tipo de pessoa — pelo menos não quando sua magia estava sob controle.

— Tavi, vá ver se os médicos podem examinar esta garota — mandou o chefe dos soldados. — Encontraremos vocês no portão principal.

A guarda deu-lhe um aceno, então se afastou do grupo. Ela ficou de quatro e seus membros se encolheram. Uma esguia raposa vermelha surgiu onde ela estivera apenas segundos antes. Quando ela se virou para sair saltitando do estábulo, um calafrio percorreu minha espinha. A magia condenada em minha terra natal era usada de forma tão casual aqui.

— Vamos levar sua dama de companhia para o castelo — disse o líder dos soldados. Sob suas ordens, um soldado musculoso pegou Denna, e nosso grupo marchou para fora dos estábulos. Perto da porta principal, o corpo da mulher que Denna derrubara pela janela do palheiro jazia estatelado no caminho de pedras. Sua perna esquerda se projetava por debaixo dela em um ângulo estranho que fazia meu estômago revirar. Denna havia salvado minha vida à custa de outras, e aquela morte nem havia sido causada por magia. Eu não sabia o que sentir a respeito, mas não consegui evitar a onda de desconforto que surgia com este pensamento. Desviamos do corpo, e respirei fundo o ar noturno esfumaçado para não vomitar.

Perto do castelo, pessoas carregavam soldados machucados em padiolas enquanto outras organizavam o fluxo de pedestres. Tavi, a mulher-raposa, reapareceu em forma humana minutos depois.

— Não podemos abrir mão de um médico — disse. — Mas foram chamar a herbolária, e um quarto privado está sendo providenciado.

— Por que não a colocam na ala médica com os outros? — perguntei. Queria que Denna ficasse onde pudesse receber os melhores cuidados médicos, não em um quarto privado porque os zumordanos estavam tentando mostrar respeito a mim ou honrar o que Denna fizera por eles.

— A herbolária será capaz de tratá-la melhor — disse o líder dos soldados, mas um olhar matreiro o traiu.

Olhei em volta, notando que nossa conversa fizera com que todos sumissem de repente. O que havia sido um centro de atividade minutos antes foi rapidamente dissipado. Então compreendi. Eles não a queriam na ala médica com os outros porque não confiavam que ela não voltasse a machucar alguém. Além disso, pessoas que ela havia machucado por engano provavelmente estariam lá, aos cuidados dos médicos. Oferecer um quarto só para ela era um movimento defensivo, não uma honraria para a garota que havia salvado a pele deles.

— Claro — falei. Que escolha eu tinha senão concordar?

Dentro do castelo, os soldados nos escoltaram até uma pequena sala com paredes feitas de pedras ásperas e com fogo já ardendo na lareira. Colocaram Denna em um catre, repousando sua cabeça sobre um cobertor dobrado.

GELO & SOMBRAS

—Vamos deixá-las a sós agora — disse o líder dos soldados.— Um guarda ficará do lado de fora. Por segurança.

Duvidava que a segurança de Denna ou a minha fosse o que de fato os preocupava, mas não os culpava por não acreditarem muito em nós. A desconfiança era mútua.

Depois que a porta se fechou atrás deles, sentei-me no chão ao lado do catre de Denna e peguei sua mão. O medo não demorou a me consumir. O que ela havia feito consigo mesma? E se nunca mais acordasse? Ela também perdera a consciência quando me salvou de Kriantz. Claro que esse não poderia ser o preço de fazer uso de sua magia. Não era a primeira vez que eu desejava que ela pudesse, de alguma forma, se livrar de sua magia. Isso descomplicaria tanto a nossa vida. Eu sentia o peso da culpa só de pensar nisso. Sabia que sua Afinidade fazia parte dela e que ela ficaria magoada se soubesse que eu sempre quis que sua magia sumisse, mas eu não conseguia pensar em outra forma de a manter — ou de nos manter — a salvo.

Uma batida alta soou na porta, fazendo com que me levantasse assustada. Eu não esperava que a herbolária chegasse tão rápido. Mas a pessoa esperando por mim do outro do lado de fora não era nenhuma herbolária — era um soldado alto e barbado, ainda coberto com a sujeira da batalha.

— Lorde Wymund, guardião do castelo de Duvey, ao seu serviço — apresentou-se, estendendo a mão em saudação. Quase não tinha sotaque ao falar na língua comercial, sem dúvida pelo fato de viver em uma cidade fronteiriça.

— Obrigada por sua hospitalidade, milorde — falei, convidando-o para entrar.

— Não é sempre que temos uma princesa entre nós. — Ele olhou por cima de meus ombros para Denna, que estava deitada imóvel no catre. — E somos gratos por sua ajuda ao fazer os invasores recuarem.

— Não tem de quê — respondi. — Por favor, me chame de Mare.

— Mare, como o animal? — Ele parecia entretido.

— Eu sei. É estranho...

— Soldados recebem todo tipo de apelido. — Ele deu de ombros. — Um camarada que costumava lutar por mim atendia pelo nome de Carmella Almôndega. Ele era incrível com o machado.

Pisquei, sem saber como reagir.

— Bom, estávamos esperando por você desde que recebemos uma mensagem do Rei Thandilimon. Fico feliz que tenha conseguido chegar inteira.

— Que mensagem? — perguntei, surpresa. Eu não esperava ter notícias de meu irmão. Era quase impossível enviar mensagens de Mynaria para Zumorda ou vice-versa, dada a pouca simpatia que havia entre os dois reinos. Achava que não conseguiria entrar em contato com ele estando em Zumorda, pelo menos não até que conseguisse cair nas graças da rainha e firmasse uma aliança que parecesse promissora. A única outra opção para contatá-lo era usar alguma forma de magia. Mesmo se eu soubesse a quem pedir isso, tinha muito receio.

— Um pássaro entregou isto ontem, junto com uma nota pedindo que o guardasse para você. — Wymund me entregou um pequeno envelope. A mensagem não mostrava sinais de violação. O selo azul de meu irmão permanecia no lugar.

— Obrigada, milorde — agradeci, curiosa para abrir o recado, mas também preocupada com o que encontraria. Não podia ser algo bom.

— Devo retornar para meus soldados agora — disse Wymund. — Os ritos fúnebres serão celebrados pela manhã. Depois que os mortos tiverem sido homenageados de forma apropriada, haverá um banquete para celebrar a vitória. Espero que considere juntar-se a nós.

— Obrigada pelo convite. Seria uma honra. — Era o que a diplomacia requeria, embora a ideia de deixar Denna sozinha, mesmo que só por algumas horas, fizesse o medo gelar minha espinha. Com sorte, ela estaria acordada e bem o bastante para me acompanhar.

Sentei-me ao lado da cama, checando se ela ainda respirava. Sua imobilidade me assustava muito. Não conseguia me decidir entre o que era mais aterrorizante: isso ou vê-la usando seus poderes. Ambas as situações me faziam sentir que podia perdê-la a qualquer momento, e este era o pensamento mais assustador de todos. Assim que me certifiquei de que sua condição permanecia igual, voltei a atenção para a carta de Thandi. Deslizei o dedo por sob o selo e abri a aba do envelope. A carta era de apenas alguns dias atrás, fazendo-me indagar mais uma vez como ele a fizera chegar até mim tão rapidamente. Um pássaro não seria capaz de voar de Lyrra até a fronteira de Zumorda em um tempo tão curto. Ver a letra apressada de meu irmão na página trouxe uma inesperada onda de emoção. Como nosso relacionamento sempre foi tão controverso, surpreendeu-me descobrir que sentia a falta dele. Pelo menos até começar a ler.

Querida Amaranthine,

Espero que esteja a salvo em Zumorda quando estiver com esta carta em mãos. Infelizmente, tenho más notícias. Os conflitos entre os fundamentalistas e os Dissidentes no Canal de Trindor pavimentaram o caminho para um ataque. A cidade de Porto Zephyr foi tomada por Sonnenborne há alguns dias. Muitos dos nossos foram mortos.

Mandamos a cavalaria, mas, enquanto isso, os guerreiros de Sonnenborne cortaram completamente a rota comercial terrestre e dominaram o comércio pelo canal do Porto Jirae. A tomada de controle foi tão fácil que deve ter sido planejada bem antes do início dos conflitos. Como pode imaginar, isso muda tudo. Preciso que faça mais do que apenas iniciar o diálogo com os zumordanos — preciso que peça a ajuda deles para retomar Porto Zephyr. Em troca, estou preparado para mandar outro destacamento de cavalaria para Zumorda a fim de ajudá-los a defender suas cidades. Deixarei os soldados a postos logo do outro lado da fronteira, para que seja fácil convocá-los. Havemont continua a ser um aliado solidário — a Princesa Alisendi tem sido um contato de grande ajuda enquanto tentamos renegociar nossa aliança depois da morte de Dennaleia.

Esta mensagem foi entregue com a ajuda dos Dissidentes; você com certeza entenderá como a situação é calamitosa, a ponto de me fazer trabalhar com eles para que eu trabalhe com eles. Sei que fazê-la assumir o papel de embaixadora não era o plano, mas, daqui em diante, você será meus olhos, meus ouvidos e minha voz em Zumorda. Por favor, considere-se uma embaixadora oficial da Coroa de Mynaria, com todo os poderes atribuí dos ao cargo. Seu reino e seu irmão contam com você.

Saudações,
Rei Thandilimon de Mynaria

Resmunguei uma sequência de profanidades ofensivas o suficiente para me fazer perder o título. Como Thandi podia fazer isto comigo? Uma estranha onda de culpa seguiu a fúria habitual. Como ele poderia *não* fazer isso comigo? Pessoas haviam morrido, e mais batalhas estariam por vir se o que encontramos aqui em Duvey servia de indicativo. Ele já estava desesperado o bastante para trabalhar com os Dissidentes, um grupo de usuários de magia ao qual odiava e do qual desconfiava.

O único contato que ele tinha em Zumorda e que poderia ajudá-lo ajudar era eu.

O barulho de gritos atravessou meu crânio como uma faca. Abri os olhos, mas minha visão permanecia permeada por sombras, que lentamente se renderam à luz ofuscante. Uma vez que se dissiparam, a fonte da claridade se tornou evidente: chamas altas por todos os lados. Eu estava em chamas — e os gritos vinham de minha própria garganta.

O medo me agarrou como um torno. Nem minha magia nem meu corpo estavam sob meu controle.

Água gelada caiu sobre minha cabeça quando uma mulher desconhecida despejou um balde em mim, interrompendo meus gritos. Logo depois, ela usou um cobertor de lã para abafar o restante das chamas. Meus dentes batiam devido à repentina mudança de temperatura, enquanto eu tomava ciência do aposento em que estava — teto com vigas acima, parede de pedra de ambos os lados, catre molhado abaixo. Perto da lareira, uma mulher desconhecida de olhos castanhos olhava para mim, curiosa, esperando uma reação minha. Seu cabelo grisalho bagunçado mal era contido por um laço na altura do pescoço, e uma capa colorida feita de retalhos, com pontos firmes como os de um cirurgião, pendia de seus ombros.

— Mare? — Minha voz saiu não muito mais alta que um murmúrio. Onde ela estava?

— Mare está comendo com Lorde Wymund. — A mulher falava em linguagem comercial com proficiência. — Eu me chamo Sarika. Agora me diga: como se sente?

— Cabeça dói — resmunguei. Sentei-me e minha visão ficou turva. Fisicamente, sentia-me quase tão péssima quanto quando salvei Mare de Kriantz. — O que aconteceu?

— Pelo que parece, você não reage muito bem a sais de amônia — comentou Sarika com sarcasmo. — Lembra-se da batalha?

Fiz que sim com a cabeça. Claro que eu me lembrava. Tudo estava bem até que perdi o controle. Depois que aquela invasora avançou em direção a Mare, deixei tudo sair do controle. Meu estômago revirou quando me lembrei da expressão de surpresa nos olhos da mulher ao despencar fatalmente da janela. Eu não pretendia matá-la, mas não houve tempo para pensar. Depois disso, minhas memórias se tornaram confusas. Ainda assim, sabia que tinha machucado pessoas — e não apenas nossos inimigos.

— Foi difícil deixar de notar aquela onda de chamas — acrescentou Sarika, enfiando um cacho rebelde de cabelo grisalho atrás da orelha.

Voltei os olhos para o chão, com vergonha de ter feito uma cena tão dramática e ficando assustada em pensar que mais uma vez havia pessoas machucadas ou mortas por minha culpa.

— Quantos do nosso lado foram queimados? — Eu precisava saber, mesmo que sentisse medo só de pensar.

— Cinco foram feridos — disse Sarika. — Eu estava fornecendo ervas para os médicos fazerem compressas para as queimaduras quando me contaram sobre você.

Ela soava tão calma, mas eu não chegava nem perto do mesmo estoicismo. Senti um nó na garganta e pisquei para conter as lágrimas. Tinha vindo ajudar as pessoas com minha magia, mas parecia que, em vez disso, eu sempre as acabava ferindo. Não queria que isso continuasse acontecendo. Eu tinha vindo para ser treinada, para aprender, e a primeira coisa que fiz foi machucar pessoas. Nem mesmo pessoas de Sonnenborne mereciam o que eu tinha lançado sobre elas.

— Tente não ficar chateada. Os combatentes irão melhorar — Sarika me tranquilizou. — Posso não ser uma mestra curandeira, mas sou dotada o suficiente para ajudá-los a começar a se recuperar. Além disso, se você não tivesse quase demolido este lugar com a explosão, eles poderiam ter acabado na ponta de uma lança de Sonnenborne. Graças a você, eles viverão para ver a próxima batalha.

— Isso não torna aceitável o que fiz — argumentei. Não era possível que ela quisesse me dizer que deveriam ser gratos pelo que eu fizera. Se eu não me sentisse tão fraca e instável, teria juntado minhas coisas, encontrado Mare e fugido o mais rápido que meus pés permitissem. A ideia de encarar pessoas cujos amigos eu havia machucado ou matado era insuportável. Eu já não sabia como conseguiria viver com isso.

— Pelo menos você evitou que levassem mais prisioneiros. — Sarika balançou a cabeça. — É mais difícil ajudar os pais que perderam os filhos do que as vítimas de queimaduras.

— Os guerreiros de Sonnenborne levaram crianças? — perguntei, com uma dor no peito ao me lembrar do garoto loiro que não conseguimos salvar.

— Não as menores, mas, sim. A maioria das que estão desaparecidas parece ter entre dez e vinte invernos de idade.

— Mas por quê? — Eu me sentia mal. Onde isso se encaixava no plano de Sonnenborne? Reféns significavam mais bocas para alimentar, então teria que existir uma boa razão para levá-los.

Sarika deu de ombros.

— Não sabemos. — Talvez os soldados que Wymund mandou atrás deles voltem com respostas. Espero que, pelo menos, voltem com as crianças.

Cruzei os braços e comecei a tremer.

—Vamos arrumar umas roupas secas para você — disse Sarika. Ela gesticulou na direção de nossas bolsas. — Posso?

Acenei afirmativamente. A não ser que Sarika quisesse roubar roupas sujas, não encontraria muita coisa ali. A bolsa de moedas de Mare devia estar com ela. Sarika me trouxe o penico e me ajudou a trocar minhas roupas ensopadas, então me acomodou perto da lareira. A familiaridade de ter alguém me vestindo era reconfortante. Trouxe-me uma pontada de nostalgia pela minha vida de princesa, uma época em que eu sabia meu propósito. As coisas eram tão menos complicadas naquele tempo.

Olhei para as chamas. A preocupação e o medo na boca do estômago me faziam continuar sentindo frio mesmo com o calor do fogo. Queria que Mare voltasse para eu me sentir um pouco mais confiante, e para que então conversássemos sobre qual seria nosso próximo destino e como iríamos embora o mais rápido possível.

— Há quanto tempo estou aqui? — perguntei.

— Você dormiu a noite toda e a maior parte do dia — contou Sarika, usando um longo gancho para pendurar uma chaleira sobre o fogo. — Eu poderia ter te acordado antes, mas seu corpo precisava de tempo para se curar. Estou fazendo um chá que ajudará um pouco a manter sua magia sob controle. Acha que consegue segurar alguma coisa no estômago agora?

— Não sei — admiti. Minha cabeça parecia confusa, e meus membros derrubados por um peso invisível. Enquanto me esquentava, as partes em meus braços que haviam doído tanto quando conjurei minha magia pela primeira vez serviam de salão de danças para pontadas incessantes. Desejei que a sensação desaparecesse. A última coisa que queria era outro lembrete físico de minha magia. Às vezes meu dom me fazia sentir possuída por um espírito do mal. Esta era uma das teorias em Mynaria sobre a magia — uma em que eu tentava não acreditar muito. Mas talvez fizesse algum sentido, uma vez que eu podia machucar pessoas sem ter a intenção.

Tentei afastar os pensamentos obscuros enquanto Sarika preparava o chá. Ela se movia com uma confiança que me lembrava Ryka, a capitã da guarda de nosso lar, Mynaria.

Nosso lar.

Era assim que me referia a Mynaria agora? Eu não deveria pensar assim, já que graças a minha Afinidade talvez eu nunca pudesse retornar. Tudo que sempre quis, ou pensava que queria, era me tornar rainha de Mynaria, do jeito que eu havia sido treinada. Pensei que me casaria com o príncipe, ascenderia ao trono e usaria meu poder como soberana para ajudar o povo dos dois reinos. Mas este sonho foi pelos ares no dia em que Thandi descobriu que eu estava "morta". Ou, sendo honesta comigo mesma, no dia em que finalmente entendi que meus sentimentos por Mare iam muito além da amizade.

De alguma forma, eu tinha que encontrar novos sonhos, mas não tinha a menor ideia de por onde começar.

Sarika me ofereceu uma caneca fumegante de chá.

— Do que é feito? — Aceitei a caneca.

— Casca de salgueiro e raiz-da-paz — disse ela. — Já experimentou raiz-da-paz antes?

— Não. — Balancei a cabeça, sentindo-me mal novamente. Karov, um zumordano que eu conhecera em Mynaria, contara-me sobre a raiz-da-paz: uma erva usada para acalmar Afinidades. Ele me dissera que os efeitos colaterais do uso a longo prazo eram horríveis: dores de cabeça absurdas e dormência em mãos e pés, que culminavam com a pele necrosada.

— Vejo que sabe do que se trata — apontou ela, lendo minha expressão com habilidade. — Não precisa beber, mas é a maneira mais segura de evitar que perca o controle do seu dom por um tempo. E evitará que seja tão facilmente detectada.

— Facilmente detectada? — perguntei confusa.

— Você não tem se blindado, então toda vez que usa sua magia, é como se disparasse um sinal que a maioria das pessoas com Afinidades pode sentir a quilômetros de distância. Alguém precisa te ensinar a refrear seus poderes. Para a sua segurança e a dos outros.

Engoli em seco.

— O que acontece se ninguém me ensinar?

— Você pode causar um acidente catastrófico. Ou perder o controle a ponto de a magia te consumir de dentro para fora. E se as pessoas erradas puserem as mãos em você... elas vão te moldar da forma que quiserem e a usarão como arma.

Um pavor penetrou fundo em meus ossos. O tom de Sarika era tão factual, como se não falasse sobre minha vida. Como se eu fosse uma coisa e não uma pessoa — uma coisa perigosa. Quem poderia me usar? Como fariam isto? Quantas pessoas seriam poderosas o bastante para fazer isso e como eu poderia me defender delas? Tentar pensar em todas as possibilidades fazia minha cabeça girar.

Levei a caneca até o nariz; torres de fumaça se erguiam dela, adstringentes e com cheiro de erva.

Sarika levantou a sobrancelha.

— Então, você se decidiu?

— Não acho que tenha escolha — disse amargamente. — Eu ateei fogo à minha própria cama sem nem perceber. Machuquei pessoas que queria defender e matei pessoas sem ter a intenção. Como alguém poderia se sentir a salvo perto de mim se esta magia não estiver sob controle? — Não havia motivo para alimentar meu medo em relação à raiz-da-paz ou imaginar o que aconteceria se não pudesse conjurar minha magia se precisasse dela. A possibilidade de ferir Mare parecia maior a cada dia e, se isso acontecesse, eu nunca seria capaz de me perdoar.

Tomei um gole. O chá amargo não era agradável de beber, mas eu estava com tanta sede que não foi tão ruim.

— Esta é a maneira mais segura por enquanto — explicou Sarika, com um tom de voz mais gentil. — Deixarei com você um suprimento de raiz-da-paz que deve durar uma semana ou duas. Não recomendo que tome além deste período.

— Pode me ensinar a blindagem? — perguntei. Quanto antes eu aprendesse o básico, mais seguro seria para todos, especialmente para Mare.

Ela hesitou antes de responder, desviando o olhar aguçado por um momento.

— Não acho que seja uma boa ideia.

— Por quê? — Meu coração se apertou ainda mais.

— Sua Afinidade não é a mesma que a minha — afirmou. — Você precisa ser treinada por uma pessoa muito mais poderosa, de preferência com Afinidade com o fogo, como a sua.

— Mas se a blindagem é uma habilidade básica... — Comecei a argumentar.

— Não. — O tom de Sarika foi firme, e eu sabia que seria inútil discutir. — Minha magia não é nem de longe forte o suficiente para conter a sua, caso algo dê errado.

A rejeição dela doeu, mesmo que suas razões fossem válidas. Tudo o que eu queria era aprender, e ninguém havia me privado disso em minha antiga vida. Depois de terminar o chá, deitei-me nas almofadas em frente ao fogo e fechei os olhos. A dormência preencheu em mim os espaços queimados pela magia, e meu dom regrediu para longe. Não ser capaz de senti-lo trouxe uma paz intranquila. Estava grata pela calma, mas ciente demais de sua falsidade.

Que desperdício era ter um dom que não podia nem usar. Sentia como se me afogasse nele às vezes, como se a magia lentamente se tornasse um tsunami. Não importava quão longe ou quão rápido eu corresse, porque a onda continuava a crescer, a se aproximar, a se agigantar perto de mim até que bloqueava o resto do mundo e eu me via diante de algo que nunca conseguiria combater.

A única coisa que me mantinha na superfície era o amor de Mare.

CINCO

A sala de jantar do Castelo Duvey estava mais para a caserna dos vassalos em Mynaria do que propriamente para um salão de banquete de um castelo. Meu estômago se contorceu quando vi as mesas feitas de cavaletes que se estendiam por todo o comprimento do salão, todas com bancos duros e sem encosto em vez de cadeiras. Eu costumava me sentar em mesas assim com meu melhor amigo, Nils, jogar dados ou cartas e ver as pessoas fofocando ou provocando umas às outras quanto a suas últimas conquistas e fracassos nos treinamentos e na cama. Agora Nils estava morto, e as lembranças me causavam dor. As melodias das canções de luto que ecoaram pelo castelo mais cedo ainda ressoavam em minha mente, fazendo-me pensar nele e em todos os outros que perdi em Mynaria.

Ziguezagueei por entre as mesas e segui minha acompanhante, uma pequena porém forte espadachim com uma bainha surrada presa à cintura. Havia pessoas já sentadas, dividindo queijo, carnes curadas e biscoitos servidos em tábuas. As únicas pessoas que não vestiam roupas de lã ou armaduras de couro eram um par de famílias de comerciantes, e o fato de suas roupas formais parecerem gastas e um pouco fora de moda dizia tudo.

— Seu lugar, milady — anunciou a espadachim em uma língua comercial truncada, guiando-me até um tablado em uma das pontas do salão e gesticulando para um banco na única mesa que havia ali. Supondo que os protocolos de Zumorda fossem similares aos de Mynaria, Lorde Wymund havia me dado o assento de convidada de honra.

— Obrigada — eu disse, tomando meu lugar. Eu deveria ter planejado meu próximo passo como embaixadora, apresentando-me para qualquer um que aparentasse ser do alto escalão, mas, em vez disso, fiquei inquieta, consumida pela preocupação com Denna e imaginando quanto tempo o jantar demoraria. Mesmo que Sarika houvesse me assegurado depois de seu primeiro exame que a condição de Denna era estável, eu não conseguia evitar a sensação de que algo mudaria durante minha ausência. Toda vez que eu tinha que sair para dar uma olhada em Flicker ou usar o banheiro, sentia como se algo terrível pudesse acontecer. Durante esta refeição não era diferente.

Gargalhadas estridentes encheram o salão enquanto soldados entravam em massa no recinto. Pessoas se sentavam sem nenhuma ordem discernível, o sofrimento de antes sendo espantado pela promessa de celebrar a bem-sucedida defesa do castelo. As carnes, queijos e biscoitos mal duraram três minutos, e então o volume do burburinho começou a aumentar.

Estiquei o pescoço para verificar a grande entrada na esperança de que Wymund aparecesse logo e desse a ordem de início aos serviçais, mas, em vez disso, um enorme gato da montanha entrou no salão. Ele caminhava com a cabeça baixa e os olhos cor de âmbar concentrados na mesa onde eu estava. Deslizei o olhar pelo salão à procura de alguma dica de como reagir, mas parecia que ninguém havia percebido nada. Quase me levantei do banco, prestes a disparar em direção à porta, quando o animal sinuosamente se esticou e distorceu diante dos meus olhos. Segundos depois, o próprio Lorde Wymund, alto e barbado, estava diante de mim no lugar do gato.

Senti-me fraca. Mesmo tendo visto aquela guarda se transformar em uma raposa na noite anterior, eu não estava preparada para isso.

— Vossa Alteza! — berrou ele em linguagem comercial. — Fico feliz que pôde se juntar a nós nesta noite para o jantar.

Os servos se apressaram para servir a entrada, uma sopa de carne de caça.

— Obrigada pelo convite, milorde. — Sentei-me, recompondo--me. Mesmo sem a surpresa causada pela aparição de Wymund, a etiqueta nunca tinha sido o meu forte. Respirei fundo, lembrando que, em Zumorda, era perfeitamente normal ver gigantescos gatos da montanha se transformando em um homem.

Wymund se acomodou na mesa e seus acompanhantes fizeram o mesmo até que eu estivesse cercada por soldados. Eles vestiam pesadas armaduras de couro forradas com lã, dando a todo o salão de jantar um tênue fedor de ovelha molhada.

— Como está sua dama de companhia? Melhor, suponho — indagou Wymund, erguendo sua escura e felpuda sobrancelha. Antes que eu respondesse, ele começou a enfiar um pouco de sopa na boca. Fiz uma careta quando uma quantidade generosa de caldo ralo acabou em sua barba.

— Ainda descansando. — Tentei sorrir, mas o olhar que recebi da mulher que estava no lugar à minha frente parecia indicar que não havia sido bem-sucedida.

— Gostaria de ajuda para encontrar um lugar seguro onde ela possa se recuperar — perguntou Wymund. — Existem lugares mais remotos para onde poderíamos mandá-la até que se recuperasse e estivesse pronta para estudar com alguém capaz de ajudá-la a dominar seu dom.

— Estou certa de que poderíamos lhe encontrar outra serva — acrescentou a mulher do outro lado da mesa. Sua voz era baixa e suave, muito parecida com o piado de uma coruja. — Existem moças aqui que ficariam honradas em ter esta oportunidade.

— Um pouco menos do que havia antes do ataque de Sonnenborne — disse, com amargor, outro soldado.

O homem a seu lado colocou uma mão no braço do soldado.

— Os batedores encontrarão a sua irmã. Conhecendo-a, ela já deve estar revidando.

— Como estaria revidando se a doparam com raiz-da-paz? — O soldado se desvencilhou da mão do camarada.

— Estamos fazendo o possível para encontrar todos — disse Lorde Wymund em tom sério. A mesa se silenciou quando ele fez contato visual com todos sentados ao seu redor. Então ele se voltou para mim. — Como Periline disse, se desejar ficar com outra dama de companhia, podemos ajudar Lia a obter a segurança e o treinamento de que precisa. É o mínimo que podemos fazer depois de vocês terem nos ajudado a defender o castelo.

O olhar frio de Periline encontrou o meu, desafiando-me a contrariar a sugestão de seu lorde. Desviei o olhar e observei a mesa, notando que todos estavam repentinamente bastante ocupados com a comida ou com o vinho. O silêncio mantinha a tensão palpável, e eu sabia exatamente o que isso significava — eles queriam que Denna partisse.

— Sua oferta é muito gentil — respondi, irritada. — Mas meu reino está contando comigo para falar com a rainha o mais rápido possível. Tomara que Lia acorde logo para irmos embora em um dia ou dois. — Mesmo se não estivessem ansiosos para se livrarem de Denna, com as notícias de meu irmão, continuar nossa jornada era mais importante do que nunca. — Há alguma caravana comercial ou militar saindo daqui em direção ao norte?

— Não este ano — disse Wymund, acabando com minhas esperanças. — Houve alagamentos durante o outono e as estradas para o norte já estão bloqueadas. Estão assim desde pouco depois da colheita.

— Isto é terrível. — Minha mente se encheu de preocupações. Como iríamos chegar até a rainha se as estradas estavam bloqueadas? Contornar a rota levaria tempo suficiente para que o inverno tornasse as estradas mais distantes intransponíveis a cavalo.

— Sim, mas temos muitos soldados. Não existe equipe melhor para mover pedras pesadas e aplainar estradas, contanto que o tempo permita — ressaltou Wymund. — E temos Periline. — Ele gesticulou para a mulher a minha frente. — Sua manifestação é uma coruja-das-neves. Ela pode checar as fazendas vizinhas, certificar-se de que todos têm o que precisam.

Então liguei os pontos. Tavi, a guarda que trouxera Sarika, era capaz de trocar a forma humana por uma de raposa. Wymund podia assumir a forma de um gato da montanha. Periline aparentemente tinha a habilidade de se transformar em uma coruja-das-neves. Denna me contou que Karov, o zumordano que conhecemos em Mynaria, podia se transformar em um pássaro azul da montanha. Isso significava que manifestações eram as formas animais que os zumordanos podiam assumir. Enfiei uma grande colherada de sopa na boca, escaldando a língua na tentativa de esconder meu desconforto diante da estranheza daquilo tudo.

— Então, se não podemos seguir diretamente para o norte, qual é o melhor caminho para chegar em Corovja? — perguntei. — Temos notícias urgentes para a rainha.

— Se você se apressar, talvez não precise viajar até Corovja para se encontrar com ela — ponderou Wymund. — O recrutamento para o programa de elite da rainha começou algumas semanas atrás, e é provável que ela fique um pouco mais em Kartasha.

— Espere! A rainha está em Kartasha agora? — Eu havia presumido que, assim como meu irmão, e meu pai antes dele, ela deixasse a capital em raras ocasiões. Se ela estava na cidade sulista de Kartasha, a apenas uma semana de distância a cavalo, eu poderia terminar minha missão rapidamente e ficar livre para me concentrar em conseguir para Denna o treinamento de que ela precisava.

Wymund acenou afirmativamente.

— Ela visita Kartasha por volta de uma semana todo ano, normalmente viajando rumo ao sul com os nobres quando partem para a

Corte Invernal. A estadia deste ano é mais longa do que sua visita costumeira, já que é um ano de seleção para seu programa de treinamento.

— Corte Invernal? — perguntei, amaldiçoando a falta de conhecimento do meu reino sobre a política de Zumorda.

— É onde os nobres passam o inverno — esclareceu Periline. — O trono se divide entre Corovja e Kartasha sazonalmente, embora a Rainha Invasya costume permanecer em Corovja a maior parte do ano. No inverno, a grã-vizir serve de procuradora da rainha na Corte Invernal. — Ela me observava de forma neutra, esperando para ver o que eu faria com esta informação.

Minha mente se pôs a trabalhar. Eu não sabia que existiam duas cortes. Como eu faria para intermediar uma aliança com a rainha enquanto ela estava em um lugar e sua corte em outro? A única reposta parecia ser encontrá-la enquanto ainda estivesse em Kartasha.

— O que é exatamente o programa de treinamento da rainha? — perguntei.

— O mesmo em que tentei ser admitido quatro anos atrás — disse Wymund. — Não fui aprovado, mas consegui essa cicatriz em uma briga de bar em Kartasha. — Ele apontou orgulhoso para um rasgo que ia do começo de seu pescoço até embaixo do peitoral de sua armadura. — A cada cinco anos, a rainha seleciona um grupo de usuários de magia para treinar pessoalmente com ela antes que continuem seus aprendizados. As seleções acontecem durante o outono em Kartasha, já que é a maior cidade de Zumorda. A maioria dos aprendizes da rainha acaba indo estudar com guardiões e segue este caminho.

— É uma grande honra ser escolhido — adicionou Periline.

— E uma raridade — disse Wymund. — Meu dom não era forte o suficiente para interessar a rainha, então galguei minha posição entre os guardiões. Por sorte, para esta parte da fronteira era mais útil um estrategista militar do que alguém com uma Afinidade poderosa. — Ele partiu um pedaço do pão que estava à sua frente e o usou para acabar com a sopa.

GELO & SOMBRAS

— Por quanto tempo mais a rainha ficará em Kartasha? — perguntei, já inquieta para cair na estrada.

— Os combatentes que mandamos para lá como seguranças auxiliares devem voltar em algum momento das próximas duas semanas, então duvido que a rainha ficará muito mais que isto — afirmou.

— Quantos soldados vocês mandaram? — Franzi o cenho.

— Cinquenta de nossos melhores. — Ele sorriu, e mesmo que ainda houvesse tristeza em sua expressão, apareceram pés de galinhas no canto de seus olhos.

Relaxei um pouco. Não era de se admirar que o castelo tivesse sido um alvo tão fácil para Sonnenborne. Cinquenta soldados era um número que deveria se aproximar de vinte por cento do contingente total deles, e se mandaram os melhores para proteger a rainha… bem, estavam pedindo por um ataque. A única questão era como as forças de Sonnenborne haviam tomado conhecimento da vulnerabilidade deles — e também do que estariam atrás.

— Lia e eu teremos que partir assim que ela estiver bem — falei.

— Bom, se não posso oferecer a sua dama de companhia nenhuma ajuda ou convencer Vossa Alteza a ficar, há algo mais que eu possa fazer para expressar nossa gratidão por nos ajudar a proteger Duvey?

Abri minha boca para responder que não precisávamos de nada, mas percebi que ele tinha me oferecido uma excelente oportunidade.

— Existiria alguém de quem possa dispor para nos guiar até Kartasha? — perguntei. Viajar com um zumordano nos ajudaria a ser mais bem recebidas durante nossa jornada e nos daria a chance de nos prepararmos para nossa chegada em uma cidade maior. Com sorte, aprender mais sobre Zumorda poderia nos impedir de cometer uma grande gafe social quando chegássemos na Corte Invernal. Meu coração ficava apertado ao lembrar Denna em nosso quarto. Eu estava pensando como ela. Ela ficaria orgulhosa de mim se soubesse.

— Não é má ideia — disse Wymund, limpando a barba com um guardanapo áspero. — A estrada para Kartasha não é das mais seguras. Ela margeia o território tamer, e eles têm vagado mais do que o costume desde o começo da seca. Tivemos problemas com eles, andaram assustando pessoas das fazendas próximas à floresta.

— Desculpe a minha ignorância, mas o que é um tamer? — perguntei, começando a sentir que meu desconhecimento sobre Zumorda e seu povo era infinito.

— Um povo estranho — disse Wymund. — Em vez de assumir manifestações, eles mantêm familiares, que são animais de estimação com os quais possuem uma ligação tão grande que podem ver através de seus olhos e ouvir por meio de seus ouvidos. Os tamers se consideram protetores da terra.

— E podem usar as Afinidades para voltar a floresta contra qualquer um que ouse invadi-la — acrescentou Periline.

— Não parecem pessoas que eu gostaria de conhecer — afirmei.

— Não, com certeza não — concordou Wymund. — Um guia pode garantir que os evite, além de nos trazer notícias da Corte Invernal. Não rejeitaríamos a ajuda da corte para rastrear as crianças que foram levadas. Mas temo não ter um cavalo extra para fornecer a sua criada. Os poucos em nossos estábulos são de propriedade privada. Zumorda não tem cavalaria.

Não me importava de continuar a viagem com Denna no mesmo cavalo, já que me permitiria mantê-la perto de mim, mas um reino sem guerreiros cavaleiros era incompreensível para mim. De qualquer forma, significava que a oferta de uma cavalaria por parte de meu irmão teria mais peso.

— Espero que alcancemos a Corte Invernal rápido o suficiente — disse. — Ou existe outra forma de avisar sobre o ataque? — especulei com cautela, não estando certa se seria aceitável falar abertamente sobre magia.

Wymund balançou a cabeça.

— A comunicação rápida entre grandes distâncias exige o uso de um objeto encantado ou a presença de alguém que conjure alta magia. Falonges são raros. Perdemos nosso último para o hidromel. Agora ele trabalha como autônomo em Kartasha, pelo que soube.

— Ninguém sente falta do Hornblatt — observou uma guarda mais velha, seu tom seco sugeria que havia muito mais por trás daquela afirmação.

—Tenho certeza de que ainda existem baratas na caserna leste — acrescentou um homem.

Estremeci sem querer.

— Ele sempre teve gatos. — Periline fungou em tom de desprezo, como se viver com gatos estivesse entre as piores falhas de caráter que podia imaginar.

— Sim, sim, Tum Hornblatt era uma figura peculiar — concluiu Wymund, balançando a mão com desdém. — Mas é uma pena. Eu daria um barril de hidromel para ter notícias da Corte Invernal antes da partida da rainha.

— Então teremos que nos apressar, se pudermos — respondi. Se Denna pelo menos acordasse. Meu estômago se revirou de preocupação.

— Sei exatamente quem vou mandar acompanhá-la, e esta noite falarei com ele — disse Wymund. — Pode me passar a salada de carneiro? — Ele apontou para um prato à minha frente que continha um grande anel de alguma coisa brilhante e translúcida do qual pendiam pedaços de carne e vegetais não identificados. Salada não era a palavra que eu teria usado para descrevê-lo. Peguei o prato com cuidado e o passei para ele.

— Muito obrigada — falei. —Viajaremos o mais rápido possível. É crucial que Zumorda esteja fortificada o bastante para evitar outros ataques do tipo.

— Sim — concordou Wymund. — Espero que os soldados que enviei voltem com uma resposta da corte. — Ele não disse mais nada sobre nossas razões para nos apressarmos, mas eu soube instantaneamente o que aquela expressão matreira em seu olhar queria dizer. Ele queria que nós duas fôssemos embora tão logo Denna conseguisse se sentar sobre a sela.

— Talvez eu devesse ir ver como Lia está — ponderei. Eu mal tocara em minha comida a não ser pela sopa, mas estava preocupada demais para sentir fome.

— Claro — disse Wymund. — Farei com que Alek se encontre com você no estábulo quando estiver pronta para partir. Ele é um soldado experiente, que já viajou bastante e está bem familiarizado com Kartasha, mesmo que não tenha estado lá faz algum tempo. Enquanto isso, fique à vontade para comparecer às refeições quando quiser.

— Senhor — interrompeu-o Periline —, seria prudente despachar Alek quando a poeira do ataque ainda nem baixou?

— Não é o ideal — admitiu Wymund. — Mas devemos colocar a segurança em primeiro lugar. Alek é o único forte o suficiente para controlar as coisas caso elas saiam do controle.

Eles trocaram um olhar que me desanimou. Estavam falando sobre Denna.

— Além do mais, a maior parte de nossos esforços irá para a fortificação — continuou. — Nossos batedores andaram vigiando todas as direções e até agora não viram sinal do povo de Sonnenborne fora das principais rotas de comércio, e temos um destacamento em seu encalço. Acho que vai demorar um pouco até tentarem alguma coisa de novo, em especial agora que acham que temos alta magia ao nosso lado.

Periline concordou com seu senhor, mas pude ver que ela não estava tão certa quanto ele.

— Muito obrigada por sua ajuda e generosidade — falei, retirando-me da mesa e me apressando para fora da sala de jantar. Minha mente rodopiava com todas as novas informações que Wymund e seu pessoal me haviam dado. Entre Thandi conferindo a mim o poder de uma embaixatriz oficial e o nível de complexidade que a política de Zumorda parecia ter, eu precisava com urgência da sabedoria de Denna.

Quando abri a porta do quarto que compartilhávamos, fiquei surpresa em ver Denna deitada nas almofadas perto da lareira em vez de no catre onde ela passara o dia anterior. A herbolária estava sentada ao lado dela, enchendo bolsinhas com ervas secas.

— Ela acordou? — perguntei baixinho.

Sarika fez que sim com a cabeça e, ao som de minha voz, Denna se agitou.

Emoções tomaram conta de mim quando seus olhos se abriram, mesmo que ela tenha permanecido deitada.

— Mare? — disse.

— Estou aqui. — Sentei-me o mais próximo que pude sem deixá-la desconfortável.

— Graças aos Seis. — Ela repousou sua mão pequena em minha coxa.

— Eu estava tão preocupada — revelei, um pouco mais alto que um sussurro. Os olhos dela estavam se fechando novamente. Gostaria de mantê-la no mundo dos despertos por mais um momento, mas ela precisava descansar.

— Ela tomou um chá de casca de salgueiro e raiz-da-paz para ajudar com as dores de cabeça e conter seu dom — explicou Sarika.

— Quanto tempo mais até que ela esteja bem o suficiente para viajar? — perguntei.

— Alguns dias, talvez. Mas ela só poderá tomar as ervas por pouco tempo. Se estiver planejando viajar enquanto os poderes dela estiverem suprimidos, é melhor fazer isso logo.

— Faremos isso — eu disse, ajeitando com carinho alguns fios de cabelo soltos de Denna atrás de sua orelha.

— Acho que meu trabalho aqui está terminado — anunciou Sarika. — Voltarei para ver como ela está todos os dias.

— Não sei como lhe agradecer — falei com toda a sinceridade.

— De nada. — Sarika juntou suas coisas e saiu do quarto.

O peito de Denna subia e descia com uma respiração uniforme. Eu me estiquei ao seu lado até sentir todo o seu corpo contra o meu. Fui tomada por um alívio que afastou meus medos e dúvidas. Ela estava viva. Ela ficaria bem, e tínhamos um plano para chegar em Kartasha.

No dia seguinte, escreveria para meu irmão, informando-lhe o que havia acontecido e qual seria meu próximo passo.

Pela primeira vez desde o ataque, sentia algo que se parecia com esperança.

As obras de fortificação de Wymund começaram no dia seguinte ao meu jantar com ele. Soldados e servos trabalhavam lado a lado para limpar os destroços do castelo e consertar o estrago que Denna havia feito. Do lado de dentro, artesãos pregavam estacas pontiagudas de madeira em troncos cortados para reforçar os muros do castelo. Batedores voltavam todos os dias com relatórios recentes — e sem sinal do povo de Sonnenborne. Havia a possibilidade de o ataque ter sido um evento isolado, mas sempre que tentava me tranquilizar com esta ideia, meus instintos diziam que eu estava errada. Mesmo que o castelo fervilhasse com atividades, os três dias que Denna levou para se recuperar se arrastaram de modo interminável.

No dia em que partimos, eu havia acabado de colocar a sela em Flicker quando uma pessoa de pernas arqueadas, mais parecida com uma montanha do que um homem, entrou no estábulo diante de um igualmente enorme cavalo baio escuro com cascos do tamanho de assadeiras e cuja cabeça parecia um aríete. Supus que o cavalo fosse um dos animais de trabalho do castelo.

Aproximei-me do homem com cautela enquanto ele jogava uma sela em cima do cavalo imenso, desejando que Denna estivesse bem o bastante para fazer isso em vez de mim. Ela era a pessoa sociável.

— Olá. Você deve ser o Alek — disse. — Eu sou Mare.

O homem gigantesco olhou para mim com uma expressão tão vívida e nítida como a que uma rocha teria.

— Partiremos assim que Wymund vier se despedir. Não esqueça de apertar a barrigueira do cavalo.

— Certo — respondi irritada pelo tom da voz dele. Quem era aquele homem para pedir que eu conferisse a barrigueira do meu cavalo? Aprendi a cavalgar antes de ter dado meus primeiros passos e treinava cavalos havia oito anos. Qualquer novato em Mynaria sabia checar a barrigueira. Afastei-me antes que dissesse algo de que me arrependesse. Claramente havia conhecido a única pessoa do mundo pior do que eu em cortesias sociais. Fiz uma careta para ele pelas costas e então me encontrei com Denna do lado de fora, onde poderíamos montar.

— Mare! — A voz alegre de Wymund ecoou através do pátio do estábulo.

Contive Flicker e o fiz se voltar na direção de Wymund. Meu cavalo empurrou meu braço, como que para perguntar por que parávamos. Ele parecia tão ansioso para partir quanto eu.

— Este é Sir Alek, das Planícies Nebulosas. — Wymund apresentou o homem.

— Já nos conhecemos — eu disse, com um aceno ríspido para o cavalheiro, que me encarava com uma careta que pelo visto parecia estar permanentemente entalhada em seu rosto de pedra. O que os olhos de Denna tinham de cristalinos e verdes como pedras do mar, os dele tinham de turvos como água parada. Uma cicatriz torta zigueza-gueava seu pescoço na horizontal, como se algum dia ele quase tivesse sido decapitado — provavelmente por alguém com quem foi rude.

— Esta é Lia, minha criada. — Gesticulei em direção a Denna.

Ela fez uma graciosa reverência, e Alek retribuiu com um curto aceno, então montou seu cavalo com mais graça do que eu jamais esperaria de alguém de seu tamanho. Montado na fera ele parecia ainda mais imponente, apesar da aparência cansada do cavalo, que já forçava as rédeas para alcançar algumas folhas de grama.

— Obrigada por sua hospitalidade, milorde — agradeci a Wymund.

— Que nossas espadas sempre se encontrem do mesmo lado do campo de batalha — disse ele a todos nós.

Alek olhou para mim, esperando que eu respondesse em nome do grupo. Eu me pus a pensar rápido. Toda resposta ritualística que conhecia tinha relação com os Seis Deuses, porque este era o costume em Mynaria. Uma das poucas coisas que sabia sobre Zumorda era que não adoravam aos Seis. Denna sussurrou algo em meu ouvido, mas não consegui discernir as palavras.

Alek suspirou, aparentemente desistindo de mim.

— E que nossos escudos estejam sempre lado a lado.

Minhas bochechas arderam de vergonha. Toda vez que eu começava a sentir que fazia alguma coisa certa como embaixadora, dava um jeito de cometer uma nova gafe.

— Agora fora daqui — disse-nos Wymund. — E fiquem longe de encrencas em Kartasha. — Ele deu tapas carinhosos na traseira do cavalo de Alek, aos quais o animal não mostrou reação alguma.

— Faremos isso.

Ficaria muito feliz em passar despercebida, o máximo que conseguisse, até nos reunirmos à Corte Invernal. Até que chegássemos em Kartasha, quanto menos pessoas soubessem que eu estava em Zumorda, melhor. O povo de Sonnenborne provavelmente queria minha cabeça como punição pela morte de Lorde Kriantz. Se as tribos que ele conseguira unir sob sua bandeira se mantivessem organizadas, com certeza logo teríamos problemas.

Cavalgamos para fora dos portões do castelo e seguimos para o sudeste por um caminho poeirento, com um vento frio e seco a nossas costas. Achei que tiraria um peso dos ombros quando por fim deixasse Duvey, mas a presença de Alek tornava isso difícil. Eu não esperava necessariamente que nosso companheiro de viagem estivesse animado com a tarefa, mas Alek parecia sem dúvida irritado. Denna permanecia quieta atrás de mim, conservando suas forças para a cavalgada.

Depois do primeiro dia de viagem, meus piores medos se concretizaram: o cavalo de Alek andava na velocidade de um touro sobrecarregado, Denna parecia pálida como um fantasma quando paramos para acampar, e tanto eu como Flicker estávamos muito assustados,

GELO & SOMBRAS

sentindo-nos acuados. Eu não queria abusar de Denna, mas se perdêssemos a oportunidade de falar com a rainha durante sua permanência em Kartasha, poderíamos acabar uma estação inteira atrasadas. Não poderíamos nos dar ao luxo — não com uma cidade mynariana já sitiada.

Quando o sol baixou o bastante para fazer as montanhas ao sudoeste brilharem com a luz âmbar, nós três desmontamos perto de um riacho para nos assentar para passar a noite.

Alek amarrou seu cavalo parrudo a uma árvore.

—Você aí, vá buscar galhos para fazer tendas — latiu para mim. Eu o encarei, imaginando se ignorava o fato de eu ser uma princesa ou se tinha por hábito dar ordens a todos como se fossem seus empregados.

— Ainda não tiramos o equipamento dos cavalos — respondi.

Ele me encarou impassível.

— Apenas um soldado iniciante tiraria o equipamento do cavalo antes de montar acampamento.

— É crueldade manter a sela nos cavalos. O conforto deles deveria vir antes do nosso. — Minha voz ficava mais aguda com o aumento de minha raiva. Minha família criava os melhores cavalos de guerra dos Reinos do Norte. Não havia a menor possibilidade de um soldado zumordano, que cavalgava um cavalo de arado, saber mais do que eu sobre animais com que eu havia trabalhado a minha vida toda.

— Eu posso juntar madeira enquanto Mare desequipa os cavalos — interveio Denna.

— Não — Alek e eu dissemos, olhando um para o outro.

Denna suspirou com pesar.

— Sente-se e descanse — eu lhe disse. — Cuidarei dos cavalos e então juntarei a maldita madeira.

— Deixe meu cavalo em paz — retrucou Alek. — Vou providenciar nosso jantar. Se alguém nos atacar antes disso, não serei o idiota que será pego com o cavalo sem sela. — Ele saiu batendo o pé floresta adentro, deixando-me fervendo de raiva.

Vociferei para Denna enquanto cuidava dos cavalos.

65

— Pelos Seis Infernos, qual é o problema dele? "Não serei o idiota que será pego com o cavalo sem sela" — zombei. — Se ele não consegue cavalgar sem sela para fugir de um inimigo, como pode se considerar um soldado?

— Os costumes só são diferentes aqui — disse Denna. — Além do mais, mesmo que seja um combatente, provavelmente não é da cavalaria. — Sua voz soava fraca, e fiquei pensando se seria o chá de raiz-da-paz que ela continuava bebendo para conter seu dom. Ela se acomodou sob uma árvore, sentando-se no novo saco de dormir que conseguira em Duvey.

— Não ligo se são diferentes. Ele não deveria me tratar como se eu tivesse cinco anos — esbravejei.

—Você está certa, ele não deveria mesmo. — Ela puxou mais sua capa na região dos ombros. — Mas você poderia tentar não brigar com ele? Temos sorte em ter um guia.

— Eu sei — concordei. — Desculpe, mas tenho a impressão de que ele não gosta de mim.

— Ele não tem motivos para gostar da gente — apontou Denna. — Pense em como a maioria dos mynarianos se sente em relação aos zumordanos. Provavelmente é mútuo.

—Talvez — ponderei. Mas outras pessoas no castelo tinham sido, em sua maioria, curiosas ou cautelosas, não abertamente hostis e rudes como Alek.

— Ou talvez alguém com quem ele se importava se machucou durante o ataque a Duvey graças à minha magia — disse Denna, sua voz vacilando.

— Não. Não se culpe. — Fiquei de cócoras ao seu lado e apertei-lhe a mão com delicadeza. — Wymund não o teria mandado vir conosco se esse fosse o caso.

Não mencionei minha suspeita de que ele enviara Alek para supervisionar Denna, possivelmente espioná-la. Alek ainda não havia mostrado nenhum sinal de habilidades mágicas, mas se havia algo que eu aprendera sobre Zumorda até então era que as aparências enganam.

Denna endireitou os ombros e respirou fundo, mas eu sabia que não lhe havia convencido.

— Ei. — Enfim me sentei. — O que importa é que estamos nessa jornada juntas. — Por mais desagradável que estivesse sendo, não trocaria aquilo por nada.

— Fico agradecida. — Ela deslizou a mão na minha, a conexão me lembrando de que Alek nos havia deixado a sós. Seus olhos verdes pareciam quase cinza na penumbra; suas bochechas, pálidas, em contraste com seus lábios macios e róseos. Só olhar para ela me deixava sem ar.

Inclinei-me para a frente e sussurrei em seu ouvido.

— Se você me der um beijo, prometo que não discuto com Alek… pelo menos até depois do jantar.

Senti seu sorriso contra minha bochecha, então ela virou o rosto na minha direção e seus lábios encontraram os meus em um beijo que fez minha pulsação acelerar. A sensação de tê-la em meus braços fez o resto do mundo desaparecer e, por alguns minutos, nossos problemas pareciam tão distantes quanto as estrelas.

— Está escurecendo — murmurou entre os beijos.

— A maldita madeira, eu sei — disse, ficando de pé com relutância.

— Talvez eu me sinta melhor a respeito de tudo quando chegarmos a Kartasha — falou ela.

— Eu sei que me sentirei. Só quero começar logo as negociações com a rainha para que Thandi envie um embaixador de verdade, e nós possamos nos concentrar em encontrar alguém para ajudá-la com a magia. — Quanto mais rápido fizéssemos aquilo, mais rápido poderíamos ter uma vida de verdade juntas.

Quando Alek retornou com uma rede cheia de peixes frescos, eu já havia desequipado e escovado os cavalos, montado duas tendas e preparado uma fogueira. Não foi difícil achar madeira seca — um terço das árvores parecia estar morta. A seca que Wymund havia mencionado era evidente na paisagem à nossa volta. Tive que limpar uma boa área no chão para que fosse seguro começar uma fogueira.

Alek olhou em volta do acampamento.

— Eu lhe disse para não desequipar meu cavalo.

Fiquei furiosa, mas permaneci quieta, lembrando-me de minha promessa para Denna.

— Ela só estava tentando ajudar — disse Denna.

Alek suspirou e então, sem dizer palavra, começou a enfiar peixes eviscerados em um espeto de um jeito que sugeria que gostaria de estar fazendo aquilo comigo.

— Então, o que devemos esperar de Kartasha? — perguntou Denna, com um tom leve. Era evidente sua tentativa de reduzir a tensão antes que eu e Alek decidíssemos jogar um ao outro no fogo.

— Um monte de besteira — resmungou Alek, colocando os peixes próximos às brasas. — O guardião de Kartasha não é alguém digno de confiança. — A luz do fogo deixava os sulcos em seu rosto ainda mais profundos. — Sobre a grã-vizir, ela é poderosa, mas não subestime a influência da guardiã sobre ela.

— Como você conhece a guardiã de Kartasha? — perguntou Denna.

— Laurenna e eu crescemos no mesmo cortiço — disse. — Escolhemos caminhos diferentes.

Seu tom deixou claro que mais perguntas não seriam bem-vindas.

Suspirei. Wymund parecia pensar que Alek nos ajudaria, mas devido à sua falta de desejo de dividir informações úteis, não parecia ser o caso.

Depois que terminamos de comer e Denna tomou seu chá noturno, ela parecia um pouco trêmula.

— Você deveria descansar — eu lhe disse.

Ela concordou sem nem discutir. Acomodou-se em seu saco de dormir, massageando os antebraços, e ponderei se a raiz-da-paz aliviava mesmo suas dores. Sarika disse que ela poderia tomá-la por uma semana ou duas, mas e se parasse de funcionar antes disso? A magia de Denna voltaria com toda sua imprevisibilidade. A ideia fez um arrepio involuntário percorrer meu corpo. O estalar da madeira seca ecoava minhas preocupações. Bastava pouco para lhes atear fogo.

— Eu fico com o primeiro turno de vigília — Alek me disse.

Franzi a testa.

GELO & SOMBRAS

— Eu tenho feito a primeira ronda nesta jornada.

— E agora sou eu, porque estamos no meu reino e o primeiro turno é o mais perigoso. Você nem tem uma espada.

Seu comentário doeu. Desde criança, eu sempre quisera aprender a manusear uma espada, mas a princesas mynarianas não se ensinavam tais coisas. Mantive a boca fechada com toda a força de vontade que possuía. Só porque ele planejava pegar o primeiro turno vigiando o acampamento não significava que eu também não podia cuidar de Denna. Seus olhos já estavam fechados, seus cílios escuros lançando sombras que dançavam sob a luz da fogueira em seu rosto.

— Vou ficar acordada mais um pouco para pelo menos ter certeza de que ela está bem — disse.

— Fique à vontade — respondeu Alek e partiu para andar pelo perímetro de nosso acampamento.

Eu me encolhi com as costas voltadas para Denna, grata pela pequena proteção que nossa proximidade fornecia contra o frio crescente. Ainda assim, quando Alek veio me entregar o posto, senti como se congelasse até os ossos. Acabei caminhando pelo acampamento, torcendo para que o fato de fazer o sangue circular me mantivesse aquecida e acordada. O frio não diminuiu, mas eu não precisava me preocupar em ficar acordada — Alek roncava como se milhares de troncos estivessem sendo serrados.

Pela manhã, eu estava totalmente exausta. Depois de um rápido café com pão e queijo que trouxemos do castelo, nós três pegamos a estrada novamente. Permiti-me relaxar nas passadas largas de Flicker, agradecida pelo calor que irradiava de seu flanco para minhas pernas. Quanto mais em direção ao sudeste viajávamos, mais seco o terreno se tornava. Os cascos de nossos cavalos levantavam poeira a cada galope, e o único sinal visível de neve era no pico das montanhas mais altas.

— Normalmente é seco assim por aqui? — perguntei.

— Não — respondeu Alek, sempre uma fonte de informações.

— Não me parece que deveria ser — refletiu Denna. — Não chove muito em Mynaria nessa época do ano? A maioria das tempestades de outono segue para o sudeste, e não há uma barreira geográfica que previna sua chegada.

— É só uma seca — disse Alek. — Acontece de anos em anos por estas partes. Agora cuidado ao conduzir seu cavalo. Esta trilha está prestes a ficar difícil.

Ele assumiu a dianteira e nós três guiamos nossos cavalos por uma decida íngreme em direção a um vale estreito, desviando de algumas rochas e árvores caídas pela estrada. Mal havíamos chegado ao vale quando Alek estacou repentinamente. Nem tive tempo de me inclinar para trás na sela e puxar as rédeas para evitar que Flicker batesse nele.

— Mas que praga — disse Alek.

Olhei surpresa para ele. Apesar de ser grosseiro, ele tinha um certo ar de dignidade, e a blasfêmia me assustou.

Empurrei Flicker para a frente apenas o suficiente para enxergar além de Alek. Um rio corria furioso à nossa frente por um leito cheio de pedras de todas as formas e tamanhos, e a ponte que o atravessava não passava de pedaços de madeira arrebentados e queimados. A princípio, achei que era a isso que Alek havia reagido — até que vi o corpo de três soldados do Castelo de Duvey amarrados no meio da estrada, seus olhos vítreos abertos para o céu.

Meu estômago revirou com a visão dos corpos. Alek se recuperou primeiro, desmontou e andou com seu cavalo até o local onde estavam. Flicker permaneceu parado no lugar sob mãos firmes de Mare.

— Nossos batedores — disse Alek laconicamente.

— Devem ter sido os mesmos guerreiros de Sonnenborne que atacaram Duvey — sugeriu Mare, por fim fazendo com que Flicker desse alguns passos à frente.

— Mas foram espertos — Alek notou, apontando para um ferimento no abdome de um homem. — As lanças do povo Sonnenborne não deixam marcas irregulares.

— E os outros dois? — perguntei, tentando impedir que minha voz tremesse.

— Pancadas na cabeça, ao que parece. Algum tipo de arma de haste, talvez até mesmo uma bisarma.

— Eles usam este tipo de arma? — perguntou Mare.

— Certamente — disse Alek. — Mas os tamers usam armas de haste mais primitivas. À primeira vista, isso parece trabalho deles.

— Mas você não acha que seja? — perguntei.

Ele cutucou o ombro de um soldado com sua bota e gesticulou para o pó cor de ferrugem que cobria o rosto e os ombros do cadáver.
— Isso é pó de raiz-da-paz. Tamers nunca encostariam nisso.
— Achei que raiz-da-paz tinha que ser ingerida em forma de chá.
— Não tinha ideia que poderia ser usada como arma. A possibilidade me encheu de medo.

Alek balançou sua cabeça.
— Existem herbolários habilidosos que a misturam com beladona e transformam tudo em pó. A mistura é cara, mas poderosa o suficiente para deixar quase qualquer usuário de magia inconsciente e suprimir sua Afinidade.
— Você disse que os tamers não tocariam nisso, mas o povo de Sonnenborne, sim? — perguntou Mare.
— O povo de Sonnenborne não tem magia. Para eles, não há nada a temer. — Alek resmungou outra coisa que parecia um xingamento. — Raiz-da-paz também é uma planta não nativa. Tamers usam apenas recursos locais.
— Então os tamers não fazem comércio com forasteiros? — perguntei. Teria sido a única maneira de conseguirem raiz-da-paz.
— Normalmente não.

Alek olhou para a estrada que continuava além da ponte queimada.
— Isto só torna ainda mais crucial chegar até a rainha — concluí baixinho. Junto com a carta que Mare recebera do irmão, era claro que Sonnenborne estava fazendo avanços agressivos tanto em Mynaria como em Zumorda. Nós precisávamos pelo menos chegar a um acordo para trabalharmos juntos e impedi-los.
— Você está certa — disse Mare. — Podemos fazer alguma coisa por estes soldados? Dar-lhes um enterro apropriado antes de continuarmos?

Alek balançou a cabeça.
— Eu vi o planejamento dos batedores alados antes de partir. Chegarão aqui em, no máximo, um dia ou dois.
— Melhor deixar alguma evidência com que possam trabalhar — continuei, entendendo a linha de raciocínio de Alek.

GELO & SOMBRAS

Ele me deu um olhar afiado e eu voltei os olhos para o chão, desejosa de que eu não tivesse demonstrado ser mais do que a serva de Mare. Tentei acalmar a brasa da frustração ardendo em meu peito. Havia pouca coisa no mundo que eu odiava mais do que bancar a idiota e, agora que Mare e eu não estávamos mais sozinhas, sabia que teria que ter mais cuidado. Minhas chances de sobreviver e ficar com Mare dependiam de manter minha verdadeira identidade em segredo.

— Como atravessaremos o rio? — perguntei a Alek, esperando que me submeter a suas ideias pudesse distraí-lo de indagar como eu sabia sobre padrões de reconhecimento ou investigação de cenas de crime.

Alek olhou pensativo para a água, mas não respondeu. O rio agitado formava uma barreira intransponível. De ambos os lados, havia largas áreas de terreno lamacento, o que indicava que o nível da água estava mais baixo que de costume, mas isso só significava que ele corria com mais violência por sobre as rochas.

— Nós teremos que encontrar outra rota — disse Mare, já virando Flicker para o sul. — Este não pode ser o único ponto de travessia. Ou, talvez, tenha uma parte mais rasa. Não é tão largo.

Alek levantou a mão carnuda para interrompê-la. Senti Mare ficando tensa em meus braços. Olhei preocupada para os dois. Eu não podia esperar que Mare fosse diferente de quem era, a garota valente e corajosa por quem me apaixonei, mas queria que ela se controlasse só um pouco para se dar melhor com Alek. Ele era intimidante e, mesmo achando a possibilidade improvável, poderia matar nós duas e nos deixar na floresta se quisesse. Além do mais, Mare precisava praticar a diplomacia antes de chegar em Kartasha ou Corovja, lugares em que sua habilidade de conviver com pessoas de quem discordava teria muito mais importância.

— Consegue chegar um pouco mais perto da água? — perguntei para Mare.

Ela me atendeu, guiando Flicker para o lamaçal perto da margem. Pegadas de cascos em direção à ponte marcavam a passagem de muitos cavalos antes de nós.

— Os cavaleiros de Sonnenborne definitivamente vieram por este caminho — falei, apontando para as marcas de casco na lama. — Devem ter queimado a ponte para que ninguém fosse capaz de segui-los.

Alek resmungou alguma outra coisa que provavelmente era mais um xingamento.

— Bons olhos, Lia — disse para mim.

Dei de ombros de forma tímida, esperando que ele não considerasse aquilo grande coisa. Observação e dedução eram partes cruciais do trabalho de qualquer acadêmico, e era bom usar aquelas habilidades, mesmo que devesse ter ficado quieta.

— Não é estranho que tenham vindo para o sudeste em vez de irem diretamente para o sul, de volta à terra deles? — perguntou Mare.

Alek balançou a cabeça.

— Não existem rotas comerciais naquela direção, só território tamer e fazendeiros hostis. Este é o caminho mais rápido para o sul.

— Eu achei que os tamers viviam na parte oriental de Zumorda — comentei. Geografia tinha sido uma das matérias em que mais me destaquei em meus estudos, e minha memorização de detalhes cartográficos sempre foi excelente.

— O que te faz pensar isso? — perguntou Alek, dando-me uma olhada desconfiada.

Por dentro, estremeci por ter dado uma dica tão óbvia de minha verdadeira identidade, mas consegui fazer uma expressão confusa e inocente.

— Eu vi um mapa uma vez. Estava errado?

— Devia ser um mapa velho. Outro grupo tamer se estabeleceu ao sul há mais de cinquenta anos — explicou Alek em um tom brusco.

— Existem outras pontes por perto? — perguntei, na tentativa de impedir que ele pensasse demais sobre qualquer coisa que eu dissera, voltando sua atenção para o problema atual.

— Não, e o rio é mais fundo e rápido do que parece, mesmo no raso — comentou Alek.

A correnteza já me parecia bastante rápida, mas não falei nada. Senti que seu comentário era mais destinado a Mare.

Havia rios como este em Havemont, onde cresci. Eu costumava caminhar por trilhas nas montanhas com meu pai e minha irmã, aprendendo onde pisar, a encontrar bons bastões e evitar atravessar qualquer coisa que se parecesse com este rio, porque era muito fácil ser arrastada pela correnteza. A tristeza que carregava comigo desde que deixara Havemont aumentou, deixando a solidão sufocante. Mesmo amando muito Mare e ciente de que havia feito a escolha certa ao permanecer com ela, eu sentia falta de minha família. Todos, com exceção de minha mãe, pensavam que eu estava morta, e não sabia se ela tinha contado a verdade para meu pai e irmã. Parte de mim torcia para que houvesse contado. Não podia suportar a ideia de fazer minha família sofrer sem necessidade.

— O que você acha que deveríamos fazer? — Mare perguntou para mim, fazendo Flicker dar alguns passos em direção ao sul pela margem do rio. A poucos metros da ponte destruída, era visível a forma de lua crescente de outras marcas parciais de casco. O cavaleiro deve ter se mantido perto da água. Quaisquer outros rastros tinham sido apagados pelo rio.

— Parece que mais alguém tentou ir para o sul para encontrar outro ponto de travessia depois de a ponte ter sido destruída. — Apontei para as marcas de cavalo.

— Parece que esta é a nossa única alternativa também — pontuou Alek, juntando-se a nós. — Só tem um problema. Estão vendo aquelas árvores? — Ele apontou para algumas árvores perenes ao sul. — Ali começa o território dos tamers. Seja lá quem deixou essas pegadas rumo ao sul estava prestes a descobrir isso do jeito mais difícil.

— Baseado no que Wymund me contou, preferiria evitá-los — disse Mare.

— Poderíamos acampar perto daqui, e eu deixaria de tomar minha próxima dose de raiz-da-paz — sugeri. — Talvez a magia de fogo possa ser usada para conter a água por um tempo, ou talvez…

AUDREY COULTHURST

— Não — Alek e Mare disseram em uníssono de modo veemente.

Eu me encolhi. É claro que aquilo tinha que ser a única coisa em que concordavam. Queria tanto ajudar, deixar de ser essa pessoa inútil e perigosa presa em minha própria incompetência. Além disso, por mais grata que estivesse pelo fato de a raiz-da-paz evitar que algo ruim acontecesse em nossa jornada, o vazio deixado pela ausência de minha magia me fazia sentir entorpecida e desequilibrada. Os poderes permaneciam só um pouco fora de alcance, como se, caso tentasse com afinco, eu pudesse alcançá-los através da neblina. E a raiz-da-paz não ajudava em nada a aliviar os sintomas físicos de ter exagerado no uso de meus poderes — meus braços ainda doíam e os pontos de formigamento persistiam. Eu nunca me sentira tão diferente de mim mesma.

— Teremos que nos arriscar e cavalgar para o sul — concluiu Alek, parecendo descontente. — Se ficarmos próximos ao leito do rio, mais afastados da floresta, há uma chance de que não se sintam ameaçados.

Um arrepio de nervosismo percorreu meu corpo. Se alguma coisa acontecesse, eu não teria minha magia, que estava inutilizada. Alek tinha sua espada e Mare tinha seu arco. Eu não tinha meios para me defender.

Cavalgamos ao longo do rio por algumas horas, o ritmo de nossos cavalos diminuído por termos que desviar de rochas caídas na margem. As árvores ficavam maiores conforme avançávamos para o sul, apesar de muitas estarem mortas, como nas florestas mais esparsas ao longo da estrada principal. Fui ficando mais preocupada à medida que o sol seguia seu caminho rumo ao oeste, pensando se seríamos capazes de atravessar o rio a tempo de acamparmos a salvo dos tamers.

— Devemos estar chegando perto — anunciou Alek com um tom de voz tão suave que quase não o ouvi por causa do barulho do rio.

Mal tínhamos avançado uns trinta metros quando Flicker recuou tão repentinamente que eu teria caído se não estivesse agarrada com firmeza a Mare. Duas pessoas haviam se materializado, aparentemente vindas do nada, e agora bloqueavam nossa passagem. Suas roupas eram bem ajustadas, feitas de couro e peles, com manchas que as ajudavam a se misturar com o ambiente. Uma era uns quinze centímetros mais alta do que a outra, mas, fora isso, tinham poucas características que as diferenciassem.

— Deem a volta — disse o homem mais alto em um zumordano carregado de um estranho sotaque.

— Não queremos invadir — disse Alek. — A ponte norte foi destruída, e ficaríamos gratos em usar uma que esteja em suas terras. Não nos demoraremos.

— Não há passagem para o seu tipo aqui — falou o outro homem, colocando a mão na faca de caça presa em sua cintura. Um cão aos seus pés rosnou, fazendo Flicker bufar agitado.

— Já fizeram estrago o bastante — disse o primeiro tamer, gesticulando para a árvore morta próxima de nós. — Vocês, pessoas da cidade, com seu desmatamento e suas plantações, são a razão pela qual esta seca recaiu sobre nós.

Imaginei por que pensavam isto com tanta veemência — se aquilo estava de alguma forma incorporado em seu sistema de crenças ou se havia alguma verdade no que diziam. Poderia a magia estar, de alguma forma, por trás da seca? Talvez a magia que o povo da cidade usava e os tamers não?

— Devemos respeitar os desejos deles — Alek falou para mim e Mare. — Teremos que procurar outro lugar para atravessar.

Em vez de parecerem apaziguados pelas instruções de Alek para que abandonássemos o plano de seguir adiante, os dois tamers sacaram suas armas. Flicker recuou enquanto Mare apertava as rédeas.

— Atravessem aqui e seus cadáveres poluirão nossa área de pesca — ameaçou o homem mais alto, avançando de forma agressiva.

Mare olhou para Alek em busca de uma indicação de onde ir, mas os olhos dele estavam fixos nas armas dos tamers enquanto recuava seu cavalo.

— Iremos para o norte o máximo que pudermos, assim não os incomodaremos — negociou Alek.

— Não temos tempo para isso — disse Mare em linguagem comercial, sem dúvidas na esperança de quem os tamers não compreendessem. — Já perdemos quase metade do dia cavalgando rumo ao sul!

Alek não tirou por um minuto os olhos dos tamers, mas sua expressão azedou-se ainda mais com as palavras de Mare. Antes que pudesse respondê-la, outra dupla de tamers se materializou atrás de nós, vindos de alguma árvore próxima. Estávamos cercados. Minha boca ficou seca, e me agarrei ainda mais forte a Mare.

— Maldição dos infernos — Alek murmurou.

— Alek? — A voz de Mare oscilou com a incerteza. Se fôssemos fugir, tínhamos que fazer isso agora, antes que se aproximassem.

— Siga-me e não faça nenhuma pergunta estúpida nem perca tempo — avisou Alek, virando seu cavalo repentinamente em direção ao rio.

Ele tirou uma mão das rédeas e rapidamente traçou um símbolo intrincado que parecia o do deus da água enquanto murmurava alguma coisa bem baixinho. A correnteza diminuiu de velocidade e começou girar em um redemoinho até formar uma trilha que parecia firme e lisa como vidro.

Todos os tamers começaram a gritar, então apertaram o cerco. Alek bateu os calcanhares nos flancos de sua lenta montaria, e o animal deu um salto assustado em direção à superfície transparente da ponte. Os cascos do cavalo atiravam água para trás, mas não afundavam na ponte. De alguma maneira, Alek usara magia para solidificar a água. Soltei um suspiro de espanto. Tinha imaginado que ele possuía algum tipo de Afinidade, mas seu comportamento ranzinza me fizera não querer perguntar nada. Queria poder ter sentido o que ele estava fazendo, ver a magia, mas a raiz-da-paz deixava minha visão para isso ainda pior que de costume. Ele parecera um soldado rezando, nada mais.

— Rápido! — gritou Alek para nós, com a voz tensa.

Mare fez com que Flicker avançasse em direção à ponte de água. Ele empacou na lama, pulando, bufando e empinando enquanto Mare o cutucava com os calcanhares. Parecia que os cães dos tamers se haviam multiplicado atrás de nós, e um bando inteiro deles se juntou

GELO & SOMBRAS

latindo e tentando morder as pernas de Flicker. Ele os atacou com coices, e eu me grudei a Mare, com medo de cair.

—Vamos! — gritou Mare para Flicker, sem a calma habitual que ela mantinha quando estava perto do cavalo. Assustado, ele pulou na água e subiu atrapalhado pela ponte, caminhando de forma instável como um potro recém-nascido. Os cães pularam na água para nadar atrás de nós, recuando apenas quando alcançamos a parte mais funda. Cometi o erro de olhar para baixo, e meu estômago se revirou com a visão da espuma branca por debaixo da superfície vítrea da ponte, que estava rapidamente se estreitando.

— Segure firme! — avisou-me Mare, e eu obedeci com todas as forças enquanto Flicker tropeçava rumo à margem oposta e o último trecho da ponte desaparecia dentro da água. Virei para ver os tamers uns ao lado dos outros na margem oposta, armas ainda sacadas caso fossemos estúpidos de tentar retornar. Alek balançou perigosamente na sela, escorregando um pouco por cima do pescoço do cavalo. Cavalgamos ao lado de seu cavalo para ajudá-lo caso perdesse o equilíbrio, mas Alek nos afastou.

— O que em nome do Seis Infernos foi aquilo? — perguntou Mare a Alek.

Alek murmurou uma resposta ininteligível.

— Ele deve ter Afinidade com a água — falei.

—Temos que continuar cavalgando — anunciou Alek, endireitando-se de modo atrapalhado e estalando a língua para que seu cavalo continuasse. Ele cambaleava na sela como um bêbado.

Mare e eu trocamos um olhar nervoso, mas rapidamente fizemos com que Flicker seguisse Alek e seu cavalo enquanto cavalgavam em direção a nosso destino.

— Os tamers não vão nos seguir? — perguntei.

— Improvável — disse Alek. — Nós fomos embora. Isso é tudo o que importa para eles.

Mesmo que suas palavras fossem tranquilizadoras, não pude evitar ficar olhando por cima do ombro pelo resto do dia até acamparmos perto da estrada principal naquela noite.

Alek se recuperou nos próximos dias, mas foi um processo longo. Eu continuei bebendo meu chá de raiz-da-paz e fazendo minha magia recuar, tentando não deixar que a intensidade crescente de minhas dores de cabeça me fizesse diminuir o ritmo. Casca de salgueiro não era mais suficiente para aliviar a dor, mas a raiz-da-paz era a única coisa que me daria segurança, então eu ingeria a bebida e afastava as preocupações sobre a escassa porção que me restava e o que aconteceria depois.

Alguns dias antes de chegarmos a Kartasha, Alek finalmente estava bem o bastante para voltar a pegar o primeiro turno de vigia de novo, deixando Mare e eu encolhidas em frente à nossa pequena fogueira.

— Como se sente? — perguntou-me Mare. Ela fazia a mesma pergunta todos os dias, às vezes mais de uma vez, mas naquela ocasião parecia haver mais peso em sua voz. Sabia que ela estava perguntando sobre o que nos esperava em Kartasha e não apenas se eu estava sobrevivendo bem à viagem.

— Estou nervosa — admiti. Mare tinha um objetivo claro ao chegar em Kartasha, mas o meu papel me provocava uma insegurança estranha.

— Com o quê? — perguntou Mare.

— Ter que fingir ser sua dama de companhia parece relativamente fácil depois das farsas políticas com que lidei como princesa — respondi. — Mas e se alguém descobre quem sou, que não estou morta? Dizem que Kartasha é cheia de vigaristas e ladrões. E se lá houver pessoas que querem devolver uma princesa perdida para seu noivo ou seus pais, na esperança de uma recompensa?

— Não vou permitir que ninguém tire você de mim. — Os olhos cinzentos de Mare pareciam piscinas escuras na luz do fogo. A ferocidade de sua expressão acendeu uma fagulha de desejo em mim. Até conhecê-la, eu nunca soube como era ser tão desejada ou amada. Também não sabia o tanto que tinha a perder.

— Eu sei — sussurrei. — Só estou assustada. — Pronunciar meus medos em voz alta os tornava muito mais graves. Parte do problema, e que deixava tudo pior, era que eu não tinha mais um propósito. Não sabia o que faria depois de aprender a controlar meus poderes. Não conseguia enxergar um caminho à frente que levasse a uma vida simples para mim e Mare. E, mesmo se fosse possível, eu seria feliz levando uma vida modesta sabendo que minha Afinidade era poderosa o suficiente para fazer diferença no mundo?

— Entendo. Também estou preocupada. Mesmo com você para me guiar, tenho certeza que vou encontrar um jeito de parecer uma idiota na Corte Invernal. — Mare suspirou. — E agora que Sonnenborne já iniciou a invasão a Mynaria, não posso correr esse risco.

— Sei que você vai conseguir — falei. A chave do sucesso em qualquer corte residia mais na confiança do que no conhecimento. — Apenas se lembre do que conversamos no caminho para cá. Pare e reflita antes de falar. Seja ativa, não reativa. Você é uma princesa e uma embaixadora, tem o direito de exigir respeito dos nobres do mais alto escalão na corte de qualquer reino. — Pelo menos recitar as lições que foram enfiadas em minha cabeça desde a infância fazia com que eu me sentisse mais à vontade.

— Você faz parecer tão fácil. Por que a ordem política não pode ser decidida com um concurso de quem bebe mais? — perguntou. — Eu poderia ganhar assim.

Eu ri, e um pouco de minha tensão se dissipou.

— Bem, quando estiver de volta a Mynaria, louvada por suas excepcionais habilidades como embaixadora, e Thandi lhe conceder uma enorme propriedade na colina, pode começar sua própria corte onde essa seja a forma preferida para um recém-chegado estabelecer sua posição. — Eu falava com a autoridade da alteza que um dia fora, e Mare já estava rindo antes de eu chegar à metade.

— Isso seria perfeito — comentou.

— Não seria? — Deitei a cabeça em seu colo e ela acariciou meus cabelos, distraída. — Poderíamos ter um estábulo cheio de cavalos para você treinar e vender, e talvez eu começasse uma galeria de artes. Mas não seria apenas para os nobres. Poderíamos convidar artesãos locais e músicos. Torná-la um ponto de referência para os melhores do reino.

— É isso que quer? — perguntou ela, com uma voz curiosa e carinhosa.

— Honestamente, não sei. — Era difícil pensar além das atuais preocupações de conter o avanço de Sonnenborne e encontrar alguém que pudesse me ensinar a controlar meus poderes. Além disso, como meu poder do fogo poderia se encaixar em uma vida simples como a que agora fantasiávamos para nós?

— Então vamos descobrir isso juntas — Mare me confortou.

— Isso é algo que eu sei que quero. — Sentei-me para dar-lhe um beijo que logo se transformou em vários, e então me aconcheguei a ela. Seja lá onde eu acabasse nesta vida, o único lugar em que sabia que queria ficar era perto de Mare.

SETE

Kartasha era mais do que tudo que nos prometeram. Como a camada de poeira em nossas roupas poderia atestar, nossa jornada fora na seca, mas a neve ainda coroava a grande montanha que surgia ao leste da cidade. O pôr do sol banhava seu pico em tons de pêssego e coral. À diferença de minha cidade natal, Lyrra, em Kartasha não havia muralha para marcar os limites da cidade, e me perguntei como a rainha ou a Corte Invernal controlava quem entrava ou saía. Não era de se admirar a fama de que Kartasha era a de um lugar sem lei.

— Teremos que desmontar para entrar na cidade — contou-nos Alek e, claro, uma placa na estrada em que viajávamos indicava que deveríamos prosseguir a pé. Eu me achava pequena no chão do lado de Flicker depois de tantos dias na sela, e sentia falta do corpo de Denna perto do meu.

— Pretende ir direto para a Corte Invernal? — perguntou Alek, cutucando sua montaria para que desse passagem a um carro de bois.

— Não há tempo a perder — respondi. Odiava o fato de ter que bater àquela porta enlameada da viagem, mas que outra escolha tínhamos? Já era tarde demais para ter esperanças de que marcassem uma audiência para nós antes do amanhecer.

— Então siga em direção à torre. — Alek apontou para uma construção alta e branca que ficava no meio da montanha. — Vá na frente.

Pisquei, surpresa. Sua instrução devia ser uma questão de protocolo, ou então ele só não queria ser o primeiro a colocar os olhos na Guardiã Laurenna. Com o pouco que falara sobre ela, estava claro que, se tivesse escolha, nunca mais gostaria de estar na mesma cidade que ela.

— Qual a melhor forma de chegar? — perguntei, torcendo para que soasse mais confiante do que me sentia.

— Siga a estrada principal até a fonte e vire à esquerda — explicou, colocando o capuz de sua capa.

A quantidade de pessoas aumentava à medida que adentrávamos cada vez mais a cidade. Todos andavam com arma à mostra — facas enfiadas em cintos, espadas afiveladas a cinturas, outros tipos de lâminas presas em cruz sobre o peito. Bandeiras brancas pareciam decorar todos os prédios, e algumas pessoas até haviam desenhado dragões brancos com cal na frente de suas lojas em homenagem à rainha. A magia cintilava à nossa volta, algo tão corriqueiro quanto respirar. Uma vassoura varria sozinha a entrada de um bar. Roupas em uma bacia se torciam sem mãos para guiá-las. Olhei para Denna, cujos olhos estavam arregalados de admiração. Por outro lado, meus sentimentos eram mais parecidos com os do meu cavalo, que claramente estava tendo dificuldade em não se assustar como um potro novato a cada nova coisa que avistava.

— Com licença — disse um homem atrás de mim em uma linguagem comercial truncada. Dei um passo ao lado para deixá-lo passar, ficando chocada quando vi o traje de Sonnenborne. Mais duas pessoas vinham apressadas atrás dele, ambas carregando pilhas altas de tecido dobrado.

— Pelos Seis Infernos, o que pessoas de Sonnenborne estão fazendo aqui? — perguntei.

— São mercadores de tecido. — Alek deu de ombros.

— Eles acabaram de atacar uma cidade a uma semana a cavalo daqui!

GELO & SOMBRAS

— E por isso é improvável que aqueles mercadores estivessem envolvidos no ataque — comunicou Alek vagarosamente para mim, como se eu fosse muito estúpida.

— Kartasha é um território neutro — acrescentou Denna.

— Talvez as pessoas mudem de opinião depois que compartilharmos detalhes do ataque — ponderei. Ainda assim, aquilo não me cheirava bem. Os rumores deveriam ter chegado antes de nós, mesmo que fôssemos as informantes oficiais. Isso não teria feito as pessoas suspeitarem do povo de Sonnenborne, especialmente se soubessem que crianças haviam sido raptadas durante a batalha?

Passamos por bares zumordanos, cada um deles tomado por zumbidos de conversas à medida que se enchiam ao cair da noite. Eu tinha o pressentimento de que, assim como as cervejarias de Mynaria, aqueles eram ótimos locais para se inteirar dos rumores e conseguir informações, para alguém que dominasse línguas suficientes. Kartashianos pareciam ser oriundos de todos os lugares dos Reinos do Norte. Vestiam diferentes variedades de tecidos, das peles do longínquo norte até os trançados feitos em teares do sul desértico. Animais de carga variavam entre burros, cavalos e bois, e eu também nunca havia visto tantos bichos soltos. A princípio fiquei assustada, até entender que muitos dos animais que perambulavam eram pessoas em formas manifestadas.

Seria aquela uma das habilidades de Denna assim que ela dominasse sua magia? A ideia me deixou nervosa, contudo eu jamais permitiria que ela soubesse disso. As escolhas dela eram só dela, e cabia a Denna dominar sua magia. Tentei afastar minhas preocupações. Em parte, era por coisas assim que havia tanta suspeita sobre os zumordanos em minha terra natal — acusações de que pessoas eram menos humanas porque se transformavam em animais ou porque não cultuavam nossos deuses.

À medida que nos aproximávamos da torre, entramos em um enorme arco de pedra largo o suficiente para que dez cavaleiros o percorressem lado a lado. Parecia errado seguir ao lado de meu cavalo em vez de montada nele. Meu corpo vibrava de nervosismo. O teste para confirmar se eu poderia ser a embaixadora de que meu reino precisava estava logo à minha frente, e isso me fazia sentir saudades de casa. Talvez eu tenha entendido, pela primeira vez, como Denna se sentiu em sua primeira viagem a Mynaria, para seu casamento. Pelo menos ela passara a vida toda se preparando. Vir a Zumorda tinha sido um plano desmiolado de minha parte, desenvolvido às pressas para me certificar de que encontraria um jeito de Denna e eu ficarmos juntas, já que ela quase morrera para me salvar.

Eu nunca tivera um plano de longo prazo para minha vida, e meu futuro imediato era incerto demais para que eu fizesse um. Mas, agora que estava tão longe de casa, eu sabia que Mynaria era o meu lugar. Minha habilidade com cavalos me dera um prestígio por lá que eu não conseguiria em nenhum outro lugar. Talvez minha fantasia de infância de ter um uma fazenda afastada para me dedicar à criação e ao treinamento de cavalos longe dos olhos vigilantes da Coroa fosse apenas isso — uma fantasia —, mas eu sabia que em Mynaria poderia ter um futuro que amava, especialmente se Denna estivesse comigo. Saber que não poderíamos voltar até que ela conseguisse controlar sua magia era assustador o bastante, mas saber que teríamos que, de alguma forma, explicar que ela ainda estava viva ou esconder sua identidade para sempre… tudo isso me fazia sentir que o futuro que eu desejava era impossível.

Depois do arco, a ampla coleção de prédios aos pés da torre fervilhava de agitação. Serviçais corriam de uma construção para outra, ocupados com seus afazeres, e o cheiro de comida sendo preparada me fazia salivar. Outras pessoas, que tinham que ser nobres, moviam-se mais devagar, seus mantos cravejados de joias refletiam os últimos raios de sol.

Paramos diante de um pesado portão de madeira que dava para o interior da torre. Quatro guardas nos observavam, indiferentes.

— Minha espada é vossa espada — eu disse, saudando-os em um zumordano atrapalhado, como Alek me aconselhara.

Apenas a guarda mais próxima de nós reagiu, colocando a mão no punho de sua arma.

GELO & SOMBRAS

— De onde vens, forasteira? — perguntou em linguagem comercial.

Denna tomou a frente, desempenhando o papel de arauto em um zumordano bem melhor que o meu. — Apresento-lhes Sua Alteza, a Princesa Amaranthine de Mynaria, embaixadora oficial do Rei Thandilimon. Desejamos a todos da Corte Invernal força e prosperidade e viemos oferecer nossas espadas para o sucesso mútuo. — As palavras corriam de sua boca fluidas como água. Minhas bochechas ardiam. Nem havíamos chegado perto de alguém do alto escalão e eu já havia cometido um erro. Era grata a Denna por me salvar, mas queria que ela não precisasse fazer aquilo.

A guarda olhou Denna de cima a baixo, então tirou a mão da espada.

— Ela é sua senhora? — perguntou a Denna, apontando o queixo em minha direção.

— Sim — disse Denna.

— Por quê? — A guarda sorriu. — Ela é uma *vakos*. Tem alguma coisa estranha com você, mas claramente não é uma.

Denna parou, e eu quase podia ver sua mente tentando decifrar o sentido da palavra estrangeira. Percebi quando ela entendeu, pois sua expressão apagou-se completamente. Eu reconhecia aquele olhar. Denna dominara havia muito a máscara da neutralidade necessária para sobreviver à vida na corte.

— Ela é dignitária, e é uma honra servi-la. — A voz de Denna saía tão suave e respeitosa que eu mal a reconhecia.

A guarda parecia confusa com a resposta, mas voltou-se para mim e falou em linguagem comercial.

— Anuncie seu assunto com a Corte Invernal — instruiu.

— Chegamos com notícias sobre ataques recentes a Duvey e um cerco à minha terra natal, e, humildemente, desejo requisitar uma audiência com a rainha.

— Ataques? — Outro guarda colocou a mão em sua espada.

— Os problemas de outros reinos não são bem-vindos aqui — disse a guarda. — E a rainha não está concedendo audiências durante sua estadia.

Alek deu um passo à frente, ficando ao meu lado, e puxou seu capuz para trás.

— Sir Alek! — A guarda ajoelhou-se. Os outros logo seguiram seu exemplo.

Lancei em sua direção um olhar confuso, mas seu rosto estava impassível como sempre.

— Um de vocês idiotas não pode pelo menos chamar a Guardiã Laurenna ou a Grã-Vizir Zhari? — perguntou Alek. — Tenho uma mensagem urgente de Lorde Wymund, guardião de Duvey. E ela é a princesa de Mynaria, maldição!

Olhei para Denna, que parecia um pouco pálida. A diplomacia havia sido abandonada — pelo menos não fui eu que caguei no protocolo desta vez.

— Sim, claro, senhora, transmitirei suas palavras para ela imediatamente e verei se alguma delas pode recebê-lo — disse a mulher, então se encolheu, transformando-se em um cão.

Dei um passo rápido para trás, assustada, então me recompus. Não podia deixar que soubessem quão enervante eram suas habilidades para mim.

Minutos depois, o portão de madeira rangeu ao se abrir e fomos conduzidos para o pátio interno. Um dos guardas permaneceu próximo, vigiando-nos sem a menor sutileza. Quando o cão retornou e se transformou novamente em um humano, consegui me manter firme.

— Como um membro honrado da família real de Mynaria, foi-lhe oferecido um lugar para se hospedar aqui na corte — disse a mulher sem fôlego. — A Guardiã Laurenna e a Grã-Vizir Zhari vão recebê-la amanhã. Também está cordialmente convidada a comparecer ao coquetel de encontro diário desta noite para conhecer alguns dos nobres.

— É muita gentileza — consegui dizer, tentando não entregar a ansiedade que transbordava de mim. Um evento da corte parecia um ótimo lugar para causar uma péssima primeira impressão. Flicker deu um passo para o lado, induzido por minha tensão. — Por favor, comunique nossa gratidão pela hospitalidade à Guardiã Laurenna e à Grã-Vizir Zhari. Será um prazer aceitar o convite para o encontro desta noite.

Alek fez um som de descontentamento, mas a soldada parecia visivelmente aliviada por minha aceitação de sua oferta.

— Seus aposentos estarão prontos em breve. A atendente na ala dos mercadores, ao norte, vai acompanhar-lhes a seus quartos e providenciará banhos, se quiserem.

— Esperam que eu participe? — perguntou Alek para a guarda.

— A corte ficaria honrada com vossa presença, Sir Alek — disse a soldada, com os olhos brilhando de admiração. — Um quarto também será preparado para o senhor.

— E os cavalos? — perguntei.

— São muito bem-vindos nos estábulos da Corte Invernal. São os edifícios mais ao sul. Gostaria que um pajem os acompanhasse?

Olhei para Alek, e ele balançou a cabeça.

— Não, obrigada — recusei.

Depois disso, os guardas nos deram adeus e voltaram a seus postos, deixando que encontrássemos o estábulo.

Mal havíamos saído de perto deles quando Alek soltou um grunhido alto o suficiente para assustar um pajem que passava.

— Não acredito que Wymund me mandou nesta maldita missão.

— Você pode partir quando quiser — disse. Com certeza não iria me opor se ele desse a volta e partisse imediatamente para Duvey. Ele nos trouxera até Kartasha e nos colocara para dentro da Corte Invernal, então seu propósito já havia sido cumprido. Além disso, a única coisa que parecia ser mais capaz de arruinar uma recepção da corte do que minha presença era a presença de nós dois.

— Tenho ordens de garantir pessoalmente que as notícias do ataque cheguem a Laurenna. Não importa que ela esteja tão inclinada a me ouvir quanto a porcaria de um picolé. — O maxilar de Alek tremia.

— Se você e Laurenna não se dão bem, por que ela o convidou para permanecer na corte? — perguntei.

— Ela não é estúpida — respondeu Alek. — Vai querer saber as notícias que trago e não arriscaria ofender um membro da família real de outro reino. Ela gosta de manter a pessoa por perto para vigiá-la. Descobrir quem é, o que quer e do que é capaz antes de decidir seu valor.

— Ótimo — exclamei. Era como se ela concentrasse em uma só pessoa todos os piores defeitos dos nobres de Mynaria.

— Então o que faremos? — perguntou Denna.

— Lidaremos com a situação — apressei-me em dizer antes que Alek respondesse. — Se ela quer saber do que somos capazes, provaremos nosso valor. — Olhei os dois nos olhos, vendo dúvida no olhar de Denna e descontentamento no de Alek.

— Infelizmente, é a única coisa que podemos fazer — concordou Alek. Fiquei surpresa por ele estar de acordo.

Chegamos ao estábulo, que, para meu contentamento, parecia ser aquecido com algum tipo de calor irradiado. Além da porta dos fundos das baias que se encontravam abertas havia um imenso campo de pastagem que descia colina abaixo, todo cercado pelos muros da Corte Invernal. O estábulo não era muito grande, mas apenas alguns membros da corte mantinham os cavalos aqui — provavelmente os que tinham propriedades fora de Kartasha, para as quais era preciso se deslocar cavalgando. Pelo que eu sabia de Corovja, era um lugar tão hostil aos cavaleiros quanto a cidade natal de Denna, Alcantilada, então não havia muitos nobres que montassem bem, pois passavam a maior parte do tempo no norte.

Um cavalariço nos mostrou duas baias vazias no meio da fileira, gesticulando para a caixa de escovas pendurada na frente de cada uma enquanto tentava explicar em uma linguagem comercial truncada onde o feno e os grãos eram guardados. Então se apressou em ir ajudar outras duas pessoas que acabavam de entrar pela porta do outro lado do estábulo. Quando dei uma olhada melhor nelas, o choque quase me fez derrubar as rédeas: eram de Sonnenborne.

Reconheci de imediato as selas de combate e o corte de suas roupas. A túnica verde-escura da mulher quase batia nos tornozelos, as cores complementando de modo notável seu cabelo preto preso em um coque apertado na nuca. O gibão do homem era do mesmo estilo que eu lembrava de ter visto nos soldados de Lorde Kriantz, e meu estômago se revirou com a lembrança de meu sequestrador. Às vezes, não conseguia acreditar que ele estava morto. Continuava esperando um dia vê-lo caminhar em minha direção, vivo, com o mesmo olhar selvagem que havia em seu rosto quando assassinou meu melhor amigo.

—A Guardiã Laurenna disse que encontraríamos acomodação para os cavalos aqui — falou a mulher para o cavalariço. Sua linguagem comercial era fluida e bem treinada, como se tivesse aprendido por meio de estudo em vez de imersão.

— Sim, sim — confirmou o cavalariço, guiando-os para as duas baias vazias ao lado da de Flicker, perguntando, em uma linguagem comercial atrapalhada, se preferiam cuidar dos cavalos sozinhos ou se gostariam que ele o fizesse.

Eu fingia estar totalmente ocupada escovando a poeira e o suor da pelagem de Flicker quando senti o olhar da mulher pousar em meu cavalo.

— Se são capazes de cuidar daquele, deixarei o meu com você. — Ela passou as rédeas para o cavalariço, que levou a montaria dela para a baia junto à de Flicker.

Fiquei ouriçada. Mesmo com todo o respeito que o povo dela demonstrava por nossos cavalos de guerra, certamente não demonstravam nenhum para com nosso povo.

Com seus cavalos entregues, os dois deixaram o estábulo. Coloquei Flicker em sua baia e lhe joguei um pouco de feno. Meu cavalo, por sua vez, não parecia perturbado com seu novo colega de estábulo. Ele levantou a cabeça e então deu um suspiro antes de voltar para sua comida. Traidor.

Assim que o cavalariço terminou o que precisava fazer com os cavalos dos dois de Sonnenborne e correu para sua próxima tarefa, saltei por cima das barras que dividiam a baia de Flicker daquela ocupada pelo cavalo de Alek.

— Como eles podem estar aqui? — perguntei em voz baixa. — Mercadores de tecido na cidade é uma coisa, mas como a Corte Invernal pode permitir pessoas de Sonnenborne neste momento?

—Todos são julgados por seus próprios méritos aqui — respondeu ele.—Você deveria ser grata por isso.

Ignorei a indireta.

— Isso não faz sentido nenhum! — exclamei, minha voz ficando mais aguda. — Como alguém pode ter certeza de que estes dois não foram cúmplices no ataque a Duvey? Como sabe que pode confiar neles?

— Eu não sei — falou Alek. — Isso é problema de Laurenna e Zhari, não meu.

— Este lugar não faz sentido — gritei, afastando-me dele e saindo da baia de Flicker. Denna esperava por mim do lado de fora, lançando um olhar furtivo pelo corredor do estábulo, mas não havia mais ninguém por perto. — Como alguém pode se sentir seguro aqui? Como a Corte Invernal não foi dominada por qualquer um que irrompa pela porta da frente e comece uma matança?

Alek riu ao sair da baia de seu cavalo, alimentando ainda mais a minha raiva.

— Agora você está começando a entender. Os mynarianos ao menos sabem como o trono de Zumorda é passado adiante?

Olhei para Denna, mas ela apenas deu de ombros. Se sabia de alguma coisa, não se arriscaria a dizer na frente de Alek.

— Combate até a morte — explicou Alek. — O desafiante deve lutar contra três campeões do monarca em exercício e derrotar o rei em pessoa.

— O quê? —Aquilo soava mais como uma ditadura do que uma monarquia.

GELO & SOMBRAS

— Zumordanos respeitam o poder. O poder de um indivíduo, a magia dele e sua manifestação. — Alek colocou as escovas de volta nas caixas do lado de fora da baia de seu cavalo.

Eu o encarei.

— Então não tenho nenhum poder aqui.

— É você quem vai determinar isso — argumentou ele, e saiu do estábulo seguindo em direção ao norte.

—Você acredita no que ele está falando? — perguntei a Denna, desejando que ela fosse capaz de entender tudo e me dar alguma esperança de que eu não estava destinada ao fracasso.

— Este lugar é sem dúvida muito diferente de Mynaria ou Havemont — disse, sempre diplomática.

— Mas, pelos Seis Infernos, como posso ascender socialmente em uma corte em que as pessoas permitem que o inimigo entre pela porta da frente e na qual matam uns aos outros para provar sua força? — questionei.

Os olhos dela encontraram os meus, e apesar de eu ser capaz de ver o esgotamento neles, Denna irradiava uma força silenciosa que eu queria ter.

—Você não é boba — argumentou ela. — Observe e escute. Pegue as dicas dos que estiverem à sua volta e encontrará uma maneira.

Denna e eu saímos com pressa do estábulo e seguimos Alek em direção à ala dos mercadores. Ali, a atendente, uma mulher alta e angulosa com brilhantes olhos azuis, mostrou-nos primeiro o quarto de Alek. O aposento era pouco maior que um armário e não tinha banheiro privativo.

— Por favor, agradeça a Guardiã Laurenna por isso — ele disse à atendente, então entrou em seu quarto e fechou a porta com mais força do que o necessário.

Cobri a boca, mal conseguindo esconder um sorriso. Rude como ele fora comigo, era divertido ver alguém tratá-lo mal, mesmo com algo tão sutil quanto um quarto.

Os aposentos que nos foram dados, na outra ponta do corredor, também não eram grande coisa — só um quarto singelamente mobiliado, com cama, penteadeira, um pequeno armário e uma espreguiçadeira, na qual Denna deveria dormir, sendo minha dama de companhia. Uma pequena prateleira de vinhos ficava junto da penteadeira, com quatro taças empoleiradas no topo. O único adorno era um tapete cinza no chão, que claramente já havia visto dias melhores.

— Deveríamos ficar ofendidas porque nos deram quartos na ala dos mercadores? — perguntei a Denna, jogando minha mochila no chão perto da cama. — Não estamos nem perto do resto da corte.

—Acho que não — ponderou ela. — O quarto de Alek era claramente um insulto, mas há alguma demonstração de respeito e cautela em colocá-la aqui, longe dos outros cortesões.

— Mas por quê? — perguntei.

— Pelo que já vimos e pelo que Alek nos disse, o poder de alguém aqui é vinculado à habilidade de usar magia — explanou. — Aqueles com dons são naturalmente superiores àqueles sem dom algum. — Ela tirou sua capa suja e sentou-se no banco da penteadeira.

— Isso explica por que a guarda do portão parecia confusa por você trabalhar para mim, e não o contrário — ponderei.

— Colocá-la em um lugar com um grande número de usuários de magia seria perigoso. Como você se defenderia se alguma coisa acontecesse? — Ela olhava para mim com preocupação.

— Não havia pensado nisso — admiti. — E suponho que isso também facilitaria sair por aí matando pessoas importantes, caso esse fosse o meu objetivo.

— Isso também — concordou ela.

— Pelos Seis Infernos, estou exausta. — Deitei-me na cama, desejando que pudesse dormir em vez de comparecer a uma festa cheia de cortesões traiçoeiros e potencialmente assassinos.

— Melhor você se banhar antes que a água esfrie — comentou Denna, apontando para a banheira que fora preparada para mim no quarto de banho.

Resmunguei, mas me levantei, obediente.

— O que se supõe que eu faça nessa maldita festa?

— Veja se Alek pode apresentar-lhe alguém e, além disso, se consegue escutar algo — sugeriu Denna. — Na corte, quando alguém não sabe o que dizer, o melhor a se fazer é ouvir.

— Você é a única razão de eu ter alguma chance de não ferrar tudo. — Sorri para Denna, agradecida por estarmos mais uma vez em um lugar onde podíamos conversar como iguais. Ela era superior a mim de muitas maneiras.

— Você está aprendendo o vocabulário de Alek. Não tem como isso ser bom — provocou.

— O que seria bom é se viesse ficar na banheira comigo enquanto ela está quente — falei, arrancando as botas e as jogando para o lado.

Ela sorriu timidamente, com as bochechas corando.

Dei uma piscadela e segui para o quarto de banho, confiante de que ela me seguiria.

Minha primeira tentativa de integração à corte foi tão eficaz quanto tentar ensinar um cavalo a cagar carambolas. O coquetel foi oferecido na residência de um dos respeitáveis nobres da Corte Invernal, em uma construção muito maior do que a humilde ala dos mercadores. Adentrar o salão de festas revestido de ouro me encheu imediatamente do medo familiar que me acompanhava em qualquer evento da corte, mesmo que a decoração e o esplendor das indumentárias fossem totalmente diferentes do que eu já havia visto em casa. Havia colunas altas cobertas com vinhas de folhas douradas por toda a sala, e grupos de nobres interagindo em meio a elas. Tons pastel pareciam ser a moda da estação, e eu não poderia me sentir mais deslocada com meu uniforme formal azul-escuro de Mynaria. E não era como se a presença de Alek fosse de alguma ajuda. Sua expressão quando o arauto nos anunciou reunia toda a alegria de um animal que acabara de morrer atropelado na estrada.

— Eu vos apresento Sua Alteza Real, a Princesa Amaranthine de Mynaria e Sir Alek das Planícies Nebulosas — gritou o arauto por sobre o ruído das conversas no salão.

Algumas pessoas nos lançaram olhares curiosos. Um número muito maior de pessoas me observou com hostilidade descarada. Sorri, na tentativa de não demonstrar insegurança. Pelo menos eu estava acostumada aos olhares de desdém, dada a minha reputação em casa.

Lancei-me em direção à mesa de bebidas, passando por uma série grotesca de afrescos na parede, ignorando seja lá o que Alek resmungava atrás de mim. Um copo com uma bebida verde-clara com limão macerado no fundo foi colocado em minha mão, e eu o aceitei sem questionar. Estava cheio de gelo até a borda e decorado com um ramo de hortelã. Cheirava como repelente de insetos. E bastou um gole para descobrir que o gosto também parecia.

— Merda dos deuses, o que é esse negócio? — perguntei a Alek, que havia pedido um copo d'água à bartender.

— Licor de limão trucidado — disse em um tom severo.

— Bom, realmente é meio violento — ponderei. Tomei outro gole, preparando-me para o soco na garganta. — Poderia me apresentar a alguns de seus amigos? — pedi. Ele devia conhecer pelo menos algumas pessoas, dos tempos em que morava aqui antes de assumir seu posto em Duvey, e falar com praticamente qualquer um neste ninho de cobras poderia me ajudar a entender melhor a Corte Invernal.

— Não tenho amigos — retrucou Alek, como se a simples sugestão de que ele pudesse ter amigos fosse repulsiva.

— Conhecidos? — insisti.

— Não é exatamente aqui que prefiro passar o tempo — resmungou. — Além disso, há muitos forasteiros aqui, caçadores de espetáculos. Desejosos de que um pouco da magia dos aprendizes selecionados pela rainha seja absorvida por eles, sem dúvida.

— Você conhece Laurenna — apontei.

GELO & SOMBRAS

Seus dedos buscaram, por instinto, o punho de uma espada que não existia.

— Ela não está aqui. Você é a diplomata. Vá falar com as pessoas.

Suspirei. Ele claramente queria tanto minha companhia quanto desejava um coice na cara, e eu não me sentia muito diferente. Conversar não era o meu forte, mas ouvir eu sabia. O que gostaria mesmo de saber era por que havia pessoas de Sonnenborne na Corte Invernal e como poderiam interferir em meus negócios — que obviamente consistiam em acabar com essa besteira de embaixadora o mais rápido possível e voltar à tarefa de planejar meu futuro com Denna.

Escapei para perambular pelo salão, que ficava cada vez mais cheio, na esperança de pegar pedaços de conversa que talvez pudessem me ajudar a descobrir o que os cortesões achavam da rainha, de sua grã-vizir ou do povo de Sonnenborne. A maioria das pessoas conversava em linguagem comercial, então pelo menos não precisaria tentar traduzir o zumordano.

— ... aparenta estar mais fraca do que estava ano passado, tenho certeza disso — comentou uma mulher, um pouco mais alto do que um sussurro e destilando uma preocupação falsa.

— Sério, vai começar a subestimá-la agora? — perguntou o homem parado a seu lado.

— Claro que não! — respondeu a mulher, horrorizada com a sugestão. — Mas você tem que admitir que os tempos estão mudando quando a monarca é desafiada oito vezes nos últimos dez anos. Ela não pode continuar ganhando para sempre.

Franzi a testa. Quando Alek dissera como o trono era transmitido em Zumorda, não mencionara a ocorrência recente de desafios.

Outro homem do grupo me notou à espreita.

— Talvez você esteja certa, se houve um relaxamento na postura adotada com mynarianos. — Sua voz era mais alta que a dos outros, e seu olhar ainda mais frio que o de Alek.

Continuei andando, e bebendo rápido. Era inútil tentar começar uma conversa com pessoas que já tinham algo contra mim. Minha bebida acabou antes que eu percorresse metade do salão. Examinei a área em busca do trajeto mais rápido para a mesa de bebidas, mas duas figuras familiares chamaram a minha atenção: as pessoas de Sonnenborne que havia visto nos estábulos. Haviam trocado suas roupas de equitação por trajes mais formais com cores mais claras e adequadas para a corte, mas o cabelo negro da mulher era inconfundível. Forcei passagem pela multidão, juntando-me à fila de bebidas logo atrás deles. Eu queria apenas ouvir sua conversa, mas a mulher deu um passo para trás, esbarrando em mim quase que imediatamente.

— Perdão — falei nervosa.

— A culpa foi minha — respondeu a mulher. Seus olhos eram cor de mel e tinham cílios longos. — Perdoe-me, mas acho que não fomos apresentadas.

— Princesa Amaranthine de Mynaria — apresentei-me, endireitando a postura.

Ela sorriu diplomaticamente.

— Prazer em conhecê-la, Vossa Alteza. Chamo-me Eronit de Sonnenborne e este é meu marido, Varian.

— Estou surpreso em encontrar uma mynariana aqui. — Varian sorriu de leve através de sua barba avermelhada.

— E eu estou igualmente surpresa em encontrá-los — falei, mantendo um tom neutro. Se qualquer um dos dois tivesse conexão com os assassinatos que haviam destruído minha família, eu precisaria de todas as minhas forças para não os estrangular antes de pegarmos as bebidas.

— Nós, de Sonnenborne, sempre tivemos presença em Kartasha — explicou Varian.

— Mas não penso que tenham o hábito de atacar cidades fronteiriças em Zumorda — contra-ataquei.

Os olhos de Eronit se arregalaram.

— Do que está falando?

A encenação não me convenceu.

GELO & SOMBRAS

— O Castelo de Duvey foi atacado por cavaleiros de Sonnenborne. Tivemos a desventura de cruzar com eles na hora errada em nosso caminho para cá.

— De quais tribos? — perguntou Eronit. — Não acreditamos todos nas mesmas coisas. Duvido que nosso povo esteja envolvido em um ataque do tipo.

Chegamos à frente da fila e cada um pegou uma caneca de vinho quente do serviçal responsável pela mesa.

—Talvez devêssemos pegar nossas bebidas e continuar esta conversa em outro lugar — sugeriu Varian.

Ofereci um relutante aceno de concordância. Embora eu sentisse que estava confraternizando com o inimigo, precisava descobrir qualquer coisa que eles soubessem sobre os ataques ao Castelo de Duvey ou qual seria o próximo passo de seu reino. Nós três demos um passo ao lado para que os outros pudessem pegar suas bebidas.

— Qual a diferença entre as crenças da tribo de vocês e as daquela que atacou o Duvey? — perguntei, na esperança de que uma comparação pudesse chegar à raiz do plano de Kriantz.

— Nosso povo é dedicado ao deserto — disse Eronit. — Acreditamos que ele seja nossa verdadeira terra natal e que é nosso dever continuar vivendo lá, como fazemos há centenas de anos. Somos contra aqueles que procuram expandir as fronteiras do reino para obter recursos. O deserto tem tudo de que precisamos.

Fiquei desconcertada. A única razão pela qual Kriantz tentara começar uma guerra entre Zumorda e Mynaria era roubar terras. Ele havia insinuado que todas as pessoas de Sonnenborne estavam passando fome no deserto e que não havia outra maneira de assegurar a sobrevivência de seu povo. Eronit e Varian não pareciam desnutridos. Estavam em forma e fortes.

— Nós raramente deixamos o deserto, na verdade — comentou Varian. — Esta é a primeira vez que vou além das fronteiras do meu reino.

— Nossa tribo tem muitos estudiosos — disse Eronit. — Os mercadores nos trazem muitas coisas para estudarmos e aprendermos.

— Por isso estamos aqui — explicou Varian. — Para nossos estudos.

Olhei alternadamente de um para o outro.

— O que estão estudando?

— A intersecção entre clima, botânica e magia e sua relação com modelos bem-sucedidos de plantio no deserto de Sonnenborne — anunciou Eronit.

— Não achei que o povo de Sonnenborne usasse magia — falei, esperando esconder minha incapacidade de entender a maior parte das outras palavras que ela dissera.

— Não usamos. — Eronit sorriu. — E este é o motivo que nos trouxe aqui: estudar com aqueles que a usam e aprender mais sobre as razões pelas quais a magia inexiste em nossa terra natal.

— Duvido que os detalhes a interessem — comentou Varian com um sorriso condescendente.

Franzi a testa. Eu provavelmente não entenderia os detalhes, mas Denna entenderia, se os dividisse com ela. E parecia interessante o que Eronit dissera sobre não haver magia em Sonnenborne. Em Mynaria havia, mas as pessoas consideravam isso uma heresia e um perigo. Era bem diferente da situação de um reino onde a magia simplesmente não existia.

O rosto de Eronit se iluminou de repente quando olhou por cima de meu ombro.

Virei-me e vi Alek surgindo atrás de mim, assustadoramente quieto como sempre. Claro que ele tinha que aparecer e interromper a conversa bem na hora que ela estava ficando interessante.

— Sir Alek das Planícies Nebulosas. É uma honra — disse Eronit.

Alek acenou com a cabeça para ela, sua expressão mais impenetrável do que nunca. Olhei alternadamente para eles com certa desconfiança. Como Eronit sabia quem Alek era?

— É um prazer conhecê-lo. — Varian estendeu a mão para Alek e se apresentou junto com Eronit. — É verdade que oferecerá treinamento enquanto estiver na cidade?

Alek deu de ombros.

— Estarei na sala às tardes se alguém se interessar.

Varian parecia tão contente quanto um vassalo iniciante.

— Ouvimos muitas histórias sobre seus atos heroicos. Seria uma honra aprender com o senhor.

Heroicos? Era difícil imaginar Alek como um herói, a não ser que de alguma forma ele conseguisse entediar seus inimigos até a morte.

— Procuraremos pelo senhor na sala — disse Varian.

— Pedimos licença — comunicou Eronit. — A pessoa com quem devemos nos encontrar acabou de chegar. Foi um prazer conhecê-los. Sir Alek. Vossa Alteza. — Ela fez um cumprimento com a cabeça para cada um de nós.

Os dois saíram e se juntaram a um pequeno grupo de zumordanos que tinham acabado de entrar no salão de festas, enturmando-se com uma naturalidade invejável. Como dois estrangeiros faziam as coisas parecerem tão fáceis na primeira vez que saíam de seu reino? Fiz uma careta pelas costas deles e então mostrei a mesma expressão para Alek.

— Então você é um herói, é? — perguntei.

— Sou um guerreiro. Faço o que me mandam fazer, quando e onde me instruem a fazê-lo. — Seu tom implicava um déficit de todas estas habilidades de minha parte. — Se tiver interesse em se apresentar à Grã-Vizir Zhari, ela está aqui. — Ele gesticulou na direção de uma mulher alta e mais velha usando vestes cor de ouro pálido que estava perto das janelas. Ela se portava com o ar silencioso de quem tinha um grande poder. Seu cabelo era branco como a neve do cume das montanhas e muito curto, e, apesar de carregar um cajado ornamental, tinha uma postura ereta como a de um soldado. Postada entre duas vistosas colunas, ela se assemelhava mais a uma obra de arte do que qualquer um dos afrescos na sala. Surpreendeu-me que ninguém estivesse por perto a adulando — na verdade, a maioria das pessoas parecia manter distância, exceto por uma reverência respeitosa ou um aceno quando passavam por ali, quase como se estivessem com medo.

— As pessoas têm medo da grã-vizir? — perguntei a Alek.

— Se forem espertos — disse.

Tomei um fortificante gole de vinho, relembrando que mesmo fora de minha zona de conforto eu, tecnicamente, tinha uma posição superior à de Zhari. Margeei um grupo que cercava uma jovem nobre morena aproximadamente da minha idade, que parecia ter sua própria pequena corte no centro do salão. Ela usava um vestido amarelo-claro com bordados brilhantes que cintilavam e um decote que ficava pouco abaixo de sua clavícula protuberante. A multidão parecia se aglomerar em volta dela e, quando cheguei perto, pude ver o porquê. Ela parecia já ter tomado várias taças e estava contando uma história escandalosa.

— E então — disse a nobre — suas calças caíram e descobri por que sua manifestação era um camundongo!

Os outros nobres enlouqueceram aos risos, enquanto eu piscava confusa.

— Outra bebida, Lady Ikrie? — gritou alguém da multidão.

— Alguém me traga uma taça daquele negócio borbulhante! — Ikrie acenou de modo atrapalhado para um serviçal que estava próximo, que correu para seu lado.

— Melhor um rato que uma bêbada estúpida em uma festa — murmurei.

Os olhos azuis da nobre fixaram-se em mim, observando minha farda.

Seu rosto bonito se contorceu em uma expressão de desprezo.

— A não ser que tenha ouvido errado, você insultou meu caráter e minha dignidade, mynariana.

Ela já havia feito isso muito bem sozinha, mas algo perigoso no olhar dela me alertou que era melhor não mencionar aquilo.

— Não, só tenho um carinho especial por camundongos — brinquei.

A plateia à nossa volta deu risinhos nervosos.

— Talvez eu devesse desafiá-la para um duelo por me insultar. — Ikrie sacudiu os seus dedos e uma rajada de ar me acertou no peito, fazendo-me cambalear para trás. — Será um bom treino para quando eu enfrentar os outros aprendizes da rainha na Festa de Solstício de Inverno.

Uma descarga de medo me atravessou. Aparentemente eu havia insultado uma das usuárias de magia que a rainha selecionara para seu programa de treinamento de elite, e ainda por cima uma nobre. Ela realmente esperava que lutássemos? Olhei para Alek em busca de orientação, mas sua carranca ilegível não me revelou nada.

— Mas ela não tem uma Afinidade, senhora — disse um dos outros nobres. — Não pode duelar com uma *vakos*.

— Ouvi que ela é a embaixatriz de Mynaria — acrescentou outra pessoa.

Ikrie gargalhou.

— Se uma *vakos* estúpida é o melhor que Mynaria pode ter como embaixadora, talvez devêssemos fazer-lhes a gentileza de anexá-los a nosso império.

— Meu povo defenderia nosso reino até o último suspiro — exasperei-me.

— E meu povo ficaria feliz em tirar esse suspiro de vocês — declarou a mulher. Ela levantou uma mão, e o ar saiu dos meus pulmões. Derrubei minha caneca de vinho, que se espatifou no chão, e levei a mão à garganta. Estrelas dançavam diante de meus olhos, e a escuridão começou a se adensar, e foi só aí que ela enfim interrompeu sua magia.

Caí de joelhos, ofegante.

— Talvez assim pense duas vezes antes de insultar seus superiores — disse Ikrie, girando nos calcanhares e me deixando no chão.

Servos chegaram para limpar o vinho e os estilhaços da caneca que sujavam o chão. Minhas bochechas ardiam de vergonha enquanto os outros nobres se dispersavam com agilidade. Ninguém queria ser visto com uma pessoa que acabara de ser humilhada em público. Alek me ofereceu a mão e, a contragosto, deixei que ele me levantasse. Manchas escuras de vinho tingiam minhas calças.

— A maioria dos que têm Afinidade com o ar ouve muito bem — disse ele.

Isso explicava como ela me ouvira mesmo com o barulho da multidão.

— Como posso saber que tipo de magia uma pessoa tem? — perguntei. O medo estava rapidamente substituindo minha vergonha. Eu não tinha como saber que tipo de dons as pessoas ao meu redor tinham ou que riscos representavam. Qualquer um no salão poderia me matar em um estalar de dedos, e esse era um pensamento aterrorizante. Nem mesmo minha posição como princesa me conferia proteção. Isso não significava nada ali.

Alek deu de ombros.

— Preste atenção.

— Bem, esta foi uma maneira interessante de se apresentar à corte — disse uma voz baixa feminina ao meu lado.

Virei-me e fiquei cara a cara com a Grã-Vizir Zhari. Suas vestes douradas lhe davam um ar de sacerdotisa em vez de cortesã de alto escalão. Talvez em Zumorda aquilo fosse quase a mesma coisa, já que os zumordanos não cultuavam os deuses. Sua idade era evidenciada pelas rugas em seu rosto, mas seu olhar era brilhante e límpido como as joias que cintilavam espiraladas no topo de seu cajado.

— Minha espada é vossa espada — eu disse hesitante, ainda tentando recuperar o fôlego.

— Se o que sei sobre as mulheres da nobreza mynariana é verdade, você não tem nenhuma espada a oferecer. — Ela me deu um pequeno sorriso, que era mais de solidariedade do que de escárnio.

Amaldiçoei meu pai em silêncio por nunca ter me deixado treinar com espadas. Não era como se nunca tivesse pedido, especialmente depois que minha mãe morrera e eu precisava preencher de alguma maneira as horas que antes dedicava à música.

— Seja como for, espero que trabalhemos juntas para a prosperidade dos nossos reinos — respondi, na esperança de soar como a diplomata que deveria ser.

— Neste caso, acho interessante que estivesse conversando com nossos convidados de Sonnenborne — disse Zhari, cujos olhos cor de âmbar estavam curiosos. Eles pareciam deslocados em seu rosto enrugado, límpidos demais e muito parecidos com os de um gato. — Não tem havido muito amor entre seus reinos ultimamente.

— Só posso falar pelo meu reino — disse, com cautela. — Vim a Zumorda na esperança de ajudar, não para trazer problemas. Quando Duvey foi atacada, tomamos o lado do castelo para ajudar a repelir o inimigo.

— Talvez a verdadeira pergunta seja por que Duvey foi atacada, para começo de conversa — disse Zhari, olhando para Alek. — Alek, seu treinamento lhe deu a habilidade de pensar sobre isso, mesmo que tenha decidido ignorá-la.

Lancei um olhar intrigado para Alek. A que treinamento ela se referia?

— Não posso afirmar que sei o motivo — disse Alek, com um tom frio o bastante para congelar toda bebida do salão.

— Então me delicie com suas teorias — disse Zhari, passando o peso para a outra perna e fazendo soar os sinos presos ao topo de seu cajado como sinos de vento. A calma tranquilizadora que ela transmitia contrastava drasticamente com Alek, que colocou sua taça de água na bandeja de uma serviçal com tanta força que fez os dentes da pobre garota baterem.

— Parece que Mynaria assassinou um embaixador de Sonnenborne, que decidiu tomar as cidades fronteiriças em retaliação — disse. — Duvey é perto o bastante da fronteira de Mynaria para ser um posto avançado lógico para posicionar os soldados com este propósito.

— Não há provas disto! — bradei. Não havia me ocorrido que os zumordanos poderiam não ver a batalha em Duvey exatamente como era: um ataque a uma de suas próprias cidades, não uma retaliação por algo que foi culpa do meu reino. Pior ainda, o fato de uma cidade fronteiriça de Mynaria ter sido tomada só corroborava a teoria de Alek.

— Temos que investigar para descobrir os fatos — declarou Zhari.

— Você está certa, precisamos investigar — disse, tentando soar mais calma do que me sentia.

— E assim faremos. Estou ansiosa para conversarmos mais amanhã — falou Zhari. — Aproveite sua noite. — Ela foi embora vagarosamente, balançando os sinos.

— Por que você me jogou na fogueira desse jeito? — perguntei a Alek, deixando minhas frustrações fervilharem.

— Eu não fiz nada. — Ele me olhou impassível como sempre.

— Você basicamente responsabilizou Mynaria pelo que aconteceu em Duvey. E não tem motivos para acreditar nisso.

— Eu não responsabilizei Mynaria. Disse que era isso que *parecia* ser.

Eu queria gritar.

—Você fez parecer que o ataque foi culpa do meu reino.

— Estava respondendo à pergunta dela — disse ele, imóvel.

— Estou indo embora.

Virei as costas com a cabeça erguida. Não tinha por que continuar ali. Alek poderia ficar ou vir comigo, eu não me importava. Expressões de desgosto me acompanharam por todo o caminho até a porta. Apesar de caminhar demonstrando todo o orgulho que podia, ainda senti o início de um tremor nos lábios assim que passei pela porta. Em casa, eu já havia me sentido inútil, mas nunca me sentira fraca. Na Corte Invernal, tinha precisado de menos de um dia para me definir como completamente ineficaz e, pior, um constrangimento. Não tinha conseguido quase nenhuma informação com o casal de Sonnenborne, uma das usuárias de magia selecionadas a dedo pela rainha quase me estragulara, Zhari aparecera bem na hora para presenciar minha humilhação e Alek me fizera parecer uma idiota. Denna contava comigo, assim como meu reino.

Naquela noite, eu decepcionara a todos.

Eu me deitei e tentei descansar depois que Mare partiu para se encontrar com Alek e irem para a festa, mas apesar da exaustão, tentar cochilar foi inútil. Minha cabeça doía incessantemente graças à raiz-da-paz, a ponto de ter deixado de tomar a dose que costumava acompanhar meu jantar. Eu precisava fazer algo que não fosse ficar deitada em um quarto esperando pela volta de Mare, e foi assim que acabei na lavanderia, a algumas construções de distância da ala dos mercadores, esfregando nossas roupas manchadas pela viagem.

Mantive a cabeça abaixada e os ouvidos abertos, na esperança de conseguir alguma fofoca da corte junto com as técnicas básicas de lavagem de roupas. Depois de tentativas fracassadas e alguma confusão sobre quais ervas e sabões usar, uma mulher mais velha ficou com pena de mim e me mostrou a técnica correta, tagarelando o tempo todo sobre a incompetência dos jovens. Minhas bochechas ardiam. Eu odiava sentir que não sabia fazer alguma coisa, e queria não ter entregado que nunca havia lavado uma roupa na vida.

O barulho na lavanderia era enorme, e os trechos de conversa que ouvi eram, em sua maioria, reclamações sobre todo o trabalho causado pelos visitantes adicionais da corte por conta da visita da rainha.

Não havia nada de muito útil para Mare usar em seus esforços diplomáticos e, quando fui embora, exausta, com nossa roupa úmida a tiracolo, senti-me mais derrotada do que nunca. Não me arrependia de usar minha magia para salvar a vida de Mare, mas odiava quão insignificante minha vida havia se tornado por conta disso. Nunca tivera ideia do meu poder sociopolítico, ou do quão familiar e reconfortante ele era, até que o perdi.

Apressei-me pela escuridão da noite e voltei para a ala dos mercadores. O ar seco e congelante me provocava arrepios, apesar de minha capa. O sol mal tinha se posto, banhando o pátio em tons de cinza e roxo crepusculares. No alto, a lua brilhava quase cheia no céu noturno. Os serviçais ainda fervilhavam entre as construções, terminando as últimas tarefas do dia, e me misturei ao tráfego de pedestres para atravessar o pátio.

— Saiam da frente! — gritaram.

De repente, uma rajada de ar me acertou enquanto olhava para trás, mal reprimindo um grito. As asas de um dragão branco bloquearam a lua enquanto ele pousava. Corri de modo desastrado para a construção mais próxima enquanto as batidas das asas do dragão provocavam golpes de ar. Uma ama de olhos arregalados já estava encolhida contra a parede, e me joguei junto a ela, agarrando a bolsa de roupas junto ao peito, com as batidas do meu coração ribombando em meus ouvidos. Em Havemont, dragões eram criaturas legendárias, não uma realidade.

A criatura magnífica dobrou as asas depois de pousar, arqueando o pescoço e inspecionando o pátio. Todos permaneceram completamente parados, paralisados como presas sob o olhar do predador. A fera parou quando me viu, seus olhos cor de safira ardendo de uma forma que fez minha magia agitar-se mesmo através da névoa da raiz-da-paz. Sentia pontadas em minhas mãos enquanto tentava acalmar minha respiração e resistir à vontade de correr.

Quando o dragão finalmente olhou para outro lugar, expirei com alívio e me virei para a ama a fim de perguntar qual era o protocolo naquela situação, mas ela já havia fugido. Olhei de volta na direção do dragão e descobri que ele também tinha ido embora. Os serviçais voltaram a se mexer e alguns pássaros desceram do céu e se transformaram em humanos para seguir uma mulher alta vestindo uma capa branca cujo capuz estava levantado. Estavam todos vestidos de preto dos pés à cabeça, mal se distinguindo das sombras. A mulher de branco caminhou decidida para fora do pátio, sua capa ondulando a suas costas como uma bandeira.

Voltei correndo para a ala dos mercadores, muito feliz por poder me refugiar na segurança de nosso quarto com a simples tarefa de encontrar um local para estender a nossa roupa. Feito isso, encontrei-me novamente ociosa, andando impaciente pelo quarto enquanto esperava Mare retornar. Quando finalmente a avistei se aproximando pelo pátio, sabia que alguma coisa tinha dado errado. Ela mantinha uma passada rápida e uma postura rígida e artificial. Alek não estava por perto. Corri até a porta e esperei por ela no corredor. Sua expressão rígida suavizou-se de imediato quando ela chegou ao topo da escada e me olhou nos olhos. Assim que entramos em nosso quarto, ela colocou os braços ao meu redor e expirou de forma longa e trêmula.

— Como foi? — perguntei depois que ela se afastou, com medo de já saber a resposta.

— Foi um desastre — disse Mare, desmontando ao se sentar na espreguiçadeira e olhando pela janela. — Que dia foi esse? Se é assim que é estar longe de casa incumbida de uma missão diplomática pela primeira vez, não posso acreditar como você estava tranquila em sua estreia em Mynaria.

— O que diabos aconteceu? — Sentei-me ao seu lado.

— Só teria causado impressão pior se tivesse matado um velhinho bondoso. — Ela me deu mais detalhes sobre os eventos da noite, deixando-me mais consternada a cada interação que tivera.

— Talvez tudo saia melhor quando se encontrar com Zhari e Laurenna amanhã — falei. — Zhari ao menos parece interessada nos fatos.

— Só se Alek resistir à tentação de me sabotar em cada coisa que faço. — Mare rosnou de frustração. — Não entendo por que ele é assim comigo. Não foi nem metade do que é rude comigo com o casal de Sonnenborne e não fez porcaria nenhuma para me ajudar naquela discussão com a mulher que quase me matou usando magia.

— Ele é bem impenetrável. — Respirei fundo e então fiz a pergunta que mais me incomodava. — Mas o que vai fazer se mais alguém tentar usar magia contra você? — A ideia fazia meus ossos tremerem de medo. Ela não tinha como se proteger.

— Não sei — disse ela, e sua voz soou sinistra. — Minha posição não é suficiente para me proteger aqui. Normalmente eu apenas evitaria a corte e qualquer um que pudesse me machucar… mas não é algo que possa fazer nesta situação.

Era disso que eu tinha medo. O pior era que não tinha muito que pudesse fazer para protegê-la com minha magia ainda fora de controle. Por mais que odiasse admitir, ela provavelmente estivera certa em sair quando o fez. Foi um revés do ponto de vista político, mas eu não precisava mencionar isso. Mare não era idiota. Ela sabia.

— Você tomou a decisão certa ao ir embora antes — disse.

— Espero que sim. — Ela passou as mãos pelas têmporas. — Pelos Deuses, como sinto falta de Cas.

— Eu também. — Apertei seu braço. Seu tio possuía a sensibilidade diplomática e a lábia mais afiada dentre todas as pessoas que eu tinha conhecido em Mynaria. Ele teria sido o embaixador perfeito, capaz de interpretar qualquer ambiente, capaz de forjar alianças tanto com cortesões como com pessoas comuns. Ele fora o primeiro a ser assassinado por Kriantz.

— Cas já teria a Corte Invernal na palma da mão e uma rede de espiões pronta para começar. — A dor na voz dela me fazia sofrer de tanta pena. — E sinto falta de Nils — disse com mais suavidade. — Odeio aquela maldita cobra do Kriantz, seu povo e tudo o que representam.

— Eu sei. — Debrucei-me sobre ela, triste pela memória de tudo que ela havia perdido.

— Se eu não tivesse você... — Ela fez uma pausa.

— Você sempre terá a mim — disse, abraçando-a com força até que ela relaxou em meus braços. — Mesmo que esteja fadada a ser sua lavadeira.

— Foi isso que fez hoje à noite? — perguntou.

— Isso e organizar outras coisas que trouxemos. Tentei descansar, mas não consegui.

— Sinto muito que não tenha podido me acompanhar — disse Mare. — Os Seis sabem que você teria sido melhor em me manter longe de mais problemas do que Alek.

—Talvez eu pudesse ter convencido Alek a me ajudar a encontrar um mentor aqui em Kartasha — disse, incapaz de esconder a tristeza em minha voz. Odiava me sentir tão distante de todas as coisas importantes que estavam acontecendo.

— Desculpe — disse Mare, que se levantou e pegou minhas mãos. — Tenho sido tão egoísta. Viemos aqui para que pudesse treinar sua magia, e eu não fiz nada a respeito. O que posso fazer para ajudar?

Apertei as mãos dela em resposta.

— Não tenho certeza se há muito o que fazer. Talvez você possa perguntar a Laurenna e Zhari sobre como conseguir um instrutor para mim quando se encontrar com elas amanhã. Ou podemos descobrir se há alguém disponível em Corovja se formos para lá a fim de permanecer perto da rainha.

— Claro — concordou Mare. — As duas cidades estão entre as maiores de Zumorda. Deve haver alguém disposto a ensiná-la. E sua cabeça? — Ela gentilmente colocou uma mecha solta de cabelo atrás de minha orelha.

—A dor de cabeça não está tão ruim esta noite — disse, soltando suas mãos. Levantei-me e cheguei mais perto de uma das luzes do quarto, uma esfera luminosa que descansava em um pedestal sobre a penteadeira. Dela irradiava uma força que fazia minha mão pinicar.

AUDREY COULTHURST

Toquei a bola, e a luz se apagou. Com outro toque, ela voltou a acender. Havia várias esferas similares pelo quarto — algumas em castiçais nas paredes e outras em pedestais como aquela.

—Você havia reparado nestas luzes de mago antes? — perguntei. — Coisas assim me deixam maravilhada. — Eu queria poder ajudá-la a entender como era importante estar em um lugar onde a magia estivesse por todos os lados e quanto eu queria recuperar meus poderes. Eu percebia que o uso casual de magia por parte dos zumordanos a deixava nervosa, mas ver magia em objetos do cotidiano me fazia sentir como se houvesse um lugar em que poderia me sentir em casa, um lugar onde meu dom seria comum.

—A magia está realmente por toda parte aqui — observou Mare, parecendo mais incomodada do que admirada enquanto voltava a se sentar.

Virei-me de novo para a lâmpada e a liguei e desliguei, tentando não deixar transparecer como a ansiedade dela em relação à magia me machucava. Não era culpa dela, especialmente depois de alguém quase a ter matado com seus poderes naquela noite. Mesmo assim, toda vez que via o incômodo em seus olhos, aquilo me parecia uma rejeição. De algum modo, eu precisava garantir-lhe — assim como a mim mesma — que as coisas ficariam bem.

—Acha que estarmos aqui é um erro terrível? — Ela desabotoou a jaqueta e se reclinou na espreguiçadeira.

Balancei a cabeça.

—Seu reino precisa de você. — Fiquei de frente para ela, deixando minhas mãos repousarem em seus ombros. Corri os dedos até seu pescoço enquanto ela suspirava, então desfiz a trança dela, enterrando meus dedos em seu cabelo castanho. — Eu preciso de você.

Ela esticou sua mão para mim, chamando-me para mais perto. Quando me sentei ao seu lado, ela colocou seus lábios em minha bochecha, deslizando até minha boca. Não importava quantas vezes nos beijássemos, parecia uma experiência sagrada. As curvas de seu corpo eram uma fonte inesgotável de magia — um território que eu gostaria de passar a vida inteira mapeando.

Nossos lábios se encontraram e se abriram, explorando-se enquanto ondas de desejo dançavam por meu corpo. Ela se deitou e me puxou para cima dela, escorregando sua mão por debaixo de minha camisa e subindo por minhas costas. Seu sorriso contra o meu pescoço me deixava mole. Então ela o mordeu suavemente. Uma onda de choque desceu pelo meu ombro, deixando-me toda arrepiada.

Eu queria ser tocada em todos os lugares que ela pudesse alcançar e também naqueles que ela não alcançaria se não tirássemos nossas roupas. Nossos beijos ficaram mais quentes e ela levantou sua coxa entre minhas pernas de uma forma que fez meu corpo soltar faíscas. Minha magia aumentava com as emoções, consumindo minha energia. Eu já não tinha mais um corpo; era apenas sensação, pulsação, fagulhas, a luminescência das sensações obliterando tudo.

Puxei-a para cima, para que ambas ficássemos sentadas, então deslizei os dedos, sob sua camisa, por suas costelas e pela curva suave de sua cintura. A tensão crescia, e minha magia surgiu como um animal que acordava. Mare afastou a gola de minha camisa e pressionou sua boca no côncavo macio de minha clavícula, provocando-me com os dentes. Meus braços formigavam e davam choques, e um som intenso encheu meus ouvidos.

As luzes no quarto piscaram todas de uma vez e então explodiram em uma chuva de cacos de vidro.

Mare e eu nos afastamos abruptamente. A luz vinda da lareira era tudo o que restava.

— Ai — disse Mare, ficando de pé e espanando fragmentos de vidro de suas calças. — Acho que um estilhaço me cortou.

— Ai, pelos Deuses. — Eu me levantei de um salto. — Deixe-me ver.

— Não, espera. Pelos Seis Infernos, o que aconteceu? — perguntou.

— Não tenho certeza — falei, mas o jeito como minha magia se silenciara novamente me desapontou.

Ela se levantou, fazendo uma careta e colocando a mão na lateral do corpo.

—Você sentiu algum efeito da magia? Acha que a raiz-da-paz está perdendo o efeito?

Abaixei a cabeça.

— Eu não tomei hoje à noite.

— Denna. — Seus olhos arregalaram de preocupação. — Por quê?

— As dores de cabeça estavam piorando. Já faz quase uma semana. Por fim chegamos em Kartasha… Eu só pensei que… — Fiz uma pausa, incerta de como lhe explicar como eu precisava me sentir eu mesma novamente, já que o resto da minha vida havia mudado.

— Sinto muito por isso — disse ela, mais gentil. — Acha que foi sua magia que causou isso?

— Eu não estava tentando usá-la agora, mas senti um tipo de energia e então tudo foi pelos ares. — A culpa pesava sobre mim. Quem mais poderia ter sido senão eu? Percebi que, mesmo antes de voltarem por completo, meus poderes já estavam fora de controle.

Então Mare deu um sorrisinho.

— Honestamente, se você não sentisse nada quando estávamos nos beijando daquele jeito, eu ficaria preocupada.

— E se eu explodir as lâmpadas toda vez que… fizermos alguma coisa? — E se eu fizesse algo pior? Mare não tinha meios de se proteger de minha magia. Se eu não tivesse me apaixonado por ela de forma tão egoísta, ela poderia ter uma vida normal com alguém que não tivesse poderes mágicos descontrolados. Eu me sentia culpada por lhe roubar esse futuro.

— Isso parece improvável — respondeu Mare, dando-me outro beijo na boca.

Suas palavras me reconfortavam, apesar de minhas dúvidas. Talvez ela pudesse ter uma vida normal com outra pessoa, mas eu não podia imaginar minha vida sem ela. Tentei envolver sua cintura com meus braços, mas ela se encolheu.

GELO & SOMBRAS

— Desculpe — disse. — Seja lá o que me acertou aqui do lado está machucando.

— Precisamos de uma luz melhor para que eu consiga dar uma olhada — falei.

— Olá? — Uma voz de mulher soou do outro lado da porta.

Levantamo-nos, tropeçando no escuro e ajeitando nossas roupas para ficarmos mais apresentáveis.

— Pode entrar — disse Mare.

A atendente do edifício apareceu no vão da porta. Ela carregava uma lanterna que lançava longas sombras, acentuando sua compleição esguia e seus olhos profundos.

— Todas bem por aqui?

— Sim, estamos bem — respondeu Mare.

Mantive-me nas sombras, interpretando o papel de criada recatada.

— Tivemos uma falha na iluminação do edifício — comunicou a atendente. — Por favor, não deixem o andar até encontrarmos a fonte do problema. Por ora, peguem esta lanterna para enxergarem. E cuidado com os estilhaços.

— Isso é normal? — perguntou Mare. — Devemos ficar preocupadas?

— Não, não, descobriremos a razão logo mais — disse a mulher. — Chamamos a Guardiã Laurenna. Ela virá o mais rápido que puder.

— Guardiões normalmente vêm investigar luzes que explodem? — perguntou Mare incrédula.

A atendente acenou vigorosamente.

— A Afinidade com a água da Guardiã Laurenna permite a ela rastrear a fonte de distúrbios mágicos.

Engoli em seco. A culpa tinha sido minha, e Mare acabaria sofrendo por causa disso. Minha magia era provavelmente a fonte do problema e, sem dúvidas, Laurenna demoraria meros momentos para descobri-lo.

Assim que a atendente foi embora, minhas preocupações eclodiram.

— Ai, pelos Deuses, eu vou estragar tudo para você — disse. — Eu sinto muito, muito mesmo.

115

— Não, você não vai estragar tudo — respondeu Mare. — Eu já fiz um bom trabalho arruinando a noite.

Torci as mãos, pouco convencida. Tropeços políticos eram uma coisa. Explodir a infraestrutura de um edifício com magia era outra situação completamente diferente.

—Você pode dar uma olhada aqui do lado? — Mare levantou a camisa um pouco acima da cintura.

Peguei a lanterna e a ergui, mas quase a derrubei quando vi a lateral do corpo de Mare.

— O que foi? — perguntou ela, franzindo a testa e esticando o pescoço para tentar ver. Ela afastou a camisa um pouco mais para o lado e se viu no espelho da penteadeira. Soube quando ela viu o que eu tinha visto porque ficou paralisada.

Bolhas surgiam em sua pele, no formato de uma pequena mão vermelha.

Eu me afastei dela, a luz da lanterna que iluminava sua ferida diminuindo à medida que eu me distanciava.

— Eu sinto muito — falei com a voz trêmula. Mas estava muito mais do que arrependida. Todos os meus medos tinham se concretizado, e após pular apenas uma dose de raiz-da-paz. Pela primeira vez, considerei se os mynarianos não estavam certos: talvez eu fosse perigosa demais para permanecer viva.

— Não é culpa sua — disse Mare, soltando a camisa e se aproximando de mim.

Recuei novamente.

— Não quero machucar você.

—Você não vai me machucar. — Ela pegou a minha mão e a segurou. —Vou ficar bem. É como uma pequena queimadura de sol. — Ela manteve o tom descontraído, mas eu podia ver em seus olhos que tentava disfarçar a dor.

—Você precisa de cuidados médicos — eu disse, desesperada. A lanterna balançou em minha mão quando me virei em direção à porta.

GELO & SOMBRAS

Devia haver alguma coisa que eu pudesse fazer para ajudá-la, mesmo que nunca fosse o suficiente para reparar o dano que lhe causara.

— Não, eu estou bem. — Mare agarrou meu braço para me fazer parar. — A atendente nos disse para não sair. Ela vai voltar com Laurenna a qualquer momento.

Como se fosse uma deixa, ouviu-se uma batida na porta.

— Temos permissão para entrar? — A voz tímida da atendente chegou do corredor.

Mare abriu a porta enquanto eu recuava e tentava acalmar os nervos. Ao lado da atendente do edifício estava uma mulher alta de meia-idade. A lanterna da atendente lançava um brilho frio no nariz e maxilar angulosos dela. O cabelo castanho-acinzentado com fios grisalhos pendia liso logo acima dos ombros, e seus olhos escuros já nos examinavam. Práticas calças cinza e uma camisa azul-clara transpassada envolviam sua estrutura enxuta, e a simplicidade de sua vestimenta me surpreendeu. Sua expressão era incisiva e ilegível, enquanto a atendente parecia prestes a ter algum tipo de ataque nervoso.

— Por favor, sejam bem-vindas — disse Mare, apresentando-nos e gesticulando para que entrassem.

A atendente, aparentemente lembrando-se de que deveria apresentar Laurenna, disse:

— Apresento-lhes a Guardiã Laurenna, filha de Kartasha, última aprendiz do legendário Guardião Nalon e a mais poderosa usuária do dom da água de...

— Basta. — Laurenna interrompeu a atendente e adentrou o quarto, passando por cima de uma das lâmpadas estilhaçadas para examiná-la.

Para minha surpresa, uma garota de uns doze ou treze anos veio atrás dela, com uma expressão travessa que sugeria problemas. Apesar de seu rosto redondo, cabelo enrolado e pele mais escura, sem dúvidas seus olhos e nas maçãs do rosto destacadas eram como os de Laurenna. Um pingente no formato de uma estrela de sete pontas brilhava em seu pescoço.

— Meu nome é Fadeyka — disse e ofereceu a mão para Mare, como vi muitos zumordanos fazerem em saudação uns aos outros.

Mare se apresentou.

— Ah, você é a princesa de Mynaria? — A expressão de Fadeyka se tornou repentinamente sagaz. —Você sabe andar a cavalo?

— Faye, já basta — mandou Laurenna, olhando para trás em direção à filha.

Fadeyka fez beicinho, então revirou os olhos uma vez que Laurenna voltou a lhe dar as costas.

— Parece que houve um surto mágico no edifício que desestabilizou as luzes encantadas. E aparentemente originou-se neste quarto. — Ela me olhou com curiosidade e se aproximou alguns passos. — Posso tocar a sua mão? — perguntou.

— Claro, minha senhora — concordei, mesmo que um arrepio de pânico descesse por minha espinha.

Laurenna pegou minha mão com gentileza, como faria se planejasse levá-la até os lábios para um beijo, mas em vez disto pressionou o dedão nos nós dos meus dedos. Um formigamento agudo percorreu meu braço, como se minha magia fosse puxada para a ponta dos meus dedos.

— Ah! — exclamei, puxando a mão e dando um passo para trás. Meu braço ainda ardia, e senti um calor revelador aflorando na palma da mão. Cerrei o punho com força e fiz com que a magia parasse.

— Bem — concluiu Laurenna, seu olhar assustadoramente alerta. — Esta pergunta está respondida. Lia, você é muito mais do que aparenta ser.

Senti um arrepio. Encarei o chão, desejando que pudesse desaparecer e temerosa pelo que ela sentira.

— Como pode dizer isso apenas com um toque? — perguntou Mare, com uma expressão assustada.

—Alguns de nós temos uma Visão aguçada enquanto outros possuem outros meios de enxergar a magia — disse Laurenna. — Minha habilidade de sentir a magia funciona melhor quando estou perto o suficiente para sentir o movimento do sangue da pessoa, e não está atrelada às limitações de minha Visão.

A expressão de Mare mostrava, sem dúvida, que ela havia se arrependido de ter perguntado. Fui novamente tomada pela culpa. Tudo aquilo era culpa minha. Eu quebrara coisas. Assustara Mare. Trouxera-nos Laurenna nas circunstâncias erradas.

— Precisarei interrogar sua criada — Laurenna disse para Mare.

Um calafrio percorreu meu corpo.

— Claro — concordou Mare, lançando-me um olhar preocupado.

— Substituir as lâmpadas de mago é fácil, mas temos que confirmar que a energia nesta área é estável e que a fonte foi identificada — explicou Laurenna. — Lia, você vem comigo. Princesa Amaranthine, você é bem-vinda para descansar em meu gabinete enquanto limpamos o quarto e investigamos a situação.

— Obrigada, Guardiã — disse Mare.

— Leve a Princesa Amaranthine para o gabinete. — Laurenna gesticulou para a atendente do edifício, que parecia aliviada em ter uma tarefa que a levaria para longe dali. — Fadeyka, você vai com elas.

A garota alternava o olhar entre nós e a mãe, parecendo dividida entre querer saber mais sobre o problema mágico do edifício e querer salpicar Mare com mais perguntas sobre cavalos e sabe-se lá mais o quê.

Meu medo aumentou ao saber que seria separada de Mare. Eu nem tivera a chance de cuidar de seu machucado e não sabia que tipo de técnicas coercitivas poderiam usar para me fazer falar sobre minha história e minha magia.

Pelo bem de Mare, tudo o que eu podia fazer era me manter forte e me certificar de que ela sairia disso com uma reputação melhor que a minha.

NOVE

Segui a atendente pelas várias passagens e pela ponte do segundo andar em direção a um edifício adjacente. A cada passo, a marca da mão em minha cintura ardia, mas não ousava dizer nada. Honestamente, eu nem queria pensar sobre aquilo. Eu não podia suportar a ideia de Denna se sentir culpada por me machucar sem querer, assim como a de esconder quanto me assustava que ela tivesse sido capaz disso. Por fim, chegamos em uma sala coberta por livros do chão até o teto; a maioria deles parecia ser sobre história natural e agricultura. Fadeyka disparou sem demora em direção às prateleiras.

— Fiquem aqui, por favor, até que voltemos para buscá-las — disse a atendente do edifício.

— Ficaremos — tranquilizei-a, e ela partiu para sua próxima tarefa, que era provavelmente continuar orbitando Laurenna.

Virei-me para achar algum lugar para me sentar e encontrei Fadeyka agarrada de forma precária a uma prateleira a alguns metros do chão.

— Pelos Seis Infernos, o que você está fazendo? — Deixar a filha de uma Guardiã cair e quebrar a cabeça não me parecia a melhor forma de galgar uma boa posição na Corte Invernal. Corri até Fadeyka e estendi os braços para pegá-la. A queimadura em minha cintura ardeu em protesto, e eu segurei um grito. Ela ignorou minha pergunta, continuando a procurar algo atrás dos livros, deixando a ponta da língua de fora pela concentração.

— Achei — disse finalmente. — Aqui, pega. — Ela me jogou um saco que eu mal consegui pegar antes que atingisse o solo. Segundos depois, ela tinha os dois pés no chão e pegava o saco de volta.

— O que é isso? — perguntei, as batidas de meu coração finalmente voltando ao normal agora que ela estava segura.

— Biscoitos — afirmou ela com naturalidade. — O cozinheiro da corte que me deu. Quer um? — Ela pegou um biscoito de formato estranho que mais parecia um pedaço fino de pão recheado com nozes e o enfiou na boca. O barulho da mordida foi alto o suficiente para trazer um cavalo morto de volta à vida.

— Aceito — disse, pegando o biscoito que ela havia oferecido e levando-o ao nariz para cheirar. Tinha um odor forte, terroso e de erva ao mesmo tempo.

— É anis — explicou Fadeyka, mastigando, então enfiou um segundo biscoito dentro da boca, antes que pudesse engolir o resto do primeiro.

Dei uma mordida, surpresa quando ele não apenas se partiu, despedaçando-se entre meus dentes. Não parecia com nenhum biscoito que eu já havia comido — tinha mais gosto de nozes, era quebradiço e terminava com uma explosão de sabor que me fazia congelar. Engasguei-me.

— Pelos Seis Infernos, o que é este gosto horroroso? — perguntei.

— Talvez o anis? — Fadeyka continuava a mastigar feliz.

— Tem… tem gosto de morte. De tristeza. Como algo que, se tivesse alguma outra forma, seria a de um morcego morto. — Eu queria cuspir o resto do biscoito fora em um dos potes ornamentais e raspar a língua.

Fadeyka deu uma risadinha.

— Sobra mais para mim!

Ela estendeu a mão para pegar o resto do biscoito que havia me oferecido.

— Pelos Deuses. Eu não daria isso nem para o meu cavalo — disse. Pelo menos o gosto havia sido horrível o bastante para me distrair da queimadura.

Fadeyka parou de mastigar de modo abrupto.

— Aquele garanhão de guerra mynariano nos estábulos é seu?

— Sim. Aquele é o Flicker — disse, ainda com uma careta por causa do gosto nojento do biscoito.

Os olhos de Fadeyka ficaram grandes como pires.

— Pode me ensinar a cavalgar como uma amazona de Mynaria? — pediu. — Mamãe não me deixa aprender. Ela diz que cavalgar só é útil ao sul de Zumorda e espera que eu vá estudar em Corovja quando for mais velha.

— Talvez não seja tão útil em Corovja, mas e se você quiser ir para outro lugar? — perguntei.

— Exato! — Fadeyka quicou na ponta dos pés. — Eu preciso saber como fazer tudo. Quero aprender a cavalgar — anunciou com a confiança de alguém que ainda não havia encontrado muitas coisas que não conseguisse fazer.

A nostalgia tomou conta de mim. Eu costumava dar aulas de equitação em Mynaria. Se não fosse por isso, Denna e eu nunca teríamos nos tornados amigas nem amantes.

— A sua mãe vai deixar? — perguntei.

Fadeyka bufou.

— Ela não se importa com o que eu faço desde que vá bem nos estudos.

— E você vai bem nos estudos? — perguntei.

— Óbvio — declarou, revirando os olhos, e então se lançou em um monólogo sobre um livro que estava lendo para as aulas de geografia. Envolvia um monte de bobagens incompreensíveis sobre técnicas de plantio alpino que quase me deixaram vesga na hora. Eu me afundei em uma cadeira e deixei Fadeyka continuar a tagarelar.

Ela não precisava de muito incentivo — apenas um aceno ocasional ou grunhido de confirmação.

— ... é enlouquecedor que eu não possa nem estudar além do básico de magia e agora não dá para pedir nada porque mamãe está ranzinza por causa da visita de Alek. — Fadeyka fez uma pausa para mastigar outro biscoito.

Eu me endireitei.

— Soube que sua mãe e Alek não se dão bem. Você sabe por quê? — Eu poderia pensar em várias razões para não gostar de Alek, mas parecia haver um ressentimento específico entre ele e Laurenna que talvez fosse útil para mim, especialmente se tivesse a ver com o fato de o casal de Sonnenborne ter sido tão amistoso com ele.

— Bem, segundo a minha mãe, ele foi fraco demais para fazer as escolhas difíceis que eram necessárias para terminar o treinamento para guardião — disse Fadeyka.

— Quer dizer que a magia dele era muito fraca? — perguntei.

— Não, pelo contrário. — Fadeyka largou o saco de biscoitos e se jogou em uma espreguiçadeira que estava por perto, colocando suas botas em cima do braço do móvel de uma forma que pressenti que sua mãe não aprovaria. — A fraqueza de Alek foi que, quando era aprendiz, a princípio se recusou a usar seu dom em prol do reino quando seu mentor lhe pediu. Não muito depois disto, ele interrompeu os estudos. Ninguém faz isso, especialmente alguém que está treinando para ser guardião.

— Quando foi que isso aconteceu? — questionei.

— Anos atrás — Fadeyka balançou os braços dramaticamente. — Foi durante uma batalha no oeste. Minha mãe e Alek estiveram lá com Nalon, o guardião de quem eram aprendizes. Nalon lhes pediu que usassem seus poderes para ajudar na batalha, mas Alek não gostava do plano de Nalon. Achava que não seria uma luta justa para com o inimigo.

— Superioridade moral e pensar que o seu é o único jeito de fazer as coisas. É, parece com Alek — concluí.

— Mas, se eles não agissem, os fazendeiros mais ao sul seriam afetados. Então minha mãe o convenceu a usar seus poderes. Eles ganharam a batalha, mas Alek se sentiu derrotado. Então abandonou o treinamento, minha mãe e todo o resto. Acho que ele passou um tempo trabalhando como mercenário nas Planícies Nebulosas, perto da divisa com Sonnenborne, depois disto.

— Então foi assim que ele ganhou o título. — Era algo em que eu andara pensando desde que ele dissera que havia crescido em um cortiço.

Fadeyka acenou com a cabeça.

— O povo das Planícies Nebulosas lhe concedeu esse título por seus atos heroicos ao protegê-los de bandidos ou coisa do tipo.

— E sua mãe nunca o perdoou por ter ido embora?

— Nunca — disse Fadeyka. — Se me vir no salão treinando com ele, não conte para ela — acrescentou, misteriosa.

Eu quase dei risada.

— Por que você treinaria com alguém que sua mãe odeia?

— Ele é um dos melhores espadachins do reino. — Ela deu de ombros. — Seria estupidez negar a oportunidade de aprender com alguém que é o melhor em alguma coisa.

— Pelos Deuses, você e De... — Quase não consegui evitar dizer o nome de Denna e fazer uma comparação que teria revelado sua identidade.

— Quem? — perguntou Fadeyka.

— Uma amiga de minha terra que era uma acadêmica — esclareci depressa. — Ela teria apreciado sua dedicação em aprender com os melhores.

— Inteligente. — Fadeyka balançou o saco de biscoitos, parecendo desapontada por seu conteúdo escasso.

Quando a maçaneta da porta girou, instantes depois, os biscoitos de Fadeyka desapareceram em alguma reentrância da espreguiçadeira, ou sabe-se lá onde. Laurenna entrou no gabinete, sozinha.

— Onde está a Lia? — perguntei, imediatamente alarmada.

— Tomando chá e ainda em interrogatório — assegurou-me Laurenna. — Ela será escoltada de volta ao seu quarto assim que terminarmos. Fadeyka se comportou?

Fadeyka deu um sorriso largo, mostrando seus inocentes olhos negros. Os biscoitos estavam fora de vista.

— Sim, claro — declarei.

— Bem, parece que encontramos a fonte do problema com as luzes — explicou Laurenna. — Sua criada parece ter um dom bastante volátil.

— Peço desculpa pelos danos — disse, encolhendo-me. — Se houver alguma coisa que possa fazer para compensar pelo transtorno…

Laurenna abanou a mão de forma indiferente, chegando mais perto.

— O dano foi mínimo. Admito que esperava um pouco de problema vindo da emissária de Mynaria, mas não esperava que estivesse acompanhada de uma usuária de magia renegada.

—Tinha em mente falar sobre ela com você amanhã — expliquei.

Na verdade, minha prioridade seria pedir cuidados médicos para minha queimadura, mas agora sabia que seria um erro. Eu não podia deixar que Denna fosse vista por Laurenna como uma ameaça, apenas como alguém que precisava de ajuda.

— Talvez agora seja uma hora mais apropriada — disse Laurenna, sentando-se. — Conte-me sobre Lia.

— Ela é minha criada — falei. —Tendo crescido longe de Zumorda, ela não recebeu nenhum treinamento para sua Afinidade, que descobrimos no início deste ano. Quando meu irmão, o Rei Thandilimon de Mynaria, mandou-me como enviada para cá, escolhi Lia para me acompanhar na esperança de lhe encontrar o refúgio e o treinamento de que ela precisa tanto.

— Isso foi muito generoso da sua parte — apontou Laurenna, de sobrancelhas erguidas.

Fadeyka me olhava confusa.

— Se ela é a usuária de magia, por que você é a enviada?

— As coisas são diferentes em Mynaria — expliquei, com cautela.

— Mas poder é indiscutível — replicou Fadeyka, sem entender.

— Sem dúvida, este parece ser o caso aqui em Zumorda — disse.

— Seu povo nunca gostou de usuários de magia. — Laurenna se dirigiu a mim. — Por que você pensa diferente?

—Você está certa ao pensar que muitos do meu povo desconfiam de magia — admiti. — Mas acho que é chegada a hora de mudar. Não temos nada a perder se aprendermos a trabalhar juntos, e, potencialmente, tudo a ganhar. — Fiquei agradecida por ter ensaiado com Denna minha resposta a esta pergunta previsível. As palavras saíram facilmente apesar da incerteza que se revirava em meu estômago. Ainda era difícil acreditar no que eu estava dizendo depois de tudo o que tinha acontecido desde que cruzamos a fronteira.

— Em que sentido? — Laurenna me observava com atenção.

— Em nossa jornada para cá, vimos que a cidade de Duvey foi atacada por soldados de Sonnenborne — contei-lhe. — Os soldados de lá estavam em desvantagem porque não tinham cavalaria. Se houvesse um regimento de cavalaria de Mynaria ali, a batalha poderia ter terminado muito mais rápido e com menos baixas. Além disso, Sonnenborne deixou claro pelas suas ações no último ano que querem provocar uma briga entre zumordanos e mynarianos. Estou aqui na esperança de impedir que isso aconteça, e para garantir que trabalhemos juntos para descobrir seu grande plano.

—Você acha que Sonnenborne tem um grande plano? — questionou Laurenna, aparentemente entretida com a ideia. — Eles não têm um governante, nem mesmo um governo.

— Sei que parecem apenas um bando de tribos desorganizadas — insisti. — Mas muitos deles se uniram e tentaram começar uma guerra entre Mynaria e Zumorda matando membros da minha família, da família real, e incriminando Zumorda.

Torci para que a teoria de Alek ainda não houvesse chegado até ela via Zhari.

Laurenna ouvia e Fadeyka parecia fascinada à medida que eu contava a história do assassinato de meu pai e meu tio, e como quase havíamos cometido o erro de retaliar o reino errado.

— Este Lorde Kriantz que mencionou… o anel dele me interessa. A maior parte dos objetos encantados são originários de Zumorda, e quem os possui é, com frequência, relutante em se separar deles.

Laurenna lançou um rápido olhar para Fadeyka, cuja mão se fechou sobre seu pingente. Um pequeno arrepio de desconforto desceu pela minha nuca com a ideia de que aquele pingente fosse tão perigoso quanto o anel de Kriantz.

— Meu irmão ficou com o anel — expliquei. — Há um pequeno grupo de usuários de magia em Mynaria que talvez possa ajudá-lo a desvendar os segredos do objeto, mas tenho certeza que eles não têm nem de longe o conhecimento dos zumordanos.

Talvez com elogios eu conseguisse o que não fora capaz de obter com franqueza.

— Bem, independentemente do que aconteceu, temos que decidir o que fazer com Lia — disse Laurenna. — Em relação a seus aposentos, lanternas convencionais serão providenciadas por ora. Temo que ficará um pouco frio. O encantamento que mantinha o piso aquecido também foi desfeito. Não quero refazê-lo até que tenhamos confirmado a natureza da falha, mas as lareiras serão mantidas acesas enquanto isso.

— O que quer dizer com "o que fazer com Lia"? — perguntei, hesitante. — Esperávamos encontrar treinamento para ela…

— Falaremos mais sobre isso amanhã — interrompeu-me Laurenna. — Zhari é uma das mais poderosas usuárias de magia em Zumorda. Seu ponto de vista será útil.

— E a rainha? — perguntei. Era a rainha quem eu deveria conquistar… pelo menos para obter permissão de enviar uma comitiva diplomática mais formal. — Ela estará presente amanhã? Nós viajamos até aqui na companhia de Sir Alek, que tem uma mensagem de Duvey.

De canto de olho, vi Fadeyka arregalando os olhos e fingindo cortar o pescoço com o dedo. Mas era tarde demais… eu já havia dito o nome de Alek. Sem dúvidas Laurenna sabia que ele estava em Kartasha, mas mencionar seu nome fora um erro.

— Wymund sempre teve a tendência de escolher mensageiros interessantes — comentou Laurenna, de cara fechada. — Farei com que a rainha também seja notificada dos eventos de hoje à noite. Imagino que ela queira se juntar a nós amanhã, e também esperamos que Lia compareça, devido aos eventos desta noite. A ama do lado de fora vai escoltá-la de volta a seus aposentos. — Laurenna se levantou e Fadeyka fez o mesmo. Claramente, a conversa havia chegado ao fim.

— Boa noite, Mare. Procurarei por você nos estábulos! — Fadeyka disse enquanto sua mãe a arrastava pelo corredor. Tinha o pressentimento de que ela não se esqueceria das aulas de equitação.

Segui atrás da ama, sentindo-me derrotada pelo dia, desejando que o futuro fosse mais esperançoso. Amanhã tentaríamos conseguir um mentor para Denna. Seu caminho estava traçado, mas eu não conseguia deixar de sentir que o meu ainda era incerto. Se não fossem os poderes de Denna, não teríamos conhecido Laurenna hoje à noite e eu não teria tido a chance de conversar com ela sem tantas formalidades. Nunca teríamos conseguido uma audiência com a rainha tão cedo em Kartasha. Mesmo como criada, Denna era a força motriz por trás de todo o progresso conquistado desde a nossa chegada em Zumorda.

O que isso fazia de mim?

DEZ

Esperava que o interrogatório de Laurenna começasse assim que ela me conduziu para fora da ala dos mercadores, mas, em vez disso, andamos em um silêncio inquietante que serviu apenas para aumentar minha ansiedade. Assim que colocamos os pés no pátio, um enorme corvo negro desceu silenciosamente do céu e se transformou em uma pessoa, pousando na nossa frente. Seus cabelos eram negros como as asas do corvo.

— A capitã da Guarda Noturna vai escoltá-la até o local de seu interrogatório — disse Laurenna, e me entregou para a mulher, que nem se incomodou em dizer seu nome antes de girar nos calcanhares e me guiar pelo pátio. Sua altura fazia o tamanho de suas passadas serem quase o dobro das minhas, e tive que me apressar para conseguir acompanhá-la.

— Aonde estamos indo? — perguntei, timidamente.

— À biblioteca — respondeu a mulher engolindo as vogais.

Normalmente, eu ficaria animada em visitar uma biblioteca estrangeira, mas meus medos me consumiam. Quem iria me interrogar? Como eu equilibraria verdades e mentiras para manter uma história que fizesse sentido e justificasse a situação em que me encontrava no momento?

Logo entramos em um edifício de dois andares ao lado da torre central da Corte Invernal. Entalhes intrincados de plantas e animais decoravam as portas, cujas dobradiças se abriram silenciosas. Minha acompanhante parecia saber o caminho, ziguezagueando por entre as estantes com uma graça natural que me fazia parecer desastrada em comparação. À diferença das bibliotecas de Havemont e Mynaria, a de Kartasha era organizada como um labirinto em vez de estantes ordenadas. Seções acolhedoras para cada tipo de livro conectavam-se umas às outras através de corredores estreitos sem nenhuma ordem discernível.

Uma porta aberta nos fundos dava para uma salinha. Uma escrivaninha ocupava o centro da sala, com algumas cadeiras acolchoadas espalhadas do lado de fora. Uma mulher esperava sentada numa delas e se levantou quando entramos no recinto. Vestia uma capa branca imaculada como a neve fresca. Os cabelos prateados estavam puxados para trás de suas têmporas em um coque ornamentado na lateral. Seus lábios pintados de vermelho-sangue curvaram-se em algo quase parecido com um sorriso. Apesar de suas vestes relativamente simples, era evidente que tinha uma posição de prestígio.

— Obrigada, Karina. Pode sair — disse a mulher em zumordano. — Certifique-se, por favor, de que o contingente de Guardarinhos para a reunião de amanhã com o Conde Ulak seja formado pelos melhores. É provável que ele resista ao que lhe espera. — Sua voz era fria e adorável como um pôr do sol invernal.

A mulher de cabelo cor de corvo curvou-se e deixou a biblioteca tão rápido quanto havia surgido no céu noturno.

— Qual o seu nome, garota? — perguntou-me a mulher de branco.

— Lia, milady. — Fiz uma reverência ostensiva, imaginando que não faria mal exagerar em minha demonstração de respeito, já que não tinha certeza da posição ou do papel da mulher.

A mulher sorriu, como quem esconde um segredo, e percebi imediatamente que seria imprudente dizer algo antes dela. Ela se aproximou alguns passos, movendo-se com uma graça felina.

GELO & SOMBRAS

—Você realmente não sabe quem eu sou, sabe? — Estava tão perto que agora tinha que olhar para baixo para me ver. Ela era muito mais velha do que imaginara com base em seu comportamento, com rugas que pareciam teias de aranha cruzando seu rosto.

Balancei a cabeça em negativa, mesmo que estivesse começando a entender.

— Meu nome é Invasya.

Fiquei gelada e quente numa fração de segundo. A mulher à minha frente era a rainha de Zumorda. Embora antes eu conseguisse me sentir perfeitamente calma na presença de um membro da realeza, agora sentia apenas terror. Temia que minha identidade fosse descoberta ou que eu acabasse morta por cometer um deslize que serviçal nenhuma seria estúpida de cometer.

— Peço desculpas, Vossa Majestade. — Reverenciei-a novamente com deferência, em dúvida se devia me ajoelhar ou não. Sua presença era tão intimidadora que aquilo era perfeitamente natural, mesmo para alguém como eu, nascida na realeza.

— Não se desculpe. Sente-se. — Ela apontou para uma das cadeiras no canto da sala.

Eu a obedeci, sentando-me cuidadosamente na cadeira estofada. Ela se posicionou na mesma cadeira em que estava sentada antes. Com um estalar de dedos, fez com que uma criada se materializasse. A garota trouxe uma bandeja de chá e a colocou entre nós duas, preparando silenciosamente uma xícara para cada uma de nós e sumindo tão rápido quanto havia aparecido.

A rainha pegou sua xícara e me analisou com seus penetrantes olhos azuis.

— Beba — ordenou, e bebeu de sua própria xícara.

Peguei a minha, mantendo os olhos voltados para baixo. O chá tinha cheiro de hortelã fresco, familiar e relaxante. Tomei um gole. Segundos depois, senti como se gelo corresse pelas minhas veias. Quase não conseguia falar devido ao poderoso tremor que tomou conta do meu corpo. Minha xícara sacudia no pires, e eu mal conseguia segurá-la.

— O que... o que está acontecendo? — indaguei, assustada pela perda de controle físico.

A rainha observava com um meio sorriso.

— Está tudo bem. Tome outro gole, querida. O chá está limpando o que restou da raiz-da-paz em seu corpo.

Tentei fazer como ela mandava, mal conseguindo levar a xícara até os lábios. Quando engoli, outra torrente de gelo correu pelo meu corpo, mas então o tremor começou a passar. Minha dor de cabeça diminuiu até virar uma dorzinha como aquela sentida depois de um longo dia de leituras. Sem a névoa da raiz-da-paz, tudo parecia mais nítido. Inclusive meu medo.

— Posso perguntar do que é este chá, Vossa Majestade? — perguntei.

— Hortelã com uma gota de verium — explicou a rainha. Quando minha expressão mostrou que eu não havia entendido, ela acrescentou: — Uma droga purificante.

— Claro, Vossa Majestade — respondi, agarrando a xícara com firmeza para controlar a instabilidade de minhas mãos.

—Você é muito mais interessante de se ver agora — disse a rainha, inclinando a cabeça.

— O que quer dizer? — perguntei, assustada ao pensar no que ela podia ver.

— Sua Afinidade — explicou, e minha magia se agitou suavemente como se respondesse a ela. Agora eu sentia cada pontada em minha pele, cada movimento de meus poderes enquanto eles se agitavam, inquietos, dentro de mim. Tentei acalmá-los, mas descobri que aquilo era impossível sob o olhar da rainha.

— Pare de lutar consigo mesma — orientou a rainha.

— Eu só não quero machucar ninguém — admiti, com a voz baixa e sufocada. Mas era tarde demais. Eu já havia machucado a pessoa com quem mais me importava.

— Quer machuque alguém ou não, logo pessoas virão atrás de você. É impossível explodir um trecho inteiro de uma grande rota de comércio e esperar que as pessoas não notem. Uma chuva de estrelas como aquela não era vista desde antes do meu reinado. — Ela fez uma pausa, sorrindo para si mesma como se estivesse se divertindo com uma piada particular.

Engoli em seco. Como ela sabia daquilo, e ainda por cima que eu havia sido a responsável? Abri a boca para negar e então pensei melhor. Se ela sabia o que acontecera, mentir provavelmente só me faria parecer idiota ou criminosa.

— Garota esperta — disse, como se lesse meus pensamentos. Talvez os tenha lido. — Você sabe por que estou aqui em Kartasha?

— Ouvi dizer que está recrutando um grupo especial de aprendizes — disse.

— Isso mesmo — confirmou ela. — Apenas os melhores, os mais poderosos usuários de magia, que serão a próxima geração de líderes de Zumorda e além. Eles se desenvolverão para se tornar Guardiões, espiões, chefes de escolas de magia de elite e talvez até mesmo conselheiros. Mas existe um problema que tenho investigado também. Há uma quantidade anormal de jovens com Afinidades que vêm desaparecendo, principalmente nesta região. Acho isso suspeito, ainda mais em um ano de recrutamento. — Ela tomou um gole de seu próprio chá, esperando por minha resposta.

O medo tomou conta de mim quando lembrei do garoto que havia sido sequestrado diante de nós em Duvey, e minha magia aflorou rapidamente pela emoção. Faíscas saíram da ponta dos dedos de minha mão esquerda antes que pudesse contê-las.

— Vamos evitar isso — mencionou ela. Com um movimento de seus dedos, as fagulhas foram embora e a magia recuou.

Pisquei depressa, surpresa com a paz repentina causada pelo sumiço da minha magia.

— Sinto muito, Vossa Majestade... eu não queria...

A rainha levantou a mão para me silenciar.

— Não se desculpe pelo que você é. Porque posso ver que isso é só uma fração do que consegue fazer.

— Sim, Vossa Majestade.

Olhei para o chão. Ela estava certa, mas eu passara a vida inteira tentando conter meus poderes, para manter minha Afinidade tão pequena e educada quanto eu. Era uma necessidade para garantir que eu não arruinasse os planos para meu futuro, mas eu os arruinei mesmo assim. Será que eu conseguiria reconstruir minha vida com base em um novo paradigma, segundo o qual minha magia não era minha inimiga?

— Kartasha não é exatamente um lugar seguro para alguém com as suas habilidades, não enquanto jovens usuários de magia continuarem desaparecendo e houver muitas pessoas poderosas que gostariam de manipular você. — A rainha estendeu sua mão e uma chama surgiu em sua palma. — Como pode ver, nossos dons são similares. Talvez esteja interessada em treinar comigo.

Prendi a respiração. Ela estava me oferecendo o que eu achava que estava?

— Meus aprendizes já foram escolhidos, mas há lugar para mais um — disse a rainha. — Gostaria de se juntar a eles? Parto para Corovja em dois dias.

— Eu não sou zumordana, Vossa Majestade — expliquei com calma. Parecia errado me comprometer com um futuro em um reino que não era o meu, mesmo que aquele fosse o melhor treinamento que eu poderia receber. Mas o fato de eu não ser zumordana não era totalmente verdade. Minha magia vinha de fato de sangue zumordano, o que só descobri pouco antes de deixar Mynaria. A linhagem da minha mãe era o segredo mais bem guardado de Havemont. A criada zumordana da mãe dela servira como barriga de aluguel para gerá-la. A rainha já tinha enxergado tudo o que eu vinha escondendo. Talvez pudesse ver isso também.

A rainha continuou como se eu não tivesse falado nada.

— Já que é nova em Zumorda, talvez você não saiba que usuários de magia geralmente aprendem com pessoas com quem tenham a mesma Afinidade. Mas, para aqueles que são excepcionalmente fortes, vale a pena aprender sobre os vários tipos de dons e como se defender deles.

GELO & SOMBRAS

Eu costumava fazer meus guardiões escolherem seus próprios aprendizes, mas agora prefiro que os de elite treinem primeiro em Corovja, especialmente os que desejam servir como futuros guardiões. Faz com que sejam expostos a mais tipos de magia e os motiva a competirem entre si. E, o mais importante, me dá a chance de construir relações pessoais com aqueles incumbidos de defender o meu reino.

— Parece muito sábio, Vossa Majestade — comentei.

Ela sorriu.

— É claro que é. Tive muito tempo para entender o que funciona e o que não funciona ao governar este reino.

Tentei fazer algumas contas mentalmente para descobrir há quanto tempo ela era a soberana, mas não fazia ideia. Em Havemont, só aprendíamos partes da história de Zumorda que tivessem relação com a do meu reino ou Mynaria. Zumorda não era nem aliada nem inimiga. Era simplesmente um lugar para se evitar, a não ser que você fosse usuário de magia. De qualquer maneira, eu não me lembrava de nenhuma referência, em meus estudos, a nenhum governante de Zumorda que precedera a rainha. Ela tinha que ser mais velha do que qualquer um dos meus avós chegara a ser.

— Meu reinado tem sido longo e próspero — disse a rainha. — Certificando-me de que tenho os melhores conselheiros e os mais fortes guardiões protegendo o meu reino e cuidando de suas cidades, consigo garantir que meu legado continue mesmo se um dia eu deixar de ser monarca. Isso é especialmente importante agora, com a inquietação que parece nos cercar por todos os lados.

— O trono não é normalmente tomado em combate? — perguntei sem jeito. A tradição zumordana não parecia sugerir nenhuma forma de deixar o trono, exceto a derrota pelas mãos de outra pessoa.

— Sim — afirmou a rainha. — Mas talvez devamos considerar modernizar Zumorda e deixar os rituais sangrentos de nosso passado para trás.

Fui tomada de incerteza. Tendo treinado durante a maior parte de minha vida para ser uma governante, eu respeitava a ideia de que a rainha tentava criar uma situação que envolveria menos derramamento de sangue, mas temia a maneira como os outros poderiam reagir. Alguém não pode ir contra centenas de anos de tradição e esperar que as pessoas concordem sem questionar.

— Se decidir aceitar a minha oferta, passará a maior parte do seu tempo treinando sob a supervisão de Saia, a guardiã de Corovja, e Bryan, seu braço direito. Nenhum deles tem Afinidade com o fogo, então o restante do seu treinamento será comigo.

Uma batalha se travou em meu coração. Ela estava me oferecendo uma oportunidade que mudaria minha vida, mas eu não sabia como isso se encaixaria com o que Mare precisava fazer.

— Eu não sou de Zumorda — repeti. — Não tenho uma manifestação.

— Isso não quer dizer que você não pode criar uma, se desejar — explicou. — Eu desenvolvi minha manifestação tardiamente, com dezessete invernos.

Aquilo me deixou arrepiada, mas despertou minha curiosidade. Mesmo que eu desejasse muito aprender a dominar minha magia, tomar a forma de um animal não era algo que havia considerado. Tentei imaginar como minha família reagiria, como Mare poderia mudar sua visão de mim. Tudo que conseguia imaginar era o horror em seus olhos. Usei minhas habilidades diplomáticas e fiz o meu melhor para responder de forma que excluísse qualquer promessa.

— Vossa Majestade, fico muito honrada — respondi. — Terei que conversar com minha senhora. — Ocorreu-me que, por mais improvável que fosse a oferta da rainha, podia ser uma oportunidade para Mare se aproximar dela e realizar seu objetivo. Não gostaria de destruir essa esperança se isso fosse uma possibilidade.

Os olhos da rainha faiscaram.

— Com um dom igual ao seu, você é sua própria senhora, Lia. Nunca deixe que alguém lhe diga o contrário.

— Sim, Vossa Majestade. — Por fora, concordei, mas, por dentro, sentia apenas confusão e ressentimento. Nunca estivera encarregada do meu próprio destino e, de alguma forma, mesmo agora, não sentia que aquilo tivesse mudado. Se pessoas não determinavam o que eu deveria fazer da minha vida, não seria minha magia a fazê-lo.

— Com seu consentimento, até que tome uma decisão, posso protegê-la da Visão casual de outros usuários de magia. Não vai impedi-la de acessar sua magia, apenas prevenir que seus poderes desprotegidos sejam percebidos por todos os usuários de magia do sul de Zumorda. Não gostaríamos que ninguém com más intenções colocasse as mãos em você.

Eu não precisava pensar em uma resposta para isso.

— Seria muita bondade e gentileza da sua parte, Vossa Majestade.

Um brilho gentil emanou da ponta de seus dedos. Senti um formigamento quando ela balançou a mão em minha direção.

— Agora você está sob minha proteção. Espero sua resposta em dois dias. Está dispensada.

— Obrigada, Vossa Majestade — disse, e então saí rapidamente da biblioteca.

O ar frio foi um bálsamo depois do turbilhão de emoções que ela havia me provocado. Meu dom se agitava dentro de mim, renascido. Parte de mim odiava aquela sensação, porque a vida teria sido mais fácil se eu não tivesse que me preocupar com a magia. Até mesmo Mare parecera mais tranquila perto de mim enquanto eu usava a raiz-da-paz, mais à vontade e confiante por meus poderes estarem dominados. Eu amava a tranquilidade que ela sentira perto de mim durante aquele tempo, mas às vezes me ressentia em silêncio que seu conforto fosse alcançado por meio de meu sofrimento. Antes de deixarmos Mynaria, ela havia aceitado a magia como parte de mim, dizendo que não mudaria nada entre nós, mas aquilo fora antes da chuva de estrelas, antes que eu fizesse a morte cair do céu sobre Kriantz, antes que matasse e ferisse inúmeras pessoas em Duvey. Como eu poderia me surpreender que, às vezes, houvesse medo em seus olhos ao me olhar? O que eu deveria lhe contar? Eu tinha muitas dúvidas e nenhuma resposta, e apenas dois dias para decidir o que fazer.

Se eu aceitasse a oferta da rainha, talvez pudéssemos ir juntas para Corovja. Especialmente com o atual ataque às fronteiras e o desaparecimento de pessoas por aqui, Corovja parecia ser a melhor decisão. Mas Mare ainda não havia se encontrado com Laurenna e Zhari. Politicamente, ainda estava em um caminho incerto de um território novo. Nem ela nem seu reino podiam se dar ao luxo de decisões precipitadas. Eu me sentia sem saída, presa no meio disso tudo.

Quando voltei para o quarto, Mare já estava lá esperando por mim. Um fogo alegre queimava na lareira, enchendo o quarto de uma luz gentil.

—Vinho? — ofereceu ela, gesticulando para uma taça vazia ao lado de uma pela metade, que ela servira para si.

—Vinho cairia bem — respondi, atravessando o quarto e me sentando na espreguiçadeira.

Mare se juntou a mim ali, entregando-me a taça de vinho. O líquido era de um vermelho translúcido, como o da pedra granada, muito menos encorpado do que os vinhos que havia em minha terra.

— Como foi o interrogatório com Laurenna? — perguntou.

— Não fui interrogada por Laurenna — revelei, respirando fundo e tentando reunir meus nervos em frangalhos para lhe contar o que acontecera. — Do lado de fora, ela me entregou para a capitã da Guarda Noturna.

— O que é isso? — perguntou Mare.

— A guarda pessoal da rainha, pelo que parece — compartilhei. — Então me serviram verium, uma droga para purgar a raiz-da-paz do meu corpo.

Mare se empertigou, e qualquer esperança que eu tivesse de lhe contar o restante dos acontecimentos desapareceu.

— Sua magia voltou? Todos os seus poderes? Eles fizeram alguma outra coisa para mantê-los sob controle? — perguntou, levantando a voz.

Balancei a cabeça, sentindo-se cada vez mais devastada pelo medo em seu rosto. Minha magia se agitou junto às minhas preocupações, formigando pelo meu braço de modo familiar, como costumava acontecer em Mynaria.

— O que você lhes contou?

— As mesmas mentiras e verdades que contamos a todo mundo — falei. — Não havia mais nada que pudesse dizer. Você viu o que aconteceu quando Laurenna me tocou. Ela sabe mais do que eu. Todos sabem. Eu não sei de nada, na verdade. E odeio isso.

— Você não está sozinha — respondeu Mare. — Parece que nós duas temos muito o que aprender. Mas vamos precisar aprender rápido. — Ela olhou pela janela com uma expressão pensativa.

Eu queria me aproximar e beijá-la. Queria os braços dela em volta de mim e sua voz murmurando em meu ouvido que tudo ficaria bem. Mas sua expressão e o jeito como criara uma pequena distância entre nós me comunicava o que eu precisava saber. Minha magia a assustava, e agora que estava restabelecida por completo, Mare não podia, era incapaz de confiar em mim.

Eu não podia contar a ela sobre a oferta que a rainha me fizera esta noite. Iria apenas confundi-la quanto aos objetivos da reunião com Laurenna, Zhari e a rainha amanhã. Eu teria que lidar com isso sozinha, esperando que os próximos dois dias provessem alguma clareza sobre o rumo a tomar.

Na manhã seguinte, acordei sobressaltada, com o coração disparado e a boca seca. O quarto ainda estava praticamente escuro, com apenas um pequeno feixe da luz prateada entrando por entre as cortinas. Em meu sonho, Mare se afogava em um rio. Eu continuamente me esticava em direção à água para salvá-la, mas ela sempre escapava de minhas mãos. Em qualquer lugar que eu a tocasse, sua pele se queimava e surgiam bolhas que escureciam e descascavam, revelando ossos e tendões. A correnteza levava pedaços dela e, quanto mais forte eu segurava, mais ela se despedaçava.

Mesmo quando a realidade do mundo desperto se restabeleceu, não consegui me livrar da culpa que me consumia. O dano já havia sido feito. Eu a ferira sem querer. Como eu poderia continuar confiando em mim mesma?

Mare estava deitada na cama, respirando de modo profundo e regular. Precisei observá-la por vários minutos para me certificar de que ela estava bem. Eu não tinha como conseguir voltar a dormir depois daquele pesadelo. A culpa me seguiu como um cachorro perdido, acompanhou-me enquanto usava o quarto de banho e voltou comigo para o quarto. Espiei pela cortina e, do lado de fora, vi apenas alguns criados atravessando o pátio nas primeiras horas do dia. Tinha, entretanto, o pressentimento de que conhecia uma pessoa que já estaria acordada e poderia me ajudar.

Peguei minha capa e caminhei pelo corredor, então bati suavemente na porta de Alek. Ele a abriu sem demora, como se estivesse de pé do outro lado, esperando por mim. Já estava todo vestido de couro e com bolsas penduradas nos ombros. Seu quarto estava imaculado.

— O que quer? — perguntou.

— Conversar, só preciso de uns minutos. — Engoli em seco, repentinamente nervosa. Talvez fosse estupidez pedir sua ajuda. — Você estava de saída? Posso voltar mais tarde.

— Estou de mudança para os aposentos de Wymund, na corte propriamente dita — falou.

— Posso ajudar a carregar as coisas — eu disse, apressada, ansiosa para oferecer alguma ajuda em troca do enorme favor que estava prestes a pedir.

— Já que insiste. — Ele deu de ombros, entregando-me a menor das duas bolsas. — Fale enquanto andamos.

Eu o segui escadaria abaixo e em direção ao ar fresco da manhã. O frio seco atingiu minhas bochechas e se esgueirou por baixo de minha capa, fazendo com que me arrependesse de não ter me agasalhado mais.

— A raiz-da-paz acabou — disse, sendo direta.

Alek me deu um olhar assustado.

GELO & SOMBRAS

— Mas você ainda não... — Seus olhos se estreitaram. — Espera. Algo está diferente.

— A rainha me deu uma cobertura temporária — expliquei, entendendo que ele não conseguia enxergar meus poderes com sua Visão. Ela os protegera de alguma forma.

Ele me olhou intrigado.

— A rainha?

Assenti.

— Olha, eu preciso encontrar um mentor, e rápido. Tinha a esperança de que você pudesse ajudar. Se houver alguém aqui com quem você treinou, ou se conhecer alguma outra pessoa que estaria disposta a me aceitar... A proteção da rainha é temporária. Ela partirá amanhã. — Eu precisava de outras opções. A não ser que a reunião de Mare com a rainha resultasse em nossa partida para Corovja, eu não sabia como aceitar a oferta da rainha. Ficar longe de Mare era algo impensável.

Alek franziu a testa e apertou o passo, então tive que me apressar para conseguir acompanhá-lo.

— Se a rainha a reivindicou, eu não vou interferir.

— Ela não fez isso — disse, apesar de as palavras dele me encherem de dúvidas. Havia sido apenas uma oferta, não uma reivindicação, certo? — Eu só quero encontrar a melhor pessoa com quem possa aprender. Treinar com a rainha envolve várias obrigações para com o reino. Obrigações que não sei se consigo cumprir, já que sou estrangeira. — Esperava que apelar para sua moralidade e lealdade ao reino pudesse convencê-lo.

— Há o programa de Zhari. Tente este. Não existe melhor jeito de conseguir conexões em Kartasha — disse.

— É diferente do programa de treinamento da rainha? — perguntei, hesitante.

— O programa de Zhari visa identificar aqueles com poucos recursos que possuem dons mágicos poderosos. Havia algo similar

143

quando eu era jovem. Foi como saí do cortiço. Mynarianos. — Bufou. — Esqueço que vocês não sabem de nada.

— Eu não sou mynariana. — Eu não teria admitido, mas parecia que ele tinha em relação a eles opiniões fortes que não estavam me ajudando a conseguir o que queria. E, de certa forma, era bom dizer algo sobre mim que não era mentira.

Ele me lançou um olhar penetrante, mas seus sentimentos permaneciam impossíveis de ler.

— Sou de Havemont — expliquei.

Ele deu um longo suspiro.

— Faz sentido. E, neste caso, você definitivamente deveria entrar para o programa da Zhari. Vários havemontianos vêm treinar em Zumorda. Você não seria a única.

— Acha que seriam capazes de encontrar logo um mentor para mim? — perguntei, esperançosa.

— A lista de espera pode ser longa — admitiu Alek, franzindo a testa. — E provavelmente maior que de costume agora. Muitos dos jovens que vieram para cá na esperança de serem selecionados para o programa de treinamento da rainha e não conseguiram entrar estão se inscrevendo para o programa de Zhari.

— Não tenho certeza se posso esperar. — Odiei o tremor de preocupação que surgiu em minha voz.

— Também não tenho — concordou ele. — Acho que terei que ver o que posso fazer. Cuidarei disto hoje à tarde.

— Obrigada — exclamei, aliviada, mesmo tendo apenas um fiapo de esperança ao qual me agarrar.

Parei na ala dos médicos ao voltar dos novos aposentos de Alek e peguei um pouco de bálsamo e bandagens para cuidar da queimadura de Mare. Ela ainda estava dormindo quando regressei ao quarto, poupando-me de ter que explicar onde estivera. Sua gratidão pelo bálsamo foi quase demais para mim, assim como foi ver a queimadura quando a ajudei a aplicá-lo.

GELO & SOMBRAS

Apesar de saber que contaria com a ajuda de Alek, meu estômago ainda estava embrulhado de nervosismo quando Mare e eu nos arrumamos para encontrar Laurenna, Zhari e a rainha. Quando chegamos à base da torre, Alek esperava por nós. Estava lá de braços cruzados e cara fechada, como de costume.

— O que está fazendo aqui? — perguntou Mare.

—Você contou a Laurenna sobre Duvey ontem — disse, sucinto. — É isto que estou fazendo aqui.

Mare lhe lançou um olhar desconfiado enquanto nós três seguíamos uma ama para dentro da torre. O térreo era uma vasta recepção do tamanho de um salão, decorada com detalhes impressionantes. Arcos dourados cercavam a sala, com intrincados detalhes em gesso se entrelaçando deles até o teto, que exibia um afresco de um grande dragão branco. Seguimos a ama, subindo uma estreita escada caracol que saía do canto da sala e levava ao próximo nível. A segunda sala era menor, mas não menos fantástica. Uma janela arqueada dava para o pátio que havíamos atravessado para chegar e, na parede oposta, um espelho do mesmo tamanho e formato refletia as imagens. Uma mesa larga ficava no centro, grande o bastante para acomodar bem cerca de dez pessoas. Além da mesa havia uma porta adjacente, por onde dois criados entraram trazendo água fervida e ervas para o chá. Assim que a organização do lugar foi concluída, um arauto entrou. Fiquei dois passos atrás de Mare, fazendo meu melhor para parecer irrelevante.

— Apresento-lhes Lady Laurenna, guardiã de Kartasha; Grã-Vizir Zhari de Corovja e Sua Majestade Invasya, a Rainha Dragão de Zumorda, Portadora da Chama e Soberana das Gerações. — O arauto fez uma reverência e rapidamente saiu.

Mare fez uma grande reverência e eu a acompanhei enquanto as três mulheres entravam na sala, com a rainha à frente. Sua altura era tão impressionante quanto eu me lembrava; ela era maior até que Mare, que era vários centímetros mais alta que eu. Novamente usava branco, desta vez um vestido que conseguia favorecer suas formas elegantes, apesar de ser feito de dezenas de finas camadas. Ela me

145

direcionou um aceno de cabeça quase imperceptível que me causou arrepios de nervosismo. E se ela dissesse algo sobre nossa conversa da noite anterior antes que eu mesma pudesse contar a Mare?

Laurenna deu um passo em direção à mesa, as saias de seda de seu vestido cinza-claro balançando ao redor de suas pernas. Decotes profundos tanto no busto quanto nas costas revelavam mais do que eu esperava ver em um chá matinal. A túnica simples de Zhari, de um tom cinza-escuro, contrastava com as vestes das outras mulheres, não pela cor, mas pela elegância do modelo. Ela era exatamente como Mare descrevera, com uma presença tranquilizante que parecia equilibrar a intensidade das outras duas mulheres.

Olhei para Alek, cuja expressão estava mais vazia que nunca. Se ver Laurenna lhe causava algum sentimento, ele não deixava isso transparecer.

— À Sua Majestade Invasya, a Rainha Dragão de Zumorda, Portadora da Chama e Soberana das Gerações, apresento Sua Alteza Princesa Amaranthine, embaixatriz de Mynaria; sua criada, Lia; e Sir Alek das Planícies Nebulosas — declarou Laurenna.

— Obrigada, Laurenna — declarou a rainha. Sua voz era tão suave e incisiva como havia sido na noite anterior, uma espada que sempre seguia o caminho mais curto para o coração do inimigo.

Acomodamo-nos ao redor da mesa, e Laurenna gesticulou para que os criados começassem suas tarefas. Água fervida foi servida em bules individuais para cada um de nós, e então os criados trouxeram uma seleção de chás.

— Ouvi dizer que você fez uma bela estreia na corte na noite passada — disse a rainha para Mare. Não havia traço de zombaria em seu tom, era apenas uma declaração de fatos.

— Peço desculpas pelos erros que cometi — disse Mare.

— É mais fácil deixar uma boa impressão quando não se carrega o fardo de uma má companhia — declarou Laurenna, lançando um sorriso forçado para Alek, que ficou tenso na cadeira.

GELO & SOMBRAS

No silêncio desconcertante que se seguiu, todos fingiram estar muito interessados no processo de infusão de seu próprio chá.

— E parece que ontem à noite houve também um pequeno problema na ala dos mercadores — prosseguiu a rainha, olhando mais para Mare do que para mim. Eu sabia exatamente o que ela estava fazendo. Estava conferindo para ver se nossas explicações se alinhavam, e para saber quanto eu havia contado a Mare. Uma torrente de preocupação tomou conta de mim, seguida pelo arrependimento de não ter contado sobre minha conversa com a rainha a Mare. Eu queria poupá-la do fardo, mas, aparentemente, não havia facilitado as coisas para ela.

— Peço desculpas — repetiu Mare. — Foi um acidente.

— É tão interessante que alguém com uma Afinidade com fogo incontrolável apareça aqui depois de vários atos de magia em grande escala ao longo da estrada comercial daqui até a Cidade Real de Mynaria — comentou Laurenna.

— A chuva de estrelas em Mynaria foi ocasionada por Lorde Kriantz de Sonnenborne — argumentou rapidamente Mare. — Ele traiu o meu reino e tentou nos fazer declarar guerra a Zumorda. A maioria dos mynarianos são da opinião de que ele foi punido pelos deuses.

Laurenna deu um sorrisinho.

— Ah, sim, vocês, mynarianos, ainda são adoradores dos deuses. É muito mais fácil atribuir as coisas a poderes que estejam fora do seu controle do que se responsabilizar por elas.

— Não devemos ser tão apressadas em julgá-los — comentou Zhari. — Não podemos esperar que as pessoas se sintam confortáveis com algo que não compreendem.

— Espero que iniciemos a mudar a opinião daqueles que se opõem ao uso de magia — declarou Mare, voltando os olhos por um segundo para mim.

Laurenna balançou a cabeça.

— Mynarianos. Suponho que, como a maioria deles foi exposta à magia por gente como Alek, sua desconfiança seja compreensível.

Todos se viraram para Alek.

— Você também estava lá — disse ele entredentes.

— Mas é claro. — Ela sorriu. — Nalon não deixaria nenhum de seus aprendizes para trás. Mas não fui eu quem cruzou a fronteira.

— Porque você me enganou — retrucou Alek.

Eles se entreolharam com clara hostilidade, uma tensão palpável adensando entre os dois.

Parecia que Mare gostaria de dizer alguma coisa, mas sabia que era melhor não intervir.

— O passado é passado — interrompeu a rainha, dando um olhar incisivo tanto para Laurenna quanto para Alek. — Estou interessada no presente e no futuro. Por que o rei de Mynaria escolheu enviar sua única parente viva em uma missão diplomática quando sua família já está tão enfraquecida?

— É uma demonstração de confiança, Vossa Majestade — respondeu Mare. — Meu irmão está comprometido em abrir canais comunicação com Zumorda.

— É uma pena que a princesa de Havemont tenha morrido — disse Zhari, balançando a cabeça com tristeza enquanto removia o infusor de seu chá e adicionava uma colher de mel à bebida. — Mynaria com certeza teria mais estabilidade com uma rainha para dividir as tarefas do trono.

Engoli em seco, voltando a atenção para o meu próprio chá e torcendo para que o tremor em minhas mãos não me denunciasse.

— Talvez — ponderou Mare. — Mas é por isso que estou aqui, na esperança de criar um futuro mais estável para nossos reinos. Com a crescente ameaça de Sonnenborne, é crucial que Zumorda e Mynaria tornem-se aliados. Sonnenborne já tentou uma vez nos virar uns contra os outros, não podemos deixar que isso se repita.

— O que exatamente a Coroa de Mynaria entende como a ameaça Sonnenborne? — indagou a rainha.

— Pelo que sabemos, Lorde Kriantz de Sonnenborne uniu diversas tribos sob sua bandeira, então veio até Mynaria sob o pretexto de formar uma aliança — contou Mare. — O que ele estava fazendo, porém, era espalhar desconfiança e rumores para tentar nos fazer atacar Zumorda e ajudá-lo a conquistar terras.

A rainha riu.

— Atacar Zumorda? Nosso contra-ataque os devastaria. O Rei Thandilimon poderia muito bem já se preparar para receber o Império Zumordano.

— Algumas pessoas não se oporiam a isso — disse Laurenna.

Mare ignorou os comentários e continuou a falar.

— Kriantz tentou me sequestrar e acabou morrendo na chuva de estrelas.

— Então, no final, ele foi contido, e vocês não deveriam ter mais nada com que se preocupar — sugeriu a rainha.

— Era isso que esperávamos, mas os ataques em Duvey e Porto Zephyr mostram que os planos do povo de Sonnenborne vão muito além do que imaginávamos — argumentou Mare. — Nós os vimos levar prisioneiros em Duvey. — Ela olhou para Alek, gesticulando para que assumisse a discussão.

— Muitos dos nossos jovens desapareceram depois que repelimos os cavaleiros de Sonnenborne — falou. — Batedores foram enviados para investigar, mas, enquanto vínhamos para cá, passamos por um grupo deles que foi abatido.

Zhari franziu o cenho.

— Tivemos desaparecimentos por aqui também, mas sem ataques. Nosso relacionamento com os mercadores de Sonnenborne que fazem comércio aqui é bom. Se os inimigos de Duvey a quem você se refere vieram para Kartasha depois de queimarem a ponte, não os vimos nem ouvimos falar deles.

— Existe alguma forma de rastreá-los? — perguntou Mare.

— Eles são *vakos*. Não tem nada de magia. Nada de manifestações — explicou Laurenna. — Isso dificulta serem rastreados por nossa magia. Vocês, mynarianos, são igualmente vazios. Só que há menos de vocês por aqui.

— Precisamos fortificar Duvey e localizar o grupo de Sonnenborne que nos atacou — interrompeu-a Alek. — Wymund me encarregou de permanecer aqui até que determinemos a origem dos ataques e localizemos as crianças desaparecidas.

— Os guerreiros que pegamos emprestados retornarão a Duvey em alguns dias. Talvez eles ofereçam a fortificação adicional de que o Guardião Wymund precisa. — A voz de Laurenna estava cheia de condescendência.

— Isso nos leva à estaca zero — disse ele, subindo o tom. — Não puna o povo de Duvey porque me odeia.

— Não se esqueça de quem começou isso — retrucou Laurenna. — Foi você quem foi embora quando as coisas ficaram difíceis.

Alek se levantou.

—Vossa Majestade, Lady Zhari, obrigado pelo chá. — Ele saiu da sala sem olhar para Laurenna ou dizer outra palavra.

—Algumas coisas nunca mudam — observou Laurenna, parecendo bastante presunçosa.

—Você não deveria atormentá-lo, Laurenna — disse Zhari, parecendo achar um pouco de graça apesar de suas palavras de reprovação.

— Ele me provoca — justificou-se Laurenna. — E merece ser lembrado de que escolheu a si mesmo em vez de seu reino.

— Uma escolha desafortunada — comentou a rainha, bebendo um gole do seu chá.

—Vossa Alteza, talvez possa me fazer um favor — comentou Laurenna, voltando sua atenção para Mare.

— O que tem em mente? — Mare parecia desconfiada.

— Já que Alek planeja ficar por aqui, gostaria que alguém ficasse de olho nele e me informasse. Provavelmente não há nada com que se preocupar. — Laurenna balançou as mãos com desdém. — Mas sua história me preocupa. Com o tempo que ele passou próximo a Sonnenborne, suspeito que ele saiba mais do que está dizendo e não acredito que fará escolhas pensando nos interesses de Kartasha ou do reino.

— Isso pressupõe que ficaremos aqui por enquanto — disse Mare. — Não seria sábio considerar acompanhar a rainha para Corovja, para continuar a discussão sobre nossa potencial aliança?

Estremeci por dentro. Mare havia pesado a mão. Teria sido melhor tentar conduzir a conversa para que a própria rainha fizesse esta sugestão.

— Não há necessidade de que venha para Corovja. Laurenna e Zhari são a primeira linha de defesa ao sul, e eu confio nelas e na Corte Invernal para administrar qualquer problema que afete esta parte do reino — disse a rainha. — Zhari estará aqui até o fim do próximo ano, provavelmente supervisionando aprendizes de guardião de minhas elites depois que completarem o treinamento inicial. A decisão sobre como agir diante de suas notícias ou aliar-se com seu povo ficará a cargo de Laurenna e Zhari.

— Desculpe-me, Vossa Majestade, mas o que o povo de Sonnenborne fez a minha família representa uma ameaça direta a Zumorda — comentou Mare. — Eles atacaram uma cidade em seu reino. Invadiram outra no meu. Não há confirmação de que desistiram. As tribos que se uniram para causar este problema são provavelmente as mesmas que atacaram Duvey, o que sugere a existência de um plano. É só questão de tempo até que o pior aconteça.

— E se tentarem alguma coisa, morrerão, como todos que alguma vez me desafiaram durante o meu reinado — afirmou a rainha. Sua voz era calma, mas fria. — No ano passado mesmo, uma mulher tola desta mesma cidade pensou que poderia tomar o trono de mim. Você sabe o que aconteceu com ela?

Mare sentou-se ereta e desafiadora, recusando-se a recuar, mas eu podia ver a dúvida em seus olhos.

— O coliseu em Corovja foi pintado com seu sangue — disse a rainha. — Eu arranquei seu coração a dentadas e o engoli inteiro.

Vindo de qualquer um poderia soar um exagero. Vindo da rainha, parecia a mais pura verdade. Minha garganta fechou-se de ansiedade. Apesar de também ter sido criada para ser rainha, eu não conseguia imaginar este tipo de monarquia, ditada pelo sangue e pela morte.

— Não estou aqui para desafiá-la — disse Mare.

A rainha riu.

— Que sorte a sua. — Ela se voltou para mim. — E suponho que seja sorte minha por você não ser zumordana, ter manifestações nem magia. Ainda.

Ela estava sugerindo que eu poderia ser uma ameaça a ela? Fiquei enojada com a ideia. Matar era uma forma de conquistar o trono, mas eu não tinha nenhum interesse naquilo. O que fisgara meu interesse era a possibilidade de aprender com Zhari. Ela parecia equilibrada e boa, em puro contraste com a rainha. E se eu aceitasse a oferta da rainha e então tentasse me tornar aprendiz de Zhari? Isso poderia me trazer de volta a Kartasha e a Mare, com meus poderes sob controle. Mas mesmo se aquilo fosse o que eu queria, para que acontecesse eu teria que trabalhar com a rainha por um tempo.

— Eu nunca a desafiaria, Vossa Majestade — falei. Mesmo que em outra vida eu não tivesse que me submeter a ela, essas palavras ainda seriam verdadeiras.

— Respeito é sinal de um súdito sábio — disse a rainha.

— E ação é sinal de uma sábia soberana — disse Mare. Sua voz era calma, mas a indireta atingiu o alvo.

A expressão da rainha se anuviou.

— Não é inteligente brincar com fogo quando seu oponente tem Afinidade com ele. — Ela ergueu a mão, e uma chama irrompeu de sua palma.

Mare e eu nos sobressaltamos.

— A Corte Invernal monitorará as taxas e o comércio com o povo de Sonnenborne, como sempre fez. Sir Alek pode fazer como desejar, mas Laurenna e Zhari também são responsáveis por investigar o ataque a Duvey e assegurar que não haja mais nenhuma ameaça, embora eu espere que Wymund já tenha se protegido como deve. Retornarei para Corovja amanhã e deixarei estas funções em suas mãos. — Ela virou seu olhar azul da e gelado para mim. — Lia, espero que decida sobre seu treinamento até amanhã, no mais tardar.

GELO & SOMBRAS

Mare me lançou um olhar confuso. Mantive uma expressão neutra mesmo que culpa e preocupação se revirassem em meu peito. O prazo para aceitar a oferta da rainha estava passando, mas ela havia dito para Mare trabalhar com Laurenna e Zhari. Estariam aqui, em Kartasha. Eu me sentia dividida entre dois mundos e duas versões de mim mesma: a rainha que eu devia ter me tornado e a criada usuária de magia que era agora. Não sentia exatamente falta de minha antiga vida, mas de saber o meu lugar e conhecer o meu propósito. Eu tinha os conhecimentos de que precisava e a habilidade de pesquisa para explorar qualquer coisa sobre a qual quisesse saber mais. Minha vida havia sido planejada de antemão, desde a educação que eu receberia até o casamento que deveria realizar e o filho que eu deveria dar ao trono de Mynaria.

Agora, todos estes sonhos que outras pessoas criaram para mim tinham virado pó e, ainda assim, meu destino não parecia estar em minhas próprias mãos.

ONZE

Esbravejei por todo o caminho até a ala dos mercadores.

— Eu não acredito na cara de pau daquela mulher — disse assim que a porta do quarto se fechou atrás de nós. — Eu conto a ela o que aconteceu e ela se comporta como se isso fosse irrelevante, entregando o assunto para os lacaios dela. Maldito sejam os Seis, estou apenas um nível abaixo dela na hierarquia e ela me trata como se eu não fosse nada!

— Parece que as coisas são resolvidas em Kartasha durante o inverno — apontou Denna, tentando me acalmar.

— E por que ela estava se comportando daquele jeito em relação ao seu treinamento? Fomos avisadas de que jovens usuários de magia estão desaparecendo por todo o sul de Zumorda e então a rainha diz que você tem que decidir o que fazer sobre seu treinamento em um dia, sem fazer nada para ajudar! — Atirei a jaqueta em cima da cama, frustrada.

— Alek irá me ajudar — contou Denna. — Pedi que ele conversasse com alguns contatos na cidade para me encontrar um mentor. Podemos ir visitá-lo hoje à noite.

— Quem diria que Alek seria mais útil do que aquela cabeça oca — resmunguei. — E agora Laurenna me quer por perto para ficar de olho nele, o que suponho que serei capaz de fazer, já que estamos presas aqui em Kartasha por ora.

—Talvez estes não sejam os primeiros passos que esperávamos — comentou Denna —, mas as coisas vão sair como devem ser. — Ela me puxou para a espreguiçadeira e me fez sentar.

—Você é a única coisa boa que eu tenho — eu disse, puxando-a para perto. Inalei, deleitando-me em seu calor e no doce cheiro floral de sabão que permanecia em sua pele.

Ela me beijou e eu me perdi imediatamente na maciez de seus lábios e no conforto de seus braços. Mas, quando percorri com meus dedos a pele nua acima de seu corpete, ela se afastou de repente.

— Qual o problema? — perguntei.

— E se eu te machucar de novo? — indagou ela, quase não conseguindo pronunciar as palavras.

—Você não vai me machucar — sussurrei com gentileza. — Não vai. — Mas a marca da mão em minha cintura contava outra história, e ambas sabíamos disso.

Denna e eu finalmente conseguimos encontrar Alek depois do jantar. Mesmo que eu não estivesse interessada em passar mais tempo em sua companhia, Denna tinha bons motivos para vê-lo, e pelo menos Laurenna ficaria feliz em saber que eu estava fazendo o que ela pedira, tentando descobrir o que ele estava tramando.

Voltamos para o mesmo edifício residencial da corte onde a malfadada festa havia acontecido, e minha ansiedade aumentou assim que atravessei a porta. Eu esperava que não encontrássemos Ikrie nem ninguém mais que havia presenciado minha humilhação. O granito polido do hall de entrada continha manchas peroladas que refletiam os globos iluminados suspensos em castiçais de ferro ornamentados.

GELO & SOMBRAS

Vigas escuras arqueadas contra o teto branco davam ao interior um ar de formalidade que criava o cenário perfeito para os nobres que passavam. Calhou de um deles ser Fadeyka. Ela vagava sem pressa pelo salão, segurando com uma mão o livro no qual seu nariz estava enfiado e usando a outra para jogar doces em sua boca.

Seus olhos brilharam quando ela nos viu e fechou seu livro depressa para vir até nós.

— Aonde vão? — perguntou, mastigando um doce.

— Aos aposentos do Guardião Wymund — disse. — Estamos procurando por Alek.

— É por ali. — Ela apontou para um corredor do lado oposto ao que a atendente do edifício da ala dos mercadores nos havia apontado. Suspirei. Se Fadeyka era parecida com os outros nobres pirralhos que conheci quando criança, ela conhecia cada centímetro da corte e de seus edifícios. A atendente era péssima em dar informações.

— Pode nos mostrar como chegar lá? — perguntei.

— Claro — concordou, saltitando na direção em que havia apontado. — Só não conta para a mamãe!

— Pelos Seis Infernos — resmunguei. A última coisa de que precisava era mais problema. Já tinha conseguido bastante desde minha chegada.

A garota nos levou por vários lances de escada em uma velocidade que deixou Denna e eu sem fôlego.

— É por ali, no fim do corredor. — Ela bateu à porta sem nem nos consultar e, alguns momentos depois, abriu a porta.

— Faye! — exclamou Alek, claramente surpreso por vê-la. Pela primeira vez estava sem sua armadura, vestindo uma camisa simples e calças que, por algum motivo, não o favoreciam em nada.

— Trouxe algo para você — disse Fadeyka, e apontou para nós. Preparei-me para um comentário sarcástico que sairia da boca dele.

— Obrigado, garota. Tem praticado sua defesa? — perguntou ele. Sua voz era estranhamente bondosa. Descobri que ele era mais

157

agradável com Fadeyka do que jamais fora comigo, mas não podia invejá-la por isso. Ela era apenas uma criança.

— Sim, senhor! — respondeu.

— O que querem? — perguntou, dirigindo-se a Denna com neutralidade e a mim com a hostilidade de sempre.

Olhei para Denna, indicando que ela deveria tomar a dianteira. Se eu começasse a conversa, ela estaria fadada a acabar mal.

— Passamos aqui para ver se teve sorte ao procurar alguém para o meu treinamento — disse Denna.

— Entrem — ele disse, indicando o interior de seus aposentos. Fadeyka entendeu isso como um convite a ela também, passando discretamente para Denna um doce de limão enquanto nos acomodávamos na sala de visitas dele. Os ambientes eram todos bem cuidados, como os aposentos de qualquer outro nobre, mas faltava a extravagante opulência tão presente na Corte Invernal. Tapetes de lã simples em calmos tons de azul e cinza cobriam a pedra rústica, e os móveis de madeira de lei faziam parecer como se estivéssemos de volta ao Castelo de Duvey.

— Esta manhã, disseram-nos que Mare precisará ficar aqui em Kartasha para trabalhar com Laurenna e Zhari, então se houvesse alguém daqui para me treinar, seria o ideal. — Denna juntou suas mãos com cuidado sobre o colo, parecendo formal demais para a situação casual. Bati meu joelho no dela, desconcentrando-a subitamente. Ela endireitou a saia, confusa pelo meu comportamento.

Alek suspirou, resmungando alguma coisa que não consegui entender direito, mas soava como um insulto direto a Laurenna.

— Precisaremos de vinho para ter esta conversa.

— Quero um pouco também — disse Fadeyka.

Alek lançou um olhar fulminante para ela.

— Sua mãe me mataria. Com alegria.

Fadeyka deu uma risadinha.

— Ela me deixa tomar vinho às vezes.

— Então pode tomar vinho com ela. — disse Alek. — Comigo não.

GELO & SOMBRAS

Fadeyka revirou os olhos e comeu outro doce, fazendo questão de fazer muito barulho ao mastigar. Alek balançou a cabeça e serviu a mim e Denna uma taça de vinho cada, colocando visivelmente menos na minha.

— Se essa notícia precisa ser acompanhada por vinho, não pode ser boa — comentei.

— Foi difícil conseguir uma resposta — contou ele para Denna, ignorando-me. — Há uma respeitada professora que administra uma escola ao sul da cidade que inicialmente disse que ficaria feliz em avaliá-la, mas recebi uma mensagem agora há pouco dizendo que estaria ocupada durante o inverno.

— Mas ela não pode ser a única opção, pode? — perguntei

Denna estava empoleirada na ponta do sofá, de ombros tensos.

— O que os outros disseram?

— Os outros três disseram não quando mencionei o seu nome — disse Alek. — Eles já sabiam quem você era.

— Isso não faz sentido. — Eu não entendia. Como alguém poderia ter ouvido falar de Denna se ela estava disfarçada como Lia, minha criada? — Tem certeza que perguntou a todos que eram uma opção?

Alek me olhou como se eu fosse cocô de cavalo em suas botas.

— Eu só tive uma tarde e não tenho tantos contatos quanto antes.

— Nós compreendemos — disse Denna. — Fico muito grata por ter perguntado a eles.

— Também sondei um pouco na sala de treino, mas a maioria dos guerreiros que treinam lá têm dons fracos e foram treinados em casa — disse Alek. — Muitas pessoas escolhem entre dominar a espada ou a magia, não ambas.

— Eu quero dominar ambas — declarou Fadeyka.

— Bom, você está no caminho certo, passando toda a tarde na sala de treinamento. — Alek tomou um gole de seu vinho. — Crie a memória muscular agora e ainda a terá mesmo que se dedique vários anos ao estudo da magia.

Eu não conseguia decidir se a paciência e o encorajamento que ele demonstrava em relação a Fadeyka eram algo encantador ou irritante. Pelo menos aquilo confirmava onde Alek vinha passando seu tempo. Lembrei que ele dissera ao casal de Sonnenborne que planejava passar as tardes na sala de treino, e aparentemente estivera fazendo isso mesmo. Talvez eu pudesse pegar os três lá, se conseguisse encontrar alguma desculpa para aparecer sem levantar suspeitas.

— É mais interessante com você lá — disse Fadeyka. —Você me deixa praticar com outras pessoas além de Kerrick.

— Um lutador precisa saber como lutar com mais de um oponente — comentou Alek.

— Para que se dar ao trabalho de pegar em uma espada se você tem a magia ao seu lado? — perguntei. Entendia por que Wymund fizera isso, já que sua Afinidade não era muito forte. Mas, mesmo sem saber muito sobre magia, sabia que a ponte que Alek havia construído para nos ajudar a fugir dos tamers não era um feito pequeno.

— Mamãe conta que ele começou a levar a espada mais a sério quando falhou em seu treinamento para guardião — informou Fadeyka, solícita.

— Sua mãe conhece apenas o lado dela da história e conta apenas as partes que lhe convém — respondeu Alek, azedo. — Meu pai era espadeiro quando jovem. Comecei a trabalhar com espadas muito antes de ter minha magia ou minha manifestação. E desisti do treinamento para guardião, não falhei.

— Por quê? — perguntou Fadeyka.

— Não importa — disse Alek. —Além do mais, estamos tratando do treinamento de Lia.

— Existe mais alguém da corte que possa ter conexões úteis para encontrar um treinador para Lia? — perguntei.

— Como a rainha a reivindicou, eu duvido. — Alek virou o que restava de seu vinho.

— Reivindicou? — Um sentimento de alerta me atravessou. Olhei para Denna, cujos olhos arregalados de culpa e medo me assustaram ainda mais. — Do que ele está falando?

— Tem uma coisa que não lhe contei sobre ontem à noite — disse Denna, sua voz trêmula pelo nervosismo. — Quando Laurenna me levou para ser interrogada, a fui conduzida até a rainha.

— O quê? — Eu não podia acreditar que ela não havia me contado. Descobrir graças a um comentário jogado de Alek era como levar um tapa. Achei que confiávamos uma na outra.

— Ela me ofereceu treinamento. Em Corovja — admitiu Denna.

Os olhos de Fadeyka se arregalaram.

— Como uma integrante das elites?

Denna assentiu.

— Eu não disse nada porque não queria pressioná-la antes do chá desta manhã. Falei com Alek logo em seguida, na esperança de que pudesse encontrar um treinador local, ou pelo menos me dar algumas outras opções.

Agora eu era a pessoa com estômago revirado. Se outras pessoas estavam se negando a aceitar Denna como aprendiz, não tinha dúvida de que a rainha estava por trás daquilo. Se ela escolhera Denna a dedo como uma de suas alunas, é claro que eliminara todas as outras opções, deixando Denna sem escolha a não ser acompanhá-la até Corovja.

— Você ia ao menos me contar? — perguntei, levantando-me. Eu não queria ter o resto daquela conversa na presença de Alek. Nem sabia se queria tê-la.

— É claro, mas não tive tempo. — Denna me seguiu até a porta enquanto eu saía e descia a escada sem nem dizer adeus para Alek e Fadeyka.

— Vamos falar sobre isso quando chegarmos na ala dos mercadores — eu disse, pela primeira vez atraindo os olhares curiosos tanto dos criados quanto dos nobres enquanto passávamos novamente pelo hall de entrada do edifício. Não seria bom brigar com minha suposta criada no meio de uma das maiores residências da Corte Invernal.

Quando voltamos para a ala dos mercadores, Denna fechou a porta de nosso quarto com uma suavidade tão contrastante com meus sentimentos que eu quase quis voltar até a porta e batê-la. Em vez disso, caminhei de um lado para o outro diante da janela.

—Você disse que não teve tempo de me contar, mas tivemos a noite passada. Tivemos esta tarde. — Ela tinha que entender como eu me sentia por ter escondido algo que significava tanto para mim.

— Na noite passada, machuquei você. — Sua voz era baixa. — Como eu poderia contar que a rainha queria me levar para Corovja depois disso? E se você quisesse que eu fosse?

— É claro que eu não quero que você vá! — Ela ficara louca? Mesmo se eu não estivesse perdidamente apaixonada por ela, não conseguiria sobreviver à Corte Invernal sem sua companhia. A reunião de hoje não havia sido um completo desastre, mas também não tinha sido particularmente produtiva em se tratando de conseguir levar ajuda a Porto Zephyr ou começar tratativas sobre uma aliança. Laurenna e Zhari mal pareceram acreditar quando eu disse que Mynaria não era culpada pelo ataque de Sonnenborne a Duvey.

— Então encontrarei uma maneira de conseguir treinamento aqui. Talvez depois que a rainha partir, depois que eu deixar claro que não vou, alguém se disponha a me aceitar. — Ela deu um passo tímido à frente.

— Não há garantias disso — concluí. — E se ninguém a aceitar? Você vai ficar por aqui dando voltas com sua magia fora de controle e explodindo edifícios?

Denna congelou.

—Você sabe que eu não faria isso. — Sua voz soou baixa e magoada.

— Como você pode ter certeza? — Aconteceram tantas coisas que estavam além de seu controle. Talvez ela tenha querido fazer cair estrelas do céu para me salvar de Kriantz, mas será que fora sua intenção destruir aquela muralha em Duvey com sua tempestade de fogo? Eu sabia que ela não tivera a intenção de me queimar.

Ela piscou com os olhos úmidos.

GELO & SOMBRAS

— Estou fazendo o melhor que posso.

A culpa fez meu peito doer.

— Sei que está, mas ainda preciso que seja honesta comigo. Não entendo por que não me contou sobre a reunião com a rainha ou sobre a oferta dela. Pelos Deuses, eu odeio este lugar! — Desmontei na espreguiçadeira. — Queria que nunca tivéssemos vindo para cá.

— Viemos para cá por minha causa — disse Denna, de lábios trêmulos. — Por causa da minha Afinidade.

— Bem, eu queria que você não tivesse uma Afinidade. Queria que fosse possível tirar isso de você. — Queria uma vida simples, com a garota que eu amo, não participar de jogos políticos e me preocupar se a pessoa que eu mais amo no mundo iria me queimar caso a beijasse com muita paixão.

— Você não pode desejar que as partes de mim de que não gosta desapareçam — retrucou Denna, levantando a voz. Ela se aproximou, colocando-se entre mim e a janela. — Você tem ideia do que está dizendo? É como se pedisse que eu cortasse um braço porque isso tornaria as coisas mais fáceis para você.

— Não foi o que eu quis dizer — defendi-me. Querer que as coisas fossem mais fáceis não significava que eu queria que ela fosse outra pessoa ou que se ferisse para eu me sentir melhor.

— Não foi? — perguntou ela, subindo o tom mais ainda. — Você seria mais feliz vivendo comigo se eu fosse sua criada para sempre, mesmo que eu continuasse fingindo ser alguém que não sou nem fui criada para ser?

— Não, é claro que não. Eu só quero que você fique em segurança. Quero que estejamos seguras. Não tem nada de seguro em se viver com magia por todos os lados! — implorei para que ela entendesse.

— Parece funcionar bem para todos neste reino — redarguiu ela.

— Claro, onde o trono é conquistado em um combate mortal e a rainha se gaba de arrancar o coração de quem a desafia. Perfeitamente normal e seguro — disse, sem fazer o menor esforço de esconder meu sarcasmo.

— Para mim também não é seguro machucar você! — afirmou ela.

— Então a resposta é ir para Corovja e ficarmos a um reino inteiro de distância? — perguntei.

— Eu não vou deixar você! — falou Denna, parecendo comovida. —Você não pode me permitir ser quem eu sou?

De alguma forma, aquela declaração machucou em vez de me confortar. Será que sua insistência em dizer que não iria embora era para atenuar o fato de ter escondido coisas de mim?

—Talvez você devesse ir — falei, arrependendo-me destas palavras no momento em que saíram de minha boca.

Denna me olhou como se eu tivesse batido nela, e seus olhos se encheram de lágrimas.

— Não é isso que quero, mas irei se é o que você quer.

—Tudo o que eu quero é ter uma vida normal com você — declarei.

— O que é uma vida normal? — questionou ela. — Somos da realeza. Nossa vida nunca foi destinada a ser normal ou comum.

Ocorreu-me pela primeira vez que eu nunca havia perguntado para Denna como ela imaginava nosso futuro juntas, tirando as fantasias bobas sobre as quais fazíamos piada.

— Então o quê? Você vai treinar em Corovja e se torna uma soberana zumordana sedenta por sangue, como todas essas pessoas? — perguntei.

— Ou eu poderia dar duro no treinamento e ganhar o direito de escolher com quem quero continuar aprendendo, pedir para voltar para cá e estudar com Zhari para ficar perto de você. Se você quiser.

Senti um nó na garganta. Por mais aborrecida que estivesse, a ideia de perdê-la era insuportável. Tínhamos ficado tão pouco tempo juntas. O que eu faria sem ela para me guiar, me ajudar, se certificar de que eu não ofenderia a outra metade da corte ou de que não me mataria sem querer? Eu mal tinha começado a explorar a Corte Invernal e não conseguia me imaginar andando por aí sem ela ao meu lado.

GELO & SOMBRAS

Finalmente arrisquei olhar para seu rosto. O pavor em seus olhos acabou comigo, mas eu não sabia se ela estava com mais medo de ficar aqui ou de partir para Corovja.

—Você tem que fazer o que é melhor para você — declarei, por fim. — O que eu quero não importa. Nunca importou. — Por toda a minha vida, minha família sempre tentou me moldar de um jeito diferente daquele que eu escolhera para mim. Eu não podia fazer o mesmo com Denna, mesmo que aquilo partisse meu coração.

DOZE

Dennaleia

Depois de nossa discussão, Mare passou tanto tempo nos estábulos que adormeci na espreguiçadeira, atormentada pelas palavras dela e por meus próprios pensamentos. Ela gostaria que eu permanecesse insignificante e mansa. Talvez aquela fosse a versão de mim por quem tenha se apaixonado, mas minha magia não deixaria que eu continuasse assim. Se eu ficasse em Kartasha e tentasse, estaria fadada ao fracasso sem o treinamento adequado, e os melhores mentores disponíveis em Kartasha já haviam me rejeitado. Todo dia eu teria uma nova chance de machucar Mare. Isso me dava apenas uma opção.

Com pouco sono e muito medo, aprontei-me na escuridão da madrugada e enfiei alguns livros que Alek havia me dado dentro de minha bolsa de viagem. Mare dormia profundamente quando me esgueirei em silêncio pelo quarto e me sentei diante da penteadeira com um pedaço de pergaminho e um instrumento de escrita. Parte de mim desejava que ela acordasse e me impedisse — tirasse a caneta de minha mão antes mesmo que eu a tivesse mergulhado na tinta, beijasse meus dedos como ela já havia feito muitas vezes, dissesse que sentia muito e que me amava e que encontraríamos uma forma de fazer as coisas darem certo. Mas isso só tornaria as coisas mais difíceis.

Mergulhei a ponta da caneta na tinta e comecei a escrever.

Mare,

Você não vai gostar da escolha que fiz, mas espero que tente entender. O único caminho em que nos vejo juntas no momento só nos atrapalharia. Como Alek disse, seria impossível encontrar algum mentor em Kartasha com a reivindicação da rainha sobre mim. Você disse que o que desejava não tinha importância – mas é claro que tem. É a única coisa que importa para mim. Então, se você quer estar a salvo e quer que eu fique a salvo, tenho que partir. Se eu não posso mantê-la a salvo daqueles que querem lhe fazer mal – pior, se eu sou a fonte desse mal –, não mereço estar ao seu lado.

Aceitei a oferta da rainha para treinar em Corovja. Por favor, cuide de você e do seu reino. Quando nos reencontrarmos, espero que seja como iguais, e espero que você me perdoe pela distância que impus entre nós.

Com todo o meu amor,

D.

Senti um nó tão grande na garganta que mal consegui soprar a tinta para secá-la. Deixei o bilhete na penteadeira e juntei minhas poucas coisas com mãos trêmulas. Pisquei para segurar as lágrimas quando fiquei de pé junto à porta, olhando para Mare uma última vez. Ela estava deitada de lado, com o cabelo espalhado pelo travesseiro, e meus dedos se fecharam instintivamente ao pensar em seus macios cachos avermelhados. Gostaria de poder levar um mapa de suas sardas comigo, uma lembrança das estrelas que me guiaram até aqui e que esperava nunca ter que deixar para trás. Minhas lembranças seriam pobres substitutas para a realidade de seus beijos. Cada músculo de meu corpo queria atravessar o quarto e se deitar do lado dela.

Em vez disso, forcei colocar um pé na frente do outro para sair do quarto e então do edifício.

Do lado de fora, no pátio, encolhi-me embaixo de um arco após mandar uma ama entregar minha aceitação à rainha. O vento soprava em rajadas curtas, atingindo minhas bochechas e me congelando até os ossos. A caravana da rainha, embora modesta em tamanho, ainda ocupava a maior parte do pátio, e criados iam de um lado para o outro, empacotando o restante dos suprimentos para a jornada sob os olhos de vários membros da Guarda Noturna da rainha. Alguns deles perambulavam pela caravana na forma humana enquanto outros circulavam pelo ar como pássaros.

No centro do caos, uma grande barcaça esperava. Ela flutuava sobre o chão, pelo visto apoiada apenas no ar, estranhamente firme apesar da brisa fria que fazia folhas voarem pelo solo. Não havia rodas, só um fundo liso que se curvava na frente como um trenó. Detalhes intrincados de carpintaria em mogno escuro decoravam o exterior. Atrás da barcaça aguardavam vários pequenos vagões, também flutuando sobre o chão. Se eu não estivesse tão preocupada, talvez ficasse boquiaberta de admiração. Nunca havia visto nada como aquilo.

Uma imponente figura de cabelos pretos apareceu em minha visão periférica, batendo as botas nos paralelepípedos, e reconheci Karina, a capitã da Guarda Noturna. Atrás dela, a rainha adentrou o pátio vestindo seu manto branco, lançando um olhar em minha direção. Um pequeno sorriso dançou em seus lábios cor de rubi antes que se virasse e desaparecesse por uma porta na lateral da barcaça maior. Karina continuou a andar em minha direção, e parou a alguns passos de distância.

— Lia — disse. — É hora de partir.

Um medo se contorceu em minha barriga e, por apenas um momento, considerei desistir. Como eu poderia deixar Mare depois de tudo que havia acontecido? Fugimos de Lyrra para ficarmos juntas. Mas a lembrança de sua queimadura preencheu minha mente, a forma com que minha mão a marcara e a dor em seus olhos toda vez que tinha que trocar o curativo. Eu pensara ser capaz de protegê-la. Em vez disto, eu a machucara. Poderia tê-la matado. Não importava quanto doesse partir, eu tinha que ir.

Segui Karina, passando pela barcaça da rainha e indo até um pequeno vagão logo atrás, que era feito do mesmo mogno nobre, mas não tão ornamentado. Um lacaio abriu a porta:

— Sua bolsa, senhorita? — disse, esticando a mão para minha pequena bolsa de couro. Apertei a alça com mais firmeza.

—Vou levar comigo. Obrigada — respondi e subi no vagão. No interior, o estofado era macio e branco. Sentindo-me intimidada e só, acomodei-me em um assento.

Três aprendizes estavam sentados à minha frente, uma garota e um menino em mantos verdes de viagem alguns tons mais claros que o meu, ambos de cabelos escuros e encaracolados e impressionantes perfis aquilinos, e outro garoto vestido dos pés à cabeça de um preto desbotado. O único outro passageiro era um homem de cabelo cor de areia usando o uniforme da Guarda Noturna, encostado à janela do lado direito do meu banco, de olhos fechados, roncando levemente.

Quando o lacaio fechou a porta, o barulho de fora silenciou-se de forma abrupta. Começamos a nos mover, deslizando pelo pátio, devagar a princípio, mas ganhando velocidade à medida que a caravana se aproximava dos portões. Nosso vagão se movia tão suavemente que parecia deslizar no gelo. Senti pontadas em minha pele, fazendo as partes dormentes de meu braço doerem. Escondidas sob meu manto, minhas mãos se contorciam unidas em meu colo, e cerrei os dentes com toda força, tentando dissipar a magia.

—Você é a usuária de fogo, certo? — o garoto de verde perguntou em zumordano. Em sua expressão havia uma perspicácia que me deixou desconfiada.

— Sim, eu me chamo Lia — apresentei-me, tentando me recompor um pouco.

— Eryk — declarou ele. — Esta é minha irmã, Evie. — Ele gesticulou para a menina de verde.

GELO & SOMBRAS

—Você também foi escolhida através do programa de Zhari? — perguntou Evie, com uma expressão amistosa e curiosa.

— Não saia contando isso para as pessoas — Eryk censurou a irmã. — Nossa posição mudou agora que fomos escolhidos.

Balancei a cabeça em negativa.

—Vocês todos foram?

— Eu não — falou o garoto de preto. — Tristan. — Ele estendeu a mão e eu a apertei, esperando executar o gesto corretamente. Como criada, quase nunca precisara me apresentar a alguém, e, como princesa, tudo sempre tinha sido muito mais formal; ninguém que não fosse da realeza teria me tocado. Seu aperto de mão era quente e forte.

— Como você foi selecionado? — perguntei a Tristan, minha curiosidade falando mais alto. Sabia que não devia julgar as pessoas pela aparência, mas seu visual desarrumado contrastava muito com o de Eryk, que estava tão arrumado quanto os nobres, e Evie, cuja aparência mais simples era tão asseada quanto a do irmão.

— Minha afinidade não é muito comum — declarou Tristan. — A maioria das grandes escolas de magia fica em Kartasha, mas, quando fui me inscrever em uma, o diretor me entregou para a rainha. Qual a sua história?

— A mesma coisa — menti —, apesar de achar que meu dom não seja muito raro. — Era próximo o bastante da verdade.

— Afinidades com o fogo são bastante comuns — disse Eryk, cujo desdém na voz era claro.

—Você viu que os outros têm vagões privados? — perguntou Evie ao grupo, arregalando os olhos.

— Deveríamos ter sido colocados todos juntos — reclamou Eryk, parecendo mal-humorado.

— O fato de não termos sido selecionados não nos torna nobres de repente — argumentou Evie.

— Um dia poderemos ser — respondeu Eryk.

171

Tristan e eu trocamos olhares e demos de ombro. Um arrepio de preocupação percorreu minha espinha. Imaginei o que eles pensariam se soubessem quem eu era em minha antiga vida.

Parei de prestar atenção à conversa e olhei pela janela, mal conseguindo absorver o cenário. As palavras de Mare me assombravam — que ela desejava que minha magia desaparecesse e que o que ela queria não importava. Claro que o que ela queria importava; era por isso que me machucava tanto seu desejo de que eu fosse alguém que não podia ser. Eu sabia que havia feito a coisa certa ao ir embora e sabia que doeria. Eu só não poderia imaginar quanto.

A caravana continuou a viagem com uma velocidade impressionante, rápida como o galope de um cavalo, só que sem o balanço ou som dos cascos trovejando pela terra. Ocasionalmente, eu enxergava de relance integrantes da Guarda Noturna na forma de pássaro passando pela janela, circundando o céu acima de nós enquanto procuravam por obstáculos ou ameaças. A conversa dos outros aprendizes cessou eventualmente, e o Guardarinho não abriu os olhos, embora tenha grunhido e virado para o lado uma vez. Devia ser um guarda designado para a vigília noturna. Em uma tentativa de me acalmar, enfiei a mão em minha bolsa e tirei um livro em zumordano que Alek havia me dado, e passei as próximas horas memorizando o máximo de palavras que consegui. Meu domínio da língua já era bom, mas não custava recapitular, já que nunca a usara fora de meus estudos.

Por volta do meio-dia, a caravana parou, saindo da estrada para que os servos desembalassem a comida. Uma batida na porta me fez pular de susto e, quando me virei, vi que ela já estava aberta, revelando Karina.

— A cada dia, um de vocês vai se juntar à rainha durante o almoço — anunciou. — Lia, você é a primeira.

Juntei meus livros e bolsa depressa, enfiei-os em uma prateleira acima do assento e saí atrás de Karina para a tarde fria.

Karina me escoltou até o vagão da rainha e me fez entrar na sua frente. Os assentos espaçosos eram largos o bastante para permitir que o mais alto dos Guardarinhos se esticasse nele. Uma mesa estreita estava presa ao chão, e sobre ela estava servido um banquete como os que não via desde que tinha fugido de Mynaria. Uma travessa com carne de cervo, numerosos pratos de vegetais e uma cumbuca com framboesas gordas e vermelhas esperavam, intocados. Um decantador de vinho feito de cristal completava a mesa, refletindo a luz do sol e produzindo sobre a mesa padrões que pareciam diamantes. Sentada em um banco luxuoso voltado para a parte traseira do vagão, a rainha esperava, com um olhar que parecia me penetrar diretamente. Engoli em seco.

— Lia — disse a rainha.

— Boa tarde, Vossa Majestade — respondi, parada sem jeito perto da entrada.

— Sente-se.

Apressei-me a obedecer enquanto Karina se sentava no lugar ao meu lado. A rainha começou a se servir e, depois de um momento, Karina e eu a seguimos. Apesar de a comida estar deliciosa, meu estômago estremecia de nervosismo, e não pude comer muito. Talvez o disfarce de criada estivesse começando a se tornar parte de mim. Não me sentia mais como uma princesa. Eu mal sabia quem era de verdade.

— Quero ver os relatórios sobre Tilium — disse a rainha para Karina. — Devemos chegar lá no meio da tarde.

Um breve ar de surpresa cruzou o rosto de Karina, mas ela logo o reprimiu e tirou de baixo de seu assento uma requintada pasta de couro. Ela abriu o fecho dourado em formato de garra de dragão e tirou de dentro uma organizada pilha de pergaminhos.

Fui acometida por uma pontada de nostalgia. Na minha vida antiga, eu poderia ter sido a pessoa que olharia os relatórios do reino. Caberia a mim saber tudo sobre meu povo e minha terra, ajudar a tomar as melhores decisões para protegê-los e ajudá-los. Tarefas assim provavelmente nunca mais seriam da minha conta novamente, e alguma coisa nisso me causava um mal-estar. Eu passara minha vida inteira me aprimorando nesta função, preparando-me para ser rainha de Mynaria. Agora, tudo parecia ter sido um desperdício de tempo.

A rainha começou a folhear os pergaminhos, uma pequena ruga aparecendo entre suas sobrancelhas. Suas mãos tremiam um pouco, o único sinal da idade que a vi demonstrar.

— Onde estão os relatórios mais recentes? — perguntou.

— Não temos nenhum, Vossa Majestade — respondeu Karina. — Os últimos batedores que enviamos não retornaram.

Eu as observava, minha curiosidade crescendo apesar de minha angústia em abandonar Mare. A rainha levantou os olhos e fixou seu olhar em mim mais uma vez.

— Talvez Lia tenha alguma opinião a dar. — Ela me oferecia vários relatórios, e tive que separar meus dedos, que estavam entrelaçados, para pegar o fino pergaminho de suas mãos. — Considere isto como uma avaliação para estabelecer a base de aspectos não mágicos do seu treinamento. Karina, conte a ela sobre Tilium.

Senti um frio na barriga. E se ela já tivesse descoberto meu disfarce? E de que treinamento não mágico estava falando? A rainha não me havia dito nada a respeito daquilo em sua oferta original.

— Tilium é uma pequena vila ao norte de Kartasha — informou-me Karina. — Um homem iniciou algum tipo de culto por lá.

— Um culto? — repeti. Não tinha conhecimento de nenhum tipo de religião sendo praticado em Zumorda.

— Começou com um homem chamado Sigvar, que tem Afinidade com espíritos. — Karina continuou. — Parece que fez uma lavagem cerebral em todo o vilarejo para conseguir que o seguissem, e este ano quase ninguém pagou os impostos devidos.

A expressão da rainha se fechou.

— Preciso saber como ele está fazendo isso. E por quê. — Ela voltou a me olhar. — O que acha, Lia?

Fiz uma pausa, pega de surpresa pela pergunta dela.

— Eu… eu não tenho certeza, Vossa Majestade. — É claro que eu tinha teorias sobre o porquê e, quem sabe, até mesmo sobre como. Os anos de estudos sobre política e religião haviam me dado um bom nível de conhecimento a ser colocado em prática. Mas eu já não era

GELO & SOMBRAS

mais Dennaleia. Era Lia, uma simples criada, que não devia saber muito sobre política ou a teologia por trás da adoração de outros reinos aos Seis, e como isso podia ter relação com o culto zumordano. Eu não sabia nem por que a rainha estava me perguntando aquilo.

Ainda assim, ela continuou a me encarar, esperando algum tipo de resposta.

— Problemas com cultos são frequentes em Zumorda? — perguntei, por fim.

Karina respondeu.

— Não, embora tenha se tornado mais comum nos últimos anos. A maioria é de apenas tolos tentando fazer com que as pessoas voltem a cultuar os deuses, frequentemente porque passaram tempo demais em Mynaria e foram iludidos a pensar que os deuses vão tornar sua magia mais poderosa. A maior parte destes grupos são inofensivos.

— Mas este não é? — Eu precisava saber se a preocupação era apenas pelo não pagamento do imposto, ou se era algo pior.

— Os últimos relatórios que recebemos descreviam um caos na cidade. A maior parte da safra fracassou porque ninguém compareceu à colheita, e as poucas lojas fecharam. Vários moradores partiram e nos trouxeram notícias do ocorrido, mas isso foi há algumas semanas. Todos que enviamos para investigar ainda não voltaram.

— E... estamos indo para lá agora? — Eu estava confusa. Monarcas não costumam ir direto para o centro do perigo, pelo menos não os que haviam me criado. Tínhamos espiões, soldados e especialistas que poderiam ser enviados para lidar com coisas específicas em sua área de expertise.

— Sim — disse a rainha. — Ameaças a Zumorda devem ser resolvidas rapidamente.

Senti um arrepio de medo. Por que uma monarca arriscaria a própria vida para investigar algo deste tipo em vez de mandar soldados? Com certeza, eles seriam mais bem treinados para lidar com uma situação assim. A rainha, por outro lado, não parecia nem um pouco preocupada. Ela e Karina passaram a discutir sobre os relatórios de outras cidades, mas minha mente continuou agitada com dúvidas. O que a rainha achava da guerra que Mynaria quase declarou? Considerava os mynarianos uma ameaça? E se um culto era uma preocupação, porque o ataque a Duvey também não era? Seria porque Wymund e seus guerreiros já haviam derrotado o inimigo? Eu não sabia nada sobre este culto, ou mesmo o que significava uma Afinidade com espíritos, mas tudo soava perigoso. O formigamento mágico se espalhou dos meus braços para minhas mãos. Fechei os punhos e os olhos, mas só conseguia pensar em Mare. O que ela faria agora que eu tinha ido embora? Conseguiria se virar na corte? Ganhar a confiança de alguns nobres que levariam suas preocupações a sério? E se eles a ignorassem porque Zumorda já estava planejando atacar Mynaria? Ou mesmo Havemont? Não sabíamos nada sobre que tipo de força eles tinham. E, acima de tudo, temia que ela pudesse me odiar por ir embora e pensar que eu havia escolhido minha magia e não ela em vez de ver a situação pelo que realmente era — eu fizera minha escolha pensando em sua segurança e com a esperança de termos um futuro como iguais.

— Lia — disse a rainha em um tom sério. Pulei de susto e, antes que pudesse parar minha magia, minhas mãos se abriram e chamas irromperam de minhas palmas. A chama saltou para o teto, ateando fogo nos intrincados entalhes do mogno. Karina soltou um grito, alarmada. O fogo continuou saindo de minhas mãos em uma torrente que eu não podia conter.

— Pare! — A voz da rainha ribombou e alguma coisa me atirou de volta em meu assento, uma força invisível tão grande que parecia haver dez pessoas me segurando no lugar. À minha frente, a rainha tinha os braços estendidos, palmas abertas e dedos esticados. Embora não visse nada, senti minha magia sendo puxada pelas mãos dela. Seu olhar estava fixo em mim, a face distorcida em uma expressão de concentração.

Ela estava pegando minha magia. De alguma forma, ela estava retirando-a de mim.

GELO & SOMBRAS

O medo se acumulou em meu estômago, e eu lutei, tentando me soltar, mas era inútil. Tentei me mover, mas mal podia mexer meus dedos. As chamas ao nosso redor se dissiparam, extintas pela rainha. Então a pressão desapareceu repentinamente e eu tombei para a frente, batendo com força os cotovelos na quina da mesa.

— Mas que Inferno desgraçado — gritou Karina, olhando para mim. Seu rosto estava lívido e uma mão descansava no cabo de uma adaga presa em sua cintura.

— Eu sinto muito — tentei dizer, mas as palavras saíram sussurradas de minha garganta.

A rainha cerrou as mãos e, por um momento, suas pálpebras tremeram, fechadas. Uma expressão estranha atravessou seu rosto, quase calmo, mas com um rubor nascendo em suas bochechas. Ela respirou fundo antes de abrir os olhos e olhar diretamente para mim. Ela sorriu, com uma expressão predatória que fez meus ossos gelarem.

— Você perdeu o controle — disse com voz calma e comedida.

Esforcei-me para me endireitar, recostando-me no banco, ofegante como se tivesse acabado de correr montanha acima. — O que foi que aconteceu? — Consegui perguntar entre as respirações.

— Sua magia era forte demais para que conseguisse lidar com ela — disse a rainha —, então tirei um pouco de você.

— O que quer dizer? — Reprimi um tremor quando me lembrei da forma como os poderes dela haviam me prendido contra o assento.

A rainha parecia um pouco impaciente, mas respondeu à minha pergunta.

— Usuários de magia podem dar poderes uns aos outros, se assim desejarem. É uma ocorrência comum. Mas poucos são fortes o suficiente para pegar magia emprestada de outros, especialmente sem consentimento. Sua Afinidade vai se recarregar sozinha com o tempo. Tive que remover seus poderes para a nossa segurança, e para a sua.

Senti um arrepio apesar do calor do vagão. Procurei por minha magia, tentando chamá-la para a ponta dos meus dedos, mas não senti nada onde antes o formigamento de uma descarga de poder teria

177

dançado pela minha pele, a não ser um leve pinicar nos dedos. Era assustador, mas inofensivo. Eu não poderia machucar ninguém agora. Recostei-me em meu assento, sentindo um torpor de alívio e exaustão.

Aprender sempre fora fácil para mim. Geografia, política, matemática, harpa... no fim, acabava dominando qualquer coisa que estudasse, mesmo os assuntos em que tinha dificuldade a princípio.

Já sabia que não seria assim com a magia.

A rainha me dispensou de volta à minha carruagem, para que retomássemos nossa jornada. Eryk tinha sumido, deixando apenas Evie, Tristan e o Guardarinho adormecido como meus companheiros. Quando perguntei sobre o paradeiro de Eryk, Evie revirou os olhos e me contou que ele havia conseguido um convite para viajar com Aela, uma das aprendizes nobres.

Várias horas depois do meio-dia, nossa pequena caravana saiu da estrada principal. A estrada estreita na qual entramos era pedregosa e desnivelada. Os buracos da trilha acumulavam gelo que facilmente quebraria a perna de um cavalo que pisasse em falso, deixando-me especialmente grata pelo luxo de nossas barcaças flutuantes. Era óbvio que a cidade de Tilium não estava esperando nenhum visitante, ou não os queria.

Paramos após minutos de viagem, próximos a árvores com galhos desprovidos de folhas. Um pouco mais adiante na estrada, estava a cidade de Tilium, um pequeno grupo de edifícios humildes, muitos dos quais pareciam abandonados. Nuvens pesadas cobriam o céu e, quando saí do vagão com os outros aprendizes, o ar parecia ainda mais frio que antes. Puxei mais o manto sobre meu corpo e tremi.

A porta para o vagão da rainha abriu-se. Karina apareceu, vestindo uma simples calça marrom e uma camisa em vez do uniforme da Guarda Noturna. Ela deu um passo para o lado e prendeu uma espada embainhada em sua cintura enquanto a rainha saía atrás dela.

— Aprendizes — chamou Karina, e nós três nos apressamos até lá. — Vocês nos acompanharão em Tilium.

GELO & SOMBRAS

Eryk e uma garota loira alta que devia ser Aela se juntaram a nós, assim como uma morena de olhos azuis com uma expressão arrogante. Ela me olhou de cima a baixo.

— Você é a serva daquela embaixatriz *vakos* de Mynaria, não é? — falou.

— Não mais — respondi, pressentindo o perigo.

— Não parece que ela perdeu muita coisa — comentou a garota. — Parece que você nem conseguiria acender uma vela direito. — Ela balançou o dedo em minha direção e uma lufada de ar me acertou no peito.

Encolhi-me para longe dela, apertando o corpo com meus braços.

— Não provoque os fracotes, Ikrie — disse Aela, sorrindo.

Minhas bochechas queimaram de vergonha. Com um sobressalto, reconheci o nome de Ikrie — fora ela quem ameaçara desafiar Mare para um duelo na festa em Zumorda e quase a sufocara na frente de todos. Como nuvens de tempestade, a raiva se juntou dentro de mim, e Ikrie teve sorte de a rainha haver tirado minha magia, então senti apenas uma leve agitação dela acompanhando minhas emoções. Ikrie havia dado a Mare outro motivo para ter medo de Afinidades, outra martelada na cavilha que havia nos separado. Senti um aperto desconfortável no estômago e engoli em seco enquanto olhava da vila para as pessoas ao meu redor. Um grupo de seis guardas havia se formado no solo e outros quatro circulavam acima de nossas cabeças na forma de pássaro.

— Karina, explique a situação para nossos aprendizes — pediu a rainha.

Karina contou aos outros o que eu tinha ficado sabendo no almoço e acrescentou:

— A prefeita da cidade nunca mandou os relatórios, então podemos presumir que foi absorvida pelo culto. A Guardiã de Valenko não foi capaz de checar este lugar devido à sua saúde precária, então devemos prosseguir com cautela — acrescentou.

— Obrigada, Karina — disse a rainha. — Vá em frente.

Karina ordenou que os guardas entrassem em formação. Eles cercaram-nas, ela e a rainha, e eu comecei a caminhar atrás deles com os outros aprendizes. Nós nos aproximamos da cidade pela estreita estrada de terra, nossas botas acumulando lama a cada passo. À nossa volta, as fazendas pareciam parcialmente abandonadas, com a porção da safra que tinha sido negligenciada a apodrecer no chão depois da colheita.

A rainha ficou para trás para andar ao nosso lado por um momento, e seus olhos se voltaram para mim à medida que chegávamos perto da cidade.

— Lia, diga-me o que está vendo.

Eu sabia que ela queria dizer algo além do que podia ser visto com os olhos, mas mesmo se meus poderes estivessem funcionando, eu não teria a menor ideia de como enxergar magia. Os outros aprendizes olharam para mim, esperando para ver do que eu era capaz. Lancei um olhar para a pequena vila à nossa frente, então passei os olhos além dela, para as colinas e a floresta que a circundavam. Não via nada fora do comum, tirando a tranquilidade e o estranho silêncio. Não havia nenhuma pessoa à vista.

— Há fumaça subindo de uma chaminé no centro da cidade — falei. — Uma vez que muitas das residências parecem estar abandonadas, meu chute é que seja alguém que não foi pego pelos cultistas. Também há chances grandes de ser alguém com a habilidade de usar magia. — Eu sabia que aqueles sem dons tendiam a viver à margem da sociedade de Zumorda, mesmo em vilarejos como aquele. Um zumordano *vakos* não viveria no centro da cidade.

— O que te leva a pensar que aquela não é a casa do cultista? — questionou a rainha, inclinando a cabeça.

— O líder de um culto precisa de um lugar com significado espiritual para seus seguidores. O lugar deve ser grande o suficiente para comportar a congregação à medida que seu rebanho aumenta. — Fiz uma pausa, vagando os olhos pela paisagem. — Como aquele estábulo ali. — Apontei para uma grande construção de pedra. — Veja como a área em volta está bem cuidada. Contrasta bem com todo o resto que vemos aqui.

A rainha me deu um aceno de aprovação e eu suspirei aliviada.

— Também há magia acumulada naquela colina — comentou Evie, chamando a atenção da rainha para ela.

— Qualquer um pode ver isso — disse Ikrie.

— Então o que você faria a seguir, Ikrie? — perguntou a rainha.

A expressão de Ikrie mudou da condescendência em relação a mim e Evie para total servilismo.

— Drenaria o máximo do poder que conseguisse e me prepararia para usá-lo para atacar.

Franzi o cenho. Atacar sem conhecer os detalhes do que estava acontecendo não me parecia uma boa ideia.

— E Lia, o que você faria? — indagou a rainha.

— Eu conversaria com seja lá quem estiver cuidando daquele fogo. — Gesticulei em direção à solitária coluna de fumaça no centro da cidade. — Se a pessoa não foi levada pelos cultistas, poderá nos dar mais informações. Deveríamos conseguir o máximo de informação que pudermos antes de confrontá-la, especialmente se não conhecemos os tipos de poderes que ela tem.

— Neste caso, avante. — A rainha recuou para se juntar a Karina e levantou a mão para ordenar que os Guardarinhos assumissem uma nova formação.

— Nós sabemos que poderes a pessoa tem — disse Eryk. — Uma Afinidade com os espíritos, como a minha.

— Então por que aquele poder acumulado ali parece ser magia da terra? — questionou Evie.

— Quem se importa, se está lá para quem quiser chegar e pegar? — disse Ikrie.

Alguns minutos mais tarde, Karina bateu à porta da casa com a chaminé fumegante. A porta se abriu com um rangido, revelando uma mulher com um avental de couro e uma expressão irritada.

— Ele está na colina — disse. — Vá pelo caminho após o armazém. — Ela começou a fechar a porta, mas Karina a bloqueou com sua bota.

— Perdoe-me a intrusão, madame — falou. — Primeiro precisamos falar com você sobre o que está acontecendo aqui. Ordens da rainha.

A mulher apertou os olhos para nós, finalmente prestando mais atenção ao nosso grupo. Os Guardarinhos nos cercavam, embora alguns deles tivessem se transformado em pássaros e se empoleirado em telhados próximos para observar de cima com os outros. O olhar da mulher se movia de Karina para a rainha. Seus olhos se arregalaram.

— Ordens da rainha. Claro — balbuciou, escancarando a porta. — Sinto muito, Vossa Majestade, eu não quis desrespeitá-la. É que todos que passam por aqui acabam na colina ultimamente e…

— Basta — disse a rainha. — Estamos aqui para cuidar disso.

A mulher acenou e a conduziu para dentro.

— Lia, essa ideia foi sua, venha observar. — Para a minha surpresa, a rainha indicou que eu deveria entrar com ela e Karina, deixando os outros aprendizes do lado de fora. A casa era uma construção instável de madeira, com argila preenchendo os espaços entre as tábuas, mas havia uma harmonia orgânica em tudo aquilo. Uma cama arrumada com capricho ficava no canto do fundo. Perto da entrada, duas fortes lanternas cercavam uma bancada coberta de rolos de arame, contas e joias semipreciosas organizadas em pequenos recipientes. Pequenos vasos de cerâmica e galhetas ocupavam as prateleiras acima. Uma pequena bigorna ficava ao lado da mesa com uma serra de dentes, e pinças de diversos tamanhos, martelos e talhadeiras pendiam da parede logo acima.

— Quando Sigvar começou a ganhar seguidores? — perguntou a rainha.

— Um pouco antes do inverno passado, se não estiver enganada — disse a mulher. — Ele chegou na cidade afirmando que restauraria a velha fazenda Mecklen na colina. O que imagino que tenha feito mesmo.

— E por que você não foi atraída pela magia dele se é poderosa o bastante para destruir a economia de uma região inteira? — perguntou a rainha.

A joalheira deu um sorrisinho.

— Nunca me interessei por homens.

Uma pequena vibração de reconhecimento atravessou meu corpo. Eu não sabia o que era atração, o que era amor, até conhecer Mare.

— Não é que eu não tenha uma Afinidade — acrescentou a mulher. Ela envolveu com a palma de sua mão um pingente que usava, em forma de pinha, e quando a tirou, a pinha havia se transformado em uma flor ornamental.

— Uma usuária de terra, portanto — concluiu a rainha. — Muitos de vocês parecem vir desta região.

A joalheira assentiu.

— A fazenda Mecklen está situada em um lugar que dizem ter sido um templo da terra em tempos anteriores ao seu reinado, Vossa Majestade.

Minha curiosidade foi aguçada. Havia templos aqui? Zumorda não havia sido sempre uma região sem deuses? Zumordanos faziam com frequência uma peregrinação ao Grande Ádito, em minha terra natal, durante o verão, mas o faziam porque o Ádito era um lugar ideal para lançar encantamentos poderosos, não porque adorassem nossos deuses. Eu achava que eles iam até Havemont porque nunca haviam tido templos próprios. Pelo visto, aquilo não era verdade.

— Então o que está dizendo é que ele construiu um santuário em cima do que costumava ser um templo da terra, e que qualquer pessoa que sinta atração por homens é suscetível aos seus dons? — perguntei.

— Na maior parte das vezes — esclareceu a joalheira. — Minha resistência, com certeza, não se deve à minha magia da terra, pois várias das pessoas estão lá em cima têm Afinidade com terra. De que outro modo acha que teriam aquele jardim tão bonito quase no inverno? Mas a maioria dos homens é suscetível também. Quem se sente atraído por ele ou quer ser igual a ele pode dizer adeus à sua alma antes de olhá-lo nos olhos.

— Então, como uma das poucas imunes aos seus poderes, por que você não tentou impedi-lo? — perguntou Karina.

— Paguei meu imposto à Coroa — disse a joalheira, apontando para um pedaço de madeira com entalhes esculpidos junto à porta. — Meu sucesso ou fracasso não dependem dele, e nem ferrando que deixaria que um moleque novato me arrancasse da cidade em que vivi todos os cinquenta e três invernos de minha vida.

— Então suponho que seja melhor que nós o arranquemos — decidiu a rainha, com a expressão predatória de volta a seu rosto.

Dissemos adeus à joalheira e saímos de sua cabana para subir a colina até a fazenda Mecklen.

— Esta foi mesmo uma informação útil — disse a rainha. — Foi uma sábia escolha vir investigar, Lia.

Ikrie fez uma careta e os outros aprendizes me encararam com suspeita, deixando-me com vontade de me afastar de todos. Não era minha intenção atrair atenção ou ganhar um tratamento especial. Karina dividiu o que tínhamos descoberto com os outros aprendizes enquanto subíamos a colina. Alguns dos Guardarinhos voavam sobre nós, indo de árvore em árvore à nossa frente para fazer o reconhecimento do terreno. Eles eram mais quietos do que pássaros comuns, e algo no silêncio da floresta ao longo do caminho me deixava nervosa.

À medida que nos aproximávamos do estábulo na colina, homens e mulheres paravam seus afazeres para acenar amistosamente para nós. Apenas quando cheguei perto pude notar as similaridades entre eles. Apesar de seus olhos serem de tons vivos de castanho, verde e azul, mesmo na luz fraca do inverno suas pupilas não eram maiores do que a cabeça de um alfinete. As pessoas pareciam olhar sem nos ver, de modo vago e com expressões vazias. Isso me causou arrepios.

Encontramos o homem que devia ser Sigvar perto do poço da fazenda, puxando baldes de água para que os homens os levassem ao estábulo. As mangas dobradas de sua camisa revelavam antebraços musculosos e tatuados com símbolos que eu não conhecia. Nosso grupo parou, com os Guardarinhos formando um semicírculo ao nosso redor para nos proteger. Quando Sigvar se virou para nos olhar, a expressão severa de Karina se transformou em um estranho sorriso, então ela caminhou devagar na direção dele. Meu coração veio até a boca. Karina supostamente era a mais forte da Guarda Noturna. Se ele era capaz de desarmar nossa melhor lutadora em alguns segundos, não havia esperança para mais ninguém. Todos os instintos me mandavam correr.

Os calorosos olhos castanhos de Sigvar nos convidavam a nos aproximar, seu sorriso era genuíno e emoldurado por uma barba muito bem-feita. Sua camisa justa se agarrava ao seu físico forte e estava parcialmente desabotoada como um convite indesejado. Os outros aprendizes olhavam de olhos vidrados. Mesmo os guardas que trouxemos conosco perderam o foco. Seus braços amoleceram. Alguns até deixaram cair as armas. Preparei-me, esperando que aquela magia, seja lá qual fosse, acabasse por me afetar. Mas não senti nada.

— Bem-vindos! — Ele gesticulou na direção da fazenda. —Vocês vieram se juntar a nós? Aceitamos gente de todo canto para servir ao deus da terra cuidando dela, dos seus animais e do seu povo.

—Vim aqui para descobrir por que Tilium foi incapaz de pagar seus impostos este ano — explicou a rainha. Havia uma rigidez em sua boca que entregava o uso da magia. Ela estava se protegendo da influência dele, mas estava sendo difícil.

— Minha rainha! — disse Sigvar. Ele se ajoelhou, mas manteve o olhar fixo nela. — Que honra recebê-la em nossa humilde cidade.

— Seu dom não ofusca minha Visão — observou a rainha, olhando para ele. — Mas posso Ver pedaços dele em todos aqui. Como exatamente consegue fazer isso?

— Um feitiço de iniciação, minha rainha. Ele une a todos e nos permite compartilhar uma consciência e uma comunidade — esclareceu Sigvar.

Olhei em volta, percebendo que as outras pessoas se haviam aproximado de nós, todas elas nos observando com um olhar vazio. Acima de nós, os Guardarinhos voadores planavam para pousar no chão, suas formas se alongando, penas, garras e bico se transformando em pele humana, roupas e boca. Reconheci um deles — o homem com cabelo cor de areia que dormira em meu vagão. À medida que assumiam a forma humana, suas pupilas diminuíam e suas expressões relaxavam.

O medo fez uma pequena descarga de magia fluir por meus braços e, pela primeira vez, estava grata pela presença dela.

Sigvar fez um sinal com um dedo e observei, com um horror crescente, Karina caminhar em sua direção. A tensão deformou o rosto da rainha, mas ela estava congelada no lugar pela magia de Sigvar, o azul dos olhos dela aos poucos engolindo o centro escuro.

Meu pânico aumentou. Sigvar mataria Karina? Ou a rainha?

A rainha levantou a mão, mantendo a palma para cima, e uma chama ganhou vida ali. Mas sua mão tremeu e o fogo piscou e se apagou. Um pequeno suspiro escapou de seus lábios. Sob meus pés, um estranho tremor brotou do solo, como se a própria terra se juntasse à briga. Olhei para os lados desesperada, tentando encontrar quem com Afinidade com terra era responsável por aquilo, mas apenas Sigvar parecia usar magia.

— Acho que você deveria vir comigo — disse Sigvar. — Posso lhe mostrar tudo o que construímos. — Ele gesticulou, e Karina se afastou com facilidade quando ele deu um passo em direção à rainha. Ao nosso redor, o tremor se intensificou e pequenas pedras se ergueram do chão.

— Não! — O grito veio da frente, de um dos guardas da rainha. O Guardarinho de cabelo cor de areia avançou na direção de Sigvar, desajeitadamente tentando sacar sua espada. Sigvar recuou surpreso, a expressão amistosa em seu rosto desaparecendo como uma máscara descartada. Mas antes que o Guardarinho pudesse se aproximar, uma Guardarinho lhe aplicou uma rasteira. Ele caiu no chão, e a mulher sacou sua espada.

Lancei-me para a frente sem pensar, chocando-me com a lateral da guarda. Chamas começaram a faiscar de minhas mãos enquanto eu agarrava seu braço.

A mulher gritou quando eu a toquei, mas ela me empurrou com facilidade e desabei no chão. A guarda ficou em cima de mim, espada em mãos, com olhos arregalados, pupilas crescentes e rosto confuso. Ela hesitou apenas o suficiente para que o Guardarinho de cabelo cor de areia levantasse do chão e lhe desse um soco. Ela desmontou.

Minhas pernas tremeram e eu rolei para trás, em direção à rainha, raspando a palma da minha mão em uma pedra afiada e me levantando bem a tempo de ver a rainha lançar uma bola de fogo na direção de Sigvar.

O grito dele ecoou por toda a colina quando as chamas engoliram um de seus braços. Foi o suficiente para quebrar seu domínio sobre os guardas da rainha e os outros aprendizes. Seu povo se lançou contra nós, mas Karina, agora alerta, lançou-os para o lado com uma poderosa rajada de ar que os derrubou.

— Tire o fôlego dele! — gritou a rainha.

Ikrie se juntou a Karina e ambas levantaram os braços para arrancar o ar dos pulmões de Sigvar. Ele caiu de joelhos, agarrando o pescoço, e então seus olhos se reviraram e ele tombou no chão. Assim que perdeu a consciência, seus seguidores desabaram ao seu redor.

— Não há misericórdia para traidores.

A rainha se ajoelhou ao lado dele e colocou a mão sobre seu peito, que subiu e desceu com a respiração mais uma vez. Ela fechou os olhos e sua mandíbula enrijeceu com a concentração que lentamente se transformou em euforia. Uma fumaça começou a sair da pele dele, que formava bolhas, mas este não era o único dano que ela estava provocando. O corpo do homem convulsionava como se estivesse sendo queimado de dentro para fora e suas veias pulsavam, negras, visíveis sob sua pele.

Ouviu-se um grito coletivo de seus seguidores, como se fosse um coral profano, um som que fez meu corpo se arrepiar por inteiro.

AUDREY COULTHURST

Quando a rainha retirou as mãos do peito de Sigvar, ele ficou deitado, imóvel, sua respiração tão fraca que demorei alguns instantes para ter certeza de que ele ainda estava vivo. As bochechas da rainha assumiram um tom saudável que a fez parecer vários anos mais jovem. Em sua palma havia uma chama prateada, que ela envolveu com seus dedos antes de colocá-la em um frasco que retirou de um bolso de seu manto.

— Sua forma — disse a rainha, virando-se para o Guardarinho atordoado atrás dela. Ele correu para cumprir a ordem, ajoelhando-se ao lado de Sigvar e soprando o rosto do homem. O corpo de Sigvar ondulou e se transformou até que, em vez de um homem, houvesse um cervo deitado à nossa frente, sua cabeça coroada com chifres.

Observei horrorizada enquanto a rainha chamava outro Guardarinho. O guarda tirou um martelo de seu cinto e golpeou os chifres até se soltarem do crânio de Sigvar, deixando buracos sangrentos no lugar. Mas ela não parou por aí — puxou uma faca do bolso e a segurou até que ardesse vermelha de tão quente, e então cauterizou as feridas com a lâmina. Duas cicatrizes negras foi tudo que restou quando a rainha terminou.

Atrás dela, Evie apertava a barriga como se estivesse prestes a vomitar, enquanto Tristan observava com uma curiosidade neutra.

Ao nosso redor, o povo de Sigvar começou a se levantar, cambaleando em direção à rainha. Estavam fracos, mas tinham os olhos límpidos, ainda que parecessem confusos. Entre eles estava um garoto de rosto familiar — o garoto loiro que eu vira sendo levado pelos cavaleiros de Sonnenborne em Duvey depois que seu pai fora assassinado. Como ele tinha vindo parar aqui? Eu me levantei.

— Seu domínio sobre eles acabou — anunciou a rainha satisfeita.

— O que você fez com ele? — perguntei, sem ter certeza de que queria saber.

— Eu queimei o seu dom. — Um sorriso selvagem cruzou seu rosto.

Estremeci. Ter meu dom arrancado de mim era a coisa mais invasiva que poderia imaginar, mesmo se pudesse facilitar minha vida de incontáveis maneiras. Uma pequena chama de raiva tremeluziu em meu peito quando olhei para Sigvar e imaginei se era um destino assim que Mare queria para mim. Foi o que dera a entender.

A rainha se virou para seus guardas e gesticulou para a forma estatelada da manifestação de Sigvar.

— Levem o prisioneiro — disse. Dois Guardarinhos se adiantaram, levantando o cervo com violência do chão e o carregando pelo caminho.

— Ele vai se transformar de novo? — perguntei a Tristan.

— Com o tempo — disse, com um tom sombrio. — É preciso mais do que tirar o dom de alguém para separá-lo de sua manifestação.

Enquanto os Guardarinhos pegavam os nomes dos membros do culto e organizavam a volta de todos para a cidade, eu me aproximei do garoto de Duvey.

— Olá — disse.

Ele olhou para mim por debaixo do emaranhado de seus cabelos loiros, a confusão ainda transparecendo em seus olhos.

— Quem é você?

— Meu nome é Lia — respondi. — Vi você em Duvey. Como chegou aqui?

O garoto olhou em volta como se procurasse um rosto familiar e não encontrasse nenhum.

— Eu não me lembro. Quero ir para casa.

Meu coração se compadeceu dele. Sabia como ele se sentia.

— Você se lembra de ter deixado Duvey?

Ele balançou a cabeça.

— Houve uma batalha, e então acordei aqui. Sigvar nos manteve a salvo.

— Os Guardarinhos vão ajudá-lo a voltar para Duvey — eu o acalmei. Mas estava perturbada. De alguma forma ele saíra das mãos dos cavaleiros de Sonnenborne direto para as de Sigvar, o que não fazia sentido. Estávamos muito a nordeste de onde eles o haviam levado, e os soldados de Sonnenborne, com certeza, não cavalgariam tão ao norte apenas para entregar um garoto a um culto aleatório.

AUDREY COULTHURST

Nada daquilo fazia sentido, e eu tinha o mau pressentimento de que o único jeito de entender o ocorrido seria conversando com o próprio Sigvar, que estava inconsciente e aprisionado pela rainha. Mesmo que fosse esperado que os aprendizes ajudassem na missão, pedir para falar com ele levantaria muitas suspeitas. Eu teria que contar à rainha e torcer para que ela investigasse.

Quando acampamos naquela noite, mantive-me fora de vista, escondendo-me entre duas barcaças para comer minha refeição, que consistia em pão fresco, queijo da fazenda e maçãs em conserva da última cidade pela qual havíamos passado. Evie e Tristan haviam desaparecido misteriosamente; os servos me olhavam atravessado quando eu me aproximava demais; eu preferiria andar em um fosso de víboras raivosas a chegar perto de Ikrie, Aela e Eryk; não ousaria me aproximar da rainha e de sua corte sem ser convidada. Fiz o melhor que pude para me camuflar na paisagem e ouvir as conversas que aconteciam ao meu redor. Muitas delas eram comuns — sobre família e filhos, colheitas, aventuras do passado. Os Guardarinhos que estavam de folga cantavam com frequência, rindo e provocando uns aos outros até que um deles se magoasse e deixasse a reunião na forma de pássaro.

Quando terminei de comer minha refeição, alguém se aproximou — o Guardarinho com o cabelo cor de areia que ficara em meu vagão. Seu rosto estava coberto de arranhões e sua bochecha esquerda tinha um grande hematoma, que era ainda mais espetacular nas sombras saltitantes lançadas pela fogueira mais próxima.

— Ei — disse. — Você é a Lia, certo?

— Sim — disse, lembrando-me a tempo de não fazer uma reverência. Ele sorriu e estendeu a mão. Eu a apertei com cautela.

— Meu nome é Aster. E quero te agradecer. Acho que você salvou minha vida hoje.

— Ah — respondi. — Bem, eu só fiz o que parecia certo.

— Você tem bons instintos. Com um pouco de treino, daria uma defensora formidável.

Segurei uma risada, surpresa de que ainda sentia vontade de rir.

GELO & SOMBRAS

— Bondade sua. — Também era engraçado o fato de meus olhos mal chegarem à altura do peito dele. Habilidades físicas não fizeram parte de meu treinamento como princesa.

— Estou falando sério. — Ele sorriu novamente. — Se algum dia você quiser uma aula, é só pedir. Todo mundo deveria saber como dar um soco.

Estava prestes a recusar a oferta, mas então pensei melhor. Não havia ninguém ali para me defender agora, e minha magia era notoriamente instável. Aprender não faria mal.

— Pode me ensinar agora? — perguntei.

— Mas é claro! — Ele pareceu encantado e, alguns minutos depois, tinha me ensinado a fazer um punho de verdade, deixando o dedão do lado de fora.

— Assim? — falei, apresentando minha mão para inspeção.

— Sim, mas mantenha a mão alinhada com o pulso. — Ele corrigiu o ângulo de minha mão em relação ao braço. — Agora, mantenha os punhos à frente do rosto. Quando for dar um soco, comece o movimento pelo ombro.

Dei um soco que me fez balançar descontroladamente e ele riu.

— Veja, faça assim. — Ele me mostrou em câmera lenta como mover o braço em uma linha reta ao socar, fazendo contato com os dois primeiros nós dos dedos.

— E onde eu dou o soco? — perguntei.

— Bom, isso depende de onde conseguir acertar, baixinha.

— Ei! — Ri.

— No rosto não é uma boa ideia. É provável que machuque a mão. Tente o pescoço ou o peito para tirar o ar de alguém. E, lembre-se, o objetivo é machucar alguém o bastante para poder fugir. Quanto mais tempo passar em uma luta, maiores são suas chances de perder.

Ele me fez treinar os socos mais algumas vezes, mostrando-me o que fazer depois.

— Melhor eu voltar para os outros — disse, uma vez que estava confiante que eu havia entendido o básico.

191

— Obrigada — agradeci, sentindo uma pequena onda de gratidão.

Ele acenou com a cabeça e foi embora, juntando-se a outros Guardarinhos ao lado da fogueira. Pela primeira vez desde que deixara Mare, um pouquinho de esperança brilhava no horizonte. Pelo menos mais alguém além de Karina e da rainha havia demonstrado um pouco de bondade para comigo.

E agora eu sabia como socar alguém no pescoço.

TREZE

Amaranthine

Gritos abafados do lado de fora me acordaram em um quarto, que estava frio demais sem o corpo de Denna perto do meu. Minha culpa crescia enquanto procurava por ela. Ela não estava na espreguiçadeira ou no banheiro, e supus que ela tivesse acordado cedo, talvez para cumprir afazeres, ou quem sabe para me evitar. Eu não deveria ter brigado com ela por causa de sua magia ou por causa do que faria a respeito. A escolha era dela, e só dela, e eu sabia disso. Meu medo não me dava o direito de ditar o que ela fazia com sua vida.

Coloquei a capa por cima da camisola e espiei pela janela. O pátio fervilhava pela partida da caravana da rainha para Corovja. Uma grande barcaça foi a primeira a sair pelo portão. Ela flutuava acima do chão, estranhamente estável apesar do vento frio que fazia as folhas rodopiarem pelos paralelepípedos. Quatro pequenos vagões flutuantes completavam a caravana.

Eu me sentei de frente para o espelho e suspirei, mas, enquanto pegava uma escova para me pentear, vi uma carta sobra a penteadeira. A bela e inequívoca caligrafia de Denna decorava a parte da frente. Minha respiração parou quando a abri e comecei a ler.

— Não — sussurrei, amassando a carta em minha mão.

Derrubei o papel no chão e saí correndo do quarto. Parecia que meu coração estava sendo arrancado do peito. Voei pelas escadas até o pátio, abri caminho aos empurrões em meio à multidão que havia se juntado para ver a partida da caravana da rainha. Xingamentos me seguiram, mas eu não me importava. Quando finalmente consegui obter uma visão clara das barcaças, a última já havia deixado o pátio.

— Lia! — gritei, mas minha voz sumiu no barulho da multidão enquanto todos se despediam de sua rainha. Corri para fora dos portões atrás da última barcaça enquanto ela ganhava velocidade, e fui pega por um homem vestido de negro, um membro da Guarda Noturna, um dos guardas de elite da rainha. Ele me carregou para o lado enquanto eu me debatia em seus braços, colocando-me logo do lado externo dos portões da Corte Invernal. O tráfego já havia levado as barcaças, e não havia como alcançá-las a pé. Rajadas de vento sopravam, machucando minhas bochechas, e então coloquei o capuz de minha capa para que ninguém pudesse ver as lágrimas quentes que começaram a cair.

Como ela pôde me deixar sem nem mesmo dizer adeus? Eu tinha feito cada escolha desde que ela me resgatara de Kriantz pensando nela. Sua felicidade e segurança eram tudo o que sempre quisera, e ela mal me ouvira antes de decidir que era melhor nos separarmos. Andei vagarosamente de volta ao meu quarto, meio convencida, quando cheguei, de que sua carta havia sido um engano, que eu a encontraria esperando por mim, pronta para afastar minhas lágrimas com beijos. Mas quando entrei, vi que o quarto estava vazio como eu o havia deixado.

A injustiça de sua escolha me atingiu com o dobro da força com a magnitude da solidão que se impunha sobre mim. Ela poderia ter conversado comigo, dado a mim uma chance de me desculpar pela noite passada, de explicar que minha necessidade de estar com ela era maior do que todo o resto. Alek poderia ter tentado com mais afinco encontrar um treinamento para ela — ele apenas perguntara para algumas poucas pessoas. Como isso seria suficiente? Em vez disso, ela aceitara a oferta de uma monarca sanguinária em que eu não confiava nem um pouco, cortara todas as comunicações comigo e colocara quase um reino inteiro entre nós. Deixara-me sozinha com uma missão diplomática que estava fadada ao fracasso sem o auxílio de sua sabedoria.

Fiquei andando pelo quarto durante o resto da manhã, sem ideia do que fazer, até que peguei uma capa e fui aos estábulos ver Flicker. Eu teria dado tudo para falar com Denna uma última vez — para tentar convencê-la a desistir daquele plano sem sentido, explicar novamente quanto eu precisava dela, dizer que confiava nela e que a amava. Minha queimadura era temporária. Eu queria que Denna fosse permanente e, pela primeira vez desde que saíra Mynaria, eu me peguei pensando se ela realmente queria a mesma coisa. Ela estava prestes a se cercar de pessoas com dons como os dela, pessoas com poderes e habilidades que eu mal podia imaginar. Como eu poderia competir com aquilo? Não sabia mais o que ela havia visto em mim, o que a atraíra para mim, para começo de conversa. Tudo o que eu sabia fazer era ficar com cavalos. Eu não tinha magia, não tinha habilidades diplomáticas, não tinha amigos e quase não tinha família. Talvez meu pai estivesse certo em dizer que eu sempre fora uma desgraça, e Denna por fim percebera isso também.

O ar gelado me cortou como uma espada enquanto eu andava até os estábulos. Os galhos nus das árvores que margeavam o caminho estalavam uns contra os outros como dentes rangendo. Nuvens pesadas haviam engolido o topo do Monte Prakov, ao leste, fazendo parecer que o céu estava perto demais da terra. Diferentemente dos jardins bem cuidados do palácio em que eu havia crescido, as áreas interconectadas aqui fluíam, como água, de uma para outra. Para chegar aos estábulos era preciso subir e descer colinas através de um labirinto que eu não tinha solucionado ainda e, se havia um caminho melhor, eu não o conhecia.

Infelizmente, minhas esperanças de procurar refúgio no estábulo acabaram antes mesmo de eu ter deixado os jardins. Quando passei por um dos arcos de pedra entre eles, Fadeyka apareceu por detrás de um arbusto.

Assustei-me como um potro.

— Pelo Seis Infernos! Não apareça do nada assim para as pessoas.

— Alek diz que é útil praticar a dissimulação — explicou.

— Maldito Alek — resmunguei. Era parcialmente culpa dele que Denna havia me deixado.

— Sua aparência está horrível. Está indo para o estábulo?

— Estava pensando em ir — disse.

— Estão todos falando sobre como você quase morreu na festa do outro dia — comentou Fadeyka.

— Estou chocada — disse em tom neutro. Era de se imaginar que mesmo Fadeyka teria ouvido falar a respeito. Minhas bochechas coraram de vergonha. Como eu poderia conseguir aliados na Corte Invernal depois de uma cena daquelas? Eu não havia sido preparada para tudo que me irmão confiara a mim. Eu não sabia o que fazer. Agora, sem Denna, ficaria ainda mais perdida.

— Pelo menos agora Ikrie foi embora com os outros aprendizes — disse Fadeyka.

— Fantástico — falei. — Pela minha cabeça, passaram imagens de Ikrie atacando Denna, sufocando-a até a morte como ela quase fizera comigo. Então me lembrei de como Ikrie estava bonita, com seu cabelo castanho perfeitamente penteado, grandes olhos azuis e a forma com que aquele vestido amarelo se agarrava a suas formas esguias. Pior do que a ideia de Ikrie ferir Denna era a ideia de as duas ficarem juntas — de Denna se apaixonar por alguém que poderia dar a ela tudo o que não pude.

— Quer uma bala de limão? — Fadeyka me ofereceu um doce que pareceu ter grudado em alguns fiapos de dentro da capa pelo caminho.

— Não, obrigada — agradeci, e continuei andando.

Fadeyka saltitava a meu lado, mastigando sua bala.

—Você vai cavalgar hoje?

— Eu não sei.

— O Flicker está dentro ou fora?

— Eu não sei.

— Posso olhar você colocar a sela nele?

—Você tem sempre tantas perguntas assim? — questionei, irritada.

— Sim — respondeu ela, com uma voz resoluta. — É como eu sei sobre tantas coisas.

Suspirei.

Chegamos nos estábulos e eu entrei na baia de Flicker, feliz em ver que ele vinha sendo bem tratado e escovado. Felizmente, Fadeyka teve o bom senso de ficar do lado de fora. As orelhas de Flicker se levantaram, mas ele não se moveu quando me aproximei e me encostei nele. Seu calor viajou com rapidez através de meu manto até meus ossos, como eu precisava. Inalei profundamente, sentindo meus nós de tensão se desatando com vagarosidade.

—Você vai cavalgar? — perguntou de novo Fadeyka.

Suspirei.

— Acho que vou apenas limpar a baia hoje. — Embaixatrizes da Coroa de Mynaria provavelmente não deveriam limpar baias, mas era onde costumava esvaziar a cabeça quando estava em casa. Além disso, eu me sentia tão bem quanto o conteúdo que jogaria dentro do carrinho de mão. — Está muito frio para cavalgar, de qualquer maneira.

— Não está tão frio. Nem nevou ainda — disse Fadeyka.

Arrepiei-me só em pensar.

— Definitivamente não vou cavalgar na neve.

—Temos uma arena coberta — apontou ela. — Normalmente já teríamos trinta centímetros de neve. A seca tem sido rigorosa este ano.

— Ugh! — Peguei um forcado de esterco da parede e empurrei o carrinho de mão até a baia de Flicker.

— Se eu ajudar a limpar a baia de Flicker, posso fazer mais perguntas sobre cavalos? — perguntou Fadeyka, esperançosa.

— Por que não? — concordei, resignada. Não era como se eu tivesse algo melhor para fazer. Enquanto limpávamos o estábulo, ela me salpicou com perguntas específicas: que tipo de grãos os cavalos comem, com qual idade se fazia o desmame neles, como diferenciar os variados tipos de feno uns dos outros ou em que regiões esse tipo de grama cresce em Mynaria. Então ela disparou todas as cotações atuais de commodities relacionadas ao mercado agrícola quando cometi o erro de perguntar quanto o suprimento de feno de inverno custava aqui. Na metade do serviço, eu já estava com dor de cabeça.

— Quais os tipos de treino com espada podem ser feitos montado a cavalo? — perguntou. Já havíamos falado de justas e arquearia a cavalo, mas as perguntas não paravam.

— Eu não sei — admiti. — Nunca me deixaram aprender.

Fadeyka virou um forcado cheio com mais força que o preciso, quase errando o carrinho.

— O quê? Por que não? — A ideia parecia ofendê-la profundamente.

— Uma princesa não precisa de uma espada — disse, citando meu pai.

Fadeyka bufou.

— Esta é a coisa mais boba que já ouvi.

— Eu sempre pensei a mesma coisa — confidenciei. Esgrima sempre foi um assunto que me incomodara: uma das coisas que era permitido ao meu irmão aprender e a mim não. Eu tive aulas de bordado. Ou, pelo menos, eles tentavam me dar aula de bordado. Eu costumava fugir para o estábulo.

— Então por que você não aprende agora? — Ela me fez a pergunta com uma curiosidade tão sincera que me pegou desprevenida.

Estava tão acostumada a ter meu pai me dizendo o que fazer e a ignorá-lo para forjar meu próprio caminho que me esquecera sobre as coisas eu poderia fazer sem ser motivada pela rebeldia.

— Eu não sei — respondi.

— Este é um motivo tolo.

Eu odiava admitir isso, mas estava inclinada a concordar com ela. E quando pensei sobre isso, percebi que a maneira de descobrir mais sobre o que Alek estava fazendo e continuar a vigiá-lo para Laurenna estava bem na minha frente.

—Você está certa. Eu deveria aprender a usar uma espada — disse, apesar de que, secretamente, a ideia me deixasse um pouco nervosa. Se o treinamento aqui era parecido com o de meu irmão, começava cedo. Eu estaria aprendendo com mais de dez anos de atraso, e duvidava que o treinamento atrapalhado que fizera por conta própria depois de assistir ao meu irmão serviria como uma base muito boa. Mas havia outras razões para se fazer isso que iam além até mesmo de escavar as potenciais conexões entre Alek e Sonnenborne. Mesmo que ainda não estivesse inteirada dos detalhes do que Laurenna e Zhari estavam fazendo a respeito de Sonnenborne, seus soldados poderiam ter pensamentos e opiniões sobre o assunto — e serem mais diretos com elas. Guerreiros tendiam a ser menos interessados em políticas do que em soluções, uma perspectiva que me agradava mais. Além disso, seria um gesto diplomático mostrar que eu me importava em aprender uma habilidade que fazia mais parte da vida daqui do que de minha terra natal.

— Eu estava indo para a sala de treinamento antes do jantar de qualquer maneira se você quiser vir — disse Fadeyka.

—Tudo bem — concordei.

Fadeyka saltou na ponta dos pés de animação.

Depois de me despedir de Flicker e dos outros cavalos, voltamos na direção da torre, e a ladainha de perguntas de Fadeyka continuou o caminho todo.

— Quantos anos tem o Flicker? — perguntou.

— Cinco — respondi.

—Ele está com você desde que ele nasceu?

— Praticamente.

— Onde você o comprou?

Suspirei.

— Eu subornei o mestre de estábulo real para ganhá-lo. — Não era inteiramente uma mentira.

— Sério? — Isso pareceu impressioná-la. — Quem mais você já subornou?

O interrogatório continuou assim por todo o caminho até a sala de treinamento, intercalado com declarações de suas opiniões — que os vestidos de gola alta que estavam na moda pinicavam muito; que o cozinheiro do castelo até que não era feio quando se dava ao trabalho de limpar a sujeira do rosto; que ela podia desenhar o selo da Corte Invernal perfeitamente, mesmo de olhos fechados; que a melhor rota até a sala de treinamento ou o estábulo quando a neve ficava muito alta era pelo túnel dos criados nos fundos da cozinha; e que a Rainha Invasya era bonita para uma velhinha, mas era aterrorizante.

Era de se imaginar que a única pessoa interessada em fazer amizade comigo aqui seria uma garota precoce de treze anos que fazia perguntas demais. Mesmo assim, eu gostava de Fadeyka. Ela era como uma mescla entre mim e Denna — meu interesse por cavalos e lutas e o absurdo intelectualismo de Denna, tudo junto em uma só pessoa — e uma distração muito necessária durante um momento em que sabia que não poderia enfrentar a realidade da minha vida.

Ela me guiou pelo salão dos mercadores e por outro edifício que parecia mais com alojamentos de soldados e, então, por uma porta que dava para uma sala comprida que funcionava mais como um corredor. O tráfego de pedestres se dividia para rodear uma fonte que servia como mediana do comprimento da sala. Os tons brilhantes de verde usados para decorar as paredes davam a ilusão de que estávamos na primavera, apesar da proximidade do inverno.

No fim da sala, empurramos uma pesada porta de material transparente. A sala que se seguia tinha um piso de madeira gasto, muito danificado pelas botas dos guerreiros e quedas de lâminas. Fadeyka correu de imediato em direção aos baús enfileirados do outro lado e estava vestindo um leve conjunto de treino feito de couro e pegando uma lâmina curta da parede antes que eu tivesse a chance de absorver tudo. Agora que estava na sala de treino, tinha que me esforçar para não duvidar da confiante decisão que tomara no estábulo. Todas aquelas pessoas pareciam habilidosas, e algumas, como Fadeyka, vinham treinando desde quando mal podiam andar. A última coisa de que precisava era outra coisa na qual me provar péssima. Eu já me sentia péssima.

Várias duplas praticavam com vários tipos e tamanhos de lâminas. Em um canto, Eronit e Varian completavam uma intrincada série de exercícios usando bastões. Do outro lado da sala, Alek aplicava exercícios particularmente desafiadores a um par de aprendizes. Ele era implacável, fazendo com que repetissem o exercício continuamente até que seus músculos tremessem, mas cada passo saísse exatamente como ele instruíra. Caminhei pela beirada da sala, mas, antes que pudesse me sentar em um dos bancos junto à parede mais distante, Fadeyka havia pegado uma espada leve da parede para me oferecer.

— Alek é o melhor professor e ele está prestes a terminar com aqueles dois — comentou Fadeyka. — É melhor se apressar se quiser ter sua chance com ele.

— Quem disse alguma coisa sobre treinar com ele? — perguntei. Observá-lo era uma coisa. Ser derrubada sobre meu traseiro por ele era outra completamente diferente.

— Você quer ficar boa rápido, não quer? — Fadeyka gesticulou com a mão livre. — Não desperdice a chance.

Eu odiava admitir, mas a garota tinha razão e eu de fato queria aprender. Talvez, se me saísse bem, Alek pararia de me olhar como se eu tivesse a utilidade de uma manta de sela ensopada de suor. Juntei forças. Houve um tempo em que não sabia disparar um arco, escalar a muralha de um castelo ou obter informações em um bar. Isso era apenas outra novidade a se aprender.

Estendi a mão e peguei a espada.

— Assim — disse Fadeyka, corrigindo minha empunhadura. — Mas vamos nos certificar de que você está com o equipamento certo.

Fadeyka me ajudou a vestir a armadura de treino de couro, então me mostrou várias espadas de tamanhos diferentes, dando-me a chance de conferir o peso de cada uma e sentir a diferença de equilíbrio. Eu esperava por risadas ou olhares desdenhosos por deixar alguém da idade de Fadeyka me dizer o que fazer, mas ninguém prestava atenção.

Algumas das espadas eram tão pesadas que eu mal podia levantá-las e outras ou eram muito leves ou muito pesadas. No fim, acabei ficando com a primeira que ela havia me entregado, e ela sorriu com conhecimento de causa.

Uma vez que estava vestida de forma apropriada, esperei até que Alek tivesse terminado com o primeiro grupo de aprendizes e então me aproximei dele.

— A festa a fantasia da Corte Invernal é hoje? — perguntou.

Endireitei minha postura.

— Estou aqui para aprender — anunciei, ignorando sua provocação.

Seu olhar parou em Fadeyka e então voltou-se para mim.

— Tudo bem então. Mas faremos isso do meu jeito.

Logo ele me colocou na área de treino e eu esqueci de tudo que preocupava minha mente antes disso. A agonia da perda de Denna diminuiu até se tornar uma dor incômoda mas quase tolerável. Os exercícios eram simples, mas difíceis de executar bem e me deram trabalho o suficiente para que tivesse que me concentrar neles e parar de pensar em algo que não fosse o meu próximo passo ou movimento. Eu nem me importei quando Alek reclamava da execução de nossos movimentos — não quando os ajustes que ele sugeria faziam com que meus golpes parecessem ter o dobro da força. Quaisquer preocupações que eu tinha sobre machucar Fadeyka foram esquecidas de imediato. Ela era duas vezes mais veloz e muitas vezes mais hábil.

Quando Alek finalmente pediu para que parássemos, eu estava suando e exausta.

— Nada mau para a primeira vez — disse Fadeyka.

Eu a olhei ameaçadoramente.

— Eu vou sentir esse treino em, pelo menos, dez lugares inconfessáveis amanhã.

— É um começo — comentou Alek, virando-se para Fadeyka. — Você quer tentar aquele movimento evasivo que praticamos outro dia?

O rosto dela se iluminou.

— Só algumas vezes — avisou ele.

GELO & SOMBRAS

Saí do caminho quando eles assumiram suas posições na frente um do outro. Alek avançou na direção dela atacando diretamente com sua lâmina, mas em vez de defletir o golpe, como eu estava aprendendo, Fadeyka conseguiu desviar do alcance da lâmina dobrando-se com um movimento não natural. Então uma parede de neblina se formou, obscurecendo-a para Alek. Outros lutadores pararam para olhar.

— Você tem que ser mais rápida — comentou Alek. — Use a neblina primeiro, para que o oponente não veja para que direção você se moveu.

— É difícil pensar quando há uma espada vindo na minha direção — reclamou Fadeyka.

— Se praticar o suficiente, não terá que pensar — disse Alek.

A neblina se dissipou e Fadeyka assumiu novamente sua postura defensiva. Eles repetiram o exercício, mas desta vez ela fez surgir a névoa com mais rapidez, sumindo em meio a ela enquanto desviava. Teria sido a esquiva perfeita se, de repente, ela não tivesse aparecido do lado errado da parede de neblina, quase empalando a si mesma na espada de Alek.

Ofeguei, mas quando Alek abaixou sua espada e tentou se aproximar, outra pessoa que parecia ser idêntica a Fadeyka apareceu perto de mim. Então, repentinamente, surgiram mais quatro, todas elas se movendo de forma aleatória e sem nenhum propósito claro.

— Faye! — gritou Alek. Ele desenhou um símbolo rapidamente e a neblina se dissipou, revelando qual deveria ser a verdadeira Fadeyka, que havia caído no chão.

Assisti horrorizada quando outra cópia se separou do corpo dela e cambaleou para longe.

Alek se ajoelhou ao lado dela e balançou seu ombro, mas ela não respondia. Ele resmungou algo entredentes e gesticulou como se estivesse coletando as outras Fadeyka, mas elas apenas tremeluziram. Pela primeira vez desde que o conhecera, vi algo que quase parecia preocupação tomar conta de seu rosto de pedra.

A maior parte das pessoas se afastou, e algumas se dirigiram para a porta do salão. Segui-los talvez teria sido a melhor decisão a se fazer, mas me senti presa no lugar. Não parecia importar onde eu fosse ou com quem eu estava. A magia estava sempre à minha volta, afetando a minha vida de formas que eu não podia prever ou que fizessem algum sentido.

Dei um passo para mais perto de Fadeyka e um de seus clones se deparou comigo. Eu me encolhi, mas a miragem me atravessou, fazendo meu corpo arder de calor onde nos tocamos. Sem aviso, as cópias correram em direção ao corpo de Fadeyka e escorreram de volta para dentro dela, que convulsionava a cada uma que retornava. Quando o salão retornou à paz e ao silêncio, uma lutadora parou de pé perto de Fadeyka, que se sentou mostrando uma careta.

—Você conhece este truque, Shazi? — perguntou Alek à mulher de cabelos pretos.

— Não, mas eu já o vi antes — disse, demonstrando confusão em seus olhos azul-claros. — Não imaginava que Faye tinha Afinidade com o ar.

— Ela não tem. — Alek se levantou, franzindo a testa.

— Alguém a amaldiçoou? — perguntei.

Alek e Shazi olharam para mim como se eu tivesse o cérebro de uma azeitona. Fadeyka deu uma risada, que se tornou rapidamente um ataque de tosse.

— Mynariana — explicou Alek, balançando a mão com desgosto.

Fiquei tensa, mas a expressão de Shazi se suavizou.

— Ah. Você é uma *vakos*, então. Não, a magia sem dúvida estava vindo de Faye, mas isso é estranho. Ela só havia demonstrado Afinidade com a água, pelo pouco que sei.

— Usuários de magia não podem usar mais um tipo? — perguntei. Isso não parecia combinar com o que havia visto Denna fazer. Os poderes dela sempre pareciam assumir alguma nova forma. Podia sempre começar com fogo, mas terminava com uma destruição muito maior.

— Não sem uma Afinidade Múltipla — resmungou Alek.

— Zhari saberia, sem dúvida, se Faye tivesse uma Afinidade Múltipla — Shazi comentou com Alek, erguendo as sobrancelhas.

— Pode ser que ela ainda a esteja desenvolvendo. — Alek deu de ombros. — Ela ainda não tem um manifesto.

— Uma Afinidade Múltipla é algo… ruim? — perguntei. — E por que Zhari saberia?

— É uma ocorrência rara — explicou Shazi. — Tendem a ser mais difíceis de controlar. Zhari é a única guardiã que tem uma, e ela foi mentora da maioria dos aprendizes que desenvolveu uma.

Um terror gélido percorreu minha espinha. Talvez seja por isso que a rainha teve um interesse tão grande em Denna. Meu coração se apertou dolorosamente. Agora não havia como saber ou descobrir.

— Não falem de mim como se eu não estivesse aqui — resmungou Fadeyka, pegando minha mão. Eu a coloquei de pé, deixando que se segurasse em mim até ter certeza de que não cairia.

— Leve-a para Laurenna — Alek gritou para mim, já se virando.

Fiz uma careta por suas costas, sabendo muito bem por que ele não queria fazer isso. Engoli a resposta que estava na ponta da língua. Pelo menos talvez parecesse um favor para Laurenna. Eu não precisava contar que fora Alek que me pedira para fazer isso.

— Sabe onde sua mãe está? — perguntei a Fadeyka

Ela acenou com a cabeça.

— Audiência da guilda dos comerciantes. Eu só preciso guardar a minha espada.

Retirei meu equipamento e então a orbitei com ansiedade enquanto ela guardava sua arma e sua armadura de treino de forma atrapalhada. Ela andava bem mais devagar do que o normal quando deixamos o salão, sem a enxurrada de perguntas que caracterizava nossas conversas.

Eu esperava algum tipo de comoção quando chegássemos na reunião da guilda, mas, em vez disso, disseram-nos para esperar do lado de fora em um banco duro. Fadeyka estava estranhamente quieta, apoiada contra a parede, exausta.

— Você está bem? — perguntei.

— Cansada — disse ela. — E mamãe não vai ficar contente.

As palavras de Fadeyka se mostraram corretas quando Laurenna finalmente emergiu da reunião da guilda e caminhou, de modo decidido, até sua filha. Zhari veio atrás dela mais lentamente, planando sem esforço pelo chão com ajuda de seu cajado.

— O que aconteceu? — perguntou, então começou a franzir a testa enquanto Fadeyka explicava o que havia ocorrido na sala de treinamento. Não pude evitar admirar a narrativa da garota, particularmente sua habilidade de omitir completamente Alek de toda a história.

— Zhari, o que acha disto? — perguntou Laurenna.

— É difícil dizer — disse a mulher. — Seus dons ainda estão se desenvolvendo.

— Alguém disse que pode ser uma Afinidade Múltipla — intervim, pegando um lampejo da expressão de alívio de Fadeyka por eu não ter pronunciado o nome de Alek.

Laurenna e Zhari me deram olhares de profundo escrutínio.

— É mais comum que se desenvolva depois que uma Afinidade inicial tenha se estabelecido — disse Zhari, por fim. — Mas não é impossível. — Ela voltou os olhos cor de âmbar para Fadeyka.

— Será que o amuleto pode ter causado isso? — Laurenna perguntou para Zhari, impostando sua voz com mais suavidade.

Fadeyka agarrou de forma protetora a estrela de sete pontas pendurada em seu pescoço.

— Duvido — respondeu Zhari. — Não é exatamente para isso que foi feito.

Olhei novamente para o amuleto com um estranho desconforto, imaginando se ele seria parecido com o anel que Kriantz usara para matar meu pai.

—Vamos falar mais sobre isso em meus aposentos — disse Laurenna para Zhari, colocando a mão na testa de Fadeyka.

— Obrigada por ter me trazido minha filha — falou Laurenna para mim, dispensando-me de forma educada.

GELO & SOMBRAS

— Não foi nenhum incômodo — respondi. — Por favor, me diga se eu puder fazer alguma coisa para ajudar.

Despedi-me delas e voltei para o salão dos mercadores, minhas pernas parecendo mais pesadas a cada passo. Eu mal tive energia para passar pela porta do meu quarto. Enquanto enxaguava a sujeira e o suor do dia, ponderei o que fazer a seguir. Ainda tinha a oferta de meu irmão sobre a cavalaria na mesa, mas precisava guardá-la para o momento certo. Conseguir alguma informação valiosa para Laurenna era uma prioridade no momento. Esta parecia ser a forma de conquistá-la e fazer com que desse ouvido a minhas preocupações.

Eu também queria fazer com que ela e Zhari ficassem mais à vontade perto de mim, para que, assim, conversas sobre a magia de Fadeyka ou qualquer outra coisa não tivessem que acontecer a portas fechadas. Mesmo que eu não pudesse usar ou sentir a magia, ainda precisava saber com o que me preocupar se quisesse sobreviver em Zumorda. Enquanto isso, agora que estivera no salão de treino, sabia que poderia ser um lugar para fazer conexões fora da arena política que poderiam me ajudar muito mais do que inaptamente tentar conseguir favores dos nobres da Corte Invernal. Se eu quisesse saber mais sobre a história de Alek com Sonnenborne, deveria começar por outros soldados. Eles teriam histórias e, se fossem parecidos com os vassalos de Mynaria, algumas bebidas seriam mais do que suficiente para fazê-los falar. Talvez eu estivesse fadada a ser um desastre na corte, principalmente sem a ajuda de Denna, mas não tinha a menor insegurança sobre minha habilidade de acompanhar os hábitos de bebida dos lutadores.

Não era a primeira vez na vida em que teria que bancar a espiã.

CATORZE

Dennaleia

Uma viagem que deveria levar semanas durou apenas alguns dias, nossos vagões nunca diminuindo seu ritmo quase impossível de tão rápido. Sinais de seca desapareciam depressa à medida que seguíamos para o norte. Eu me perdi nos livros e me distanciei das conversas de Evie e Tristan, o que não foi difícil, já que eles pareciam mais interessados em conversar entre eles do que comigo. Esperava falar com a rainha sobre o garoto de Duvey que estava em Tilium, mas ela não me convocou para uma sessão particular de novo. Em vez disso, outros aprendizes foram chamados por ela um por um, voltando sempre com a postura mais ereta, sempre com um pouco mais de força e fogo em seus olhos.

Fizemos algumas outras paradas, mas não houve mais cenas como a que vivenciamos em Tilium. A rainha aplicava uma justiça mais discreta àqueles que mereciam e entregava presentes para as cidades que contribuíram com os impostos de modo devido. Raramente era requisitada a ajuda dos aprendizes, mas éramos sempre convidados a estar presentes — convites que eram claramente ordens. Para uma cidade situada em um vale onde a chuva parecia incessante, a rainha deu de presente um candelabro mágico com uma chama que não se

AUDREY COULTHURST

extinguia. Em uma pequena vila nas montanhas, fez com que Karina usasse sua magia do vento para limpar o pasto das ovelhas, onde a neve já chegava na altura dos joelhos. Eu tive que me afastar quando Karina invocou o vento do céu, sentindo um formigamento nos braços. Em Orzai, uma enorme cidade de pedra e neblina, um dos soldados da rainha escavou um novo canal na rocha sólida para que a água chegasse aos distritos mais pobres.

Não era o tipo de monarquia a que eu estava acostumada. A rainha não só governava seu reino; ela agia nele. Era ela que fazia a diferença para seu povo — não aprovava decretos, tomava decisões com um grupo como a Diretoria nem enviava lacaios para cumprir suas ordens. Mesmo que os guardiões regionais governassem suas áreas do reino, era à rainha que recorriam para fazer as mudanças mais dramáticas para eles e seu povo. Nem Mynaria nem Havemont eram governadas deste modo. Os monarcas destes reinos tinha poder absoluto em teoria, mas não na prática. Aqui, era claro que a rainha era adorada quase como uma deusa, e seu poder era de fato absoluto. Eu admirava como ela própria agia para ajudar os súditos, mas seu senso de justiça era assustadoramente cruel.

Depois de Orzai, passamos por outra cidade, na qual não paramos, e continuamos até alcançarmos sopés e montanhas tão magníficas como as que conhecia em meu reino. O tempo continuou esfriando até que eu não conseguia mais parar de tremer, mesmo enrolada em um manto forrado de pelo no interior do vagão. Nuvens flutuavam como véus por entre os picos nevados, e uma parte de mim despertou com a visão deles. Havia esquecido como ver os picos no horizonte me confortava, quase como se eles fossem escudos contra o resto do mundo. Tendo crescido em Alcantilada, as montanhas sempre faziam eu me sentir em casa.

Partes de nossa caravana se separaram quando anoiteceu, os poucos cavaleiros indo embora com seus cavalos ou os deixando em fazendas no vale. Parecia que Corovja, assim como minha cidade natal, Alcantilada, era inóspita para cavalos graças a suas ladeiras íngremes.

GELO & SOMBRAS

A estrada cresceu até se tornar mais larga e sinuosa do que qualquer outra pela qual havíamos viajado até agora. A neve tinha sido empurrada para os lados, e já chegava na altura dos meus joelhos. Evie, Tristan e eu pressionamos nossos rostos na janela do vagão, curiosos com a nova paisagem. A terra cultivada havia ficado para trás fazia muito tempo quando alcançamos os edifícios, que rapidamente se tornaram altos e imponentes. Seus telhados estranhos terminavam em uma ponta afiada, a maioria formando ângulos em uma direção, alguns se estendendo até o chão. As janelas estavam iluminadas, mas as ruas estavam, em sua maior parte, vazias. O luar ocasionalmente atravessava as nuvens e fazia as pilhas de neve cintilarem com uma luz que parecia de outro mundo.

Quando nossa barcaça enfim parou, e nos juntamos à rainha e seus assistentes do lado de fora, meus olhos se arregalaram. Eu esperava alguma coisa parecida com o castelo de Alcantilada, que era um labirinto de passagens estreitas e torres altas. Em vez disso, à nossa frente havia um grande palácio do outro lado de uma muralha grossa, seus pesados portões de ferro sendo abertos por dez guardas a cerca de cem passos adiante. O edifício atrás do portão era impressionante de tão grande, tendo facilmente quatro vezes o tamanho do castelo de Mynaria, apenas com base nas dimensões da fachada. Era todo feito de mármore branco polido, tão frio e austero quanto a neve.

Demos vinte passos para atravessar o túnel depois do portão e sair do outro lado. Segui Karina, a rainha e os outros aprendizes até grandes portas de madeira na entrada do edifício. Globos iluminados adornavam o caminho, a luz azul e fria de natureza claramente mágica. Guardas abriram as portas do castelo quando nos aproximamos, curvando-se em respeito à rainha.

Uma bem-vinda onda de calor nos recebeu quando entramos na construção. Fiz o melhor que pude para não encarar muito, mas, se o castelo já era impressionante do lado de fora, era ainda mais do outro lado das portas. O mármore liso e polido do chão refletia a luz de intrincados castiçais de ferro que sustentavam orbes como os que eu havia destruído na ala dos mercadores em Kartasha. O pé-direito era tão alto que eu poderia me sentir nas nuvens, se não fossem as centenas, talvez milhares, de esferas brilhantes que se pendiam do teto em diferentes alturas.

Ikrie olhou para mim, dando um sorriso desdenhoso quando viu minha expressão maravilhada. Pelo menos significava que meu disfarce estava funcionando — uma pessoa que houvesse crescido como serva ficaria certamente boquiaberta em um edifício assim. A rainha logo dispensou Ikrie e Aela, que pareciam em casa, sem dúvida porque ambas haviam crescido como nobres e suas famílias passavam a maior parte do ano em Corovja, apenas o inverno no sul. As duas garotas seguiram por um corredor que levava para fora do salão, deixando que os criados cuidassem de suas bagagens. Eryk olhava para elas ansioso, remexendo-se desconfortável por ter sido deixado para trás com o restante de nós.

— Bem-vindos a Corovja, capital da Coroa de Zumorda — disse a rainha para mim e os outros aprendizes. — Guardas vão escoltá-los aos seus aposentos. Para sua segurança, não devem deixar os terrenos do castelo sem minha permissão.

— Obrigada, Vossa Majestade. — Fiz uma reverência, percebendo tarde demais que Eryk, Evie e Tristan estavam me olhando, confusos. A rainha parecia achar aquilo só um pouco engraçado. Mare sempre me disse que minhas maneiras e práticas eram boas demais para uma plebeia. Era chegada a hora de deixar esses hábitos de lado para dar espaço a novos. Meu respeito ao protocolo era muito natural, muito automático, e as regras em Zumorda eram claramente muito diferentes das de minha terra natal. Eu continuava esquecendo que usuários poderosos de magia eram menos formais uns com os outros do que ditava a etiqueta. Cambaleei de propósito ao terminar a reverência. Com sorte, todos creditariam meu comportamento a coisas de mynarianos.

— Minhas expectativas com relação a vocês são altas — afirmou a rainha, olhando nos olhos de cada um. Seus olhos cor de safira ardiam quando ela olhou para mim. — O treinamento começa amanhã. Esperem competição.

Meu corpo inteiro gelou.

— Competição? — indaguei, minha boca seca. Eu esperava colaboração, não brigas desde o primeiro dia.

— Sim — respondeu ela. — Não me desapontem. — Ela se virou e partiu antes que alguém pudesse dizer algo. Os outros dispersaram com seus acompanhantes, deixando-me sozinha e assustada com o meu.

O guarda que me levou a meu quarto parecia pouca coisa mais velho que eu e falava tanto e tão rápido que não me vi na obrigação de contribuir com a conversa. Ele apontou muitas características do castelo, mas eu estava tão cansada e preocupada que não absorvi quase nada. A única coisa que chamava a minha atenção era como os corredores pareciam vazios. O castelo em que cresci estava sempre fervilhando, mesmo durante os mais frios e escuros dias de inverno. Supus que a maioria dos nobres estivesse na Corte Invernal. Ainda assim, o vazio era enervante e me fazia ficar muito mais consciente do quão distante eu estava de todos a quem conhecia e amava. Mare ainda estava em Kartasha e minha família estava ainda mais ao norte que Corovja, em Alcantilada, provavelmente ainda achando que eu estava morta. Como sobreviveria a este lugar estranho sem o apoio deles? Sem nenhum conhecimento sobre onde me enfiara?

Meus aposentos eram melhores do que eu teria imaginado, superando em muito os aposentos de Mare em Kartasha. As quatro paredes dos cômodos interligados tinham vista para os terrenos do palácio e, apesar de não conseguir enxergar nada no escuro, eu sabia que as paisagens seriam espetaculares quando a manhã chegasse. Sentando-me na cama acortinada, quase voltei a me sentir como uma princesa, só que agora eu estava consciente de tudo que me faltava, de uma forma que nunca estivera antes. Os ambientes eram muito grandes, a cama muito grande, e o frio que penetrava meus ossos um acompanhamento perfeito para minha solidão em vez do familiar beijo de começo do inverno.

Quando um pajem chegou para me escoltar para o treinamento na manhã seguinte, eu já havia me vestido fazia tempo, pois encontrara meu armário abastecido com vários pares de calça e camisas, tudo em um tom ferrugem desfavorável. Os trajes que usava em meu disfarce de criada aparentemente não eram apropriados para o treinamento.

— Aqui está, milady — disse o pajem. — Encontrará o centro de treinamento por aqui, no fim do corredor. — Como hesitei, ele acrescentou: — Apenas aprendizes e professores são permitidos.

— Ah. — Meu estômago se agitou pelo nervosismo e de repente me arrependi da pequena porção de mingau de aveia e conservas que comera no desjejum. — Muito obrigada.

O pajem acenou com a cabeça e desapareceu pelo mesmo caminho por meio do qual havíamos chegado. Os guardas se afastaram e um deles abriu a porta pesada.

Eu não sabia o que esperar da área de treino, então me surpreendi ao ver que a sala parecia um salão de recepção. De alguma forma, eu havia pensado que seria mais como um lugar onde os guardas praticavam — uma sala para luta de espadas ou uma arena ao ar livre, um lugar que parecesse apropriado para uma batalha. Paredes brancas com um intrincado trabalho em gesso que cobria as vigas de sustentação faziam um claro contraste com o teto, pintado de preto e adornado com estrelas brilhantes que representavam as constelações que eu aprendera quando criança. O piso era feito de pedras cinzentas comuns e polidas. Um estranho mas bem-vindo sentimento de calma me invadiu quando adentrei o espaço. Eu podia sentir magia por todo o ambiente, como se as paredes e teto estivessem impregnados dela, e meus braços formigaram.

Finalmente, eu estava dando os primeiros passos para dominar meus poderes. Se eu pudesse fazer isso, talvez pudesse também colocar minha vida em ordem outra vez. Tudo o que eu queria era algo que lembrasse de normalidade — seja lá qual fosse sua aparência por aqui. Algumas habilidades úteis que me permitissem usar meus poderes sem machucar ninguém e talvez até fazer o bem. Tentei afastar minhas dúvidas de que adquirir essas habilidades fosse o bastante para Mare. Eu temia que ela nunca mais voltasse a se sentir confortável perto de mim.

O recinto não era a única fonte de magia. Evie e Eryk estavam perto do centro do salão a uma pequena distância de ataque um do outro, vestindo uniformes parecidos com o meu, mas em verde e cinza, respectivamente. As sobrancelhas de Evie estavam unidas de concentração, e ela mantinha as mãos à sua frente, movendo-as lentamente, como se traçasse símbolos no ar — mas se estava, não eram símbolos que eu reconhecia. Os braços de Eryk pendiam ao lado do corpo, mas suas palmas estavam viradas para fora, para sua irmã. Pelo visto, eles haviam decidido praticar sem supervisão. Fechei e abri as mãos para tentar dissipar minha ansiedade, lembrando-me de que eles provavelmente haviam treinado juntos a vida inteira.

Uma fileira de cadeiras simples de madeira estava contra a parede, e Tristan largara-se sobre uma delas. Sua camisa preta estava apertada em seu corpo magro, e notei um furo em sua calça, que terminava em galochas pretas muito gastas pelo uso. Seus olhos moveram-se em minha direção quando dei alguns passos cautelosos para o interior da sala.

— Olá. — Sorri, na esperança de que nossa viagem juntos tivesse feito nascer alguma camaradagem, mesmo que não tivéssemos nos falado muito.

Ele fez uma pausa tão longa que minha confiança começou a desaparecer. Deveria ter me esforçado mais em fazer amizade com os outros aprendizes durante a jornada.

Um grito ecoou pela sala antes que ele pudesse responder. Eryk estava caído no chão e Evie se colocava sobre ele com uma expressão vitoriosa no rosto.

— Chega! — ofegou Eryk.

— Então fala — ordenou Evie.

Ele hesitou um momento antes de cuspir a frase que estava atravessada na garganta.

— Eu me rendo.

Ela sorriu e abaixou as mãos. Eryk rolou de costas, soltando um grunhido de frustração e olhando para o teto.

A porta da sala de treinamento abriu com um estalo, permitindo que Aela e Ikrie entrassem. Ambas olharam para mim, encarando-me por mais tempo do que era confortável. Ikrie sussurrou alguma coisa para Aela, e as duas riram. Antes que eu pudesse cumprimentá-las, elas se viraram, largando bolsas no chão e as chutando para debaixo de duas cadeiras junto à parede.

A porta mal havia se fechado quando se abriu de novo. Desta vez, um homem e uma mulher mais velhos entraram. O cabelo grisalho da mulher estava preso em uma trança bem-feita que formava um coque em sua nuca, e ela se comportava com confiança e autoridade. Se não me falhava a memória, ela se chamava Saia e era a guardiã de Corovja. Seu companheiro a seguia meio passo atrás. Aparentava ser um pouco mais jovem, e uma cicatriz no queixo atravessava sua barba castanha.

Eryk ficou de pé rapidamente e Aela e Ikrie se viraram para encará-los. O homem parou no centro da sala, mas a mulher continuou andando até desaparecer por outra porta na parede oposta.

— Formem pares — disse o homem, aparentemente sem se importar com saudações. — Vejamos o que sabem sobre blindagem.

Ikrie enrolou as mangas de sua túnica amarela e se aproximou de mim sorrindo. Fiquei nauseada. Achei que haveria algum tipo de instrução, não apenas uma ordem para fazer algo que eu nem entendia o que era. Eu queria desaparecer no chão.

— Você ao menos sabe como se blindar? — perguntou Ikrie, com escárnio.

— Eu… não — admiti.

Ela revirou os olhos.

— Tudo bem. Pode atacar primeiro.

— Quê? — perguntei.

GELO & SOMBRAS

Ela não respondeu. Em vez disso, uma bolha de ar nebulosa se formou em sua volta.

— Acerte-me — disse. — Sua senhora não foi corajosa o suficiente para me encarar. Talvez você seja diferente.

Um ódio ardeu em meu peito. Ela não sabia o que eu havia sacrificado para estar diante dela, e certamente não sabia o que Mare havia sacrificado para estar comigo. Respirei fundo e então dei um golpe forte e rápido, do jeito que Aster havia me mostrado.

A blindagem de ar de Ikrie se partiu em torno do meu braço enquanto meu punho ia direção a seu pescoço. Seus olhos demonstraram surpresa só meio segundo antes que meu punho a tocasse.

Ela cambaleou para longe de mim, tossindo, e a blindagem a sua volta desapareceu.

— Pelos Seis! — praguejei, agarrando o punho. Aster não havia me avisado que socar alguém podia ser tão dolorido.

— Maldição! — Ikrie tossiu enquanto tentava recuperar o fôlego.

— Você pediu que eu a acertasse! — respondi, ainda segurando minha mão.

— Com magia, escumalha imbecil, não com seu punho! — falou Ikrie. Ela tossiu novamente, e o som reverberou por toda a sala.

O instrutor se aproximou sorridente.

— Pausem os exercícios, turma. Lia acabou de nos lembrar de uma lição importante. Defesa contra magia não é tudo. Lembrem de se blindarem contra golpes físicos e mágicos.

— Não é este o intuito do exercício, Brynan — esbravejou Ikrie. — Isso é o que acontece quando camponeses não treinados ferram com o nosso treino.

Eu não podia acreditar em como Ikrie falara com ele. Não havia respeito algum, embora certamente ela não considerasse o instrutor como um igual.

— O que parece ser exatamente aquilo você precisa para alcançar seu desempenho máximo — respondeu Brynan. — Se quiser decidir com quem aprenderá, precisa ser a melhor desta classe.

217

— Eu sinto muito — falei.

— Não sinta. — Brynan girou para me encarar. — Nunca se arrependa de encontrar e usar uma fraqueza do inimigo. Aqueles no poder nunca se arrependem de dar aos outros o que merecem.

Fechei a boca, engolindo as palavras que gostaria de dizer. As lembranças do que tinha acontecido com Sigvar ainda estavam frescas. Eu sabia como era a justiça zumordana. Mas eu me arrependia. Não considerava Ikrie uma inimiga, mesmo que odiasse como ela havia tratado Mare e tivesse me sentido insultada pelas indiretas que me lançara. Pelo contrário, eu queria que os outros aprendizes fossem meus amigos. Era a primeira vez na vida que me encontrava ao lado de outros usuários de magia. Eu tinha tantas perguntas às quais só eles poderiam responder.

— Lia está mais atrasada que todos vocês quando o assunto é treinamento — explicou Brynan.

Fui acometida por uma nova onda de constrangimento. É claro que eu estava atrasada. Não havia treinado minha vida inteira para isso. Não havia aprendido a usar a Visão antes de aprender a ler nem tivera alguém para me ensinar o que fazer com minha magia de fogo. Estava acostumada a esconder esta parte de mim e a treinar para ser rainha — não uma guerreira, não uma usuária de magia.

— O que significa que devem esperar umas gafes, sim, mas também esperar o inesperado. Não vão conseguir prever sempre o que ela fará, porque ela não tem o mesmo tipo de treinamento enraizado de vocês. Com o tempo, ela vai chegar lá, mas por ora é melhor vocês permanecerem alertas.

Cinco pares de olhos indo de castanho-escuro até o mais claro azul olhavam para mim com desconfiança, na melhor das hipóteses, e desprezo, na pior.

—Voltemos ao treino — orientou o instrutor. — E troquem de parceiros. Lia, Eryk e Tristan, sigam para a próxima pessoa.

GELO & SOMBRAS

Fui logo para a minha próxima oponente, Evie. Ela me deu um olhar de pena, seus cabelos de cachos grossos emoldurando sua cara de fada e seus olhos cor de âmbar parecendo uma auréola.

—Você se blinda primeiro — falou.

Antes que eu pudesse dizer qualquer coisa, um pedaço de pedra se soltou do chão e foi arremessado em direção à minha cabeça. Desviei e gemi, mas ainda assim fui acertada na têmpora. Uma onda de choque e dor me atravessou. Algo quente escorreu pelo meu rosto e, quando o limpei com a mão, ela ficou vermelha.

Aquelas pessoas eram completamente loucas. Não importava com quem eu lutasse — qualquer um podia me destruir em segundos. Meu pânico começou a aumentar e, com ele, meu poder. Evie continuou a me atirar pedras das quais eu mal conseguia desviar.

Desesperada, invoquei meu poder. Rajadas de fogo saíram das minhas mãos e formaram um redemoinho flamejante a minha volta. Ainda assim, os mísseis de Evie conseguiram atravessá-lo, sendo apenas desviados pelas chamas rodopiantes. O medo sussurrou em meu ouvido, dizendo que eu precisava de mais poder. Sigvar havia usado magia da mente para controlar seu culto, mas também fora capaz de fazer a terra obedecer. Talvez eu pudesse fazer o mesmo e usar a magia de Evie contra ela. Eu tivera que usar mais de um tipo de magia ao invocar a chuva de estrelas. Abri-me completamente ao meu poder, preparando-me para a dor que fazia meus braços tremerem. As pedras que Evie havia atirado em mim ergueram-se do chão, juntando-se ao turbilhão de fogo.

Apesar do caos ao meu redor, eu me sentia estranhamente em paz. Ninguém podia me ferir no centro da tempestade. Gritos dos outros na sala eram pouco mais do que um vago ruído. Não me importava o que estavam gritando. Eu tinha a magia, e ela estava fazendo o que eu queria.

Antes que eu pudesse me deleitar completamente com meu poder, a drenagem começou. Meus braços foram ficando pesados enquanto a energia era sugada para fora deles para alimentar o fogo. Eu tinha

219

que deixar a magia sair ou ela me consumiria. Cerrei os punhos e lancei o redemoinho para longe de mim com um grito de raiva que atravessou a sala junto com minha magia.

Quando a poeira abaixou, eu era a única de pé. Pisquei, confusa, ofegando, tentando entender os corpos caídos ao meu redor. Quando o resto da magia se esvaiu, o medo retornou. Meu corpo inteiro tremia com uma fadiga repentina. Em minha volta, alguns dos aprendizes se levantavam, tossindo em meio ao ar poeirento e esfumaçado, mas outros permaneciam deitados. Um horror frio atravessou meu corpo. E se eu os tivesse matado? Visualizei memórias confusas de corpos carbonizados. Não conseguia dizer se o cheiro de carne queimada era real ou fruto de minha imaginação. Estava me lembrando de Duvey ou alucinando sobre algo muito pior?

Cambaleei em direção ao canto da sala, na esperança de conseguir chegar em uma das cadeiras encostadas na parede. Minha visão foi ficando vermelha e então preta, e minhas pernas cederam. Caí no chão de pedra, amortecendo dolorosamente a queda com o braço antes que a escuridão tomasse conta de tudo.

Fui acordada por uma dor latejante na cabeça, acompanhada por uma estranha mas reconfortante sensação em meu braço direito, como se calor fluísse para dentro dele.

— Isso deve bastar — disse uma voz próxima. — Ela está quase lá.

Abri os olhos e vi Evie tocando meu braço. Brynan e a mulher de cabelos grisalhos se debruçavam sobre mim do outro lado.

— Obrigada, Evie — disse a mulher. — Pode ir.

Eu me levantei com ajuda dos braços, observando Evie desaparecer por uma porta próxima. Eu estava no chão de uma pequena sala com uma mesa no lado oposto. Uma luz brilhante entrava pela janela atrás dela. Pelo ângulo da luz, eu havia ficado inconsciente por, pelo menos, três horas.

— Lia — disse a mulher com uma voz firme. — O que aconteceu?

Pisquei olhando para ela, sentindo-me ainda desorientada e confusa. O que *havia* acontecido?

— Quem é você? — perguntei.

— Meu nome é Saia — apresentou-se a mulher. — Sou a guardiã de Corovja e instrutora-chefe aqui. Conte-me o que fez na sala de treino.

Sentei-me com cuidado, ainda não confiando em minhas pernas. Minha cabeça girou assim que me endireitei, e demorou um pouco para que minha visão focasse novamente.

— Eu... me protegi — respondi.

— Você pegou poderes dos outros? — Os olhos de Saia eram estreitos e determinados, e me encolhi para longe dela. — Alguém ajudou você?

— Não — falei. Nenhuma daquelas pessoas teria me ajudado, e era desconcertante que ela pudesse pensar nisso como uma possibilidade. — Fui apenas eu.

Saia e Brynan se entreolharam. Brynan parecia cauteloso, enquanto o rosto de Saia era inescrutável. Se os melhores treinadores da rainha não sabiam como eu derrubara todo mundo, controlar minha magia seria ainda mais difícil do que eu pensava. Como eu poderia aprender se eles não soubessem como explicar meus poderes para mim? Não parecia haver um componente educacional de treinamento, o que tornaria tudo muito mais fácil.

— Mas fogo é sua única Afinidade — Saia continuou. — Correto?

— Até onde sei. — Mas como poderia ter certeza? Foi o primeiro dom a se manifestar em mim. Qualquer habilidade de conseguir usar outras magias era provavelmente causada por meu descontrole.

— Você veio de Mynaria, sim?

Assenti.

— Pode ser difícil para ela falar sobre seus poderes — explicou Brynan. — Não teve nenhum treinamento formal. Ikrie disse que ela não tem nem mesmo Visão.

Ele sabia que eu não era treinada e ainda assim me jogou naqueles exercícios de luta com outros aprendizes. Como esperava que eu aprendesse alguma coisa daquele jeito?

Saia olhou para mim por um momento.

— Pouco importa agora. — Ela lançou um olhar irritado para Brynan. —Você não deveria nunca ter ido treinar com os outros se não sabe Ver ou se blindar. — Ela falava para mim, mas suas palavras eram claramente uma reprimenda a Brynan, e eu senti um gostinho de vingança.

— O que ela deve fazer então? — questionou Brynan. — Se não aprender a lutar, nunca ficará pronta para o Festival.

— O que é o Festival? — perguntei.

— O Festival de solstício de inverno é uma exibição e competição para os aprendizes — explicou Brynan, claramente irritado pela minha falta de conhecimento. — O vencedor é o primeiro a escolher com quem aprenderá, e assim sucessivamente.

Uma onda de medo me atingiu.

— Mas eu não quero lutar. — Tinha que haver outras coisas para aprender. Eu já havia causado danos suficientes com meus poderes.

— Lutar é o principal objetivo. — Ele falou como se eu fosse estúpida. — Nós lutamos para defender nosso reino.

— Mas... Evie é uma curandeira — disse, lembrando-me do calor que havia se espalhado por meu braço e ombro antes de sua partida. — Não é?

— Entre outras coisas — disse Saia.

— Talvez haja coisas que eu possa aprender com os outros aprendizes se...

—Você não está aqui para fazer amigos — retrucou Brynan, ríspido.

— Está aqui para competir — argumentou Saia.

Antes que eu pudesse fazer mais perguntas, a rainha entrou na sala. Tanto Brynan quando Saia abaixaram a cabeça em respeito.

— Acidentes já no primeiro dia de treinamento não depõem a favor da sua orientação — comentou a rainha.

O maxilar de Brynan enrijeceu.

— Ninguém nos falou que ela não tinha a Visão antes...

— Se tivesse lido os relatórios que lhe forneci ontem, penso que poderia ter encontrado esta informação. — A rainha deu um passo na direção dele, sua túnica branca farfalhando no tapete da sala.

— Claro, Vossa Majestade — respondeu ele, hesitando à medida que ela se aproximava.

— Lia, venha comigo — disse a rainha.

— Sim, Vossa Majestade — falei, temerosa de me tornar a próxima fonte de seu desgosto.

Seus guardas se movimentaram para nos flanquear assim que saímos da pequena sala de Saia. Ela me levou pelos corredores até que chegamos à sala do trono, que ficava em uma parte do castelo que parecia ser muito mais antiga, a julgar por seus detalhes arquitetônicos. A rainha virou-se para me encarar enquanto seus guardas se dispersavam pelo perímetro da sala. O lugar parecia estranhamente desprovido de magia, exceto aquela que eu sentia vindo da rainha e, o que era mais estranho ainda, de um pedaço do piso de mármore que era vermelho como sangue.

— Por favor, mostre-me o que sabe sobre blindagem — disse ela.

— Aqui? — Olhei em volta, de repente consciente de quantas coisas inflamáveis e frágeis havia na sala. Vasos equilibrados em colunas de pedra, tapeçarias penduradas nas paredes e vigas de madeira que aparentavam ser séculos mais velhas do que eu. — Bem, não tivemos muito tempo para trabalhar...

— É para mostrar, não para contar. — Suas mãos se acenderam em questão de segundos, mostrando uma radiante luz branca. Magia se acumulou nelas e a chama cresceu até ela lançar contra mim uma bola de fogo sem nenhuma mudança de expressão. Eu gritei e saltei para o lado, mas não fui rápida o suficiente para escapar. A bola de fogo explodiu em meu peito, deixando-me de joelhos, e o piso de pedra fez com que eu batesse os dentes. Minha respiração ficou irregular, e eu engatinhei para longe como um animal assustado.

— Evidentemente, Saia e Brynan não lhe ensinaram nada. — Suspirou a Rainha Invasya. — Acompanhe-me. — Ela estendeu a mão e se aproximou de mim.

Minha mão tremia de nervoso quando a estendi. Seu aperto era frio como mármore, um estranho contraste com a chama que ela exibia em suas mãos momentos antes. Assim que fiquei de pé, ela caminhou para longe, em direção ao centro da sala.

— Tente outra vez — disse. — Tente usar sua Visão para antecipar meu próximo movimento.

Suas mãos se acenderam de novo, e minha garganta imediatamente se fechou de medo. A magia da rainha explodiu outra vez em meu peito. Eu me desequilibrei um pouco e as barras das minhas mangas queimaram. Antes que me recuperasse, uma segunda bola de fogo me atingiu, e eu caí para trás com um grunhido de dor. Agora estava deitada na linha onde o mármore branco se encontrava com o vermelho cor de sangue. Fiquei de pé novamente, tentando segurar as lágrimas que ardiam no canto dos meus olhos.

— Ninguém nunca havia te derrubado, havia? — perguntou a rainha, com voz e expressão intrigadas. — Eu não esperava isso de uma plebeia.

Dei vários passos para trás, levantando meus braços de forma defensiva à minha frente. Ela não estava errada. Em minha vida como princesa, ninguém nunca havia tentado me ferir fisicamente. Lutar nunca estivera nos meus planos. Encarei-a desta vez, com medo de desviar o olhar.

— Você está com medo? — Ela avançou e sacudiu os dedos em minha direção. Eu me encolhi, esperando outra explosão de poder. Em vez disso, não aconteceu nada e eu pareci uma idiota. Uma lágrima traidora escorreu pela minha bochecha esquerda e meus lábios tremeram.

— Está com medo, sim — concluiu ela. — Vai ter que superar isso.

Minha cabeça zumbia como uma colmeia. Ela sabia que eu não tinha treinamento suficiente para me proteger do tipo de ataque que me desferia. Meu ódio e minha magia se agitaram dentro de mim, e eu senti a já conhecida crescente onda de poder que significava que coisas ruins estavam prestes a acontecer. Eu não tentava mais impedi-las.

A Rainha Invasya levantou uma mão.

— Não! — Fechei os punhos. As emoções que se agitavam dentro de mim dispararam de uma vez e em todas as direções. Uma parede de chamas surgiu nas pontas dos meus dedos, ficando do dobro da minha altura em segundos. Eu a lancei para longe de mim com um grito selvagem. A bola de fogo de Invasya atingiu a blindagem e ricocheteou na direção dela. Meu coração veio parar na boca quando as chamas se separavam inofensivamente ao redor dela e então se dissiparam com um movimento de sua mão.

A surpresa da rainha logo se transformou em um pequeno sorriso de reconhecimento.

— Não — repeti, agora de forma mais suave. Dei alguns passos para trás. Eu não queria aquilo. Não queria ser forçada a perder o controle.

— Isso foi interessante. — Ela veio em minha direção, desta vez mantendo os braços colados ao corpo.

Recuei no mesmo ritmo que ela, respirando com dificuldade e ainda em estado de alerta máximo.

— Pare de tentar fugir de suas habilidades — disse ela com sua voz de comando. — Aqueles malditos mynarianos fizeram você ter medo do seu próprio poder.

— Eu não consigo não ter medo — falei. Não era culpa dos mynarianos ou de minha família que não soubessem o que fazer comigo e com meus poderes.

— Fique com medo se precisar — argumentou a rainha —, mas lute mesmo assim.

— Sim, Vossa Majestade. — Eu não sabia fazer o que ela estava pedindo.

— Primeiro, você tem que encontrar sua Visão — explicou. — Você toca algum instrumento?

Perdi o foco, pega de surpresa pela pergunta aleatória.

— Sim, harpa.

— Então talvez tenha outra técnica para você tentar — ponderou. —Venha comigo.

Ela me levou até uma sala adjacente que aparentava ser seu escritório, e então acionou um mecanismo na parede para revelar um corredor estreito. Eu a segui, insegura. O corredor era escuro, apesar de haver uma luz no fim do túnel. Quando chegamos lá, o corredor se abriu em outra câmara. Em um canto da sala ficava a mais magnífica harpa de pedal que eu já havia visto. Era maior do que eu, mais alta ainda que a rainha. Vinhas floridas subiam pela coluna do instrumento, o topo cintilando com folhas de ouro e safiras incrustadas. Desenhos semelhantes em filigranas de ouro tinham sido, com certeza, entalhados na lateral da caixa de ressonância por magia.

— Toque para mim — mandou a rainha.

— O quê? — Eu a encarei de olhos arregalados.

— Quero ouvi-la tocar. — Ela se acomodou em uma larga poltrona de couro e gesticulou para que eu fosse para o canto.

— Tudo bem — assenti, engolindo em seco. Não tinha como dar para trás agora. Arrastei a harpa do canto e encontrei uma banqueta que combinava com ela enfiada atrás de uma prateleira. Depois de alguns minutos de ajustes, consegui regular a banqueta em uma altura confortável. Ainda seria um desafio tocar aquele instrumento. Estava mais acostumada a tocar em harpas médias, devido à minha estatura.

— Vossa Majestade também toca? — perguntei. O instrumento estava em ótimo estado e era tão bem cuidado que seria uma surpresa se ela não tocasse.

— Não — respondeu ela. — Foi um presente.

GELO & SOMBRAS

— O que quer ouvir? — perguntei. O fato de ela não tocar significava que poderia me safar tocando algo não tão básico, mas estava com medo de entregar meu conhecimento do instrumento. Como parte de minha educação real, eu havia passado horas tendo aulas diárias desde que atingira tamanho o suficiente para alcançar as cordas de uma harpa pequena. Não era um instrumento de serviçais.

— Algo simples — disse ela. — Algo que você possa tocar sem pensar muito.

Balancei a cabeça, aliviada. Isso era fácil. Lentamente, comecei a tocar uma canção de ninar — uma das primeiras músicas que aprendi. Mantive o primeiro verso muito simples, mas comecei a ornamentar a melodia na segunda passagem. O instrumento era poderoso e ressonante, e desejei estar em uma sala muitas vezes maior para tirar vantagem real dele.

— Não pare de tocar — instruiu a rainha —, mas quero que se abra para sua magia agora. Imagine poder Ver a música com sua Visão. Olhe à sua volta como se observasse uma plateia, mas mantenha a atenção no instrumento.

Fiz como ela pedia, relaxando o olhar e deixando meus dedos encontrarem as cordas de memória. A sensação era familiar e reconfortante, e minha mente silenciou-se enquanto eu voltava meu foco para a música. Ao meu redor, os objetos ganharam uma luminescência que cresceu até se tornar um brilho intenso. A rainha era a mais radiante de todos, envolta por uma ofuscante luz vermelha. Minhas mãos vacilaram nas cordas.

— Não pare. — A rainha sorriu, sua expressão tão carinhosa e encorajadora que parecia estranha em seu rosto.

Devagar, voltei meu foco um pouco mais para a música e continuei tocando, não querendo perder minha repentina habilidade de Ver. Sobre a lareira, havia uma espada pendurada que queimava com um fogo que eu sentia que podia tocar se quisesse. Um orbe brilhante de metal prateado em um dos lados das estantes de livros também cintilava

227

com um tipo de energia diferente, um que não me era familiar, mas que parecia um pouco com o de Eryk, que soube que tinha uma Afinidade com espíritos. Vibrei de animação. Sentia que, finalmente, uma peça fundamental que eu precisava para dominar minha magia estava se encaixando.

Quando a canção de ninar terminou e deixei as últimas notas ressoarem no estúdio, minha Visão desapareceu. Ver o mundo com olhos comuns agora parecia monótono.

— Sabe, não é tão difícil quando a abordagem é correta — disse a rainha.

— Mas como isso aconteceu? — perguntei, ainda impressionada.

— Na maioria das vezes, você se esforça demais. A magia está à nossa volta, em cada ser vivo, em todos os objetos encantados. É preciso olhar além do ordinário para enxergar, mas não é tanto ativar uma Visão que você não tem, mas usar a visão que tem de forma diferente.

Inclinei a cabeça, sem ter certeza se havia compreendido a explicação dela.

— Tente olhar para mim.

Obedeci.

— Agora desvie a atenção. Não com intenção, apenas casualmente, como se estivesse mais interessada no espaço à minha volta. Agora, ouça a sua respiração e imagine que está em um palco, prestes a tocar. O mundo é a sua plateia, esperando em silêncio. Pense nas notas que acabou de tocar e imagine como eram, como elas ressoaram nesta sala. — Quando ela não estava lançando bolas de fogo em mim, sua voz até que era calmante.

Tive que impedir que meus dedos buscassem, por reflexo, as cordas à minha frente. Aos poucos, a calma tornou minha respiração mais profunda. Foi surpreendentemente fácil ouvir o mundo desta forma.

— Agora, feche os olhos e respire fundo. Ao meu comando, vai abri-los de novo. Fará isso bem devagar. Mas não quero que você olhe para nada nesta sala. Olhe em minha direção, mas não diretamente para mim. Esteja consciente de tudo e deixe que tudo esteja consciente de você.

Ela me fez respirar várias outras vezes, e depois disso senti como se houvesse um estranho zumbido em minha cabeça. Nada irritante, apenas uma presença no fundo de minha mente que eu não havia notado antes. A magia pinicava em meus braços e mãos, a mesma sensação familiar que eu sentia desde a infância.

— Abra os olhos devagar — mandou.

Obedeci, deixando meus olhos se abrirem da forma vagarosa, como eles faziam quando eu despertava. O mundo entrou parcialmente em foco enquanto uma confusão ofuscante de cores brilhava, girava e se movia diante de meus olhos.

— Eu posso Ver! — exclamei, então dei um suspiro profundo de alívio e deixei a Visão se desfazer. Pela primeira vez, acreditei que era capaz de fazer aquilo. Agora eu sabia o que vinha procurando.

— Então agora você deve praticar — disse a rainha. — Pratique até que a Visão seja natural, até que esteja sempre ao seu redor e visível com a intensidade que escolher. Toque seu instrumento até que possa Ver claramente. Depois, pratique sem ele até que ela venha tão fácil quanto quando o toca.

— Claro, farei isto — falei. Talvez eu pudesse melhorar. Parecia que finalmente havia esperança.

— Farei com que coloquem a harpa nos seus aposentos — falou. —Você saberá aproveitá-la mais do que eu.

— Obrigada, Vossa Majestade. — Senti-me estranhamente tocada, como se alguém quisesse me ver ter êxito em vez de fracassar e, para isso, estava me dando uma das ferramentas de que eu mais precisava.

— Tem mais alguma pergunta? — indagou ela.

Eu sentia a dispensa chegando, mas ainda havia coisas me incomodando e que levantavam questões que só ela poderia responder.

— Sobre Tilium — falei. — Um dos membros do culto era um garoto que reconheci como alguém que foi sequestrado de Duvey. Ouvi que jovens usuários de magia estão desaparecendo no sul, e a princípio achei que a culpa fosse do povo de Sonnenborne. Mas então o garoto apareceu nas mãos de Sigvar, e isso não fez sentido algum.

— Sim, os desaparecimentos têm uma prioridade muito alta na Corte Invernal — disse a rainha, com um tom sombrio. — Mas eu mandei uma mensagem a Laurenna e Zhari depois que cuidamos de Tilium. Elas foram avisadas sobre Sigvar e estão ativamente procurando outros como ele.

— Mas como o garoto saiu das mãos dos cavaleiros de Sonnenborne e foi parar nas de Sigvar? — perguntei. Essa era a questão que mais me intrigava.

— É impossível dizer. Sigvar era bem meticuloso com sua magia mental. Nenhum dos cultistas tinha lembranças das semanas que passaram pelo culto.

— Isso é frustrante — admiti, desapontada por ela não ter mais informações.

— É mesmo. Mas ao impedi-lo, demos a Laurenna e Zhari as informações de que elas precisavam para garantir que outros como ele sejam pegos e punidos com mais rapidez.

Deixei seu escritório mais tranquila, mas outras preocupações surgiram assim que retornei aos meus aposentos e tive tempo de refletir. Morria de vontade de falar com Mare, de compartilhar minhas preocupações sobre como proteger a mim e a minha identidade em Corovja. Por algum motivo, esperava que meu treinamento fosse de natureza mais acadêmica — não uma assustadora série de batalhas culminando em uma competição que poderia determinar com quem eu aprenderia. Se Mare tivesse vindo comigo, se tivesse sido uma escolha feita por nós duas, talvez houvesse pelo menos uma coisa em minha vida que pareceria um porto seguro.

Fiquei caminhando na frente da janela tanto pela agitação quanto para me manter aquecida. Alguém havia acendido uma lareira enquanto eu treinava naquela manhã, mas agora o fogo se resumia a algumas brasas. Seria tão simples estender minha mão e transformar as brasas em chamas, mas eu não ousava. Só de pensar nisso eu já sentia arrepios de medo. Minha magia era tão volátil que eu temia usá-la de novo naquele dia. Além disso, estava ficando claro que eu precisaria de cada pedacinho dela para me proteger.

QUINZE

Toda as manhãs, ao despertar, eu demorava alguns minutos para me lembrar que Denna havia partido. Eu não havia permitido que a corte me designasse outra criada, então despertava sozinha com os ruídos da ala dos mercadores: passos para cima e para baixo no corredor; o som abafado das conversas de outros residentes enquanto partiam para tomar o desjejum ou fazer reuniões de negócios; ou o estalar da lenha sendo entregue à minha porta. Nestes momentos sonolentos, parecia que o mundo estava seguindo sem mim, especialmente quando a ausência de Denna se reafirmou. De certa maneira, era isso mesmo que ocorria. Meu progresso gradual como embaixatriz com certeza não era nada comparado com o que Denna estava experimentando em Corovja. Uma vida nova e cheia de magia se revelava para ela, enquanto minha existência parecia se fechar sobre mim.

Além das manhãs ocasionais que passava nos estábulos ensinando Fadeyka a cavalgar, eu treinava com a espada até que estivesse tão dolorida que mal conseguia sair para o jantar. A intensidade do treino fornecia uma bem-vinda distração da saudade de Denna, e também me permitia vigiar Alek. Eu praticava com mais frequência com Kerrick, um dos poucos aprendizes novos o suficiente para lutar comigo sem ficar mortalmente entediado. Todo dia, meu objetivo era desafiá-lo o suficiente para tirar aquele sorrisinho permanente do rosto dele, o que não era fácil, já que ele lutava sujo e usava sua constituição baixa e magra para desviar dos meus golpes com graça. Mesmo assim, era bom estar em companhia de alguém que não me tratava como uma princesa ou uma leprosa — apenas como uma oponente. A sala de treinamento era um lugar simples, e eu gostava disso.

— Quer vir tomar um trago antes do jantar? — perguntou Kerrick enquanto limpávamos nossas espadas. — O pessoal vai ao Morwen.

Comparei o convite com a chance de espionar Alek pelo resto da noite, que normalmente era o que fazia depois dos treinos — não que isso houvesse resultado em muita coisa. A vida do homem era tão chata quanto a lâmina da sua espada era afiada. Depois do treino, ele geralmente jantava cedo, às vezes se encontrava com outros guerreiros e então se retirava para seus aposentos. Nas poucas vezes em que o segui para fora da Corte Invernal cidade adentro, ele foi comprar retalhos de couro para fazer consertos na armadura ou afiar a espada.

Observei Alek recuar, depois de corrigir a postura de uma das aprendizes mais avançadas. A mulher executava seu padrão com tanta velocidade e graça que eu mal podia ver sua espada. Dei um suspiro. Por mais que eu estivesse me esforçando, poderia levar anos para que ficasse boa daquele jeito. E não queria imaginar o horror de ainda estar neste inferno daqui a alguns anos.

— Um trago é uma boa — concordei, na esperança de obter mais opiniões sobre Alek dos outros soldados. Mesmo querendo me recolher para meu quarto com meus pensamentos melancólicos, havia mais coisas que eu poderia aprender com os guerreiros.

Quatro de nós deixamos o salão juntos, com Kerrick na dianteira. Shazi, que eu descobrira que podia derrotar oponentes com alguns golpes rápidos, era uma das outras guerreiras que se juntara a nós. Kerrick também me apresentou a Harian, um homem alto com ombros largos que lutava com uma espada tão grande que eu duvidava que eu conseguiria levantá-la. Apesar de sua altura imponente, ele tinha uma

GELO & SOMBRAS

atitude doce e gentil que eu não podia deixar de achar encantadora. Ver ele e Kerrick andando juntos era como observar uma doninha trotando para manter o ritmo de um cão de caça gigante.

— Por que está treinando tão pesado? — Kerrick me perguntou. —Você é mais nova nisso do que eu, e posso te dizer por experiência própria que se sobrecarregar não vai te ajudar a alcançar os outros.

— Por que você começou tarde? — indaguei, ignorando sua pergunta.

— Meu pai esperava que eu assumisse os negócios da família dando empréstimos aos mercadores — explicou Kerrick. — Mas eu sempre quis ser um guerreiro. Nunca tive cabeça para os números. Até o ano passado, ele tentou fazer de mim algo que não sou.

— Eu também nunca fiz o que meu pai queria — disse. Se eu tivesse feito, teria me tornado uma princesa de verdade como Denna, auxiliando nas funções administrativas e sociais do castelo até que estivesse devidamente casada com um nobre adequado. Eu preferia comer minha própria sela. Ainda assim, agora sentia um pouco de remorso por ter ido contra ele. Ele estava morto, e eu não teria outra oportunidade de lhe provar que poderia ser útil para o reino.

— Que bom que as ruas continuam limpas — comentou Shazi atrás de mim.

— Claro, Shazi. Bom se não estiver preocupada com a terra — disse Harian. — Se não nevar mais, a irrigação em Nobrosk será um problema na próxima primavera. A safra dos meus pais foi muito ruim no ano passado.

— Eu não havia pensado nisso — admitiu Shazi. — Sinto muito. Talvez a rainha mande alguns trabalhadores do clima para ajudar se as coisas continuarem assim.

No fim das contas, não tivemos que ir muito longe. Morwen, o bar favorito dos guerreiros, ficava apenas algumas ruas fora do distrito residencial perto da corte. Shazi segurou a porta, e entramos no salão preenchido por uma mistura de mesas redondas e mesas dobráveis com banquinhos. Um músico afinava sua harpa de colo no canto enquanto procurávamos algum lugar para nos sentarmos no fundo. Eu mal havia sentado quando alguma coisa se esfregou em minha perna, fazendo-me saltar de susto.

Espiei embaixo da mesa e vi um grande gato malhado fazendo a ronda entre as pernas de todos.

— É normal ter um gato aqui? — perguntei.

— Opa, sim — disse Harian. — Sempre há gatos no Morwen. — Ele olhou debaixo da mesa e começou a falar com voz de bebê. — Quem está aqui? Sir Basil, é você?

Cobri a boca para esconder uma risada.

Kerrick ergueu o braço para chamar uma garçonete, que rapidamente chegou com uma rodada de pequenos copos cheios de um líquido transparente que se parecia com água, mas o cheiro indicava que era inflamável.

— À saúde da rainha. — Kerrick levantou seu copo, brindando. Os outros o acompanharam e eu os imitei, tentando não pensar muito enquanto virava o líquido. Ele queimou minha garganta à medida que descia, deixando um rastro de fogo que parecia ter o gosto do líquido que eu usava para polir meu arreio. Ainda estava tossindo quando a garçonete voltou para pegar o próximo pedido.

— Vocês têm cerveja? — perguntei à garçonete com os olhos ainda marejando.

Ela me olhou como se eu tivesse pedido que tirasse a camisa sem nem ter lhe pagado uma bebida antes.

— Você gosta de vinho de cevada? — interveio Kerrick.

— Tem o mesmo gosto disso? — Apontei para o copo vazio.

Ele sorriu.

— Não.

— Então sim, gosto — disse. Apesar do gosto horrível, a bebida enviou um calor que se espalhava pelo meu corpo bem mais rápido do que a cerveja seria capaz. Provavelmente seria a bebida mais mal colocada na competição das destilarias de Havemont, mas era eficaz.

GELO & SOMBRAS

Pensar em Denna e em sua terra natal me deixou muito triste de repente. Quase uma lua atrás, eu estava sonhando em provar destilados com ela, muito confiante de que nada nunca poderia nos separar. Como eu estava errada.

A garçonete se apressou para trazer a próxima rodada.

— Mare, você é de Mynaria, certo? — perguntou Shazi, com seus olhos azuis curiosos.

Assenti.

—Você não deveria passar a noite na corte? — Shazi refez o coque com seu cabelo castanho-escuro na nuca.

— Bom, em minha primeira noite, em uma festa da corte, fui desafiada para um duelo por uma das aprendizes de elite da rainha. — Comecei a explicar, colocando um tom mais cômico na história em vez do drama que realmente foi. Se eu não desse risada de mim mesma, teria que encarar todas as vezes em que falhei como embaixatriz. Não fora capaz de comparecer aos poucos eventos da corte para os quais havia sido convidada e não fizera nenhum aliado entre a nobreza.

— Não me admira você ter acabado aqui com a gentalha — disse Kerrick, rindo enquanto bebericava sua próxima bebida, que tinha um tom caramelo escuro, mas seu cheiro era capaz de chamuscar os pelos do meu nariz.

— Pelo menos todos nós seremos elegíveis para melhorar nossa posição depois de termos treinado com Alek — apontou Harian.

— E por quê? — perguntei. — Explique para esta mynariana estúpida. — Eu queria saber por que todos eles o veneravam tanto. Ele era um bom instrutor, com certeza, mas não podia ser só isso.

— Ele era um grande herói quando eu era criança. As histórias que costumávamos ouvir… — disse Harian, sua voz se tornando nostálgica.

— Um herói? — Olhei como se ele tivesse cagado um passarinho na mão. Mesmo que não fosse a primeira vez que ouvia aquela palavra sendo usada para descrever Alek, eu não entendia. Alek era um espadachim talentoso e obviamente tinha uma magia poderosa ao seu lado, mas não me dava a impressão de ser do tipo heroico. Era mais do tipo que deixaria alguém morrer e depois explicaria ao cadáver como ele poderia ter se saído melhor.

— No sul, definitivamente — falou Shazi. — Nós tínhamos músicas sobre ele. Minha mãe me ensinou uma quando eu era criança. — Ela cantarolou alguns compassos do que soava como uma música de bebedeira. — E meu pai lutou ao seu lado na Batalha do Rio Eusavka.

Fiquei tensa.

— Você quer dizer o Massacre da Serraria? — Esta havia sido uma batalha na fronteira mynariana que matara centenas do nosso povo. Antes de eu nascer, meu pai queria construir uma serraria em Eusavka, na fronteira de Mynaria com Zumorda. Ele mandou um grupo de marceneiros começar a construção, mas apenas alguns dias depois que chegaram ao lugar, a maioria foi assassinada nas barracas onde dormiam.

— É assim que chamam em Mynaria? — perguntou Kerrick em um tom de curiosidade.

— Não foi um massacre — interveio Shazi. — Os mynarianos não deveriam estar ali, para começo de conversa. Se tivessem conseguido construir sua serraria em Eusavka e represado o rio como queriam, teriam cortado a maior parte da água de que meu vilarejo dependia para a irrigação. Nosso vale é uma das áreas mais férteis de Zumorda, com um tempo de plantio muito maior do que ocorre no norte. O reino depende de nós.

— Fazer um grupo de guerreiros cruzar o rio e assassinar nosso povo, no acampamento deles, enquanto dormiam, encaixa-se na definição de massacre — argumentei, fazendo o máximo para manter a calma. Os marceneiros inocentes designados para o projeto não mereciam morrer por estarem na hora errada, no lugar errado.

— Foi um último recurso — disse Shazi. — Mynaria não pediu permissão para construir a serraria. Já haviam começado a construir quando nossos soldados chegaram para pedir que parassem. Eles não foram receptivos a negociações. Sei disso porque meu pai foi um dos encarregados daquilo.

— Depois que os mynarianos se recusaram a estabelecer um acordo ou interromper a construção, o Rei Aturnicus mandou arqueiros a cavalo para atacar nossos soldados do outro lado do rio — explicou Harian. — Não havia outra forma de impedi-los.

— Então Alek usou seu dom para ajudar seus guerreiros a atravessarem o rio — disse Kerrick.

Pelo menos esta parte da história parecia ser consistente com aquelas que eu ouvira em Mynaria.

— Os sobreviventes mynarianos acreditaram que o deus da água havia se voltado contra eles — comentei. Se Alek era o tipo de pessoa capaz de quase eliminar um campo inteiro de trabalhadores inocentes, talvez Laurenna estivesse certa em odiá-lo.

Harian riu.

— É, parece algo que mynarianos fariam.

— Não somos tolos — eu disse, na defensiva.

— Claro que não — concordou Harian. — Você está aqui agora, tomando as rédeas do próprio destino. Este é totalmente o espírito zumordano.

Ponderei suas palavras. Estava tomando as rédeas do meu destino? Para começo de conversa, a única razão de eu ter vindo para cá foi ajudar Denna, e ela me deixara. Não era minha intenção acabar com outros fardos sobre meus ombros. Meu melhor não parecia bom o bastante, mas talvez Harian estivesse certo ao dizer que o que importava era tomar as rédeas da minha própria vida. O que eu tinha que fazer era descobrir como Alek estava conectado aos cavaleiros de Sonnenborne e qual era o próximo passo deles. Ele ter sido supostamente enviado aqui para investigar o desaparecimento de adolescentes de Duvey nas mãos dos guerreiros de Sonnenborne ainda não fazia sentido para mim, mas ele fora muito amigável com Eronit e Varian. E também, pelo que pude ver, ele passava muito mais tempo no salão treinando do que investigando, a não ser que estivesse fazendo isso no meio da noite.

— Bom, não podemos mudar o passado — falei. — Depois do massacre, meu povo construiu uma serraria perto de Almendorn. Toda a situação poderia ter sido evitada se Mynaria e Zumorda tivessem discutido o projeto em vez de fazerem suposições que culminaram em uma briga. É por isso que estou aqui agora, para garantir que não causemos mal-entendidos e reduzir as chances de causarmos mal uns aos outros.

— Trabalhar com usuários de magia? — Kerrick mexeu a sobrancelha. — Impossível!

— Melhor do que matar um monte de pessoas sem motivo — argumentei. — Mas o Rei Aturnicus nunca esteve muito inclinado a fazer aliados por aqui.

— Bem, você, com certeza, parece ser um pouco mais razoável do que ele era — apontou Shazi. — Fico feliz em saber que nem todos os mynarianos nos odeiam, como somos levados a acreditar.

— E eu fico feliz que os zumordanos estejam abertos a me ensinar a lutar com uma espada. — Sorri, mesmo com uma pontada atravessando meu peito. Shazi não teria como saber que meu pai provavelmente estava se revirando no túmulo por eu ser descrita como "razoável" por alguém.

— Agora só falta o povo de Sonnenborne desmentir sua reputação — resmungou Kerrick.

— O que quer dizer? — Meu interesse se aguçou.

— Eles são sorrateiros e reservados — falou Kerrick. — Todo mercador sabe disso.

— Não generalize um grupo inteiro de pessoas — repreendeu-o Shazi. — Cada pessoa é digna de consideração de acordo com seus próprios méritos.

— Tá, tá — admitiu Kerrick. — E normalmente eu concordaria, mesmo eles não tendo nenhuma magia pela qual possamos medir suas forças. Não que minha Afinidade seja especialmente forte. Mas todos estes desaparecimentos não me cheiram bem. Como podemos ter certeza de que isso não está relacionado ao fato de, ultimamente, haver mais pessoas de Sonnenborne aparecendo em Kartasha do que de costume?

— Ouvi dizer que muitas pessoas que vieram para a cidade na esperança de serem escolhidas para a guarda de elite da rainha nunca voltaram para casa — disse Harian.

—Você não acha que isso é porque muitos deles estão se inscrevendo no programas de treinamento para pessoas de baixa renda? — perguntou Shazi.

Harian bufou.

— A lista de espera é longa. Era melhor esperarem em casa. Não há razão para desaparecer na cidade.

— O que exatamente é esse programa? — perguntei.

— No ano passado, a Guardiã Zhari desenvolveu um novo programa, para jovens zumordanos de baixa renda terem acesso a treinamentos melhores para suas Afinidades. Muitas pessoas se inscreveram. Meu pai perdeu dois contadores este ano. Acabou contratando *vakos* de Sonnenborne só para não ter que passar por isso outra vez.

— Uma pena ela não expandir o programa para algumas das vilas menores — comentou Harian. — Quase ninguém sai de Nobrosk, mas existe talento por lá, bastaria que alguém os incentivasse.

— Mas quem é responsável por testá-los? — perguntei. Se o programa tivesse alguma relação com os desaparecimentos, alguém que estivesse realmente analisando os usuários de magia devia estar envolvido.

— No momento, a Guardiã Laurenna — respondeu Kerrick. — Zhari a incumbiu dos testes não muito depois de estabelecer o programa. Sua habilidade de sentir magia além da Visão é útil para acessar os dons das pessoas.

Fiquei tensa ao ouvir seu nome, provavelmente um sinal de que estava passando muito tempo com Alek. Por outro lado, se Laurenna era a pessoa fazendo os testes, devia haver registros oficiais da corte.

Seria bem fácil comparar os nomes com os da lista de pessoas que haviam sido reportadas como desaparecidas para ver se havia alguma coincidência. Pensei em comentar isso, mas então decidi que era melhor ficar quieta.

— Pessoalmente — Kerrick continuou —, acho estranho que, apesar de termos um fluxo de zumordanos de todo o reino, meu pai tenha recebido duas vezes mais pedidos de empréstimos para abertura de novos negócios vindos de Sonnenborne neste último inverno. Isso nunca havia acontecido antes em seus trinta anos de profissão. As pessoas de Sonnenborne são *vakos*. Não estão vindo para cá na esperança de encontrarem treinamento para magia.

— Ele concede os empréstimos? — perguntei.

— Claro, se atenderem aos critérios e oferecerem garantias. — Kerrick deu de ombros. — Mas vários deles não são capazes.

— Ouvi dizer sobre o que fizeram no Canal de Trindor e como isso afetou o comércio — acrescentou Shazi. — Honestamente, foi quando comecei a ter as minhas dúvidas.

—Você quer dizer em Porto Zephyr? — perguntei, surpresa pelo fato de os guerreiros saberem e se importarem. Mercadores devem ter trazido a notícia consigo nas últimas semanas.

Shazi acenou com a cabeça.

— O que acontece em Mynaria não é problema nosso, mas tomar uma cidade em um golpe como este quase sem nenhum aviso… eu só não penso que esta será a única vez que vão tentar algo assim, especialmente depois de terem sido bem-sucedidos uma vez.

— Se eles estão pensado como estrategistas, usarão o dinheiro do comércio para fortificar sua fortaleza por lá e então irão para outra cidade. Talvez fazer uma segunda tentativa em Duvey? — comentou Harian.

— É exatamente isso que está me preocupando. — Inclinei-me para a frente. Eu conseguia entender essas pessoas: estavam pensando como eu e ouvindo de verdade. —Temos que nos certificar de que não estão planejando algo assim. E se estiverem mobilizando forças aqui agora para fazer outra tentativa em Duvey? Pode ser para isso que servem os empréstimos, na verdade. Não para o comércio, mas para conseguirem armas.

— Pelo Sexto dos Infernos! — disse Kerrick. — Nem tinha pensado nisso. Eu disse que não tinha cabeça para finanças.

— Mas tem pelo menos uma vaga ideia de estratégia militar — comentou Shazi com malícia para ele. — Não é como se você nunca tivesse brincado de estratégias de guerra conosco.

— Mas ele nunca me venceu. — A voz de Harian soava convencida.

— Cala a boca — disse Kerrick, fingindo lhe desferir um soco.

— Acho que a pergunta é o que faremos sobre o povo de Sonnenborne — comentei.

— O que podemos fazer a respeito? — perguntou Shazi. — Não é problema nosso. É problema da corte. A Guardiã Zhari já está fazendo muito para garantir que os poderes de nosso povo sejam maximizados. Nossos guerreiros são tão bem treinados quanto os deles ou até mais, e nós temos a magia do nosso lado.

— Será problema de vocês se alguma coisa acontecer e forem mandados para lutar contra eles na linha de frente — apontei.

— Verdade — admitiu Shazi.

— E durante o ataque a Duvey, vi usuários de magia sendo derrotados com pó de raiz-da-paz — acrescentei. — Eles encontraram uma forma de fazer com que fosse carregado pelo ar e tivesse ação rápida, e não hesitam em usá-lo, já que não tem efeito contra eles.

— Bom, posso perguntar ao meu pai sobre os empréstimos — disse Kerrick. — Talvez haja alguma documentação que mostre para que são destinados.

— Agora você está usando essa sua cabeça de alfinete — apontou Harian.

— Tenho alguns amigos zumordanos que são mercadores. — A expressão de Shazi assumiu um ar calculista. — Perguntarei se algo mudou nos últimos tempos.

— E você, Mare? — perguntou Harian.

— Se conseguirmos juntar evidências suficientes, levarei o assunto para a Corte Invernal. A Guardiã Laurenna e a Grã-Vizir Zhari terão que nos ouvir se houver provas suficientes, e então a rainha terá que tomar uma atitude — falei. Eu também tinha a intenção de ficar de olho em Alek, mas duvidava que este aspecto do plano pegaria bem com eles.

— Um brinde a isso — declarou Harian, levantando o copo. Todos nós brindamos e demos outro gole em nossas bebidas. O vinho de cevada parecia muito mais saboroso que cerveja ao meu paladar, encorpado e agridoce.

A conversa ficou mais relaxada à medida que a bebida fluía, indo de política e espadas para magia. Descobri que Harian possuía Afinidade com a terra e que Shazi a tinha com o ar, o que fazia sentido, considerando como ela havia ajudado Fadeyka quando a garota perdera o controle de sua magia. Nenhum deles possuía dons poderosos, um dos motivos que os levaram a escolher a espada. Imaginei se ainda ambicionavam conseguir cargos como o de Wymund — que era guardião, apesar de não ter uma Afinidade tão poderosa. Às vezes, no salão, eu pensava nele e tinha esperança de que não precisasse de magia para ser respeitada e conquistar poder da minha própria maneira.

— Então nenhum de vocês quis entrar para o programa da rainha? — perguntei, tentando ignorar a dor que aumentava em meu peito. Era o que Denna escolhera em vez de mim. Tinha que acreditar que valeria a pena.

— Nem se eu fosse qualificada — declarou Shazi. — Não que eu tivesse tido muita escolha.

Sua veemência atiçou minha curiosidade.

— Por que não? Não é uma grande honra ser escolhida?

— Sim, se você conseguir sobreviver ao treinamento. — Shazi virou o resto da sua bebida.

— Minha tia era aprendiz de guardiã — comentou Harian, com a voz baixa. — Ela não durou muito.

— Você quer dizer que ela morreu? — Arregalei os olhos.

— Não de imediato — explicou Harian. — Eu era pequeno quando aconteceu, mas me lembro de ela voltar para casa para as festas de solstício de verão alguns meses depois de ter começado. Ela costumava ser a primeira a contar piadas e rir, e sempre corria atrás de nós da criançada, a dar uma folga para minha mãe, mas ela voltou de lá uma pessoa completamente diferente. Eu mal a via deixar o quarto. Ela não sorria. Quatro luas depois, ela voltou para casa de vez, sem o seu dom, apenas com sua manifestação. No solstício de inverno, ela escolheu se tornar sua manifestação de modo permanente e nos deixou para viver o resto dos seus dias como um lobo.

Kerrick estremeceu

— Às vezes sou grato por não ter um dom poderoso.

A preocupação me consumia. Era por isso que Denna seria testada pela rainha? Se ela falhasse, acabaria arrasada, sem nem uma manifestação na qual se refugiar? Então tive outro pensamento sombrio — que talvez, para Denna, fosse uma bênção ter seus poderes removidos, se houvesse uma forma de fazer isso sem se machucar. Quanto mais tempo passávamos longe uma da outra, mais eu me ressentia por sua magia ter sido a força que a afastara de mim. Nossa vida seria tão menos complicada sem ela. Se não fosse por seu dom, Denna teria permanecido comigo. Então me senti culpada por deixar que este pensamento passasse por minha cabeça. O fato de eu querer me livrar do dom dela fora o que a fizera partir. Como eu ainda podia considerar essa possibilidade? Ela deixara seus sentimentos bem claros.

— Mesmo aqueles que sobrevivem ao treinamento e conseguem boas posições acabam diferentes do que eram — disse Harian. — A melhor amiga de minha tia acabou completando o treinamento e se tornando uma guardiã. Ela ainda é, na verdade. Mas é incrível ver uma mulher que costumava cultivar flores raras com a maior delicadeza se transformar em alguém que não hesitaria em derramar o sangue de seu próprio vizinho diante de uma ordem de sua rainha.

AUDREY COULTHURST

Todas as bebidas do mundo não seriam suficientes para me aquecer agora. O treinamento de Denna — e a vida dela — estavam nas mãos da rainha. Se ela quisesse voltar para mim algum dia, voltaria inteira?

DEZESSEIS

Dennaleia

Algumas tardes após minha desastrosa introdução ao treinamento, fui procurar a biblioteca do castelo. Se meus instrutores não iam me dar nenhum livro para estudar, eu os encontraria por conta própria. Parecia ser essa minha única esperança de me equiparar aos outros aprendizes, que nos últimos dias haviam demonstrado um domínio de suas Afinidades que excedia o meu em todos os sentidos. Queria que houvesse um santuário ou templo onde eu pudesse rezar para acalmar meus nervos e minha magia, mas, por ora, a biblioteca teria que servir. O céu do lado de fora estava escuro como a noite quando busquei por uma ama e lhe pedi instruções. Ela me deu um olhar estranho, mas acenou com a cabeça, explicando em um zumordano tão rápido que mal consegui acompanhar.

Livros sobre magia eram raros em minha terra natal e proibidos em Mynaria, então esta seria a melhor oportunidade para aprender da maneira como eu aprendia melhor: lendo. Pesquisar em livros e fazer anotações eram coisas que eu realmente sabia fazer. Eu precisava encontrar um livro que explicasse meus poderes de uma forma que eu pudesse entender e aplicar. Achei que seria uma tarefa simples, até finalmente ver a biblioteca. Pesadas portas duplas me esperavam no final de um corredor estreito, exatamente como a ama descrevera. Coloquei minha lanterna no chão e virei a maçaneta de uma das portas, surpresa pelo fato de ela se abrir apenas um dedo. Não estava trancada, apenas emperrada. Lutei com a porta por uns bons cinco minutos até finalmente conseguir afastá-la o bastante para deslizar para dentro.

Quando ergui a lanterna, senti uma dor no coração. Aquele devia ter sido um lugar lindo algum dia. A biblioteca ocupava uma das torres do castelo com vista para o vale, e tinha paredes côncavas forradas com estantes por todos os lados. Uma alta janela arqueada ocupava a maior parte da parede ao sul, e uma escada caracol levava da porta até um mezanino onde havia mais livros. No escuro, eu não podia dizer quantos andares havia. Com a forte luz que vinha do sul, a sala já devia ter sido perfeita para se ler durante o dia. Agora, uma grossa camada de poeira cobria as mesas e cadeiras, assim como os livros empilhados perigosamente em todos os móveis. Parecia que o lugar não havia sido tocado durante anos, nem mesmo pelos criados do castelo. Não era de se estranhar que a ama tenha me olhado intrigada quando perguntei sobre o lugar.

Andei pela sala. Nada possuía uma ordem. Baús abertos estavam abarrotados com tantos pergaminhos que eles caíam pelo chão. Alguns tinham as bordas amareladas pela exposição à luz. Revirei-os e descobri que a maioria consistia em plantas do castelo, com uma receita de molho de figo enfiada de forma aleatória entre eles. Nada estava catalogado ou de alguma forma organizado. Para que eu tivesse alguma chance de encontrar um livro que poderia me ajudar com minha magia, eu teria que organizar tudo.

Dei um suspiro, então arregacei as mangas e comecei a trabalhar.

Quando a aurora começou a brilhar no horizonte, eu me sentia um fracasso. Tinha encontrado apenas um livro que parecia ter alguma utilidade — a biografia de alguém que também possuía Afinidade com o fogo. Era obviamente em zumordano, o que significava que minha velocidade de leitura seria reduzida por ter que traduzir. Também não

GELO & SOMBRAS

tive muito êxito em organizar a biblioteca. Era inútil tentar catalogar tudo sem algum tipo de livro-registro, e eu não conseguira encontrar nenhum papel em branco ou material de escrita na sala. Então comecei a fazer pilhas categorizadas por assunto, tendo conseguido atacar apenas um canto do andar térreo.

Talvez ter ido procurar respostas em livros tenha sido estupidez de minha parte. Eu não só passara a noite toda acordada, o que me faria estar exausta na próxima aula, mas aparentemente também fizera tudo aquilo em vão. Aquele parecia ser o mais recente de uma série de enganos, e eu nem tinha certeza de qual havia sido o primeiro. Teria sido deixar todos acreditarem que eu havia morrido na chuva de estrelas? Teria sido a manhã em que me levantei antes do amanhecer para deixar Mare? Ou, como perguntava a parte mais obscura de meu coração, fora a noite em que fugi do homem a quem estava prometida para ir salvar sua irmã? Eu não podia voltar no tempo, o que tornava inútil pensar sobre aquilo, mas minha mente ainda remoía incansavelmente aquelas perguntas como um cachorro rói um pedaço de couro curado. Às vezes, eu sentia que, se pudesse apontar onde errara, conseguiria evitar a repetição desses erros, mas, em vez disso, cometia outros.

Caminhei até a janela e olhei para os jardins do castelo. A neve do lado de fora amplificava a luz dourada dos raios de sol, que começavam a entrar na sala em longos feixes. Os muros lá embaixo pareciam indicar um jardim disposto em padrões labirínticos. Árvores com galhos cobertos de gelo se espalhavam entre eles. Além do muro mais distante do jardim, uma ponte levava a uma região grande e plana que parecia o piso de uma construção em ruínas, cujo resto parecia ter deslizado pela lateral da montanha. Tudo que restava era metade de um piso com bordas quebradas e alguns pedaços de paredes com buracos onde um dia houvera janelas. Segui os contornos das ruínas, notando quatro cantos curvos, como se um dia o edifício houvesse tido antecâmaras. Se o edifício fora simétrico, duas paredes haviam desmoronado.

249

Considerando quão impecável era a conservação do restante do castelo, parecia estranho que uma ruína daquela magnitude fosse parte dele. Ainda mais estranho era o fato de que as janelas vazias pareciam iguais às marcantes janelas do Grande Ádito, o templo mais sagrado dos Reinos do Norte. Em Tilium, eu havia descoberto que Zumorda tivera templos um dia. Seria esta a ruína de um deles?

Vasculhei uma pilha de textos religiosos que tinha encontrado e folheei as páginas. A maioria do conteúdo era familiar, mesmo que os volumes fossem mais velhos do que aqueles que eu estudara em casa. Todos os seis deuses eram mencionados, apesar de haver referências confusas a seus filhos, mas isso talvez se devesse à minha tradução ruim, pois eu nunca havia estudado zumordano antigo. Também pensei que, já que os zumordanos não cultuavam os deuses, os textos poderiam ter sido traduzidos do mynariano ou havemontiano antigo, o que resultaria em interpretações ainda mais confusas. O mais estranho de tudo era que alguns livros traziam uma ilustração de uma estrela de sete pontas e diziam que ela representava os seis deuses trabalhando juntos com a ajuda de um sétimo. Eu nunca tinha ouvido falar em algo do tipo ou visto aquele símbolo em um templo ou santuário.

Voltei ao baú de pergaminhos arquitetônicos e me sentei de pernas cruzadas perto dele. No meio do exame de seu conteúdo, desenrolei um pergaminho que chamou minha atenção. Ele estava amarelado pelo tempo e suas bordas haviam sido comidas por traças. As anotações em tinta desapareciam em alguns pontos. Eu o abri no chão e o prendi usando alguns livros pesados para poder olhar melhor. A versão do castelo do desenho era um pouco menor do que a construção atual, mas os edifícios centrais eram os mesmos. A diferença mais notável era uma ponte que levava para um grande edifício assinalado como o *Grande Templo*. De acordo com o mapa, estava localizado no mesmo lugar onde a ruína do lado de fora da janela da biblioteca podia ser observada.

Recostei-me, abalada. Os zumordanos só teriam um templo equiparável ao de Grande Ádito se, um dia, tivessem adorado os deuses.

GELO & SOMBRAS

Talvez tivessem mesmo. O que teria acontecido para mudar tudo, e por que as ruínas permaneciam ali?

Revirei os pergaminhos que sobravam no baú, desenrolando-os um por um até encontrar outro interessante, um conjunto mais recente de desenhos de apenas cinquenta anos atrás. O templo não estava mais marcado, mas, embora houvesse notas sobre a construção de uma nova ala do castelo que não existia no desenho anterior, as observações do arquiteto sobre a área do templo diziam apenas "deixar intocado".

Mas por quê? Por que não removeriam qualquer sinal físico de conexão com os deuses que não adoravam? E por que tantos zumordanos iam até o Grande Ádito, em Havemont, todo verão para fazer seus trabalhos mágicos, se tinham um templo aqui que poderia ser igualmente grandioso se restaurado? Meus pais sempre me contaram que os zumordanos viajavam até Alcantilada porque o Grande Ádito tinha propriedades especiais que o tornavam um lugar poderoso para trabalhar a magia. Mas, em um reino onde a magia dominava e os deuses não eram mais adorados, por que não reconstruir seu velho templo com o mesmo propósito, em vez de viajar até nosso reino? Reconstruí-lo teria resolvido tantas das tensões entre Zumorda, Havemont e Mynaria. Mynarianos não gostavam que havemontianos permitissem as visitas dos zumordanos ao Grande Ádito, já que, em teoria, os zumordanos poderiam chegar até Mynaria mais facilmente pelo lado de Havemont — se conseguissem se fazer passar por havemontianos. Se zumordanos tivessem seu próprio templo, poderiam peregrinar até Corovja em vez de seguirem rumo a Alcantilada.

Mas devia haver uma razão para que a rainha não o tivesse restaurado. Qual seria?

Eu me levantei e espanei a poeira de minhas roupas. Meus poderes sempre pareciam se acalmar em lugares sagrados. Talvez porque eu tenha sido criada com o ritual e conforto da religião em vez da crença em meu poder e minha magia apenas. Queria testar se as ruínas do Grande Templo me dariam o controle que eu parecia não conseguir em outro lugar, e queria procurar evidências do estranho sétimo

251

símbolo que vira nos textos religiosos. Ainda teria tempo de descer até lá antes das lições do dia se eu me apressasse.

De volta ao meu quarto, agasalhei-me bem e então saí por uma porta lateral que vira os criados usando. Não demorei muito para atravessar o labirinto dos jardins do castelo, e logo eu estava atravessando a longa ponte para o templo. Parei assim que passei pelas paredes quebradas. Instantaneamente após cruzar o umbral me senti um pouco mais calma. Não era a mesma coisa que estar dentro do Grande Ádito. Havia, no entanto, algo familiar. Respirei profundamente e desenhei o símbolo do deus do fogo, e fui recompensada com um calor reconfortante que se espalhou pelo meu corpo como mel aquecido. Se eu fechasse os olhos, poderia quase imaginar que estava em Havemont, onde minha magia nunca pareceu tão selvagem e perigosa e onde eu sabia exatamente qual era o caminho a seguir em minha vida.

— Cuidado com a beirada, está se desfazendo — disse uma voz ao meu lado.

Eu me sobressaltei, quase não segurando um grito.

Tristan estava sentado sobre uma das paredes da ruína, suas roupas se destacando como um corvo contra a neve.

— Pelos Seis Infernos, você me assustou — falei.

— Desculpa — disse ele. — Acontece bastante. — Ele se levantou, batendo a neve de seu traseiro. Passou a mão pelas ondas escuras de seu cabelo na altura dos ombros.

— Eu não sabia que este lugar era seu. Posso ir embora — disse.

Ele riu.

— É tão meu quanto o céu e a neve. Fique o tempo que quiser.

Eu o olhei com desconfiança.

— Não vou te empurrar da beirada nem nada do tipo — assegurou-me ele.

— Essa seria uma forma de conseguir uma vantagem no Festival — falei, incapaz de não soar amarga.

GELO & SOMBRAS

— Era isso que você estava tentando fazer no primeiro dia de treino, quando quase incinerou o lugar? — Ele parecia mais contente do que chateado a respeito do ocorrido.

— Claro que não — neguei. — E, para que fique sabendo, tudo o que eu quero é aprender a controlar minha magia. Eu não me importo em ganhar competições ou dar espetáculo. Não queria participar do Festival. Nem sabia que ele existia. Pensei que esta seria uma oportunidade para aprendermos juntos, para estudarmos.

— Certo. Evie disse que você era diferente. Acho que ela estava certa.

— Não sou zumordana, não tenho uma manifestação, não faço ideia do que está acontecendo aqui — declarei. A exaustão causara sérios danos a minhas habilidades diplomáticas.

— Não foi isso que eu quis dizer — argumentou Tristan. — Além do mais, também não sou zumordano.

— Não é? — Olhei para ele com mais atenção. Ele falava um zumordano perfeito, e sua linguagem comercial era apenas boa. — Então de onde você vem?

— Havemont — declarou. — Logo além da fronteira. É irônico que eu tenha viajado até Kartasha só para acabar tão perto de casa.

Meu coração descompassou. Ele era de minha terra natal, e, por alguma razão, saber disso fez com que eu sentisse uma pontada de saudades da minha família.

— Achei que todos fossem zumordanos.

— Talvez de sangue, mas não de nascença. — disse Tristan. — Ikrie é a única que veio de Corovja, pois seus pais são nobres. Tenho certeza que a família de Aela administra algum tipo de cartel fora de Kartasha. Ela é extremamente reservada quanto ao que eles realmente fazem.

— Seu zumordano é muito bom — comentei. — Como você aprendeu?

— É difícil evitar quando se vive em uma cidade fronteiriça. Além disso, meus pais são zumordanos, então falávamos em casa. — Ele deu de ombros.

— E eles o ensinaram a usar sua Afinidade? — perguntei.

Ele assentiu.

— O que aconteceu no seu caso?

— Meus pais não sabiam nada sobre magia — expliquei. Ele não precisava saber que eu passara a maior parte de minha vida treinando para ser uma rainha ou que fora prometida a um príncipe cujo reino repudiava esse tipo de poder. Estes pedaços da minha história eram tão distantes agora que pareciam pertencer a outra pessoa, que com certeza não era Lia, a inocente criada vinda de Mynaria.

— Sei. Isso deve ter sido difícil — disse ele.

Ele não tinha ideia.

Caminhei pela meia-lua que as ruínas do piso formavam, ficando longe da beirada que despencava vale abaixo. Tristan me acompanhou, quieto como uma sombra. Curiosa, espalhei a neve com o pé e cavei com a ponta de minha bota até encontrar um azulejo decorado soterrado. Estava gasto e apagado pelos anos de exposição às forças da natureza, mas o vermelho era inconfundível. Mais adiante, havia ladrilhos azuis, brancos, pretos, amarelos e verdes. A ordem era diferente daquela do Grande Ádito, mas as cores eram as mesmas dos deuses que adorávamos. Procurei por algum sinal da estrela de sete pontas que vi nos livros da biblioteca, mas não havia nada do tipo nas ruínas. O único elemento inexplicável eram fios prateados de espelho que, entrelaçados, uniam todas as outras cores. Os livros especulavam que o símbolo representava os deuses trabalhando em conjunto. Talvez os espelhos formassem um padrão maior que eu não conseguia ver por causa da neve.

— Os deuses deviam ser adorados aqui — ponderei. Achei que encontraria respostas ao vir para Zumorda, mas, em vez disso, encontrara mais perguntas. — Mas quando o povo de Zumorda parou de fazer isso?

— Quando a rainha dragão assumiu o trono — respondeu Tristan.

Olhei para ele, alarmada. A pergunta havia sido retórica. Eu não esperava uma resposta.

— O que sabe sobre isso? — perguntei.

— Minha mãe me contou a história. — Ele sorriu um pouco, como se sentisse carinho pela lembrança.

— Então, como o começo do reinado da rainha afetou a adoração dos deuses? — questionei. — Achei que o trono fosse tomado sempre do mesmo jeito, através de um combate. — Comecei a andar em direção à ponte que levava ao castelo, movendo-me para me manter aquecida. Mesmo com a presença tranquilizante que as ruínas pareciam proporcionar, eu não confiava em mim mesma para usar magia novamente com outra pessoa por perto.

— E é, isso não mudou — esclareceu Tristan. — O que mudou foi a distribuição de poder. Antes da ascensão da rainha dragão ao trono, o monarca era a única pessoa em Zumorda capaz de usar magia. Esta magia era dada ao monarca através de uma comunhão com os deuses. Pessoas comuns ainda podiam ter manifestações, mas isso era feito se alinhando com um deus e fazendo um ritual de comunhão em vez do ritual de sangue que é mais comumente usado hoje em dia.

— Você conseguiu sua manifestação em um ritual de sangue? — perguntei, torcendo para não estar passando dos limites com a pergunta.

— Não, minha mãe me mostrou uma alternativa mais passiva de se fazer isso — disse ele. — A rainha conseguiu sua manifestação por meio do ritual de sangue e, portanto, não tem uma ligação com um deus. Ela quebrou as regras e, com isso, ganhou sua própria magia. Então, quando ela desafiou o rei javali e tomou seu trono, os deuses abandonaram Zumorda.

— Se os deuses eram a fonte da magia e eles abandonaram Zumorda, por que o reino não se tornou um deserto como Sonnenborne? — perguntei.

Tristan deu de ombros.

— Porque a magia está em seu povo, creio eu.

— Por que Sonnenborne é do jeito que é? — eu me perguntei. Nunca pensara em fazer esta pergunta antes, mas a história de Tristan pôs minha mente para trabalhar. Teriam eles alguma vez irritado os deuses também? Era isso que havia causado os problemas entre todos os reinos?

— Eu não sei muito sobre Sonnenborne — admitiu Tristan.

— Ninguém sabe. — Pela primeira vez, percebi que Sonnenborne era, de muitas maneiras, mais misterioso que Zumorda. Ninguém nunca ia lá, mas por que iriam se o lugar não passava de um deserto? E uma pergunta ainda maior espreitava em meus pensamentos agora. Se os deuses tinham alguma coisa a ver com a desertificação de Sonnenborne, isso significava que havia um jeito de restaurar o reino? E, se isso fosse possível, poderíamos impedir que nos atacassem?

DEZESSETE

Amaranthine

Com a nova informação obtida de Kerrick, Shazi e Harian, na semana seguinte me concentrei em descobrir mais sobre o desaparecimento de usuários de magia. Tinha esperança de que isso pudesse me dar algum indício do que o povo de Sonnenborne estava realmente tramando e porque haviam sequestrado crianças em Duvey. Não ia ser de todo mal ganhar de Alek, obtendo alguma informação antes dele. A forma mais fácil de conseguir isso era começar pela última pessoa com quem ele se dignaria a falar — Laurenna. O único lado negativo era ter que ir a um evento da corte, porque tentar conseguir uma audiência da forma convencional poderia levar dias. Fui me convencendo disso com relutância, lembrando-me de que era a melhor forma de conseguir a informação de que precisava, e também que já havia passado da hora de eu parar de fugir de minhas obrigações para com meu irmão e Mynaria.

Escolhi um almoço despretensioso — uma celebração destinada a honrar um proeminente comerciante de cavalos de Kartasha. Pelo menos eu sabia alguma coisa sobre cavalos e, portanto, minha presença não pareceria suspeita. Também significava que a reunião seria pequena e contaria com a presença de várias pessoas de Sonnenborne, incluindo Eronit e Varian.

AUDREY COULTHURST

Para minha surpresa, a refeição aconteceu em uma varanda descoberta na torre da Corte Invernal. Esperava que fizesse frio, mas a temperatura não mudou quando fui para a área aberta. Quando olhei com mais atenção, pude ver uma tênue barreira cintilante entre a varanda e o ar exterior, e foi isso que me causou arrepios. Magia por todo lado, como sempre. As mesas do banquete, repletas de pesados pratos de comida, tinham vista para a cidade, e criados se moviam concentrados pelo salão com bandejas de petiscos para tentar os convidados.

Peguei um wafer lambuzado de queijo e coberto com finas fatias de vegetais em conserva, e me surpreendi quando um conhecido par de olhos castanhos apareceu do outro lado da bandeja.

— O que está fazendo aqui? — perguntou Fadeyka.

— Fiquei com fome — respondi, colocando o canapé na boca. Os vegetais crocantes e o frescor do biscoito contrastavam de modo perfeito com o queijo cremoso. Por mais que eu odiasse conversas-fiadas e estar cercada de bajuladores, tinha que admitir que sentia falta da comida que acompanhava a vida na corte.

— Então não deixe de pegar algumas peras antes que acabem. O creme é alcoólico. — Fadeyka apontou para um prato em uma das mesas. Peras partidas ao meio com ricas cascas roxas brilhavam em cima de uma massa feita de incontáveis camadas. Pequenas jarras de cristal estavam alinhadas ao lado delas, mantidas aquecidas em algum tipo de bandeja mágica.

— Isso não é sobremesa? — perguntei. Ninguém havia tocado no prato ainda.

Ela sorriu de uma forma um tanto malévola.

— Sobremesa… aperitivo… está aberto a interpretação.

—Vá na frente — disse e a segui até as peras. Pelo menos se alguém me visse comendo a coisa errada e quebrando o protocolo não seria uma surpresa total, pois já tinham os mynarianos em baixa conta mesmo.

Olhei em volta e avistei Laurenna segurando uma taça de vinho espumante. Um vestido azul glacial delineava seu corpo esbelto, cascateando até seus pés em pesadas ondas. Quando me aproximei, vi que ele não era tão simples quanto parecia; no tecido, havia contas de vidro incrivelmente pequenas, costuradas em padrões intrincados que se moviam como água quando ela se mexia.

— Vossa Alteza — saudou ela quando me aproximei. — Que gentileza a sua se juntar a nós hoje.

Fadeyka se escondeu atrás de mim, enfiando o restante de sua metade de pera na boca e fazendo suas bochechas incharem.

— Eu não podia perder a oportunidade de parabenizar Lorde Olivieri por sua bem-sucedida temporada de vendas — falei, torcendo para ter dito o nome certo.

Laurenna colocou sua taça em uma mesa próxima e sorriu.

— Suponho que cavalos sejam sempre do interesse dos mynarianos. — Ela agarrou Fadeyka pelo pulso quando a garota tentou pegar uma taça de vinho espumante.

— Só um — pediu Fadeyka, chorosa.

— Não — disse Laurenna com firmeza. —Você não pode beber em festas. Além disso, não se lembra do que Zhari disse?

— Que eu não deveria comer ou beber nada que pudesse interferir em minha magia até descobrirmos o que está acontecendo — recitou Fadeyka, pontuando as palavras com uma virada de olhos melodramática.

— Por falar em Zhari e jovens usuários de magia — comentei —, ouvi que ela possui um programa que ajuda aqueles de poucas posses a encontrarem treinamento.

Laurenna assentiu.

—Tem sido um sucesso até agora. O encantamento que nos mantém aquecidos agora foi lançado por um jovem descoberto no programa.

— Muitos usuários de magia chegaram aqui recentemente para tentar conseguir um lugar com a rainha ou se inscrever no programa de Zhari, não é mesmo? — perguntei com cautela. — Ouvi rumores de que algumas pessoas que se inscreveram nesses programas acabaram desaparecendo.

— Isso parece improvável. — Laurenna franziu a testa, pegando uma pequena salada de um criado que passava e a entregando a Fadeyka. — Coma vegetais — disse para a filha.

Fadeyka fez uma careta, o que a fez ganhar um olhar ainda mais severo de sua mãe.

— O que a faz dizer que é improvável que as pessoas estejam desaparecendo? — perguntei. Eles não poderiam estar em tamanha negação sobre o que estava acontecendo nesta parte do reino.

— Eu não disse que era improvável que as pessoas estejam desaparecendo — argumentou Laurenna. — É apenas improvável que pessoas se inscrevendo no programa de Zhari desaparecessem. O nome de todos que se inscrevem é documentado em registros oficiais da corte. A lista é guardada em segurança pelos secretários da corte.

— Esses registros são acessíveis? — perguntei.

— Não muito — explicou Laurenna. — São restritos aos membros da corte. Como embaixatriz, você tem o direito de consultá-los, mas não é como se alguém pudesse chegar da rua e pedir para vê-los. Algumas das pessoas que se inscrevem para o programa procuram escapar de passados sombrios que poderiam rastreá-las com facilidade.

— Faz sentido — assenti, as engrenagens de minha mente já funcionando. Se a lista estivesse sendo usada para encontrar pessoas, isso significa que alguém na corte teria que vazar as informações.

— Se for falar com o mestre dos registros, não faça comentários sobre pesca no gelo — Fadeyka me avisou.

— Por quê? — perguntei.

— Porque você vai morrer naquela sala ouvindo-o falar sobre isso — disse ela.

Do outro lado da varanda, Eronit e Varian serviam-se de sopa em pequenas cabaças. Meus olhos se estreitaram. Haviam dito que eram estudiosos que também estavam servindo como um tipo de embaixadores, o que significava que tinham acesso aos registros. Já que eu e Denna havíamos visto um garoto sendo sequestrado por cavaleiros de Sonnenborne bem diante de dos nossos olhos, faria sentido eles estarem envolvidos alguma forma.

— É apenas uma lista de nomes ou existe alguma informação pessoal na lista também? — perguntei.

— Nome, idade, Afinidade e onde estão hospedados, para sabermos como entrar em contato caso sejam escolhidos — falou Laurenna. — Se você sabe de alguém específico que tenha desaparecido, os secretários podem checar a lista pelo nome. E, por favor, reporte qualquer desaparecimento do tipo para Zhari. Ela tem muito orgulho do programa e se preocupa bastante com seu sucesso.

Apesar do calor artificial criado pelo encantamento na varanda, tive um calafrio. A informação que Laurenna disse estar catalogada na lista era mais do que suficiente para encontrar possíveis alvos de sequestro.

— Se a lista é mantida em segurança, parece que as pessoas só estão espalhando rumores. — Eu não queria que ela soubesse que eu tinha planos de continuar a investigação nem que suspeitava que o povo de Sonnenborne estivesse envolvido. Seria muito melhor procurá-la quando tivesse provas em mãos.

— Existe sempre muita coisa sendo falada na corte — reconheceu Laurenna.

— O mesmo acontece em minha terra natal — falei, decidindo omitir o fato de que, com muita frequência, a fofoca era sobre mim e qualquer bobagem inapropriada que os cortesões achassem que eu estava fazendo. Na maior parte do tempo, a verdade era apenas a metade do que eles falavam. Perguntei-me o que eles estariam falando sobre mim agora, ou se eu havia sido esquecida porque saíra do reino. Será que eles se lembravam da princesa que passava o tempo todo no estábulo? Ou tinham escândalos mais recentes para apagar as memórias de coisas como o banquete da noite que antecedeu o casamento de Denna, quando eu a beijei a caminho da saída, dizendo a ela que aquilo era algo para que se lembrasse de mim?

Meu coração ficou apertado pela lembrança dela. Naquela noite, eu estava preparada para desistir dela — havia decidido que aquele era o único caminho a seguir, já que não aguentaria vê-la se casar com meu irmão. Mas agora ela havia ido embora em seus próprios termos, e eu nem tive a chance de tentar convencê-la a ficar. Ela nem havia me dado um beijo de despedida.

—Vamos pegar mais comida — disse Fadeyka, puxando-me para longe da sua mãe e me tirando de meu devaneio. A dor continuou em meu peito enquanto a garota me guiava pelo buffet que os criados haviam liberado. Deixei que ela me ajudasse a encher meu prato com qualquer coisa que achasse que eu deveria experimentar. Pequenos peixes fritos empanados com partículas douradas na massa. Maçãs cortadas em fatias tão finas que eram quase transparentes, misturadas com ervas e um rico e cremoso molho delicadamente picante. Lombo de veado servido com frutinhas de um roxo escuro que não reconheci. Uma concha de purê de batata batido com alho e queijo local.

O tempo todo, fiquei de olho em Eronit e Varian, que enchiam os próprios pratos e ocupavam uma mesa no centro do ambiente. Eu teria que tentar conversar com eles se quisesse respostas. Peguei meu prato, onde havia perigosas pilhas de comida graças a Fadeyka, e serpenteei em direção à mesa deles.

—Você não é sutil — comentou Fadeyka com a boca cheia de pão rechado com uvas-passas que eu, felizmente, conseguira evitar.

— Não estou tentando ser. — Fiz uma careta para ela.

Ela riu de modo irritante.

— Quando alguém que é direta tenta ser indireta, raramente dá certo.

— Pelo menos não sou eu quem está comendo pão cheio de cadáveres de uvas tristes e enrugadas — falei.

Ela deu outra mordida e sorriu com alegria, totalmente indiferente ao meu insulto.

— Lady Eronit e Sir Varian — cumprimentei. — Que bom voltar a vê-los. — As palavras teriam soado formais e educadas, se eu não as tivesse dito com toda a elegância de um cavalo parando para cagar no meio de uma apresentação.

Eronit sorriu, aparentemente se divertindo com meu constrangimento.

— Quer se juntar a nós, Vossa Alteza? — perguntou. De alguma forma, o sotaque carregado que me fazia lembrar de Kriantz e sua traição soava muito mais suave e gentil em sua boca. Varian olhou para mim e Fadeyka, franzindo o cenho. Aparentemente não éramos a companhia de sua preferência.

— Como vão seus estudos? — perguntei, colocando meu prato abarrotado na mesa.

— Ah, muito bem! — contou Eronit. — É lamentável que esta região enfrente uma seca tão séria, mas isso nos deu uma boa oportunidade de trabalharmos com os horticultores locais para testar a resistência das plantas.

— Isso é bom — falei. Se seu interesse em plantas fosse apenas uma história de fachada, Eronit certamente havia se dedicado a ela com grande entusiasmo.

— Como está o seu cavalo? Está sendo difícil mantê-lo em forma aqui? — Eu não conseguia ver o menor indício de malícia ou subversão em seus olhos.

— Não estou cavalgando com a frequência que deveria — admiti e imediatamente me senti mal. Era provável que Flicker estivesse muito feliz por passar o tempo devorando todo o suprimento de feno da Corte Invernal, mas ele ainda era jovem. Um animal de cinco anos em crescimento deveria praticar manobras moderadamente avançadas àquela altura, mas a Corte Invernal também não tinha tudo que eu teria em Mynaria — uma arena maior, bonecos de treino e trilhas fáceis para ganho de condicionamento.

— Achamos a arena coberta daqui bastante desafiadora — acrescentou Varian. — Nossos cavalos do deserto estão acostumados a grandes distâncias, e é melhor condicioná-los em terreno aberto.

— Isso é difícil quando cavalgar nem é permitido na cidade. — Balancei a cabeça e comi um pouco da salada de maçã.

— Mas andar por aí a pé é bem fácil — disse Eronit.

— Ah, vocês passam muito tempo fora da corte? — perguntei. — Ainda não explorei muito a cidade. — Eu só seguira Alek, o que havia provado ser monumentalmente entediante.

Varian lançou um olhar cauteloso para Eronit, que ela não viu ou ignorou de propósito.

— Nossos estudos nos mantiveram aqui pela maior parte do tempo, mas ocasionalmente visitamos amigos. É bom poder falar nossa língua nativa ou comer um prato preparado com os temperos de nossa terra. Deve ser difícil para você estar tão longe de casa. — A expressão de Eronit continha muita solidariedade equivocada.

Eu me segurei para não dar a resposta que teria dado em outras circunstâncias: que eu duvidava que alguém em casa sentisse minha falta.

— Aqui é bem diferente — disse.

— Mas a comida é boa — Fadeyka entrou na conversa. — Experimente o peixe.

Olhei para ela desconfiada.

— Não vai ser como aqueles biscoitos horríveis, né?

Fadeyka arregalou os olhos, fingindo ofensa.

— Não é culpa minha que você tenha um mau gosto terrível.

— Estão realmente muito bons — Eronit me tranquilizou.

Peguei um com o garfo e mordisquei. O sabor era delicado e salgado, e a crosta crocante e dourada derretia na boca.

— Há algum lugar na cidade que recomendem visitar? — perguntei, curiosa para saber onde suas explorações para fora do castelo os havia levado.

— Geralmente visitamos amigos, não tivemos muito tempo de explorar a cidade além dos lugares que foram úteis para nossos estudos — disse Varian.

— Existe um jardim botânico lindo perto do distrito dos padeiros — mencionou Eronit.

— Parece adorável — falei. Eles obviamente não diriam que lugares visitavam quando saíam da corte. E por que diriam, especialmente se tivessem algo a esconder? Aquilo tudo só me deixou ainda mais desconfiada.

No dia seguinte ao almoço, fiz uma visita aos secretários logo pela manhã, na esperança de encontrar o mestre de registros antes que a papelada do dia o soterrasse. A sala dos secretários não possuía janelas, era quente e muito bem iluminada, bem no coração da torre da Corte Invernal. Armários ornamentados de madeira cheios de gavetas trancadas preenchiam toda as paredes, e estantes altas contendo ainda mais gavetas dividiam a sala como um labirinto. Os secretários se sentavam em cubículos entre as estantes e cada um deles desbravava pilhas de papel. O mestre de registros era um homem mais velho, com cabelos brancos finos que pareciam montes de algodão dos lados da cabeça, e eu o encontrei debruçado sobre sua própria pilha de documentos, examinando-os cuidadosamente e tomando notas em uma bonita caligrafia zumordana.

— Com licença — falei.

Ele parou e me olhou por cima dos óculos de leitura empoleirados na ponta de seu nariz.

— Se tiver documentos para entregar, começo a aceitá-los uma hora antes do almoço e nem um segundo antes. — Ele voltou a examinar suas páginas.

— Na verdade, eu só queria dar uma olhada nos registros relacionados ao programa mágico para pessoas de baixa renda — expliquei.

Ele suspirou, então procurou em um grande molho de chaves em sua mesa e me entregou uma simples chave prateada.

— Credenciais?

— Sou a Princesa Amaranthine de Mynaria — disse, sentindo-me sem jeito ao usar meu título.

—Armário quarenta e oito, no final da fileira — anunciou, alheio ao meu desconforto.

— Obrigada — agradeci e me apressei até o armário. Ele se abriu sem dificuldade, e tudo estava meticulosamente organizado. Havia, entretanto, um espaço grande na frente do arquivo e, quando encontrei a lista, soube imediatamente que algo estava errado. A última data que vi no registro indicava solstício de verão. Aquilo não podia estar certo se o maior influxo de usuários de magia acontecera no outono. Retornei para o mestre de registros.

—Alguém pegou emprestado os registros de outono? — perguntei.

Ele se recostou, claramente mais irritado ainda pela segunda interrupção.

— Emprestar registros desta sala não é permitido.

— Eles desapareceram — falei.

— Não podem ter desaparecido. Acabei de revisar, no começo desta semana, uma parte recente do livro-razão com a grã-vizir, e aqueles estudiosos de Sonnenborne os consultaram ontem mesmo. — Ele empurrou os óculos nariz acima, conseguindo apenas entortá-los.

Quando ele mencionou Zhari, comecei a duvidar de mim mesma. Talvez eu só fosse ruim em achar as coisas, ou meu entendimento rudimentar de zumordano me impedia de compreender a data. Mas, à menção de Eronit e Varian, minhas suspeitas aumentaram.

— A menos que um de seus secretários esteja com os registros neste exato momento, acho que eles foram roubados — disse.

O mestre de registro bufou, irritado, ficou de pé e andou vagarosamente até o armário quarenta e oito. Quando ambos ficamos de frente para ele, devolvi a chave e ele abriu a gaveta. Ele passou pelos registros em um ritmo glacial enquanto eu me mexia ansiosa até que ele finalmente se virou para mim revelando confusão em seus olhos verdes remelentos.

— Os arquivos de outono desapareceram — disse ele.

— Então foram roubados mesmo. — Odiei que meu medo tenha sido confirmado.

GELO & SOMBRAS

Ele se moveu mais rápido do que eu achava que fosse capaz, e logo a sala inteira se tornou um turbilhão de secretários frenéticos procurando por todos os lados pelos documentos perdidos, que não foram encontrados. Assim que ficou claro que o livro de registros não apareceria, esgueirei-me para fora da sala, sozinha com meus pensamentos confusos.

Zhari não teria motivo para roubar os registros do programa de que se orgulhava. Além disso, Eronit e Varian foram os únicos visitantes mencionados pelo mestre de registro. Se estavam com a lista, certamente tinham planos para ela. Eu precisava descobrir que planos eram esses.

DEZOITO

Dennaleia

Acordava todas as manhãs com medo pela distância entre mim e Mare, o estômago doía como uma ferida que não cicatrizava. Todas as noites ia para a cama com dores, hematomas ou cortes — às vezes as três coisas. Mesmo tendo encontrado minha Visão, graças à ajuda da rainha, ainda não era o suficiente para me fazer competir com os outros aprendizes. Eu finalmente aprendi a me blindar, mas não com naturalidade. Mesmo com várias horas de prática por dia, só fui capaz de fazer meus escudos me protegerem de ataques frontais, e só conseguia sustentá-los por um curto período.

Brynan me colocava com Evie na maioria das vezes, apesar de ter praticado com Tristan em algumas ocasiões também. Eu usava apenas minha capacidade de blindagem com eles, com receio de que, se os atacasse, pudesse ferir alguém seriamente. Eles pegavam leve comigo, sem dúvidas porque eu não era tida como uma ameaça aos outros competidores. Todos nós assumimos nossos papéis bem depressa. Ikrie e Eryk eram claramente os favoritos para o Festival — Ikrie poderia usar a força do pensamento para mover sua magia do ar e derrubar alguém, e Eryk poderia manipular a mente das pessoas e fazê-las se voltar contra si mesmas.

De noite, eu tocava a harpa, deixando que ela me aliviasse das dificuldades cotidianas. Ela me ajudava a me sentir no controle de novo e silenciar os pensamentos sobre Mare que surgiam espontaneamente e me seguiam até a cama todas as noites. Enquanto eu tocava, às vezes minha Visão se voltava para dentro. Lá, eu sentia um profundo poço de magia que nunca havia podido quantificar antes. Agora eu podia Ver minha própria força, e ela me surpreendia. Era tanto assustador quanto reconfortante saber que ela estava lá, mesmo que eu não soubesse desvendar as nuances de tudo o que Via.

Minha redenção só veio no final de minha segunda semana, quando pediram que os aprendizes comparecessem ao jantar com a rainha. Pela primeira vez, teríamos que nos preparar com uma leitura — um enorme tomo sobre estratégia militar que fiquei contente de já ter lido em minha própria língua, anos atrás. Do que me lembrava, o texto era incrivelmente enxuto, e muitas das lições foram memorizadas através de exercícios de estratégia e jogos feitos na companhia de minha família. Em Zumorda, eu imaginava que qualquer aplicação daquelas habilidades envolveria magia, então temi o jantar até a hora em que entrei pela porta e Saia me entregou um cartão.

— Este jantar serve para praticar suas habilidades diplomáticas como uma guardiã — disse ela. — Seu cartão contém informações sobre sua região, suas posses e seus objetivos. Seu trabalho durante o jantar é proteger suas posses e conseguir o que deseja por meio da construção de alianças necessárias. A rainha será ela mesma. Por favor, tome o seu assento.

Atrás de Saia, havia uma mesa posta com uma ampla variedade de talheres. Estudei meu cartão. Eu tirara Valenko e região — não muito longe de Tilium. Minhas posses eram parcas, consistindo, em sua maior parte, em fazendas, mais criação de gado do que plantações. Ao leste, havia os tamers, como aqueles que encontramos em nossa viagem de Duvey a Kartasha. Meu objetivo era obter pedra e madeira para construções. Sorri enquanto tomava meu lugar à mesa. Para um amador, a perspectiva para minha região era sombria, mas este era um jogo que eu sabia jogar. Finalmente, eu colocaria minhas habilidades de princesa em prática.

— O que você tirou? — Tristan se inclinou.

—Valenko.

— Kartasha — disse ele. — Somos vizinhos.

Dez formas de usar e abusar desta informação me vieram imediatamente.

— E você, Evie? — perguntei. Ela estava sentada à minha frente, franzindo o cenho para sua carta.

— As Colinas Noroeste — disse, claramente sem saber o que faria. Suas maiores chances seriam trabalhar com Havemont, além da fronteira ao norte, mas eu não era tola o bastante para lhe dar esta dica antes mesmo de o jogo começar.

Ikrie estava sentada com um sorriso triunfante no rosto.

— Eu tirei Corovja — anunciou. Em sua voz havia o pressuposto de que ela teria a vantagem por ter a cidade da Coroa. Sem dúvida, isso seria bom para sua tendência de dificultar o máximo para os oponentes, mas ela estava redondamente enganada ao achar que isso tornaria o jogo fácil para ela.

Aela e Eryk entraram juntos, sendo os últimos a se juntarem a nós.

— Duvey e as terras do sul — Eryk anunciou, parecendo incomodado. A presunção de Ikrie só aumentou. Franzi a testa. As terras do sul concentravam a maior parte da agricultura de Zumorda, o que significava que eu precisava trabalhar com Eryk para conseguir comida para alimentar meus animais. Ter aqueles dois como vizinhos poderia dificultar a minha vida.

— Orzai — disse Aela, parecendo satisfeita. Eu não a culpava. Seria a minha escolha, se tivessem me dado essa chance. Ser a maior cidade e ter uma localização central eram vantagens em termos comerciais e de recursos.

Todos ficamos em pé quando a rainha adentrou a sala. Ela vestia uma longa saia branca de fartas camadas que refletiam a luz. Apesar da expressão fria, seu rosto ainda era tão adorável como se tivesse sido esculpido em mármore. Mesmo os vincos da idade pareciam deliberadamente criados.

— Bem-vindos ao primeiro jantar diplomático — anunciou a rainha. — Espero que todos se mantenham em seus papéis e trabalhem duro para defender os interesses de sua região. Este é um aspecto importante de seu treinamento, tão crucial quanto o domínio da magia. Se vocês fizeram a leitura prévia, devem estar bem preparados para este exercício.

Os outros aprendizes trocaram olhares nervosos. Meu peito se encheu ainda mais de esperança. Esta noite não haveria magia envolvida e eu havia sido treinada em estratégia diplomática quase desde o nascimento. Nenhum deles sabia com quem estava disputando. Ao final do primeiro prato da refeição, Ikrie e Aela já estavam se engalfinhando em uma disputa sobre licenças de estrada, debatendo se uma nova estrada para o noroeste poderia ser construída no território de Aela. Evie parecia estar completamente perdida, envolvida demais no que estava acontecendo entre as outras duas para perceber que seus melhores recursos estavam do outro lado da fronteira. Já eu estava perfeitamente feliz com minha posição.

— Corovja sofrerá uma escassez de comida durante o inverno — anunciou Ikrie. — Preciso que Valenko mande cem cabeças de gado e cinquenta cabeças de ovelha antes que o inverno nos atinja.

— O que oferece em troca? — perguntei, mantendo a voz agradável.

Ikric me olhou como se eu fosse estúpida, uma expressão que eu estava bem acostumada a ver em seu rosto.

— O que quer dizer com o que eu ofereço em troca? Estou dizendo para mandá-las. A Coroa está aqui, e eu conseguirei ordens assinadas pela rainha.

A rainha parecia se divertir, mas não interveio.

— Ficarei feliz em lhe mandar o gado e as ovelhas se puder arranjar um desconto para a compra deste ano na pedreira de Orzai — respondi. Levar a melhor sobre Ikrie seria, sem dúvidas, a parte mais satisfatória deste jogo, depois de todas as vezes que ela usou sua magia para me machucar.

GELO & SOMBRAS

Ikrie fez uma careta para mim e então para Aela.

— Impossível. Eu não negociarei com Orzai.

— Eryk — falei —, parece haver uma escassez de comida em Corovja. Talvez possamos usar isso a nosso favor. — A única coisa que faria com que Ikrie ficasse ainda mais zangada comigo seria se eu usasse Eryk para levar a melhor sobre ela.

Os olhos dele se estreitaram. Nunca nos falávamos fora do treinamento, e mesmo durante as aulas trocávamos poucas palavras.

—Valenko tem muitos silos onde podemos armazenar grãos e outros produtos duráveis de nossas fazendas — continuei. — Estou disposta a lhe oferecer armazenamento grátis em troca de um silo cheio de feno. Vamos aumentar o preço dos produtos em vinte e cinco por cento e dividir os lucros. O preço-base de venda continua sendo seu, claro.

Eryk abriu a boca e então a fechou novamente. Eu sabia o quanto ele queria falar não para mim, mas não havia furos em minha proposta. Ela era sólida e beneficiava a nós dois. Ele olhou para Ikrie, cujo rosto estava vermelho de raiva.

— Eu aceito — disse ele.

Sorri para minha colher de sopa. Ikrie parecia furiosa.

— Esperem um minuto, eu quero entrar neste acordo — disse Tristan, e propôs outra ideia. Logo eu tinha todo o sul do reino unido para fornecer suprimentos para o norte a preços mais elevados. Tudo através de minha pequena cidade.

Quando encontrei o olhar da rainha, ela me deu um aceno de satisfação. Brynan e Saia pareciam simplesmente confusos. Estavam acostumados com minha estratégia defensiva na sala de treino, onde, com frequência, eu mais falhava do que acertava, e não com este repentino monopólio do sucesso. Meu peito se encheu de confiança. Pela primeira vez, comecei a acreditar que talvez poderia ter êxito no treinamento no fim das contas. Eu tinha pontos fortes, só precisava usá-los.

À minha frente, a pobre Evie parecia estar à beira de um ataque de pânico sobre o que fazer.

273

— Evie — falei —, o que você espera ganhar neste inverno?

— Nossa colheita foi fraca. Tivemos uma geada tardia na primavera e uma geada precoce antes da colheita — disse ela, claramente sem saber o que fazer a respeito. — E nossos cofres estão vazios. Não temos muitos recursos aqui. Apenas cabras e minas de prata.

— Sim — assenti. — Não consigo negociar com Corovja ou Orzai pelas pedras de que preciso para construir novos edifícios em minhas fazendas, e aparentemente precisaremos deles neste inverno. Se estiver disposta a trocar um pouco de sua prata por pedra através da fronteira com Havemont, ficarei feliz em lhe oferecer gado e desconto na taxa de produtos.

— Ei! — protestou Eryk.

— Não se preocupe, você vai receber o preço cheio acrescido de sua metade da taxa de vinte e cinco por cento — expliquei. — Estou oferecendo o desconto apenas de minha porção da taxa.

Eryk se recostou, apaziguado.

— Então tudo bem.

— Claro, posso conversar com os havemontianos — disse Evie, aliviada por ter um plano e agradecida pela ajuda vinda do outro lado da mesa.

— Mas como planeja conseguir os outros materiais para suas construções? — perguntou a rainha. Todos os aprendizes olharam para mim.

— Organizei um encontro com os tamers — anunciei. — Estou preocupada que o aumento de tráfego em nossa região este outono possa incomodá-los, e com receio de que alguns viajantes possam ser tolos o bastante para vagar pelo território deles. Então, gostaria de oferecer a eles alguma garantia de que suas terras estarão seguras e protegidas e verificar se existe algo mais que desejam. Em troca, espero poder coletar algumas árvores caídas nos limites de seu território.

A rainha riu.

—Veja só, você é cheia de surpresas.

Todos na mesa pareciam concordar, e sua expressão era cheia de surpresa.

— Lia — chamou Ikrie, que parecia estar sob tortura —, existe alguma coisa que precise de Corovja?

— O quê? — disse Aela indignada. —Você vai cooperar com ela?

— Gelo — falei. —Venda pela metade do preço e abrirei mão de minha margem de lucro sobre o gado para você.

— Tudo bem — disse Ikrie, concordando, apesar do ódio que ardia em seus olhos.

Eu queria rir. Ela nem tentou negociar. Deveria ter tentado. Eu estava disposta a aceitar um desconto muito menor, mas agora o que eu obteria revendendo os blocos de gelo pelo preço cheio mais do que compensava o desconto que estava oferecendo para ela.

— Mas eu preciso de gelo — interrompeu Tristan.

— Eu sei que precisa. — Sorri. — E ficarei feliz em vendê-lo para você pelo preço cheio.

Tristan gemeu e então riu.

—Você é má — disse, mas eu sabia que havia sido um elogio.

Quando a refeição terminou, Valenko era o centro comercial do inverno, e meus cofres fictícios estavam transbordando. Aela era a única que ainda não tinha negociado nada, e Orzai não conseguira nenhuma das coisas de que precisava. Ikrie sofrera quase tanto quanto ela, seus únicos benefícios provenientes do acordo que fizera comigo. Mas, sem poder vender gelo pelo preço cheio, seus cofres sofreram.

— Bom jogo, todos vocês — disse a rainha, levantando-se depois que o último prato foi servido. — Estão dispensados, e espero que reflitam sobre a lição que aprenderam aqui hoje, sobre quanto custa proteger sua região e obter os recursos de que ela precisa. Jogaremos novamente, mas com tarefas diferentes. Talvez da próxima vez eu dê a cidade da Coroa para Lia, por ter sido a vencedora, para vermos como ela usará isso a seu favor.

O rosto de Ikrie estava vermelho de raiva e Aela se afastou da mesa com desgosto. Todos nós nos despedimos educadamente da rainha, prestando reverências e nos curvando, incluindo Brynan e Saia, que saíram aos cochichos.

— Lia, por favor, fique um momento — pediu a rainha antes que eu pudesse me afastar alguns passos da mesa.

Parei e me virei para encará-la, sentindo uma pequena descarga de nervosismo.

—Vamos para meu escritório — disse ela, mais uma vez abrindo caminho para a sala escondida onde estivera a harpa.

De alguma maneira, o serviço de chá já esperava por nós quando chegamos. Imaginei que uma criada apareceria para servir a rainha, mas, em vez disso, ela mesma preparou as duas xícaras, servindo a água quente com um leve tremor nas mãos. Os aromas de canela e cardamomo flutuavam entre nós.

— O que deseja, Vossa Majestade? — perguntei. Quanto mais eu esperava para descobrir, mais preocupada ficava de que seria algo de que não gostaria.

— Eu normalmente tenho o hábito de passar um tempo extra com o melhor aluno ou aluna de cada grupo de elite — explicou a rainha.

— Mas eu não sou a melhor aluna. — Eu estava confusa. Sim, tinha ido bem no jogo diplomático, mas estava longe de ser a melhor na sala de treino. Eu mal conseguia me blindar, muito menos usar alguma magia ofensiva, a única coisa que Brynan e Saia se importavam em ensinar, de qualquer maneira.

— Talvez não. Mas acho que você vai além disso.

— O que quer dizer? — Eu não sabia o que fazer com minhas mãos, então balancei meu infusor de chá para cima e para baixo algumas vezes em minha xícara.

—Você tem um dom muito forte cujo potencial não utiliza — disse. — Toca harpa bem o suficiente para me fazer repreender meia dúzia de criados por vadiarem no corredor do lado de fora do seu quarto à noite.

Minha boca secou por completo.

— Você acabou de ganhar um jogo diplomático muito difícil ocupando, sem dúvidas, umas das posições mais desafiadoras. — Ela se demorou para tirar os dois infusores de nossas xícaras enquanto o pânico chegava à minha garganta.

— Deve ter sido sorte de iniciante — falei e envolvi minha xícara com as mãos.

A rainha sorriu.

— A modéstia nem sempre lhe cai bem, Lia. Ou deveria dizer... Vossa Alteza?

A magia e o terror preencheram cada centímetro de meu corpo e, pelas batidas de meu coração que se seguiram, tive certeza de que eu incineraria o lugar inteiro. Como ela poderia saber quem eu era? Vinha sendo tão cuidadosa, evitando falar de meu passado. A não ser pelo fato de tocar harpa, meus poucos deslizes podiam facilmente serem atribuídos a bons modos e conhecimentos obtidos sendo a criada de Mare. A rainha se curvou sobre a mesa e colocou uma mão gentil e fria sobre a minha.

— Não fique assustada — disse com uma voz tranquilizadora. — Eu sei quem você é desde a primeira vez que eu a vi. Seu segredo continuará a salvo.

Engoli em seco.

— Todos acham que estou morta. — Mesmo que fosse uma afirmação óbvia, aqui em Corovja, longe de quaisquer pessoas que me amavam ou se importavam comigo, soou verdadeira e profunda de uma forma que nunca havia soado antes.

— Talvez isso deva permanecer assim por ora. — A rainha tomou um gole do chá.

— Como soube? — Empertiguei-me, abandonando meu disfarce e, imediatamente, senti-me mais em minha própria pele do que me sentira em semanas.

— Porque somos do mesmo sangue — disse a rainha.

— O quê? — Minha compostura desmoronou. Sua afirmação fazia tão pouco sentido que imaginei que ela estivesse um pouco desequilibrada. Esperava que ela me contasse que fora porque minhas maneiras eram boas demais, ou que de alguma forma sabia que eu aprendera a

277

tocar harpa em minha antiga vida, ou que havia visto um retrato de minha família em Havemont. A família real havemontiana só possuía conexões com Zumorda através de minha mãe. Mas a mulher que a gerara para meus avós era uma plebeia.

— Estenda a mão — disse a rainha.

Fiz como ela pedia, ficando abalada quando entendi que ela pretendia fazer algo para provar a veracidade de suas palavras.

Com um movimento rápido, ela fez um pequeno corte na ponta de um de meus dedos e espremeu uma gota de sangue dentro do que eu pensei que fosse uma ampulheta. Então ela selou a tampa, virou-a de ponta-cabeça e colocou uma gota de seu próprio sangue do outro lado. A ampulheta se iluminou de modo suave, cada uma das duas gotas de sangue suspensa em sua câmara. Fiquei hipnotizada enquanto elas desafiavam a gravidade, movendo-se em direção ao funil da ampulheta até se juntarem em seu centro, fazendo todo o recipiente se encher de vermelho.

— Antes de minha ascensão ao trono, eu tive um filho — disse ela soando distante. — Mas em Zumorda, não se pode ser mãe e rainha.

— O que aconteceu com ele? — perguntei suavemente.

— Não sei — afirmou ela. — Eu o entreguei para uma pessoa que conhecia desde criança. Uma semideusa. Ela foi embora de Zumorda. Nunca achei que encontraria alguém de minha própria linhagem, mas, quando ouvi sobre a chuva de estrelas...

— Eu pensei que as Afinidades com fogo fossem comuns — disse.

— Não como a sua. — Ela sorriu com tristeza.

— Mas como soube? — perguntei.

— Sua magia me parece familiar, como um eco ou um reflexo do meu próprio poder — confessou. — Eu não sei se posso explicar de uma forma melhor do que esta. Quando Laurenna mandou você para mim e o verium removeu o que restava da raiz-da-paz, logo soube que havia uma conexão entre nós. A princípio pensei que fosse apenas a nossa Afinidade com o fogo. Demorou um pouco mais para eu

GELO & SOMBRAS

descobrir que era algo de sangue. Meus pais foram assassinados antes que eu assumisse o trono. Faz muito tempo que não tenho parentes.

Meu coração se compadeceu dela. Seu governo era mais longo que a vida de muita gente, mas ainda assim ela nunca havia tido uma família.

— Sinto falta da minha família — falei. — E nem mesmo tenho certeza de que eles sabem que estou viva. — A confissão fez meu peito doer.

— Talvez algum dia você os reveja — disse a rainha. — Mas, por ora, entendo a utilidade de manter seu disfarce. Seu segredo não sairá desta sala.

Suspirei aliviada e meus medos se dissiparam, mas perguntas logo os substituíram. Minha mãe só recentemente me contara que tinha sangue zumordano. Ela sabia que o compartilhava com a rainha? Não parecia que soubesse, já que disse que a barriga de aluguel que a gerara era a criada de sua mãe. Isso queria dizer que o filho da rainha e seus descendentes tinham sido criados como plebeus em Havemont. E o que havia acontecido com a semideusa que o criara? Eu nem sabia que semideuses existiam.

— Ainda existem semideuses em Zumorda? — perguntei à rainha.

— Não, criança — disse. — Eles deixaram Zumorda quando seu povo deixou de cultuar os deuses. As únicas pessoas que têm poderes com a metade da força dos semideuses são aqueles com Afinidades Múltiplas, o que é bastante raro. Em alguns casos, os dons dessas pessoas as consomem antes que consigam dominá-los. A Grã-Vizir Zhari é a única dos meus guardiões com Afinidades Múltiplas. Fiquei surpresa com o fato de que o cultista que pegamos em Tilium também tivesse esse tipo de Afinidade, apesar de o poder dele ser muito menor que o dela... e que o seu.

Eu quase me engasguei com o chá.

— Achei que minha Afinidade era com o fogo.

— Existe sempre um elemento que vem mais facilmente ou se manifesta primeiro, mas a habilidade de tocar outros tipos de magia é incomum. Você definitivamente já usou mais de um tipo de magia, não usou?

Concordei. Eu sabia que a pergunta era retórica, mas a resposta também era óbvia. Com frequência, eu era capaz de usar tanto vento como terra. Não era tão fácil quanto chamar o fogo, mas definitivamente podia usá-los para potencializar minha magia de fogo, às vezes até sem intenção. E, como resultado, a escala de destruição era sempre muito maior.

—Afinidades Múltiplas são notoriamente difíceis de serem treinadas. O que funciona para uma pessoa não vai funcionar para outra, e a maioria de nós está acostumado a canalizar a atenção para o tipo de magia que possui. Existem muitas interações desconhecidas entre diferentes tipos de magia, e é difícil prever o resultado ao combiná-las.

Tudo fazia mais sentido. Não era por acaso que eu tinha tanta dificuldade de manter minha magia sob controle. Não era por acaso que metade das coisas que Brynan e Saia me mandavam fazer não fazia sentido ou me parecia volátil demais para tentar. Mas eu ainda precisava aprender. O medo se apossou de mim novamente. Se eu não aprendesse, meu dom poderia me consumir, como a própria rainha dissera. Mas se Zhari e Sigvar eram as únicas pessoas com Afinidades Múltiplas de que a rainha tinha notícias, isso significava que só havia uma pessoa em Corovja para quem eu poderia perguntar sobre meus poderes.

— O que acontece quando a magia de alguém é arrancada? A pessoa ainda pode usar a Visão? Os outros ainda podem Ver vestígios da magia dela? — Eu queria saber se ainda havia algo útil que pudesse obter de Sigvar, pressupondo que o conseguisse localizar.

A rainha franziu o cenho.

— Sim, a Visão permanece, mas pode se tornar mais fraca do que era antes. Já sobre os vestígios, nunca me incomodei em estudar isso. Duvido que fiquem parecidos com os de alguém que é *vakos*.

— Então alguém como Sigvar, por exemplo... ainda seria capaz de usar sua Visão, mas de não manipular magia sozinho? — perguntei hesitante.

Um lado da boca da rainha se curvou para cima.

— A prisão não parece fazer bem a ele, então duvido que a Visão seja sua prioridade.

Então, para surpresa de ninguém, ele estava na prisão. Pelo menos isso significava que eu sabia exatamente onde encontrá-lo.

DEZENOVE

Amaranthine

Perseguir Eronit e Varian foi mais trabalhoso do que eu pensava, mas, pelo menos, foi menos tedioso do que seguir Alek. Eles eram evasivos em lugares públicos. Tentar segui-los durante o jantar não me levou a lugar algum — eles pareciam fazer as refeições a sós em vez de ir aos jantares da Corte Invernal. Felizmente, o lugar mais fácil de encontrá-los era na sala de treinamento, então fiz questão de fazer com que minhas sessões coincidissem com as deles.

— Preste atenção aos seus pés! — Alek gritou desgostoso quando Kerrick conseguiu me derrubar porque eu estava observando, distraída, Fadeyka e o casal de Sonnenborne entrando pela porta. Usei o impulso para me esquivar mais para a esquerda, quase sem conseguir bloquear o golpe da espada de Kerrick.

Alek estava certo. Eu tinha que prestar atenção aos meus pés. Kerrick lutava sujo, e eu sabia disso. Fazia bom uso de sua velocidade e agilidade para compensar o que não tinha em força e tamanho. Os músculos de meus braços se tensionaram quando o empurrei para trás, recuperando-me apenas o suficiente para me colocar de pé. Isso ia doer no dia seguinte, mas eu não me importava. Concentrei-me só em meu oponente e executei a rotina defensiva que Alek estava nos ensinando com perfeita precisão. O foco foi algo que logo comecei a apreciar na luta de espadas. Não havia tempo para pensar em mais nada, principalmente em Denna. Sempre que eu não estava na sala de treino, sua ausência me atormentava no silêncio do meu quarto, na frieza de minha cama solitária e na ausência de seus conselhos sábios e de seu riso gostoso na minha orelha. A maior tortura de todas era a dúvida se ela voltaria ou não um dia.

— Melhorou — comentou Alek. — Repitam mais cinco vezes. Os dois. — Então foi pisando duro em direção a Eronit e Varian.

A parte sem fio da lâmina de Kerrick me tocou nas costelas.

— Distraída?

— Não — disse, e voltei a lutar com uma rápida defesa.

Ele parou minha espada por pouco, mas seu sorriso só desapareceu quando o empurrei por metade da sala e quase o encurralei na parede.

— Você me deve uma cerveja por isso — disse ele, ofegante. — Estarei no Morwen mais tarde se você quiser vir novamente. Harian vai se encontrar comigo para tomarmos umas.

— Talvez — respondi sem me comprometer. Uma bebida não me parecia mal, mas primeiro eu precisava fazer outra tentativa de rastrear Eronit e Varian.

Eu demorei para sair, e fiquei limpando mais algumas armaduras de couro até que Fadeyka terminasse o treino dela também. Como sempre, ela percebeu tudo — inclusive meu comportamento estranho.

— Por que ainda está aqui? — perguntou ela com seus curiosos olhos castanhos.

— Estava esperando por você — disse.

Ela fez uma expressão feliz, e eu me senti culpada. Ela sem dúvidas notara que eu não procurava sua companhia com frequência, porque ela tinha a tendência de se agarrar a mim feito carrapicho.

— Por que você veio com eles hoje? — Apontei o queixo em direção a Eronit e Varian, que pareciam ter terminado a sessão deles também.

Fadeyka deu de ombros e colocou sua espada de treino na parede junto com as outras.

— Eles tiveram uma reunião com minha mãe antes de virem para cá.

— Que tipo de reunião? — perguntei, tentando soar casual. Se estavam falando com Laurenna, tinha que ser sobre alguma coisa importante.

— Coisas chatas — exclamou Fadeyka. — Licenças comerciais que precisam deixar para seus parentes na cidade mais tarde.

Meus olhos se estreitaram quando os olhei novamente. Eles conversavam com Alek, que tinha a típica expressão inescrutável no rosto. Que tipo de licenças comerciais? Imaginei se era uma desculpa para passar a lista de usuários de magia para outra pessoa. Ou, se fosse realmente a respeito de licenças comerciais, aquilo poderia me dar alguma ideia sobre os planos em grande escala em que talvez estivessem envolvidos. Varian deu a Alek um respeitoso aceno quando terminaram de conversar, e ele e Eronit se dirigiram para a porta. Diferentemente de nós, eles não possuíam espadas ou armaduras para guardar, uma vez que lutavam com bastões.

Eu me levantei.

— Obrigada. Eu tenho que ir — disse a Fadeyka e me apressei em direção à porta.

— Espera um minuto. — Fadeyka trotou atrás de mim para me alcançar. — Por que está perguntando sobre eles?

— Só estou curiosa sobre os tipos de negócios que são comuns em Kartasha — inventei na esperança de que ela se desinteressasse. Fora da sala, contornei o lado oposto da fonte, lançando olhares cuidadosos na direção de Eronit e Varian para ter certeza de que não os perderia de vista.

— Então aonde está indo? — perguntou. — Pensei que tinha dito que estava à minha espera. — Confusão e desapontamento lutavam em seu rosto. Eu me senti uma ratazana.

— Sim, eu ia perguntar se você gostaria de cavalgar amanhã — disse.

— Verdade? — Ela ficou radiante.

— Talvez antes do almoço?

Nós saímos do corredor e eu diminuí o passo, deixando Eronit e Varian ganharem distância suficiente para não ficar óbvio que eu os estava seguindo. Quando Fadeyka começou a falar, eles viraram em direção aos portões da cidade em vez de voltarem para a Corte Invernal.

— Acho que dá — concordou Fadeyka. — Mal posso esperar! Você vai me ensinar a saltar?

— Não até que consiga manter o trote sem estribos — disse ironicamente.

— Aonde você vai agora? — perguntou. Estávamos nos aproximando dos portões da saída.

— À cidade — respondi. O tráfego de pedestres estava ficando mais intenso perto do portão e temi perder meus alvos.

— É melhor eu ir com você — falou ela com uma autoridade não condizente com a idade.

Bufei.

— Duvido que seus pais gostem disto. Você não tem que dizer a eles por onde anda?

Fadeyka chutou uma pedra em seu caminho.

— Mamãe não vai se importar. Ela ficará em reunião com a Zhari a tarde toda.

— E o seu pai? — perguntei. Ocorreu-me pela primeira vez que nunca ouvira Fadeyka falar dele.

— Meu pai morreu — disse ela em uma voz neutra.

— Sinto muito — falei baixinho. Quaisquer que fossem os sentimentos dela em relação ao pai, eu poderia imaginar todos eles com facilidade. Eu perdera tantas pessoas antes de deixar Mynaria e, mesmo conseguindo colocar esta dor de lado durante as horas de vigília, o pesar ainda assombrava meus sonhos. Eu nunca pudera provar meu valor para meu pai antes de sua morte, e saber disso me machucava como uma espada. De alguma forma, sua morte tinha feito as lembranças de minha mãe ressurgirem e, com frequência, eu ficava deitada acordada me lembrando de como havia sido perdê-la. Mesmo oito anos depois, eu ainda me lembrava exatamente das figuras nas barras de sua mortalha azul. As velas do funeral ainda queimavam em minha mente como haviam queimado em minha janela por meses depois que ela morreu, até que eu percebesse que orações não iriam trazê-la de volta. O pesar nunca se foi — só mudou de forma e cresceu com cada perda adicional.

Fadeyka deu de ombros, mas pela primeira vez ficou em silêncio. Distraída, ela passou seu dedão pelas costas de seu pingente em forma de estrela de sete pontas.

Eu queria dizer alguma outra coisa para que ela soubesse que eu entendia, mas não sabia por onde começar. Eu havia lidado com a morte da minha mãe me tornando o mais diferente dela que pude e guardando sua lembrança em um pedaço de minha vida que eu mal reconhecia como minha agora. Eu ainda estava lidando com a perda de meu pai. Não havia nada que eu pudesse oferecer a Fadeyka.

As ruas da cidade inclinavam-se para baixo, oferecendo uma visão estonteante dos campos do entorno. A colheita já havia passado, e a vegetação estava baixa e marrom. O ar frio e seco balançava as capas. As ruas cheias tornavam difícil ficar de olho em Eronit e Varian à nossa frente, mesmo com a descida a nosso favor. O que ajudava ainda menos eram os outros cidadãos de Sonnenborne que eu via passando ou trabalhando em vários estabelecimentos pela estrada. Agora que estávamos fora da cidade, Eronit e Varian não se destacavam da forma que faziam na corte. Estiquei o pescoço, tentando ver por cima da multidão.

— Eles viraram à direita na rua Halvard — disse Fadeyka.

Olhei para baixo, surpresa por ela haver descoberto minha missão com tanta facilidade.

— Como você sabe?

— Às vezes minha magia me dá dicas — admitiu ela.

Um arrepio de desconforto percorreu meu corpo. Mesmo grata pela ajuda de Fadeyka, mentiria se dissesse que a menção à magia não havia me deixado um pouco nervosa, ainda mais por saber que ela não a tinha totalmente sob controle. Eu sabia que deveria lutar contra os estereótipos de minha terra natal, mas a queimadura em minha cintura era uma lembrança constante de quão perigosa a magia podia ser. Denna não tivera a intenção de me machucar, mas eu não podia mudar o fato de que ela me machucara ou de que era tão fácil para pessoas como ela machucar pessoas que eram *vakos*. Uma culpa se seguiu aos meus pensamentos. Eu não conseguia mudar a forma como via a magia e estava tentando ao máximo ser receptiva e ter uma mente aberta. Mas meus esforços não tinham sido suficientes para evitar que Denna sentisse que eu não a apoiava e acabasse me abandonando. No fim, a culpa por ela ter ido embora tinha sido minha, e eu só podia culpar a mim por destruir o relacionamento mais importante da minha vida.

Fadeyka e eu forçamos passagem por um vendedor que gritava o preço de frutas e vegetais e viramos à direita na Halvard. E, veja só, avistei o cabelo avermelhado de Varian vários metros à nossa frente.

— É parecido com o dom de sua mãe? — perguntei, relembrando que Laurenna podia rastrear a fonte de energias mágicas. — Magia da água?

— Pode ser, mas não tenho certeza — ponderou Fadeyka. — Normalmente é possível dizer qual é a sua Afinidade antes mesmo de completar dez invernos — disse. — Meu amigo Turi sempre amou os jardins e leva jeito com as plantas. Afinidade com terra. Minha mãe cresceu nadando no Lago Vieri desde pequena. Sua família a chamava de Peixinho. Afinidade com água. Eu? Não sei. Às vezes tenho uma vaga noção de onde as pessoas estão. Às vezes posso andar na chuva sem me molhar. De quando em quando, acho que faço o vento soprar mais forte. E teve aquela coisa que aconteceu na sala por acidente. Mamãe não tem certeza se eu tenho Afinidades Múltiplas ou se minha magia ainda não se consolidou. Ela acha que ficará mais claro quando eu tiver minha manifestação.

Fizemos uma curva fechada à esquerda para continuar seguindo Varian e Eronit, mas tivemos que ficar um pouco para trás. O tráfego diminuía, e nossa presença poderia se tornar óbvia se não tomássemos cuidado. A rua pela qual caminhávamos terminava em um parque urbano. Trilhas de paralelepípedos serpenteavam em meio a arbustos altos, cercadas por sebes de azevinho bem aparadas. Eronit e Varian viraram à direita. Estendi o braço para segurar Fadeyka e espiei cuidadosamente antes de virar a esquina para continuar seguindo-os. Eronit e Varian haviam parado na porta de uma pensão ou residência logo depois da curva. Recuei depressa, esperando não ter sido vista.

—Varian, Roni! — A voz de um homem os recebeu com entusiasmo. — Têm os papéis?

— Sim, tudo está em ordem — disse Eronit.

— Que as areias sejam louvadas! — exclamou o homem do lado de dentro. — Tenho vinte pessoas esperando por trabalho e um carregamento chegando em apenas alguns dias. Benditos sejam vocês dois.

Varian fez uma pergunta que não consegui entender.

— Sim, claro. Os empréstimos já estão em ordem — esclareceu o outro homem. — Entrem um pouco. Nosso primo mandou uma caixa de excelentes algarobas com sua última remessa. Um pouco de éfedra também. — Eu podia ouvir o leve sorriso em sua voz e sabia por seu tom que o primo sobre o qual comentara não era da família.

Eronit e Varian aceitaram o convite e ouvi a porta se fechar atrás deles. Amaldiçoei o tempo frio e o fato de ninguém estar com a janela aberta. Não havia jeito de saber o que estava sendo conversado do lado de dentro. Que negócios? Que carregamentos?

—Vamos atravessar até o parque — sugeri. Podíamos nos esconder atrás de uma das sebes de azevinho e esperar que Eronit e Varian reaparecessem.

—Você está agindo muito estranho, mesmo para alguém que está se esgueirando atrás das pessoas — comentou Fadeyka. — O que exatamente está tentando fazer?

— Eu preciso saber o que Eronit e Varian estão fazendo na Corte Invernal — expliquei.

— Isso é simples. Eles são estudiosos — disse Fadeyka.

— Estudiosos que conseguem documentos comerciais para "parentes" misteriosos? — perguntei.

— Acho que sim. — Ela parecia incerta. — Eronit é uma historiadora e horticultora e Varian é especialista em políticas tribais em Sonnenborne. Eu os ouvi discutindo essas coisas com minha mãe.

— Eles me disseram que estavam estudando magia e plantas — falei, minha desconfiança crescendo. — Além disso, por que um especialista em políticas tribais viria até Kartasha para aprofundar seus estudos? — Tudo o que ele precisava saber estava em sua terra natal. — E por que ajudariam outras pessoas de Sonnenborne a abrir novos negócios aqui?

— Nós sempre fizemos negócios com Sonnenborne e permitimos que seu povo realizem transações autorizadas aqui. — Fadeyka deu de ombros. — Kartasha é conhecida por sua neutralidade.

— Sou bem a favor do livre mercado, mas o ataque a Duvey não parece uma ameaça a isso? — questionei. — Sem mencionar que eles tomaram conta de uma cidade em minha terra natal, que é uma cidade comercial menor. O que garante que não acontecerá novamente, mas em larga escala?

Fadeyka franziu a testa.

— Nada.

— Exatamente.

Eu me sentei nas pedras frias de uma das trilhas, em um local onde poderia espiar a porta da pensão através do azevinho. Os arbustos pelo menos cortavam um pouco do vento, apesar de a friagem do chão já se infiltrar em meus ossos. Depois de ficarmos pelo menos meia hora sentadas no chão duro, até meu traseiro estar dormente e Fadeyka estar inquieta devido ao tédio, Eronit e Varian finalmente apareceram. Eu me agachei e me inclinei para a frente, mas não consegui ouvir nenhuma de suas palavras de despedida para o homem à porta. Em vez de voltarem pelo caminho pelo qual tinham vindo da Corte Invernal, eles continuaram andando pela rua.

—Vamos — falei, puxando Fadeyka até que ficasse de pé. Coloquei o capuz de minha capa e tentei andar como se não estivesse com muita pressa. Varian e Eronit mantiveram um passo rápido, ao que parece rumo a uma rua mais movimentada do outro lado do parque. Nós os seguimos por um distrito têxtil, onde os assistentes das lojas recolhiam os mostruários. Entre estes trabalhadores reconheci muitos como sendo de Sonnenborne, mas não teria reconhecido outros se não os tivesse ouvido falar uns com os outros em sua língua. Para mim, parecia estranho haver tantas pessoas fortes e jovens de Sonnenborne trabalhando em um distrito têxtil quando claramente poderiam ter encontrado trabalhos melhores. Nenhum deles tinha idade avançada e havia poucas crianças à vista, a não ser aquelas que seguravam as mãos de seus pais a caminho de casa.

Passado o distrito têxtil, uma rua fazia uma curva acentuada para a esquerda. As construções que a ladeavam eram próximas umas das outras, como aquelas em que havíamos ficado ao chegar em Kartasha. Elas fervilhavam de movimento, e lâmpadas eram acesas do lado de fora enquanto a luz do céu nublado diminuía. Meus passos desaceleraram quando passamos por uma fachada caiada onde uma mulher usava a ponta do dedo para acender as lanternas penduradas nas calhas. As chamas lambiam inofensivamente seus dedos, lembrando-me da forma como havia visto tantas vezes Denna tocar o fogo. Um confuso turbilhão de emoções me fez perder o fôlego. Como algo que me assustava podia me lembrar de alguém que eu amava tanto? A mulher notou que eu a observava e sorriu. Eu me virei depressa.

— Pode usar aquele seu dom novamente? — pedi a Fadeyka.

Ela me pegou pelo pulso e me puxou para a frente, franzindo o cenho de concentração. Alguns quarteirões depois, paramos em frente a uma construção bem cuidada. A porta se abria a cada poucos minutos quando alguém entrava ou saía, e uma placa na porta exibia um cálice rachado e as palavras "A Taça Quebrada".

Hesitei. Por um lado, entrar com uma criança em um bar parecia suspeito. Por outro, eu não poderia deixar Fadeyka do lado de fora, sozinha no meio da cidade. Mas, antes que eu tivesse a chance de dizer alguma coisa, ela já havia passado pela porta, fazendo com que eu tivesse que correr atrás dela.

— Espere! — chamei. O interior era bem iluminado com lanternas a óleo, mas barulhento e lotado o suficiente para o fato de eu ter tentado agarrar o braço dela ter passado desapercebido. É claro que não consegui segurá-la.

A seu favor, ela tinha o fato de ter mantido o capuz levantado e deslizado por entre as pessoas como uma sombra. Ela diminuiu o passo quando chegou ao fundo do salão. Esperou até que Eronit e Varian se acomodassem em uma mesa, então se enfiou em um canto separado do resto do salão por uma pesada cortina preta.

— O que você está fazendo? — sussurrei enquanto deslizava para trás da cortina junto com ela. — O que é isso?

— O armário dos músicos — explicou, gesticulando para alguns objetos grandes atrás de nós. — Eles não costumam começar antes do sol se pôr.

Lancei-lhe um olhar de suspeita que ela não viu ou ignorou. Ela obviamente não era nova nisso de se esgueirar por aí em lugares em que não deveria estar, e não devia ser a primeira vez dela naquele lugar. Tínhamos mais em comum do que eu queria admitir. Puxei a cortina para o lado para deixar apenas um pouco de luz entrar, iluminando uma pilha de estojos de instrumentos empilhados ordenadamente atrás de nós. O estojo de couro do violoncelo estava encostado no canto, bem maior do que o dos outros instrumentos. Se não fosse pela leve camada lustrosa de óleo, poderia ser o da minha mãe. Senti um nó no estômago.

— Parece até que você acabou de ver uma espada coberta de sangue em vez de um instrumento musical — comentou Fadeyka.

— Estou bem — disse, virando-me para espiar pela cortina e tentando espantar as memórias.

— Você toca? — perguntou a garota.

— Minha mãe tocava — expliquei, com a voz tensa. — Ela já morreu. — Eu não queria que Fadeyka fizesse mais perguntas.

GELO & SOMBRAS

Mantivemos os olhos fixos no salão, mas uma mão pequenina pegou a minha. A compreensão dela fez meu peito se contrair como se uma ferida profunda tivesse voltado a se abrir dentro de mim. Ela sabia exatamente como era perder um dos pais. Muitos anos atrás, minha mãe e eu visitávamos lugares assim. Pegávamos um instrumento como aquele de um estojo para dar um show. Usávamos perucas gastas, penas e roupas de camponeses de todo tipo para parecer com tudo, menos com o que nós éramos — a realeza. Mesmo agora, eu ainda podia sentir o zumbido das notas do violoncelo, gravadas bem fundo em meus ossos.

Fui arrancada de um poço de lembranças que ameaçavam me afogar pela visão repentina de um cabelo escuro alguns passos à frente. Eronit comprara três bebidas. Ou ela estava com muita sede ou alguém se juntara a ela e Varian. A garçonete usou magia para servir as bebidas, fazendo sair o líquido das garrafas para dentro das taças em arcos que desafiavam a gravidade. Espiei cuidadosamente de detrás da cortina para ter uma melhor visão da mesa que Eronit e Varian haviam ocupado, que ficava perto o bastante para que conseguíssemos ouvi-los. Ela colocou as bebidas na mesa, bloqueando temporariamente minha visão, e então se sentou em uma cadeira ao lado de Varian, apertando o braço dele. Depois, sorriu de modo caloroso para a pessoa que estava sentada a sua frente, cujo rosto familiar fez meu sangue gelar.

Alek.

— Pelos Seis Infernos! O que ele está fazendo aqui? — murmurei. Eronit e Varian tinham acabado de falar com ele na sala de treinamento. Por que estariam bebendo aqui agora?

— Conseguiram pegar? — perguntou Alek, agarrando uma taça que quase desapareceu em sua mão enorme.

Varian fez que sim com a cabeça e tirou um maço de papéis de sua bolsa e os passou por cima da mesa para Alek.

— Obrigado — falou Alek com uma rara demonstração de interesse.

— Por favor, não deixe esta informação cair em mãos erradas — disse Eronit, soando preocupada. — Se alguém descobrir que pegamos estes papéis...

— ... sua posição na corte estaria em risco — finalizou Alek. — Não se preocupem. Podem confiar em mim. Eu não tenho nada a ganhar entregando-os.

— As tribos acreditam piamente que este é o caminho para revitalizar nosso reino — confidenciou Eronit. — Reintroduzir a magia poderia mudar tudo.

Varian se inclinou para a frente e fez um comentário que não consegui entender. Olhei para Fadeyka, cuja expressão parecia variar entre choque e raiva.

—Alek está conspirando contra Zumorda? — sussurrou Fadeyka.

— Parece que no mínimo está ajudando Sonnenborne — respondi com severidade. Pela primeira vez, fiquei me perguntando se ele teria tido alguma coisa a ver com os sequestros em Duvey. Poderia ter sido ele quem avisou aos cavaleiros de Sonnenborne que o castelo estaria com as defesas vulneráveis graças ao envio de soldados para acompanhar a rainha em Kartasha? Tudo fazia muito sentido.

Fadeyka xingou, usando uma linguagem que eu esperava que ela não tivesse aprendido comigo.

—Acho que sua mãe está prestes a ter outra razão para odiar Alek — concluí. Vamos ter que entregá-lo.

VINTE

O único problema com o plano de rastrear Sigvar era que eu precisava de algum tempo para colocá-lo em prática, e minha extenuante rotina de treino impossibilitou isso por quase uma semana. Por fim, sem me permitir pensar demais sobre o assunto para não me sentir culpada, mandei um recado para Saia e Brynan com o aviso de que não me sentia bem. Então me esgueirei para fora do meu quarto e fui direto para a biblioteca. A prisão tinha que estar marcada nas plantas que eu havia encontrado por lá.

A poeira e a bagunça estavam da mesma forma como as havia deixado anteriormente; eu parara na metade da limpeza e organização do primeiro andar. Fui imediatamente até o baú cheio de projetos arquitetônicos e os organizei do mais velho para o mais novo. Infelizmente, a tarefa não me revelou nada — não parecia que a prisão fosse dentro dos muros do castelo. Guardei os pergaminhos de volta no baú sentindo o peso do desapontamento. De que outra forma eu encontraria Sigvar para lhe perguntar sobre as Afinidades Múltiplas? Esperava que ele tivesse algum conhecimento de como usar melhor e treinar o meu poder — ele parecia controlar muito bem o seu antes de a rainha tê-lo arrancado dele.

Deixei a biblioteca e voltei para meus aposentos, decidida a dedicar algum tempo à harpa, aperfeiçoando minha Visão. Se alguém descobrisse minha mentira sobre estar doente, seria mais fácil pedir desculpas por fugir das aulas se estivesse usando esse tempo para trabalhar habilidades relacionadas.

Acomodei-me no banquinho perto do instrumento e comecei a me aquecer. A princípio, meus dedos estava duros e frios enquanto fazia progressões de escalas ascendentes, praticando arpejos e acordes assim que senti que a familiaridade com o instrumento retornava. Toda vez que eu errava uma nota, pensava no olhar de reprovação que meu instrutor em Havemont teria me dado, e lentamente minha precisão e entonação melhoraram.

Uma composição de estudo pareceu ser a escolha certa para exercitar minha Visão, então comecei com uma canção em ré menor. Esvaziei minha mente de tudo menos da música. Quando desfocava minha visão e olhava para as coisas sem querer enxergá-las, eu podia Ver todo tipo de coisa. Uma pequena família de camundongos corria por uma passagem na parede, e as luminárias em meu quarto cintilavam com os encantamentos que as mantinha brilhando.

Não parei de tocar até que uma outra coisa apareceu em minha Visão — uma figura humana com uma aura púrpura que senti do outro lado da porta. Fiz com que as cordas da harpa se silenciassem e me sentei em silêncio, meu coração disparado, esperando que a pessoa fosse embora. Em vez disso, ouvi uma batida. Entreabri a porta e dei de cara com Tristan.

—Você nos abandonou para tocar harpa, hein? — disse ele com um sorriso irônico.

Corei, envergonhada de ter sido pega. Saia ou Brynan devem ter percebido que eu havia mentido sobre o motivo que me fizera faltar ao treinamento e o mandaram procurar por mim.

— Eu não vou contar — acrescentou ele, afastando parte da cortina de cabelos pretos desarrumados da frente dos olhos. — Que você não está doente, digo. Consegui convencer Evie a não vir ver como você estava.

— Que gentileza por parte de Evie, mas fico grata por você tê-la dissuadido de vir — falei. — Eu não estava com a menor vontade de treinar.

Tristan se largou em uma das cadeiras próximas à lareira.

— Eu não tenho vontade a maioria dos dias.

Balancei a cabeça. Ele parecia ir bem nos treinos, apesar de não ter a mesma ambição e brutalidade de Ikrie ou Eryk.

— Então por que se inscreveu?

— Bom, eu não sou estúpido — afirmou ele. — Negar o melhor treinamento disponível em Zumorda não seria muito esperto. Contrariar os desejos da rainha também não.

— Certo — concordei. Ele tinha razão. — Como você me encontrou?

— O sentido das sombras — explicou.

— Eu não sei o que é isso.

— Eu consigo sentir pessoas que já mataram outras — disse ele. — Sua sombra é mais escura que a da maior parte das pessoas.

Meu sangue se transformou em gelo nas minhas veias. Seu dom expunha com tanta facilidade a minha parte mais obscura. Mesmo que elas tivessem merecido, pensar sobre as pessoas que matara com meu dom me consumia de culpa e tristeza. Eu me senti mal.

— Não fiz de propósito — justifiquei com uma voz baixa.

— Não pensei que tivesse feito de propósito — disse ele. — Sobre o treino, não se preocupe. Você não perdeu muita coisa. Apenas Ikrie e Aela se mostrando para Saia. Acho que elas ainda estão bravas uma com a outra depois de terem se saído tão mal no exercício diplomático. O dano colateral foi feio. — Ele levantou o braço, exibindo uma bandagem logo abaixo do cotovelo.

— Deuses, esse lugar é brutal! — exclamei. Tudo ali era muito difícil; e as pessoas, muito cruéis. Uma pequena parte de mim se perguntava se Mare não estava certa em sugerir que não seria tão ruim ter meus poderes arrancados de mim, mas a ideia ainda me deixava mal.

— Podíamos sair daqui um pouco — sugeriu Tristan com um sorriso astuto.

— O que quer dizer? — perguntei, surpresa.

— Eu sei como poderíamos sair do castelo. Ninguém notaria. Provavelmente. — Tristan parecia um tanto presunçoso.

— Sim, e ninguém notaria se você me matasse e me abandonasse em uma vala por aí — falei. — É provável que os outros aprendizes ficassem gratos.

— Não tenho o menor interesse em fazer algum favor a eles — respondeu ele. — Mas também não me importaria em sair daqui.

Pensei sobre o que Mare faria nesta situação. Eu já havia faltado à aula, o que era algo típico de Mare. E agora me ofereciam a chance de escapar do castelo, mesmo que a rainha tivesse proibido aquilo expressamente. Eu sabia bem o que Mare teria feito e quanta consideração ela tinha pelas regras. Talvez tivesse chegado a hora de eu agir um pouco menos como eu e um pouco mais como ela.

— Certo, tudo bem. Mas se houver uma livraria em Corovja, nós temos que ir lá. — Talvez a livraria tivesse um mapa da cidade que revelaria a localização da prisão. Eu ainda tinha umas moedas de prata que sobraram de nossa viagem para Zumorda.

Tristan franziu o nariz.

— Se insiste. E eu preciso pegar uma garrafa de vinho doce.

— Você gosta de vinho doce? — perguntei incrédula. Aquilo era doce demais até mesmo para mim.

— Não. — Ele corou. — Evie gosta.

Sorri a contragosto. Aparentemente Saia estava errada sobre os aprendizes não desenvolverem amizades — ou, neste caso, talvez algo a mais.

— Tudo bem então. Como é que escapulimos? — perguntei enquanto pegava minha capa.

GELO & SOMBRAS

— Andamos pelas sombras — explicou ele, estendendo a mão.
— Hum, esteja avisada que algumas pessoas acham a experiência desagradável.

Seja lá do que ele estivesse falando, não poderia ser pior do que levar uma surra todos os dias no treinamento — pelo menos foi o que pensei até que peguei sua mão. Nossos dedos se entrelaçaram e, assim que ele segurou minha mão com firmeza, o quarto ficou totalmente escuro. Minha cabeça se pôs a rodar e eu não conseguia sentir o chão firme sob meus pés. Meu estômago revirou como se eu tivesse sido empurrada da borda de uma montanha. Tristan me puxava para a frente através das sombras enquanto gemidos reverberavam por todos os lados, até que eles pareciam vir de dentro de minha própria mente. Vozes sussurravam as histórias de suas mortes e qual foi a sensação que tiveram quando a alma saiu do corpo.

E tão rápido como começou aquilo terminou, quando tropeçamos na neve e o mundo voltou a entrar em foco. Havia placas de pedras por toda a nossa volta, marcadas com nomes e símbolos. Era um cemitério.

— Pelos Seis Infernos, o que foi isso? — perguntei, tomando fôlego e sorvendo grandes quantidades do gélido ar invernal na esperança de reduzir a náusea que ainda se agarrava a meu estômago.

— Demos uma volta pelas Terras Sombrias — explicou Tristan. Ele nem de longe parecia tão incomodado pela experiência como eu estava.

—Você poderia ter me avisado! — disse.

— Eu avisei! — retrucou ele, indignado.

Eu olhei para trás e reparei que as muralhas do castelo eram visíveis à distância. Ele havia nos tirado de lá.

— Benzadeuses, por que você nos trouxe para cá? — perguntei.

— É mais fácil viajar para lugares onde os mortos descansam. Os caminhos estão mais bem estabelecidos.

— Está congelando aqui. Vamos. — Comecei a caminhar em direção ao portão, batendo os dentes. Enquanto passávamos pelas lápides, reconheci os símbolos nelas: pareciam similares àqueles que às vezes eram usados para representar os Seis Deuses. As mais bonitas tinham os sulcos preenchidos por vidros coloridos.

— As Afinidades estão indicadas nestas sepulturas? — perguntei.

— Era costume incluir o símbolo da Afinidade de alguém em sua lápide, sim — explicou Tristan.

— Então o que é este símbolo? — Parei à frente de uma que tinha uma estrela de sete pontas agarrada apenas aos vestígios de uma folha de prata. A lápide era velha e decadente. O nome já não estava nem mesmo legível. A sepultura tinha que ser bem antiga.

— Não sei. — Ele deu de ombros.

— O que quer dizer com "não sei"? — perguntei.

— Em Havemont não marcamos as sepulturas desta forma.

— Não parece que fizeram isso nas mais recentes — observei. Então, o que o símbolo significava neste contexto? Tristan não dissera que as pessoas podiam obter suas manifestações com a ajuda de múltiplos deuses, mas talvez aquilo fosse uma possibilidade. — Poderia simbolizar alguém com Afinidades Múltiplas? — Esta era a única coisa em que conseguia pensar.

— Improvável — disse Tristan, apontando para uma lápide ornamentada com vidro de três cores diferentes. — Estas costumam conter alguma indicação de todas as Afinidades da pessoa.

— Estranho. — Eu me afastei da lápide e continuei caminhando. Meu estômago finalmente se acalmou um pouco enquanto andávamos pela rua em direção à cidade.

— Posso perguntar para minha mãe quando voltar para casa, se tiver uma chance de visitá-la depois que tiver terminado meu aprendizado. Ela pode saber de alguma coisa.

— Sua mãe é especialista em sepulturas antigas? — perguntei.

— Não, mas ela viveu em Zumorda antes de a rainha tomar o trono. Talvez ela tenha visto alguma coisa assim antes.

— Sua mãe não pode ser da idade da rainha — disse. Eu não podia dizer quantos anos tinha a rainha, mas ela já havia passado da idade de gerar um filho havia muito tempo, e eu duvidava que Tristan fosse mais velho do que eu.

Tristan sorriu.

— Minha mãe é uma semideusa. Fui deixado na porta dos meus pais quando eu era um bebê, como muitos dos órfãos que eles recebem.

Eu cambaleei. Por alguma razão, quando a rainha me contou que não existiam mais semideuses em Zumorda, entendi que todos eles haviam morrido.

— Quantos anos tem a sua mãe? — Até onde eu sabia, as coisas não mudavam em Zumorda fazia uns cem anos. Quantos anos teria a rainha?

— Acho que uns duzentos. Talvez um pouco mais ou um pouco menos. Semideuses vivem muito mais do que humanos.

Eu quase me engasguei.

—Você está me dizendo que a rainha também tem duzentos anos? Como isso é possível?

Tristan riu da minha expressão.

— Sim. Vincular-se a uma criatura mágica parece ter aumentado bastante a longevidade da rainha. Mas ela ainda é mortal. Não pode viver para sempre.

Eu nem tinha ideia de que uma coisa assim era possível.

— A expectativa de vida de todos é afetada por suas manifestações? — perguntei.

Tristan balançou a cabeça.

— Não exatamente. Acho que tem a ver com o fato de o dragão ser uma criatura mágica. Escolher uma criatura mágica como manifestação é algo bastante raro, mesmo porque criaturas mágicas não são muito comuns.

Isso significava que, mesmo que fôssemos parentes, a rainha e eu estávamos separadas por muitas gerações. Não é de se admirar que minha mãe não tivesse ideia de que sua linhagem podia ser rastreada até o trono de Zumorda. Então me lembrei do que a rainha dissera sobre as pessoas com Afinidades Múltiplas serem as únicas a terem poderes que se aproximam daqueles dos semideuses.

— Os semideuses têm parentesco com as pessoas com Afinidades Múltiplas? — perguntei.

— Não — disse Tristan. — Semideuses não podem gerar os próprios filhos. Eles normalmente têm poderes que correspondem aos de seu deus progenitor, mas assim como ocorre com nossos dons, existe bastante variação entre os deles.

Andamos em silêncio por alguns minutos e olhei para a cidade ao nosso redor. Como Kartasha, a cidade fora construída ao pé de uma montanha, mas enquanto a maioria dos edifícios de Kartasha possuía telhados de duas ou mais águas, os telhados em Corovja eram longos, inclinando-se por toda a extensão das casas até os fundos. Guarda-neves, estruturas pontiagudas para impedir que a neve escorregasse, despontavam da película de neve que se acumulava em muitos dos prédios.

— É ridículo termos que ficar confinados no castelo durante nosso treinamento — comentou Tristan. — Existe tanta coisa para se ver aqui.

— Tenho certeza que é porque eles não querem que a gente se distraia — disse. Várias comunidades acadêmicas em Havemont possuíam regras similares, com excursões muito controladas.

— Eu não acho que seja uma distração conhecer seu reino — falou Tristan. — Especialmente para alguém que queira se tornar um guardião. Não é a mesma coisa que reinar, mas acho que também demanda um grande entendimento das pessoas da região.

— Esta é uma sábia observação. Mas não estou muito interessada em me tornar guardiã. Não que eles fossem me deixar ser uma, já que eu não tenho uma manifestação.

— É uma pena. Você certamente leva jeito para diplomacia, o que lhe daria certa vantagem. Eu não consegui ficar acordado quando tentei fazer a leitura obrigatória, mas você parecia conhecer o livro de trás para a frente.

GELO & SOMBRAS

Sorri com amargura. Se ao menos ele soubesse por quantos anos eu estudara aquelas habilidades. Não era questão de ter jeito, apenas incontáveis horas de prática.

— Então... onde conseguiremos esse vinho doce para Evie? — perguntei.

— Tem uma casa de bebidas descendo um pouco pela estrada principal — disse ele, acelerando o passo. — Se cortarmos caminho por este beco, chegaremos lá mais rápido. — Ele me guiou para dentro de um beco que fazia uma curva fechada à esquerda e era tão íngreme que tinha degraus.

— Quando você vai entregar para ela? — perguntei.

— Não tenho certeza — resmungou Tristan.

Eu quase dei risada. Ele gostava dela, mas nem se tentasse conseguiria ser mais desajeitado.

— Você poderia convidá-la para beber com você — falei.

— A ideia era ser um presente! — Ele parecia confuso.

— Mas se você a convidar para dividir com você, terá chance de conversar com ela fora do treino — sugeri.

Ele corou.

— Eu não saberia o que dizer.

— Se não sabe o que dizer, faça a outra pessoa falar por você — disse, repetindo o conselho de meu instrutor de etiqueta. — Perguntas são uma forma de se aproximar de seus súditos e mostrar a eles que se importa com o que eles que se importam e que está disposto a escutá-los.

Tristan me olhou confuso.

— Súditos?

— Pessoas — disse apressada. — Eu era criada de uma princesa. Daí, a gente acaba pegando uma coisa ou outra.

Tristan sorriu.

— Não à toa você acabou no meio disso tudo. Magia poderosa e ainda boas maneiras de princesa para completar. E sabe o que é engraçado? Você parece demais com a Princesa Dennaleia de Havemont. Talvez eu devesse começar a te chamar de princesa.

— Pelos deuses, não — pedi. Ele ter passado tão perto da verdade fez com que uma descarga de pânico me desse um soco no estômago. — Já tenho um alvo bem grande nas minhas costas no que diz respeito a Ikrie e Eryk.

— Como desejar, Lady Lia — disse ele com falsa formalidade.

Fitei-o, e isso só fez com que caísse na risada.

Um pouco adiante na estrada, ele me fez entrar pela porta de um estabelecimento de fachada estreita. As paredes de lá estavam forradas do teto até o chão com garrafas de todas as formas e tamanhos imagináveis. Nos fundos, havia uma estante com várias fileiras de diversos tipos de vinho doce, muitos deles locais, mas uma boa quantidade era importada de Havemont. Ver rótulos familiares me encheu de saudades de casa. Havia visto outras safras e garrafas mais exclusivas na coleção de meus pais em casa.

— Bom, por acaso você entende algo sobre vinho doce? — perguntou ele.

— Só o que aprendi vendo a realeza beber às vezes — menti. Eu conhecia quase todos os vinicultores nortistas de boa reputação.

— Eles têm algum desses aqui? — perguntou ele, ansioso.

— Você deve estar mesmo querendo impressionar Evie — provoquei.

— Eu só quero dar a ela algo bom — justificou-se ele, corando um pouco.

— Este — anunciei, pegando uma garrafa com um rótulo roxo brilhoso. Reconheci que era uma versão bem menos cara de um dos favoritos de meus pais. Eles serviam com frequência safras mais raras durante reuniões com mercadores importantes ou outras pessoas que fossem difíceis de se impressionar. Diziam que não era fácil encontrar fora de Havemont.

— Por que esse? — indagou ele, pegando a garrafa e a inspecionando.

— É da sua terra natal, o que diz que tem um significado especial e mostra que você o escolheu com atenção — expliquei. —Também está em uma faixa intermediária de preço, o que significa que não é vinho barato com açúcar, portanto vai ser um bom negócio sem ser absurdamente caro.

— Estou impressionado. Você realmente pensa bastante nas coisas — disse Tristan com admiração.

— Se você não confia em mim, pergunte ao dono da loja. — Gesticulei em direção ao homem atrás do balcão, perto da entrada do estabelecimento. — Eles costumam estar familiarizados com tudo que há no estoque. Acho que este deve ser difícil de se encontrar fora de Havemont.

Outro cliente irrompeu na loja, fazendo a sineta da porta soar. As roupas amarrotadas do homem o envolviam como sacos de lixo, e sua barba já estava alguns dias por fazer.

— E aí, saiu da prisão outra vez, Lestkar? — disse o dono da loja.

— Já faz mais de dez anos que não piso lá, seu velho pateta! — respondeu Lestkar, remexendo em uma prateleira cheia de galões de destilados baratos. Torci o nariz. Eles eram só um pouco melhores do que o álcool que os médicos usavam para desinfetar feridas. Ou seja, nem compensava beber aquilo.

— É melhor você ter dinheiro suficiente para pagar por isso — comentou o dono da loja, provocando mas com um tom firme.

Lestkar balançou a mão para ele e continuou a procurar.

Tristan e eu fomos para a frente da loja para pagar, mas mantive um olho em Lestkar, que se dirigiu para o balcão enquanto Tristan finalizava a compra.

— Isso dá vinte — declarou o dono da loja para Lestkar, dando a última volta no barbante sobre o papel pardo em que havia embrulhado o vinho doce de Tristan.

— Quinze! — gritou Lestkar.

O dono da loja suspirou.

— Era quinze dez anos atrás. Antes de você ter sido jogado na prisão pela primeira vez.

Tristan começou a caminhar na direção da porta, mas o impedi, segurando seu braço.

305

— Eu só tenho quinze. — Lestkar jogou as moedas sobre o balcão.

— Na verdade, aí só tem treze — falou o dono.

— Desculpe-me, senhor — chamei Lestkar. — É verdade que o senhor foi preso?

O homem virou-se e me olhou com uma expressão desconfiada.

— Quem quer saber?

— Sou só uma criada, senhor. Alguém para quem eu costumava trabalhar foi mandado para a prisão, e quero ver se ele está bem.

Tristan me olhou como se eu tivesse ficado louca.

— Não piso lá já faz anos — disse Lestkar. — Nunca mais volto, não senhor.

— A garrafa ainda custa vinte — comentou o dono da loja, claramente perdendo a paciência.

Peguei sete moedas do bolso.

— Eu pago o que falta para comprar sua garrafa se você nos mostrar o caminho até lá — disse.

O dono da loja olhou para minhas moedas cobiçoso e Lestkar olhava de mim para a garrafa. Por fim, decidiu que a garrafa valia o trabalho.

— Tudo bem. Pague e eu mostro a vocês — anunciou. — Mas não vou chegar perto dos guardas nem dividir minha bebida.

— Todo mundo tem os seus limites — respondi sorrindo educadamente.

O dono da loja pegou o meu dinheiro, parecendo aliviado quando saímos. Nem sequer havíamos dado três passos para fora da loja quando Lestkar abriu sua garrafa.

— E então, onde fica? — perguntei.

— Seguiremos a rua principal até a loja de cristais, viraremos à esquerda na rota de mineração e, quando todos os edifícios se tornarem galpões, ela estará no final do quarteirão, na frente do tintureiro. Agora se apressem, porque tenho outros compromissos. — Lestkar deu outro gole em sua bebida e caminhou pela rua principal numa passada surpreendentemente rápida.

GELO & SOMBRAS

— Espera aí, anda mais devagar — Tristan gritou para mim enquanto eu trotava atrás de Lestkar. — Por que, pelo Sexto dos Infernos, você quer ir até à prisão?

— Sigvar — falei, de olho em Lestkar para garantir que ele não tomasse uma direção aleatória. — Preciso de informações que ele tem.

— Que tipo de informação valeria pagar sete moedas e confiar em um criminoso bêbado? — questionou Tristan, subindo o tom da voz.

— Sigvar tem… bem, tinha Afinidades Múltiplas. Acho que ele pode saber alguma coisa que me ajude a entender como dominar meus próprios poderes — expliquei. — Faria uma grande diferença para o meu treinamento.

— Mas como você vai entrar? Não pode simplesmente ir entrando — destacou Tristan.

— Você está certo. Não posso. — Isso não me havia ocorrido. Como princesa, eu não teria problemas em obter permissão para entrar na prisão. Ninguém iria me questionar. Mas não seria o caso aqui. E se houvesse também algum tipo de livro de visitas ou meios mágicos de registrar quem entrava e saía, isso significava que a rainha poderia descobrir onde eu estivera. Eu não poderia arriscar. Xinguei tanto que Mare ficaria orgulhosa.

— Seis Infernos, por que toda informação é tão difícil de se obter neste maldito lugar?

Tristan pensou nisso por um momento.

— Talvez haja outro jeito.

Virei-me para ele.

— Tipo qual?

— Muitas pessoas morrem na prisão — comentou Tristan, deixando que eu compreendesse o resto por conta própria.

— Você está me dizendo que poderíamos andar pelas sombras por lá? — Meu estômago se revirou diante do pensamento, mas eu já podia ver o potencial da ideia. Poderíamos ir de noite, entrar no edifício sem nunca precisar falar com um guarda e escapar a qualquer momento sem ninguém saber.

307

AUDREY COULTHURST

— Estou dizendo que não é impossível — argumentou Tristan.
— Mas me preocupo com onde vamos cair. Eu não estou familiarizado com o edifício, então não há como dizer se sairemos das terras sombrias no lugar certo ou em algum lugar problemático. E eu não posso entrar e sair com velocidade de lugares quantas vezes quiser, porque isso usa uma quantidade considerável de poder.

Mais à frente, Lestkar virou de modo repentino à esquerda, forçando-nos a apressar o passo para segui-lo.

— Tenho uma ideia — declarei. — Ainda iremos à prisão, mas não vamos tentar entrar hoje. Só preciso ter uma noção da configuração dela primeiro. — Eu teria que contar com a cooperação da minha Visão, mas me sentia mais confiante nesta habilidade agora.

— Você é mais problema do que parece. — Tristan sorriu.

— Nem sempre — disse. Eu me sentia um pouco mal em envolver Tristan em meus planos, mas não mal o suficiente para desconvidá-lo. Precisaria de toda a ajuda possível e, para falar a verdade, era bom ter um amigo do meu lado.

— Se ajudar você com isso vai me fazer parar de ser derrubado no treino por uma de suas tempestades de fogo, pode contar comigo — falou ele.

— Não prometo nada — comentei ironicamente. — O solstício de inverno está a menos de uma lua de distância, e eu tenho a impressão de que Brynan e Saia esperam que lutemos pela honra de ter o melhor aprendizado com selvageria.

— Eu vou arriscar — disse Tristan, oferecendo-me seu braço.

Eu ri e envolvi meu braço no dele, e nos apressamos pela rota de mineração com o vento a nossas costas.

VINTE E UM

Depois de minha descoberta no A Taça Quebrada, não havia tempo a perder antes de falar com Laurenna. Mandei que Fadeyka fosse para casa dar a Laurenna uma ideia geral do que havíamos descoberto e não me surpreendi por ter sido convocada por ela naquela mesma tarde.

Nós nos encontramos na sala de estar de Zhari, um ambiente opulento decorado com móveis dourados e com flores. Seu cajado estava apoiado em um canto, e as joias incrustadas em seu topo curvo piscavam para mim enquanto tomava meu assento.

—Você tem uma coleção e tanto — disse para Zhari. Mesas e prateleiras por toda a sala estavam ocupadas por artefatos preciosos que poderiam pertencer a um museu e não à casa de alguém.

— Isso tende a acontecer conforme envelhecemos — respondeu ela sarcasticamente. — Eu vivo em Kartasha desde muito antes de você ter nascido. — Ela se sentou com cuidado em sua cadeira, o tecido pesado de sua túnica cinza se acumulando a seus pés.

—Vamos direto ao ponto. — Laurenna pegou uma taça de vinho de uma pequena mesa a seu lado. — Faye disse que você tem evidência de que Alek está conspirando com o pessoal de Sonnenborne.

Assenti.

— Tenho certeza de que estão cientes de que várias páginas do livro-caixa do programa de Zhari foram roubadas dos registros.

Zhari levou a mão à têmpora.

— Eles ainda não tiveram nenhuma sorte em rastreá-las.

— É porque Eronit e Varian as roubaram e entregaram para Alek. — Expliquei tudo o que tinha descoberto. Contei que vira Alek com Eronit e Varian no A Taça Quebrada e falei da entrega dos papéis, dos estranhos requerimentos para empréstimos de negócios e sobre como notara várias pessoas de Sonnenborne de boa aptidão física na cidade. — Isso é muito maior e mais complexo do que pensávamos. Tenho até mesmo receio de que Alek tenha alguma relação com os sequestros em Duvey ou, pelo menos, tenha avisado os cavaleiros de Sonnenborne de que as defesas do castelo estariam vulneráveis quando os soldados fossem enviados para Kartasha. Gostaria de saber mais sobre o que aconteceu no Porto Zephyr, porque temo que Sonnenborne esteja planejando fazer o mesmo por aqui. Eu não entendo porque sou a única que parece conseguir ver isso — terminei.

— Vocês está absolutamente certa de que os viu darem os papéis para Alek? — perguntou Laurenna, o nó de seus dedos ficando brancos enquanto apertava a taça de vinho com firmeza.

Assenti.

Zhari franziu bastante o cenho.

— Estou muito incomodada de pensar que registros de meu programa podem estar sendo usado para ajudar o povo de Sonnenborne a rastrear jovens vulneráveis para serem sequestrados.

— Proteger nossos jovens é nossa maior prioridade — disse Laurenna. — Mas eu não sei se podemos nos dar ao luxo de encerrar o programa. Encontramos dois candidatos a guardião através dele só neste último ano. Eles estão treinando em Corovja agora. Começar a perder aprendizes deste calibre teria um impacto devastador a longo prazo em nosso reino.

— Então o que vamos fazer a respeito? — perguntei. — Com certeza, o que tenho visto não são casos isolados. Isso precisa ser investigado pela Corte Invernal. Eronit, Varian e Alek precisam ser questionados. Precisamos recuperar aquela lista antes que ela seja usada como arma contra nosso povo.

Laurenna concordou com a cabeça.

— Teremos que tratar disto imediatamente. Enquanto isso, é importante que você se proteja. Eu sei que está passando muito tempo na sala de treino. Tenho um presente que talvez possa ajudá-la com seu treinamento. — Ela foi até um canto da sala, em direção a um baú que não mostrava sinais de fechadura, dobradiças ou emendas. — Você se importa, Zhari?

Zhari sorriu.

— Não me importei em guardá-lo para você, mas já era hora de passar isso adiante.

— Concordo — declarou Laurenna. Ao sussurro de uma palavra e um balançar de mão dela, o topo se separou do fundo do baú e se levantou.

Ela retornou com um objeto longo enrolado em um tecido azul gasto e o colocou na mesa baixa ao redor da qual estávamos reunidas.

— Acho que isso a ajudará — disse. — Desembrulhe.

Afastei o tecido com cuidado, revelando uma bainha de couro duro que aparentava ser antiga mas não demonstrava sinais de uso. O punho da espada cintilava na luz difusa. Tinha um guarda-mão ornamentado com prata retorcida e uma fileira de joias azuis incrustadas no ricasso.

— Não é possível que esteja me dando isso — declarei. Mesmo sem tirar a espada da bainha, já podia dizer que a arma era finamente fabricada. Eu planejava comprar minha própria espada em algum momento, já que tinha os meios para isso, mas aquilo era demais como presente.

— Desembainhe e veja como lhe parece — incentivou Laurenna com uma voz encorajadora.

Levantei-me com cuidado e retirei a espada da bainha. Ela não era pesada demais e, do pouco que sabia, parecia balanceada. O punho parecia ter sido feito para minha mão e, por mais que precisasse me acostumar um pouco com a curvatura da ponta, podia dizer que isso tornaria a arma muito mais letal em uma situação de defesa.

— Por que está me dando isso? — perguntei. A espada parecia uma relíquia de família ou uma peça feita sob encomenda, não um item genérico que ela entregaria para uma estrangeira sem nem pestanejar.

— Considere-a como uma recompensa pela qualidade das informações que coletou — justificou-se. — Você fará muito melhor uso dela do que eu. Tenho várias outras a meu dispor, caso precise.

— Obrigada. Fico honrada — declarei, devolvendo a arma na bainha e a colocando com reverência de volta à mesa. — O que posso fazer para ajudar com os próximos passos?

— Em primeiro lugar, o mais importante é continuar de ouvidos abertos — pediu ela. — Você fez bem em nos reportar isso imediatamente. Farei com que Alek e os visitantes de Sonnenborne sejam interrogados, e todas as informações serão transmitidas para a rainha.

— Mas não devemos esperar muita ajuda do norte — complementou Zhari gentilmente. — A rainha está se dedicando ao treinamento de seus guerreiros de elite. E, para que continue assim, devemos fazer tudo o que pudermos para lidar com os problemas por conta própria.

— Claro — concordou Laurenna.

— Penso que há outra coisa que eu possa fazer para ajudar — falei. Laurenna levantou uma sobrancelha.

— Meu irmão ofereceu sua cavalaria, caso fosse preciso — disse. — É claro que não mandaríamos nenhum guerreiro sem uma vontade explícita por parte de vocês. Com uma ameaça iminente, porém, pode ser uma boa ideia mantê-la a postos, em Duvey ou aqui em Kartasha, se acharem que isso não causaria muita perturbação. Isso também pouparia a rainha de tentar coordenar um auxílio do norte.

— Esta é uma oferta muito generosa — respondeu Laurenna. — Manterei isso em mente para quando soubermos mais. Vamos nos encontrar de novo logo após o Solstício de Inverno para analisarmos qualquer nova informação que coletar.

— Está bem — eu disse. — Obrigada por ouvir.

— Ao menos teremos alguma ajuda vindo do norte na primavera — lembrou Zhari. — Depois do Solstício de Inverno, o ranking das elites da rainha estará determinado. Receberei um aprendiz, e não é incomum que um ganhador escolha vir para cá.

Ela falou com modéstia, mas eu sabia o que queria implicar. Significava que outro dos mais poderosos usuários de magia de Zumorda logo viria nos ajudar. Eu não podia evitar pensar em Denna, e a agonia era quase maior do que eu era capaz de aguentar.

— Vocês sabem como os aprendizes estão indo? — perguntei, hesitante.

— Não — disse Laurenna. — É um ambiente isolado. Não é provável que ouçamos nenhuma história de ferimentos ou mortes até que tenham lutado no Solstício de Inverno. Esta é a primeira vez que suas habilidades serão exibidas ao público.

— Luta? — Quase não consegui conter o tom de pânico em minha voz. — Mortes?

— Não se preocupe — Zhari me assegurou. — O Festival de Solstício de Inverno não é o que já foi. Eu não me lembro da última vez em que um aprendiz foi mortalmente ferido.

— Isso acontecia com frequência? — perguntei.

— Mas é claro — confirmou Zhari. — Quando me tornei guardiã, a Rainha Invasya ainda estava reinventando o governo depois de derrotar o rei javali, tentando encontrar novas formas de garantir que tivesse olhos e ouvidos em toda parte do reino. A forma mais rápida de identificar os mais fortes usuários de magia era nos colocar para lutar uns contra os outros.

— Mas até a morte? — questionei.

— Pelo que conheço da história, o primeiro Festival de Solstício de Inverno foi um banho de sangue — acrescentou Laurenna, com uma voz casual. — Mas eles o suavizaram desde então. Agora os competidores só precisam derrotar seus oponentes, em vez de matá-los. Mas acidentes ainda acontecem.

— O treinamento em si é bastante brutal — falou Zhari. — Ocasionalmente há alguém que nem chega ao Festival.

Denna sabia no que estava se metendo quando concordou em ir com a rainha? Ela não era uma lutadora. Ou, pelo menos, eu não achava que fosse. Seus poderes eram formidáveis, se descontrolados, mas como ela se sairia contra um bando de implacáveis usuários de magia que haviam sido treinados desde a primeira manifestação de seus dons?

Minha mente se encheu de preocupações depois que deixei Laurenna e Zhari e retornei à ala dos mercadores. Por um lado, Laurenna me levara a sério. Investigar o que a dupla de Sonnenborne estava fazendo seria um grande progresso, e eu conseguira levar informações relevantes para pessoas importantes. Conseguira até mesmo colocar a oferta de cavalaria de meu irmão na mesa, como uma forte demonstração de apoio a tudo que estávamos tentando fazer. Ainda assim, eu estava incomodada. A descrição que Zhari e Laurenna haviam feito do treinamento das elites me assustou e, pela primeira vez, ocorreu-me que Denna já poderia ter sofrido algum tipo de ferimento. Ela poderia até mesmo ter morrido sem que eu soubesse — e só de pensar nisso eu ficava sem fôlego.

Em vez de voltar para meu quarto, como provavelmente deveria ter feito, dirigi-me até o Morwen à procura de Kerrick, na esperança de que ele ainda estivesse planejando se encontrar com Harian por lá, como havia me dito. Ele poderia ter mais informações que ajudariam revelar os planos de Sonnenborne, se tivesse conseguido descobrir mais sobre os empréstimos que os mercadores de lá estavam fazendo. Mas a minha prioridade era encontrar um modo de entrar em contato com Denna. Se houvesse a menor chance de ela não saber o tamanho do perigo que estava correndo, era minha responsabilidade avisá-la.

Corri para fora dos portões da Corte Invernal em direção à cidade. Era cedo o suficiente para que as pessoas estivessem apenas indo beber e jantar, à procura de escapar do vento seco e frio que soprava pelas ruas e empurrava folhas secas sobre seus pés. O calor que me atingiu quando entrei no Morwen foi um bem-vindo alívio. Não avistei Kerrick de imediato, mas Harian estava encostado no balcão do bar, facilmente reconhecível, já que ele era uns bons quinze centímetros mais alto do que todos. Fui até lá para cumprimentá-lo, finalmente vendo Kerrick quando cheguei mais perto.

—Você veio! — saudou-me Kerrick, parecendo feliz.

— Que bom te ver novamente — disse Harian, sempre educado.

— Vamos pegar uma mesa — sugeri, apontando para um cubículo vazio não muito longe do bar. Os dois homens pegaram suas bebidas e nos sentamos.

— Descobriu alguma coisa sobre os empréstimos? — perguntei a Kerrick depois de pedir um vinho de cevada para a garçonete.

— Sim, mas não acho que vá ser de grande ajuda — admitiu ele.

— E por quê? — perguntei. Tinha que existir um padrão nos empréstimos que as pessoas de Sonnenborne estavam pedindo, algum sinal de conexão com armas ou ações militares, talvez até mesmo com os sequestros.

— Cerca de metade são pedidos habituais: importações, loja de suvenires, loja de bebidas, sapatarias. Comércios normais. A única coisa estranha é que quinze empréstimos foram requisitados para construção de canis.

— Canis? — Olhei para ele de modo descrente. Isso parecia muito esquisito, e eu não conseguia imaginar como aquilo poderia fazer sentido.

Ele deu de ombros.

— Estranho, certo? Não deve haver tantas pessoas assim precisando de um lugar onde deixar seus animais enquanto saem de férias. Os ricos têm criados e os pobres têm parentes e vizinhos. E não é como se os tamers estivessem se mudando para cá.

—Você tem certeza que não eram pedidos para currais ou estábulos? — perguntei. Lugares assim faziam muito mais sentido. Mercadores quase sempre tinham animais para abrigar, e a demanda por carne significava que sempre haveria currais.

— As solicitações diziam "canis". Vi com meus próprios olhos.

Uma garçonete bonita pôs meu vinho de cevada na mesa e me deu uma piscadela.

— Deveria ter pedido uma bebida mais forte — comentei.

— A noite está apenas começando — disse Kerrick e levantou seu copo para um brinde.

Bati meu copo no dele e no de Harian, sentindo-me triste e com medo, sem conseguir prestar atenção enquanto eles falavam sobre o treinamento e sobre um homem bonito que chamara a atenção de Harian recentemente. Eu deveria tentar decifrar esse estranho caso dos canis das pessoas de Sonnenborne, mas só conseguia pensar em Denna — como eu estava brava por ela ter ido embora, como ela ter ido sem dizer adeus partira meu coração e como eu estava aterrorizada com o fato de que algo podia ter lhe acontecido e eu nem estava ciente. Agora que partes do plano de Sonnenborne vinham à luz, eu precisava dos conselhos dela mais do que nunca. Estaria eu confiando nas pessoas certas? Eu não tinha ideia. Precisava dar um jeito de falar com ela — e isso significava magia.

Wymund dissera que Falonges eram raros, mas também que havia um, Tum Hornblatt, que estava em Kartasha. Baratas e problemas com a bebida à parte, se ele ainda estivesse por aqui, eu com certeza poderia suborná-lo para me ajudar a me comunicar com Denna. Já quanto aonde ele estava, eu sabia onde ficavam os registros. Faltava apenas uma parte da equação.

— Vocês sabem onde eu conseguiria comprar uma garrafa de hidromel? — perguntei.

Harian e Kerrick sorriram.

Infelizmente, a melhor hora para rastrear Hornblatt era durante as lições de montaria de Fadeyka, no final da manhã, já que nessa hora ninguém procuraria por mim, o que significava que eu teria companhia.

GELO & SOMBRAS

— Tem certeza que está com o endereço certo? — perguntou a garota quando entramos em um beco que ziguezagueava em ângulos estranhos.

— Tenho certeza, não passei duas horas falando sobre pesca no gelo com o mestre dos registros por nada — comentei.

— Antes você do que eu — respondeu Fadeyka, fazendo uma careta.

Eu era grata pela seca e pela falta de neve, porque o beco não era bem cuidado. Pilhas de lixo se acumulavam ao lado das portas de madeira, e sobre uma delas estava um gato laranja sem rabo, que correu quando passamos. — Está vendo números em alguma destas portas?

— Aquela ali dizia quinhentos e vinte e dois — disse Fadeyka, apontando o dedão para trás de nós. As portas eram todas feitas da mesma madeira podre. Talvez algum dia tenham sido tão coloridas quanto as outras portas em Kartasha, mas sua pintura já havia desbotado fazia tempo.

— Estamos perto — falei, diminuindo o passo. Os números de metal enferrujado da porta seguinte diziam que ali era o 536, e a caixa de correio que pendia para um lado, presa apenas por um prego, exibia o nome "T. Hornblatt". Bendito seja o mestre dos registros, aquele viciado em pesca no gelo. — Lá vamos nós. — Dei uma batida firme na porta. Por alguns longos segundos, nada aconteceu, e então ouvimos algo se quebrando do lado de dentro.

— Carambolas — disse alguém.

Fadeyka ria enquanto passos barulhentos se aproximavam. A porta se abriu e revelou um homem velho com uma barba cinza desgrenhada e olhos que eram azuis apesar de estarem vermelhos. A borla de seu gorro parecia indicar que ele havia conseguido a proeza de a mergulhar várias vezes em seu chá.

— Quem são vocês e o que querem? — gralhou o homem.

— Você deve ser Tum Hornblatt. Eu me chamo Mare, e esta é Faye. Precisamos de sua ajuda para falar com uma pessoa.

— Eu não aceito mais pedidos. — Ele se moveu para fechar a porta.

— Trouxemos isso — disse, pegando a garrafa de hidromel de dentro de minha capa. Não era um destilado fácil de encontrar, mas Kerrick e Harian conheciam uma fornecedora.

A porta parou.

— O que quer por isso? — Seu tom apresentava um dissimulado interesse, como se quisesse negociar conosco, mas eu podia ver a sede em seus olhos.

— Conversar com uma amiga em Corovja — falei.

Ele murmurou algo que não consegui entender, mas eu tinha certeza que envolvia profanidades.

— Que tal conversar com um amigo em Valenko?

— Eu não tenho amigos por lá. Mas podemos ir embora se você não estiver interessado no hidromel. — Comecei a guardar a garrafa de volta em minha capa.

— Não, não! — Hornblatt abriu a porta e nos fez entrar. — Não sejam tolas. Cuidado onde pisam.

Entramos na casa, que estava ainda menos limpa que o beco. Cada superfície estava repleta de pilhas de livros, papéis, ferramentas e louça suja. Desviei de uma pequena gata cinza que estava no chão lambendo os restos de mingau de uma tigela que não parecia ter sido originalmente destinada a ela.

— Jingles, para! — Hornblatt gritou da sala ao lado para a gata pela qual havíamos passado.

Olhei para trás e vi que ela continuava lambendo, nem um pouco perturbada pela reprimenda. Balancei a cabeça. Gatos.

— Podem se sentar aqui. — Hornblatt varreu com a mão uma pilha de papéis com manchas marrons de um banco coberto com um tecido que também estava manchado. Fadeyka sentou-se com cautela, e eu me vi repentinamente agradecida pelo tempo que passara em botecos decadentes em Mynaria. Já havia visto lugares piores.

— Trouxemos isso para você trabalhar — falei, entregando-lhe um fio longo e escuro do cabelo de Denna que eu tinha pegado de uma escova que trouxemos em nossa viagem.

GELO & SOMBRAS

— Deixe-me ver o hidromel — pediu ele.

Mostrei a garrafa e ele tentou pegá-la.

— Não até chegarmos a um acordo. — Puxei a garrafa de volta.

— Tudo bem, tudo bem. — Ele bufou impaciente. — Eu uso o espelho para você e você me dá o hidromel. Simples.

— O que acontece se não conseguirmos fazer contato com ela?

— Nunca deixo de localizar meus alvos. — Ele bateu o punho na mesa para enfatizar, fazendo com que uma gaiola de bambu caísse ruidosamente no chão. — Se desejam ou não falar com a pessoa que está entrando em contato é problema deles.

— Se me fizer ver o rosto dela e conversar com ela, entregarei a garrafa para você — declarei.

A gata cinza entrou na sala, pulou na mesa de Hornblatt e esfregou a cabeça nele com carinho.

— É difícil negociar com esses jovens, não é mesmo, Jingles? — Ele coçou atrás da orelha dela e foi recompensado com outra cabeçadinha. — Tudo bem. Eu faço. — Ele afastou a gata e retirou um pequeno espelho de baixo de uma das montanhas de coisas em cima da mesa.

Fadeyka se inclinou para a frente e eu coloquei minha mão em seu braço para impedir a torrente de perguntas que podia ver emergindo de sua boca.

Hornblatt murmurou algumas palavras sobre o fio de cabelo de Denna, que ganhou um brilho prateado. Então ele o enrolou em volta do cabo do espelho e o passou para mim.

— Fale o nome dela três vezes — instruiu.

Olhei para Fadeyka.

— Quero que jure pela vida da sua mãe que nunca vai falar ou repetir nada do que está prestes a ouvir.

— Tudo bem — disse ela, parecendo um pouco confusa.

— Estou falando sério — garanti.

— Juro pela vida da minha mãe que nunca vou falar ou repetir nada do que ouvir hoje — repetiu Fadeyka.

319

— Dennaleia, Dennaleia, Dennaleia. — Cada vez que o pronunciava, seu nome parecia uma prece em meus lábios. Cada músculo de meu corpo tensionou-se com a ideia de ver o seu rosto pela primeira vez desde que ela me abandonara. O reflexo do espelho agitou-se em branco e prata, como se nuvens estivessem se mexendo pelo vidro. Quando a visão ficou clara, eu parecia estar olhando para o nariz de Denna. Fadeyka esticou o pescoço, tentando ver alguma coisa.

— Denna? — perguntei. Eu mal podia acreditar que era ela.

Ela olhou para baixo e então se assustou com o que viu. A visão de seu rosto desencadeou um emaranhado de emoções, mas, antes que eu pudesse dizer outra palavra, o espelho ficou escuro, como se ela estivesse cobrindo os meus olhos.

— Espere! — pedi, entrando em pânico com a ideia de que ela se recusasse a falar comigo.

Do outro lado da mesa, Hornblatt gesticulava, pedindo o hidromel.

— Ela ainda nem falou comigo ainda! — disse. O desespero já estava tomando conta de mim. E se ela não voltasse?

O espelhou clareou novamente e vi o rosto de Denna, diretamente desta vez, em uma luz muito mais fraca.

— Mare? — perguntou, incrédula.

Ouvir meu nome em seus lábios fez com que meu coração parecesse estar prestes a parar.

Entreguei o destilado de mel para Fadeyka, que, orgulhosamente, entregou-o a Hornblatt. Ele não perdeu tempo em tirar a rolha e dar um gole direto do gargalo, sua expressão dando lugar ao arrebatamento de imediato. Minha visão no espelho ondulou um pouco.

—Você ainda não pode se embebedar! — repreendi o velho.

— Eu devo estar enlouquecendo — disse Denna. — Ou esta é uma das manipulaçoes mentais de Eryk.

— Quem é Eryk? — perguntei.

Sua expressão se manteve tensa e incrédula.

— Um dos outros aprendizes. Diga alguma coisa que só você saberia sobre mim. Ou sobre nós.

GELO & SOMBRAS

Ergui os olhos e vi Fadeyka e Hornblatt me encarando, ansiosos. Minhas bochechas ardiam enquanto pensava nas coisas que poderia dizer. Muitas delas não eram apropriadas para meus acompanhantes atuais, nem para ninguém mais, na verdade.

— Quando nos conhecemos, meu cavalo deixou você sem ar e eu a fiz lembrar como respirar — disse por fim. A lembrança doía. Eu não a conhecia na época, e agora temia não saber quem ela havia se tornado desde que me deixara.

Suas sobrancelhas se juntaram e pude ver que a lembrança também a tinha machucado. Só esperava que não fosse porque ela queria esquecer o tempo que passamos juntas.

— É realmente você — disse ela com suavidade.

— Sou eu — respondi, deixando escapar um pouco da minha insegurança. — Talvez não possa falar por muito tempo. Você está em um lugar seguro?

— Sim — garantiu ela. — Eu estava almoçando com os outros aprendizes e vim até o banheiro. Não acho que alguém possa nos ouvir. Mas só para confirmar uma coisa… você não está realmente na minha taça de vinho, está?

Bati com minha mão livre na testa.

— É claro que ele conseguiu se conectar com uma taça de vinho.

— Para deixar claro, eu não planejava beber. — Denna sorriu. — Estes zumordanos bebem em horas estranhas.

Hornblatt tomou outro gole do hidromel como se quisesse provar o que ela dizia.

— Como está indo o treinamento? — perguntei, sentindo-me sem jeito. Eu mal sabia por onde começar depois de tudo o que acontecera nas últimas semanas desde que nos vimos pela última vez.

— Está indo bem — contou ela. — Tive dificuldades no início, mas a rainha tem me ajudado muito. Ela faz todo o possível para que eu me sinta em casa aqui. Mas é claro que ainda há muito o que aprender.

Ela se sentia em casa? Meus piores pesadelos estavam se tornando realidade. Eu queria me desculpar pela briga que havíamos tido antes de ela ir embora, mas ela também não me devia desculpas por ter ido sem me dizer adeus? Um longo silêncio caiu entre nós.

— Zhari e Laurenna me contaram que o treinamento que está fazendo pode ser perigoso e que vai ter que competir no Solstício de Inverno. Lutar com os outros. — Esperei para ver a reação dela.

— É verdade — falou. — E tem sido difícil… pelo menos a parte de aprender a usar minha magia. Eu nunca quis machucar ninguém.

— Sei que não — disse. Ela nunca fora esse tipo de pessoa.

— Mas, no fim das contas, acho que tenho Afinidades Múltiplas. Ainda preciso de mais informações, mas isso faria muito sentido e explicaria um pouco por que minha magia tem sido particularmente difícil de treinar ou controlar.

— Ouvi falar disso — comentei. — Fadeyka pode ter isso também, mas as pessoas ainda não têm certeza.

Fadeyka enfiou a cabeça na frente do espelho fazendo Denna sorrir.

— Oi, Faye — cumprimentou Denna, ganhando um sorriso caloroso e um pulinho em resposta. — Quando estava em Mynaria, li um livro que mencionava a possibilidade de usar mais de um tipo de magia, mas parecia mais uma lenda do que realidade.

— Só é incomum — explicou Fadeyka.

Denna concordou.

— A rainha me contou que Zhari é a única guardiã com um dom assim.

— Então você deveria voltar para cá e treinar com ela — desabafei.

A expressão de Denna ficou neutra.

— Por quê?

— Porque esse treinamento que você está fazendo… é perigoso demais. Pessoas já morreram lutando umas com as outras no Festival de Solstício de Inverno. Não vale a pena arriscar sua vida por isso, você tem que entender que…

— Não, é *você* quem tem que entender — respondeu Denna, com a voz firme. — Esta é a minha Afinidade e aprender a dominá-la é a única coisa que importa. Estou finalmente conseguindo exercer algum controle sobre meus poderes graças à ajuda da rainha, e você quer que eu deixe tudo isso para trás só porque é perigoso? Você me vê como alguém que desiste? Acha que sou fraca?

A imagem no espelho ondulou novamente, por mais tempo desta vez. Hornblatt já havia bebido um sexto da garrafa de hidromel.

— Não, eu...

— É como se não tivesse escutado nada do que eu disse. Você ficaria totalmente feliz se eu fingisse ser sua criada para sempre e nunca aceitasse meus poderes. — Ela estava mais agitada.

— Isso não é verdade! — Eu estava desesperada para que ela entendesse. — Quero que você seja poderosa, mas também quero que esteja a salvo, e preciso da sua ajuda para lidar com tudo o que está acontecendo por aqui. Aconteceu tanta coisa.

— Eu fui embora porque queria estar à sua altura. Queria ser sua protetora, não sua responsabilidade. Sua igual, não sua criada. Você consegue entender isso?

— Não, eu não entendo — admiti, minha voz falhando. — Eu não entendo por que você partiu sem nem dizer adeus. Não entendo por que você não me disse do que precisava. Eu não a teria impedido se era isso que você pensava que devia fazer. Poderíamos ter ido para Corovja juntas. Você é a única razão de eu ter vindo para essa porcaria de reino, para começo de conversa.

— Bom, não quero ser a única razão — declarou ela. — Seu reino depende de você. Isso não importa?

Tentei ignorar a agressividade em suas palavras, não as entender como uma rejeição, mas era exatamente isso que elas eram. Em algum momento, ela decidira que estaria melhor sem mim, e eu era a última a saber.

— É claro — concordei com suavidade. — Mas eu também queria que ficássemos juntas. Em segurança.

— Não posso viver minha vida com medo, à espera de que o mundo se torne seguro — redarguiu ela e sua expressão se tornou dura de uma forma que não me era familiar. Dava para perceber que o treinamento já a havia mudado. — Completarei o treinamento e participarei do Festival e, se os deuses assim quiserem, retornarei para Kartasha como aprendiz de Zhari.

O espelho tremeluziu drasticamente, e perdemos contato por um momento.

— Mas e se você não vencer a batalha? — Não conseguia conter as palavras. — E se você morrer?

— Eu preciso que você acredite que eu consigo cuidar de mim mesma — argumentou ela. — Pense no seu reino. Pense nas centenas de pessoas que dependem de você.

A imagem no espelho virou em um ângulo estranho. Abri a boca para repreender Hornblatt, mas vi que a culpa não era dele. Denna havia jogado o vinho fora. O espelho assumiu um aspecto leitoso e a imagem desapareceu.

Coloquei o espelho de volta na mesa. Senti um aperto de emoção na garganta. Não importava o que eu dissesse, era sempre a coisa errada. Em vez de convencê-la a voltar para mim, tudo o que conseguira foi afastá-la ainda mais. Queria ter tido mais uns cinco minutos para explicar que ainda queria uma vida com ela e descobrir se ela ainda queria uma vida comigo. Em vez disso, ela me interrompera na pior parte de nossa conversa.

— Quando poderemos entrar em contato com ela novamente? — perguntei a Hornblatt, que se balançava em sua cadeira ao som de uma música que só ele podia ouvir. Seus olhos vagaram em minha direção, mas não me focalizaram. Ele murmurou alguma baboseira consigo mesmo, então tomou outro gole da bebida, derrubando um pouco em sua camisa. Olhei para Fadeyka, que simplesmente deu de ombros de um jeito nervoso e voltou a balançar um pedaço de linha para Jingles brincar.

— Seis fundilhos malditos — xinguei. Era inútil tentar falar com ele agora. Teria que esperar até que ele acabasse com seu estoque e então trazer mais para suborná-lo novamente. No ritmo em que ele estava bebendo, não demoraria muito.

— Nós já vamos. — Eu me levantei, e Fadeyka me acompanhou.

Seguimos nosso caminho pela bagunça de volta até a saída. Eu não podia deixar de pensar que aquele horrível desastre que era a casa de Hornblatt lembrava o caos de minha própria vida.

— Por que você estava chamando Lia de "Dennaleia"? — perguntou Fadeyka assim que saímos para o beco.

— Pensei que havíamos concordado em não falar sobre nada disso outra vez — respondi, sentindo-me azeda.

—Você não disse que eu não poderia fazer perguntas — salientou a garota.

—Você é realmente filha de política — resmunguei.

— Carambolas! — gritou Fadeyka.

— Não acho que essa palavra…

— A única Dennaleia sobre a qual já ouvi falar foi a Princesa Dennaleia de Havemont — Fadeyka me interrompeu. Seu pequeno corpo parecia pronto para explodir de entusiasmo.

— Nunca ouvi falar nela — fingi de modo pouco convincente.

Fadeyka gritou alto o suficiente para assustar um homem que passava do outro lado da rua.

—Você sequestrou a Princesa de Havemont! — Ela estava muito feliz com essa notícia. — Ela está viva!

— Não foi isso que aconteceu — disse. — Não mesmo.

—Você está apaixonada pela Princesa de Havemont!

— Para! — Dei um soquinho nela, mas as provocações continuaram por todo o caminho até a Corte Invernal e o estábulo, onde ela felizmente recuperou o controle por tempo suficiente para me ajudar a escovar Flicker.

Tinha esperado que conversar com Denna me daria mais certezas sobre a nossa separação, mas, em vez disso, eu me sentia mais assustada e perdida do que nunca. Ela basicamente depositara o fardo do meu reino nos meus ombros, e agora eu sentia que a única forma de conquistá-la outra vez era ser bem-sucedida na missão que eu nunca nem quis, para começo de conversa. Pensei que estávamos trabalhando juntas, em direção a um mesmo futuro, mas que futuro era esse? Eu não sabia.

VINTE E DOIS

Conversar brevemente com Mare em uma taça de vinho foi tão surreal que às vezes eu pensava que havia sido um sonho. De alguma forma, desejava que houvesse sido. Suas palavras me assombravam, atingindo-me por dentro e perfurando o meu coração. Para mim, não fazia sentido que ela ainda não conseguisse ver o meu lado das coisas, que não parecesse se importar se eu era sua igual ou não. Eu já havia aberto mão de tudo por ela uma vez, escolhendo-a no lugar de seu irmão. Como ela podia pedir que eu considerasse fazer aquilo novamente? Em Mynaria, ela pareceu ter aceitado o meu dom, mas agora aquilo parecia condicional. Quando falhei em manter minha magia sob controle, ela deixara de ser aceitável. Tentei pensar nisso o mínimo possível, voltando minha energia ao Festival de Solstício de Inverno.

Apesar de minha confiança ao falar com Mare, vencer o torneio parecia impossível. Eryk e Ikrie lutariam implacavelmente e, por mais que eu houvesse me aproximado de Evie e Tristan, seus poderes também eram formidáveis. A única pessoa que poderia ter as respostas de que eu precisava para dominar minhas habilidades era Sigvar, e eu também queria saber como o garoto de Duvey acabara em seu culto.

Eu precisava ir até a prisão o quanto antes. Entretanto, isso acabou sendo mais complexo do que eu esperava.

— Tem certeza que vai funcionar? — perguntei, tremendo em minha capa preta. Flocos de neve caíam do céu noturno, pinicando meu rosto. Tristan, Evie e eu estávamos de pé no meio das ruínas do Grande Templo, enxergando apenas com a ajuda de uma lanterna de mago.

— Deve funcionar — disse Tristan. — Posso tentar nos puxar novamente para as Terras Sombrias se acabarmos no lugar errado.

Analisar a prisão na semana anterior havia sido menos útil do que eu esperava. O prédio estava cravado na encosta da montanha, o que significava que a maioria das celas estavam embaixo da terra, sem janelas ou outra forma de vislumbrar sua configuração interna pelo lado de fora. A frente do edifício parecia conter principalmente escritórios e salas administrativas e celas temporárias para criminosos que cometeram pequenas infrações.

— Eu não sei por que você está se questionando sobre a configuração interna — disse Evie. — Estou dizendo que posso senti-la e que se parece com isso. — Ela gesticulou para um pedaço de papel à nossa frente.

Depois de ter se saído muito bem com a história do vinho doce, Tristan havia me convencido a deixar Evie fazer parte do plano. Sua magia da terra permitia que sentisse as estruturas subterrâneas que não podíamos ver, e ela conseguira desenhar o rascunho de um mapa baseado no que podia dizer sobre como o edifício se enfiava montanha adentro.

— Nós conseguiremos se confiarmos uns nos outros — falei. Meu papel era providenciar magia extra para ajudar Tristan a tornar nossa caminhada pelas sombras mais fácil.

— Então vamos. Está mais frio que as bolas de um cavalo de bronze aqui — disse Evie. — Mire nesta área. — Ela apontou para uma escadaria no mapa, que havíamos concordado ser o melhor ponto de entrada. Ela conectava dois andares de celas — onde achávamos que

GELO & SOMBRAS

seria mais provável encontrar Sigvar. Acima havia celas maiores, que parecia provável estarem ocupadas por várias pessoas. Embaixo, havia celas menores que pareciam solitárias.

— Segurem minhas mãos — mandou Tristan, estendendo uma para cada uma de nós. Nós as seguramos, e fui arrebatada pela sensação agora familiar de que o chão sumira sob nossos pés. Apesar de ter sido minha terceira viagem com Tristan, os sussurros das vozes ainda me faziam sentir arrepios de medo. As Terras Sombrias não eram mais quentes do que o ar exterior. Em vez de depender de meus sentidos, invoquei minha Visão, o que fez as Terras Sombrias ganharem nitidez ao meu redor. Fagulhas de várias cores viajavam por toda parte à nossa volta enquanto avançávamos. Evie era uma forma prateada na dianteira, direcionando Tristan, que brilhava na cor púrpura.

Saímos das Terras Sombrias em uma escadaria estreita. Quase não consegui me segurar contra a parede, meu estômago ainda dando piruetas por conta da viagem. Senti nas mãos a frieza das pedras, mas o ar estagnado da prisão pareceu quente depois que saímos do Grande Templo. O fedor de urina e corpos imundos era forte. Nós três ficamos paralisados, esperando ouvir algum som. Uma luz fraca brilhava na base da escadaria, mas mal iluminava o lugar.

— Não há ninguém lá embaixo além dos prisioneiros — sussurrou Evie. — Mas há um guarda no andar de cima.

Em silêncio, abençoei Tristan por ter trazido Evie. Nós com certeza seríamos pegos sem os seus sentidos da terra. Apontei para baixo da escada, indicando que deveríamos ir naquela direção primeiro. Os outros dois assentiram e descemos cuidadosamente até o andar inferior. O cheiro de fluidos corporais se intensificava à medida que nos aproximávamos de onde os prisioneiros eram mantidos.

As escadas deram em um corredor estreito com aproximadamente duas dúzias de pequenas celas. Eram um pouco mais largas do que o leito que havia em cada uma, e a única luz vinha das lanternas de mago dispostas nas duas pontas do corredor. Alguns ocupantes das celas pressionaram o rosto contra as grades com olhares vazios e perturbados. Eu me encolhi de medo, mas me forcei a procurar por Sigvar. Temia que os prisioneiros começassem a gritar e, com isso, revelassem nossa presença, mas quando viam Tristan, eles se afastavam das grades, choramingando.

— O que está fazendo com eles? — perguntei sussurrando.

— Eles enxergam o rosto de um conhecido que já faleceu quando me veem — sussurrou ele em resposta.

Estremeci.

— Isso não é meio cruel?

— É melhor pensarem que viram um fantasma do que alertarem os guardas da nossa presença — argumentou Tristan.

— Se você algum dia fizer isso comigo, transformo você em pedra e então o faço virar cascalho — ameaçou Evie.

— Anotado — avisou Tristan, parecendo um pouco alarmado.

No fim do corredor estava um prisioneiro que não saiu de sua cama quando nos aproximamos. Uma mão se dependurava da beirada de seu catre, e os símbolos tatuados em sua pele se misturavam com as sombras da cela.

— É ele — falei. — Tristan, você consegue manter os outros prisioneiros distraídos?

Ele assentiu e voltou por onde viéramos para ter certeza de que todos estavam assustados demais para ficarem curiosos sobre o que estávamos fazendo.

— Evie, pode se certificar de que ninguém venha aqui embaixo?

— Vou voltar para perto da escada. Na pior das hipóteses, posso derrubar algumas pedras para bloquear a escadaria.

Empalideci com a ideia de ficar presa nesta caverna sem ar e sem saída, mesmo sabendo que poderíamos andar pelas sombras novamente para irmos embora. Tentei organizar meus pensamentos e me abrir para a Visão, aliviada por ter conseguido estabelecê-la depois de apenas alguns vacilos.

— Sigvar? — chamei suavemente.

GELO & SOMBRAS

Ele olhou depressa para cima, como se eu o houvesse assustado. Por pouco não me encolhi quando vi seu rosto. Cortes profundos recém-cicatrizados se misturavam à sua barba. Seus olhos castanhos não possuíam mais aquele falso acolhimento, apenas medo. Embora a Rainha Invasya houvesse sido muito eficiente ao retirar seus dons e ordenado sua captura, não esperava encontrá-lo desse jeito. Seu estado parecia diferente daquele de alguém que simplesmente fora aprisionado. A rainha parecia inclinada a punir alguém com prontidão quando achava necessário, mas ela não me parecia alguém que incentivasse a tortura.

— Quem é você? — perguntou ele, tentando enxergar quem estava do lado de fora da sua cela.

— Meu nome é Lia — disse para ele. A mentira havia se tornado tão familiar que quase parecia real. — Tenho algumas perguntas.

Ele se sentou em seu catre e colocou seu fino cobertor em volta dos ombros. Embora não estivesse de pé, era possível dizer que ele havia perdido bastante peso desde que eu o vira em Tilium. Seu corpo antes musculoso era agora magro e frágil, e sua pele bronzeada empalidecera graças ao confinamento embaixo da terra.

— Me mate e pode me perguntar o que quiser — respondeu ele, e então riu. Era um som estranho e agudo que deixou todo o meu corpo arrepiado.

— Não quero machucar você — tranquilizei-o, mostrando-lhe a palma das mãos.

— Eu vou morrer se vir o rosto dela novamente. Vou morrer. Vou simplesmente morrer — balbuciou.

— Quem? — perguntei.

Ele se inclinou mais em seu catre, ficando a apenas alguns centímetros de distância de mim. As marcas em seu rosto eram ainda mais aterrorizantes de perto. Sangue ressecado e camadas de pele faziam cascas nos cantos irregulares, alguns deles verde e amarelo, infeccionados.

— O que você quer? — perguntou.

331

— Preciso saber sobre o seu culto — falei. — Havia um garotinho loiro vindo de Duvey que se juntou ao seu rebanho. Você se lembra dele?

— Havia três — disse Sigvar com uma risada contida.

— Três o quê? — insisti.

— Foram-me dados três para que eu os mantivesse seguros — disse. — Três vindos do sul.

— E um deles era o garoto de Duvey? — perguntei, tentando forçá-lo a dizer algo que fizesse algum sentido. — Como ele chegou até você? Você estava trabalhando com o povo de Sonnenborne?

— Não sou traidor! — Ele bateu nas grades de sua cela, fazendo-me saltar para trás. — Eu é que fui traído.

— Pelo garoto de Duvey? — Eu estava confusa.

— Ele era como os outros. — Sigvar continuou. — Estavam lá para serem neutralizados. Não era para ninguém saber que estávamos em Tilium. Ela me prometeu. Ela me prometeu!

— Quem prometeu? — perguntei. — Quem o traiu?

— Era para eu manter as pessoas calmas, tirá-los de Kartasha. Protegê-los até que os cavaleiros de Sonnenborne viessem. — Ele passou os dedos pelos cabelos, agitado.

— O que você quer dizer? Quando os cavaleiros de Sonnenborne chegarão? — perguntei assustada. Mare havia dito que estavam planejando alguma coisa. Será possível que Sigvar estivesse trabalhando para eles e sabia o que era?

— Eles chegarão a Kartasha no Solstício de Inverno — disse ele. —Todas as peças estão posicionadas. Mesmo sem mim, não há como pará-los agora.

A inquietação fez minha garganta ficar seca, e eu engoli com dificuldade. O Solstício de Inverno não estava longe, e eu não tinha como avisar Mare. Eu não deveria ter interrompido nossa conversa no outro dia sem descobrir como entrar em contato.

— Quais peças estão posicionadas? — perguntei.

— Não há mais magia. — Sigvar deixou pender sua cabeça nas mãos, murmurando consigo. Ele correu as unhas pelo rosto várias vezes até que um dos cortes se abriu e começou a sangrar. Gotas de sangue caíram em seu cobertor, o vermelho se espalhando para se juntar às manchas marrons que lá havia.

Senti um sabor amargo na boca e meu estômago se retorceu de culpa. Mesmo sem intenção, sentia como se estivesse contribuindo com sua tortura.

— Sinto muito pelo que você perdeu. — Embora ele estivesse fazendo algo claramente errado, eu não podia imaginar como seria ter minha magia arrancada de mim e ser aprisionada neste buraco escuro.

—Você tem que me libertar. — Ele avançou de repente, apertando o rosto contra as grades.

Gritei e saltei para trás.

— Eu tenho que impedi-la. Ela não sabe o preço do que está tentando fazer. — Ele lamentou, um som que fez Evie se virar para mim do lado oposto do corredor, alarmada.

— Quem? Uma pessoa de Sonnenborne? — perguntei, inclinando-me para a frente. Se eu pudesse conseguir um nome, poderia avisar a rainha. Infelizmente, a resposta dele foi aleatória e inútil.

— Achei que ela me amasse — lamentou-se ele, sua voz se tornando petulante. — Eu teria feito qualquer coisa por ela.

— Pela rainha? — arrisquei.

Ele balançou a cabeça em negação até eu achar que ela cairia.

— O que pode me dizer sobre como usar Afinidades Múltiplas? — mudei de assunto, na esperança de que isso o ajudasse a ganhar alguma lucidez. Qualquer coisa que ele pudesse me dizer sobre Afinidades Múltiplas seria útil.

Ele deslizou pelas barras até o chão e começou a se balançar para a frente e para trás.

— Nós somos canais, nós somos convergentes — murmurou.

— O que isso quer dizer? — Sentia como se ele estivesse prestes a me contar algo importante.

—A magia vem de fontes diferentes, e é por você que ela é canalizada e então liberada. Você pode fazer uma de cada vez ou pode fazer ambas. Uma ou ambas, uma ou ambas, uma ou ambas… — Ele voltou a não fazer sentido.

— Acho que entendi — assenti. Nas vezes em que usara mais de um tipo de magia ao mesmo tempo, eu puxara cada elemento separadamente e então os combinara em algo maior. O problema era que eu não estava realmente pensando sobre o que criava. Eu apenas me abria para os poderes e torcia para que algo acontecesse. Eu invocara fogo, terra e ar ao chamar a chuva de estrelas, e conseguira absorver a magia da terra de Evie para meu escudo de fogo no desastroso primeiro dia de treinamento.

— Um dom por vez — disse ele. — Só um. Use um. Mas o poder que não é seu também será se buscá-lo. Seja a convergência. — Ele riu novamente, voltando a fazer o mesmo som estranho e contido.

— Tem alguém vindo! — Evie correu para o meu lado ao mesmo tempo em que ouvi vozes ecoando na escadaria.

— Sig está falando sozinho de novo — disse um dos guardas, parecendo entediado.

— Dá um suco de papoula para ele. Vai fazer com que cale a boca até amanhã de manhã — comentou outro.

Os passos ecoavam pela escadaria.

Xinguei. Com toda a baboseira que Sigvar dizia, eu não havia conseguido tirar dele o tanto de informações que queria, mas precisávamos escapar. Causar um escândalo não era algo que queríamos.

— Rápido! — chamou Tristan, estendendo as mãos.

Eu a peguei e nós três fomos lançados de volta à escuridão. Quando saímos das Terras Sombrias, apertei meu estômago enquanto minha visão voltava ao normal, confusa por não sentir o vento congelante que batia no Grande Templo quando saímos.

— Pelos Seis Infernos! — exclamou Tristan.

Não havíamos retornado ao Grande Templo. Estávamos no escritório da rainha, que estava sentada à nossa frente, com uma expressão furiosa.

GELO & SOMBRAS

— Eu me lembro de ter dado instruções explícitas de que nenhum de vocês deveria sair das dependências do castelo — ralhou ela, sua voz ainda mais fria que o vento invernal.

— A ideia foi minha — disse rapidamente, na esperança de proteger Tristan e Evie. Meu peito se apertou de culpa. O que ela faria conosco?

— Não me importa de quem foi a ideia. — Ela se levantou e se aproximou de nós, parando na frente de Tristan. — Seu dom não é um ingresso para ir aonde bem entender.

— É claro, Vossa Majestade — respondeu ele. Apesar do tom arrependido em sua voz, seu maxilar continuou contraído.

— E é melhor se inspirar na abordagem de seu irmão como exemplo de como galgar posições por aqui — comentou a rainha para Evie. — Se sua magia não é poderosa o bastante para lhe servir, precisa usar suas outras habilidades da melhor forma.

— Sim, Vossa Majestade. — A voz de Evie era um pouco mais audível do que um sussurro, e ela parecia prestes a chorar.

— Como punição, nenhum de vocês poderá competir no Festival de Solstício de Inverno. Vocês serão os últimos a escolher onde continuarão seu aprendizado.

As lágrimas de Evie escorreram.

— Por favor, não os puna por algo que foi ideia minha... — comecei a argumentar.

— Você e eu continuaremos a discutir o que levou a esta desventura. — A rainha me interrompeu. — Vocês dois estão dispensados. — Ela gesticulou para que ambos saíssem da sala. Eu mal pude aguentar ver a expressão derrotada em seus rostos enquanto iam embora. Evie olhou para mim com ressentimento e tristeza. Tive o pressentimento de que, assim que ela terminasse de chorar, o peso de sua raiva seria despejado sobre mim. O pior era que eu merecia. Não deveria ter deixado que me ajudassem. Deveria ter tentado fazer tudo sozinha, mesmo que fosse mais perigoso.

— Sente-se — mandou a rainha, voltando para seu lugar atrás da mesa.

335

AUDREY COULTHURST

Sentei-me com cuidado à sua frente, sentindo-me mais como se estivesse prestes a ir para a guilhotina em vez de ter uma conversa.

— Por que procurou Sigvar? — perguntou ela.

— Achei que ele poderia saber alguma coisa sobre como controlar minha magia — admiti. — Ainda estou achando o treinamento difícil e eu não...

— A única coisa que está tornando o treinamento difícil é sua relutância em machucar alguém — esbravejou a rainha. — Proteger-se é responsabilidade dos outros aprendizes. Seu único trabalho é usar seus poderes da melhor forma possível e, em vez disso, você se contém. Sigvar não pode ajudá-la com isso. Ninguém pode. Você passou a vida inteira com pessoas lhe dizendo o que fazer e agora espera permissão para se apossar do que já lhe pertence.

Suas palavras calaram fundo. Eu não queria ferir ninguém, mas havia um pouco de verdade em suas palavras. Minha vida não fora cheia de escolhas sobre meu futuro. Meus estudos foram sempre ditados pelos planos que meus pais fizeram em meu lugar. Escolher Mare foi a primeira decisão que eu tomara completamente sozinha e, desde então, sinto como se estivesse andando em círculos, sem saber para onde ir. Ainda assim, Sigvar me dissera muito mais do que algumas informações sobre minha Afinidade.

— Sigvar disse algumas coisas que talvez lhe interessem — falei, tentando invocar todo o treinamento que tive para manter minha voz firme.

— Conte-me — ordenou a rainha.

— O povo de Sonnenborne deve estar dando a ele algum tipo de incentivo para neutralizar usuários de magia no sul — contei. — Havia um garoto em seu culto que reconheci como sendo um dos raptados em Duvey. Não tenho certeza de como o garoto foi de Duvey até Tilium, mas sei que foi através de Kartasha, por intermédio de alguém com quem Sigvar estava trabalhando. Ele disse que foi traído.

— Ele adora tagarelar sobre Kartasha de quando em quando — comentou ela. — A tortura por que passou deve ter comprometido suas memórias. Ele morou na cidade quando foi aprendiz de Zhari, mas isso foi anos atrás.

— Treinar lá, mesmo que por apenas uma temporada, pode ter dado a ele tempo o suficiente para fazer contatos — argumentei. — Mas o mais importante foi que ele disse que Kartasha será atacada por Sonnenborne por volta do Solstício de Inverno.

A rainha reclinou-se e suspirou.

— Isso é impossível. Ele está instável demais para ser uma fonte confiável de informações.

— Mas isso não é significativo o bastante para garantir uma investigação? — perguntei.

— Seria, se eu não tivesse falado com Laurenna hoje mesmo — respondeu ela. — Eles pegaram e aprisionaram em Kartasha um grupo de bandidos de Sonnenborne culpados por tráfico de pessoas. Agora que os pegaram, é apenas uma questão de tempo antes que os outros sejam expostos. Laurenna e Zhari têm a situação sob controle.

— Ah! — exclamei. No fim, a informação que tinha descoberto não importava. Eu nem conseguira nada de muito útil de Sigvar sobre as Afinidades Múltiplas. Senti-me duplamente mal em relação à punição de Tristan e Evie. Se eles soubessem que havia sido tudo em vão, ficariam ainda mais chateados comigo.

— Sugiro que permaneça concentrada no Festival — declarou a rainha. — Resta-lhe muito pouco tempo para se preparar.

— Ainda vai me deixar competir? — Olhei para ela em choque. Depois de ouvir a punição de Evie e Tristan, achei que, seja lá o que ela havia planejado para mim, fosse bem pior. — Por quê?

— Não posso deixar minha descendente ser desqualificada da mais importante competição de magia de Zumorda — disse ela, com um tom repleto de zombaria. — E também gostaria de lhe dar um presente que pode ajudar. — Ela tirou um colar que estava usando. Em vez de um pingente, ele possuía um pequeno frasco que cintilava com uma luz prateada.

— Que tipo de presente? — Eu não entendia por que ela estava me ajudando em vez de me punir, e isso me enchia de culpa e ansiedade.

— Um presente que fortalecerá nosso elo familiar e a ajudará a enxergar mais formas de usar seus poderes — explicou.

— Isto é a Afinidade de Sigvar? — perguntei, gesticulando para o frasco. Eu me lembrava de quando ela retirara seus poderes em Tilium.

— Não exatamente — declarou. — É a essência que transmitirá temporariamente a você parte das habilidades dele.

— Eu não acho que preciso de mais magia — falei. Eu mal dava conta da que já possuía. E talvez protestar amenizasse parte da minha culpa.

A rainha riu suavemente.

— Não se preocupe, passarinha. Não pretendo de lhe dar mais nenhum presente do tipo. Mas, se aceitar, gostaria de lhe dar um certo tipo de bênção.

— Uma bênção? — Não sabia como aquilo funcionaria sem alguma espécie de relação com os deuses. Em minha terra, só havia ouvido falar de clérigos dando bênçãos.

—Você fará um juramento ao conhecimento, e a bênção a ajudará a enxergar outras formas de usar seus dons — orientou a rainha. — Confie em mim, isso lhe será muito útil. Pensei nisso como uma forma de aprimorar sua magia, em vez de receber algo novo. É bastante seguro.

— Acho que posso fazer um juramento ao conhecimento — admiti. Parecia bastante seguro, e era a isso que eu dedicara minha vida toda de qualquer forma.

— Ótimo. — Ela tirou a rolha do frasco em seu colar e bebeu seu conteúdo. Uma luz prateada se espalhou por todo seu corpo até que ela começasse a brilhar como a lua. Ela atravessou o espaço de poucos passos que nos separava e colocou uma mão fria em minha testa. — Agora repita: eu sou uma aluna.

— Eu sou uma aluna — disse.

— Eu aceito o dom do conhecimento para que possa servir ao meu reino.

Ecoei as palavras dela novamente, mesmo com um estranho formigamento tomando conta de meu corpo.

— Eu estarei com você e você estará comigo para que, assim, saibamos mais, juntas.

Eu não queria repetir as palavras desta vez, mas minha boca se moveu contra a minha vontade.

— Eu estarei com você e você estará comigo para que, assim, saibamos mais, juntas.

A rainha recolheu sua mão, mas minha cabeça continuou a zumbir como se preenchida por abelhas.

— Invoque uma chama na palma de sua mão — mandou.

Fiz como ela pedira, abrindo minha mão e invocando uma chama. Como sempre, ela tremeluziu e saltou de forma errática, mas então uma doce calma chegou até mim e estabilizou a magia.

— Lindo — declarou a rainha. Agora forme um escudo de fogo.

Eu praticara o movimento o suficiente para que viesse com facilidade enquanto esboçava o símbolo do deus do fogo debaixo de minha capa. Mas em vez de parecer instável, como meus escudos costumavam parecer, uma gentil mão orientadora em minha mente ajudou a alimentar a chama até que se formou uma parede grossa e impenetrável, como se feita de pedra. Eu nunca tinha sido capaz de criar algo tão perfeito durante o treinamento.

Dissipei a magia, sem fôlego pela empolgação de ter acertado.

Só mais tarde, em meu quarto, entendi o custo real do presente da rainha e de minha transgressão. Evie e Tristan nunca me perdoariam quando descobrissem que minha punição tinha sido tão leve em comparação à deles. E, ao me deixar competir, a rainha garantiu que o ressentimento deles só aumentasse. Eu era mais poderosa do que nunca, mas nunca tinha estado tão sozinha.

Sem amigos ou distrações, eu de repente tinha muito mais tempo para estudar e praticar, então foi isso que fiz todos os dias até o Festival de Solstício de Inverno. A rainha compartilhava novidades ocasionais sobre Kartasha. Sua tranquilidade me manteve concentrada no treinamento, com a certeza de que Mare estava certa. Apesar do frio, comecei a usar uma capa branca que me camuflava na neve e passei a praticar minha magia nas ruínas do Grande Templo. O espaço mantinha minha magia mais controlada e regular, e as preces para cada deus cuja magia eu solicitava me ajudavam a invocar meus poderes. Não deixei de notar a ironia no fato de que minhas orações eram um ato tão herético em Kartasha quanto usar magia em Mynaria. Não importava aonde eu fosse, parecia que eu nunca estava no reino certo.

Com toda a prática e o presente da rainha, eu me machucava com menos frequência durante os treinos, mas foram as palavras de Sigvar que, afinal, mudaram tudo. "Seja a convergência", fora o que ele dissera, e eu pensava naquelas palavras com frequência, mas só compreendi seu significado ao colocá-las em prática.

Eu estava parada na frente de Ikrie, cujos olhos azul-claros estavam cheios de ódio. Passamos de exercícios de treino para combates reais, e toda vez que encarava um oponente, ainda me sentia como uma impostora. Ikrie era quem mais me aterrorizava. A pior coisa a seu respeito não era nem sua brutalidade: era a maneira com que ela brincava com os oponentes até que praticamente implorassem por misericórdia.

— E… lutem! — mandou Brynan.

Minha blindagem estava na metade quando Ikrie partiu para o ataque. Ela atravessou meu escudo com um único golpe, espalhando minhas chamas com o seu vento. Saltei para o lado, evitando por pouco um golpe de ar que teria me jogado longe. Em seguida, ela evitou alguns dos encantamentos espalhafatosos de que gostava, escolhendo, em seu lugar, tirar um pouco de ar dos meus pulmões, da mesma forma que eu havia visto Karina fazer com Sigvar, em Tilium. Mas era um dos movimentos favoritos de Ikrie para conseguir uma

GELO & SOMBRAS

vitória rápida, e eu sabia o que estava por vir. Ativei minha Visão. Fios de magia a conectavam a mim enquanto ela retirava o ar do meu corpo. Pela primeira vez, ocorreu-me que talvez eu os pudesse usar.

Deixei que a magia de Ikrie continuasse a me sugar mesmo voltando a colocar minha blindagem de pé — uma brilhante parede de chamas que tremeluzia pelo ar alguns centímetros à minha frente. Eu a fiz fraca de propósito, esperando que ela se enchesse de confiança e pensasse que poderia me derrotar com bastante facilidade.

— Belo escudo — comentou ela em um tom mordaz.

Sorri.

— Belo encantamento — eu disse, ofegante, e deixei que as pequenas labaredas rodeassem os fios de magia que nos conectavam. Então atraí seu poder para mim. Ela esperava que eu partisse a conexão entre nós e, em vez disso, eu canalizei a magia dela para a minha. A pressão em meus pulmões diminuiu imediatamente, e meu escudo ficou mais forte.

— O que está fazendo? — rosnou ao interromper o encantamento.

Zonza com o poder, mantive meu escudo sob controle e esperei pelo seu próximo movimento. Eu sabia que não precisava partir para o ataque para derrotá-la. Ela jogou as mãos para cima e puxou um golpe de vento do nada, lançando ar compactado em minha direção como uma lâmina. Em vez de tentar bloqueá-lo, eu deixei que alimentasse as chamas de meu escudo e então o rebati em sua direção com um movimento de pulso. Ela desviou, mas a bola de fogo queimou a ponta de sua trança.

Eu tinha finalmente entendido o que significava ser convergente. Significava que podia canalizar qualquer um dos elementos que fosse capaz de tocar. Não havia quase nada que Ikrie pudesse fazer comigo que eu não conseguisse reconfigurar com meus próprios poderes e usar para me fortalecer. Cada ataque era uma dádiva que eu poderia usar. E tudo que eu precisava fazer era manter a compostura.

Cinco minutos depois, Ikrie estava caída no chão enquanto os outros aprendizes me olhavam boquiabertos.

— Aela e Evie, vocês são as próximas — disse Brynan.

As duas se moveram para o centro da sala enquanto Ikrie e eu íamos para as laterais.

— Não sei como você fez isso, mas vou descobrir e você vai ver só da próxima vez que tentar — Ikrie me disse.

Suas palavras me feriram como pingos de chuva. Pela primeira vez, eu não acreditava que ela pudesse fazer algo para me ferir.

Eu não estava mais com medo.

VINTE E TRÊS

Depois de ter conversado com Denna, senti como se não tivesse mais nada a perder, então levei minha nova espada para a sala de treino com a noção de que eu mesma poderia acabar tendo que confrontar Alek sobre seu envolvimento com o povo de Sonnenborne. Analisei a sala, procurando por ele, surpresa por descobrir que, pela primeira vez, ele não estava lá. Além disso, todos pareciam avançados demais para que eu pudesse me juntar. Talvez fosse melhor assim. Eu ainda não estava acostumada com minha nova arma e não faria mal praticar alguns exercícios básicos para sentir um pouco a espada enquanto esperava Alek aparecer. Tinha que ser apenas questão de tempo. Encontrei um canto vazio e pratiquei golpes básicos até estar tão familiarizada com a espada nova quanto eu já estava com minha arma de treino habitual. Só notei a chegada de Alek quando ele bloqueou meu ataque com sua espada.

— Sua base está instável — falou. — Ajuste os pés.

Ajustei minha postura e voltei a praticar os golpes. Como sempre, ele estava irritantemente certo. Uma fúria perigosa se acendeu em meu peito ao pensar no envolvimento dele com Sonnenborne.

— Golpeie e então recue — mandou ele, entrando em uma posição defensiva e esperando pelo meu ataque.

Deixei minha raiva me carregar, mas fui bloqueada com facilidade. Eu já havia tido várias aulas com Alek, mas nunca lutara com ele. Pareceu-me tão produtivo quanto lutar com um muro. Ele não seria como Kerrick e cometeria um erro ocasional do qual eu poderia tirar vantagem. Procurei me acalmar, tentando me lembrar que lutaria melhor se estivesse concentrada, e não com raiva.

Ele levantou a espada novamente e eu imitei sua postura. No momento em que fiz isso, algo mudou. A espada pareceu se tornar uma extensão do meu corpo e os meus pés se ajustaram por vontade própria. Quando ataquei, meu corpo se moveu com a graça nada familiar de um gato. Alek mal teve tempo de me bloquear antes de meu recuo. Sem nem pensar, entreguei-me ao que parecia ser o certo e, de repente, Alek e eu travávamos uma batalha real. Minha raiva fluiu para minha arma e fui para cima dele com uma sequência de golpes que ele mal foi capaz de bloquear, e finalizei com um golpe baixo que o acertou na perna, abrindo um buraco em sua calça.

Sua expressão mudou de surpresa para gélida, e ele se lançou a um ataque que deveria ter me derrubado de imediato. Eu me joguei no chão, rolando de maneira controlada, e ninguém ficou mais surpreso do que eu quando me levantei e voltei a atacar. Todos na sala haviam parado para nos observar.

— O que você está fazendo? — perguntou Alek, soando ameaçador.

— Defendendo-me — disse.

Ele me atacou novamente, dessa vez se antecipando ao ataque baixo de minha espada. Mas não estava contando que, no rebote, eu empurrasse minha empunhadura para cima e acertasse seu queixo. Ele se desequilibrou e eu assumi uma posição defensiva.

— Basta! — gritou, recuando para uma posição de rendição. Eu nunca o havia visto fazer aquilo.

Mantive minha espada erguida por alguns momentos, sem ter certeza de que aquele não era um truque. Quando senti que ele estava sendo sincero, abaixei a arma cuidadosamente.

GELO & SOMBRAS

— Que espada é essa? — indagou ele com uma voz ríspida. — Deixe-me ver.

Segurei a espada pela lâmina e a levantei com as joias azuis de frente para Alek.

Sua expressão ficou ainda mais severa.

— Quem lhe deu isso?

— Laurenna — disse, mantendo o queixo erguido. Era melhor que ele soubesse que eu estava do lado de seu reino, mesmo que ele mesmo não estivesse.

— Esta espada não deveria estar com você.

— Bom, agora está — retruquei.

Ele girou nos calcanhares e foi embora.

—Voltem ao treino! — gritou para os outros aprendizes.

A visão das costas dele se afastando iniciou uma onda de raiva incontrolável em mim, e eu parti para cima dele.

— Por que você me odeia tanto? — acusei-o.

Ele se virou para me encarar com um olhar perigosamente calmo.

— Não odeio você.

— Eu sei o que você fez — avisei.

— De que diabos você está falando? — perguntou ele. Eu nunca o havia visto tão furioso.

— A lista — falei mais baixo. — Eu sei que Eronit e Varian a roubaram e lhe entregaram. Laurenna e Zhari sabem, e seja lá o que esteja tramando, está prestes a ser impedido.

Ele me agarrou pelo braço. Sua mão parecia feita de aço.

— Tire suas mãos de mim! — falei me soltando.

—Venha comigo em silêncio então — pediu ele. — Não fiz nada do que você está pensando.

—Vi você no A Taça Quebrada — expliquei. Eu sabia exatamente o que havia visto e ouvido ali.

— Só venha comigo, tudo bem? — Ele saiu da sala por uma porta lateral e eu o segui até uma sala cheia de armaduras e armas em seus vários estágios de reparo.

345

Cruzei os braços e o encarei.

— O que vai fazer? Vai me matar nessa salinha? É tarde demais. Todo mundo já sabe o que você fez.

— Você não deveria interferir em coisas que não entende — esbravejou Alek. — Você não tem nada a ver com isso.

— Isso tem tudo a ver comigo e com meu reino — argumentei, levantando a voz para a igualar à dele. — Sonnenborne nos atacou primeiro, e tentei avisar você que agora era a vez de Zumorda. Pena que eu não sabia que você era um traidor.

— Não sou traidor! — Parecia que ele queria me fazer atravessar a parede com um golpe, e eu pouco me importava se ele fizesse isso. — Sim, Eronit e Varian roubaram a lista de nomes para mim, já que não tenho acesso à sala de registros. Eles fizeram isso para que eu pudesse compará-la com a dos nomes dos jovens que desapareceram.

— Até parece — rebati com a voz cheia de sarcasmo.

— Minhas fontes me avisaram que há um trem de prisioneiros partindo hoje, mais tarde — disse ele. — Eu precisava saber os nomes e Afinidades para poder determinar se alguém que esteja nesse trem também estava na lista. Se fosse o caso, isso me levaria a acreditar que Laurenna estivesse entregando os dados dos alvos. É ela quem está avaliando as crianças; é ela quem saberia quão poderosos são seus dons e quais delas valeria a pena entregar a Sonnenborne.

— E, pelos Seis Infernos, por que Eronit e Varian prejudicariam o próprio reino? — perguntei. Sua história não fazia sentido.

— Porque nem todas as tribos acreditam nas mesmas coisas. — Ele levantou as duas mãos, frustrado. — Roni e Varian se opõem à escravidão, se opõem a facções de Sonnenborne que acreditam que reintroduzir magia em seu reino é o caminho para solucionar os problemas. Eles querem impedir, tanto quanto eu, que essas tribos consigam o que querem.

— Então prove — pedi.

— Tudo bem. Venha para a cidade comigo e veja com seus próprios olhos. — O desafio e desdém em seu olhar me diziam que ele não acreditava de forma alguma que eu aceitaria.

— Tudo bem — concordei.

Ficamos nos encarando com hostilidade alguns instantes antes que Alek interrompesse a troca de olhares.

— Então vamos. — Ele pegou uma capa de um gancho afixado perto de uma porta externa e a jogou em seus ombros enquanto saía. — Encontre-me do lado de fora dos portões da corte em vinte minutos.

A agitação da cidade era exatamente como me lembrava das outras vezes em que andara por ela, mas em vez de me dirigir para a área familiar do bar onde eu estivera, descemos em direção à parte sul da cidade, perto da rota comercial e do rio. As modestas construções dos mercadores e comerciantes deram lugar a estruturas ainda mais simples, algumas das quais pareciam depósitos de produtos, enquanto outras serviam de abrigo para muitas famílias.

— Coloque seu capuz — disse Alek, seguindo seu próprio conselho.

Fiz como ele instruiu, e com nervosismo toquei a empunhadura de minha espada, esperando que não fosse preciso usá-la. Seja lá quais fossem suas propriedades mágicas, eu não sabia como fazer com que elas funcionassem. Eu esperava que a espada me defendesse tão bem dos cavaleiros de Sonnenborne como me tinha me defendido de Alek na sala de treino.

Logo os galpões passaram a se intercalar com currais, e o fedor de excremento de animal foi soprado pela brisa em nossa direção. Alek andou entre uma cerca e um edifício, indo em direção a um galpão que não parecia estar em uso, mas esticou o braço para me impedir de ir além dele. Não muito longe, a colina acabava em um penhasco. Se ele fosse me matar, provavelmente não havia um lugar mais perfeito.

— Ali — disse, apontando para além do penhasco.

Inclinei-me para a frente até alinhar minha visão com o que ele apontava. O penhasco devia ter uns quinze metros de altura, sendo alto o suficiente para tornar difícil discernir a aparência das pessoas lá embaixo. Entretanto, o que estavam fazendo era bastante claro. Um grande trem de vagões cobertos havia sido colocado ao longo da base do desfiladeiro em uma estrada rudimentar, inteligentemente escondida pelas árvores do resto da cidade. Os vagões estavam sendo carregados com pessoas acorrentadas umas às outras, que se moviam lentamente, tropeçando com frequência, como se estivessem drogadas.

— São usuários de magia? — perguntei a Alek.

Ele fez um aceno com a cabeça.

—Temos que contar para alguém — eu disse em pânico.

— Para quem? Para as pessoas que sancionaram isso? — zombou Alek.

— Não parece que alguém tenha sancionado isso — argumentei. — Por que estariam se escondendo se fosse algo sancionado?

— Porque Laurenna não é estúpida — disse Alek. — Zhari se importa em proteger o reino. Ela nunca permitiria isso.

— Mas por que Laurenna estaria envolvida com isso, para começo de conversa? — perguntei. O que ela teria a ganhar?

— Ela é guardiã de uma cidade que é movida pelo comércio — explicou Alek. — Ela sempre foi inescrupulosa, então não me surpreende que tenha encontrado um jeito de transformar seu próprio povo em mercadoria.

—Você tem como provar isso? — Meus olhos se estreitaram. — Registros de transação?

— Eronit e Varian estão trabalhando no rastreio disso, já que eles têm uma posição na corte.

— Se Laurenna estava trabalhando com Sonnenborne, faz sentido que revelasse algo para eles — concluí. Fazia muito sentido.

Alek bufou.

— Até que enfim você está a meio caminho de uma resposta certa.

Era provavelmente o mais próximo de um elogio que eu podia esperar dele. Talvez eu o tivesse julgado mal este tempo todo. Ele havia me levado a acreditar que sua vida monótona não deixava espaço para descobrir esquemas ou rastrear as crianças desaparecidas de Duvey. Eu o vira como um soldado, não como o estrategista astuto que claramente era. E confiara em Laurenna porque ela havia me dado uma espada mágica e porque eu gostava da filha dela, mas talvez este tenha sido um erro tão grave quanto me equivocar sobre Alek.

— Se suas teorias estiverem corretas, Kartasha pode estar em perigo iminente — falei.

Ele assentiu.

— Este trem parece estar cheio. Assim que partir, é possível que estejamos à beira de um ataque. Os cavaleiros de Sonnenborne irão se aproveitar de terem tirado tantos usuários de magia da cidade.

Seria como o que ocorrera em Porto Zephyr, mas desta vez em uma escala catastrófica. Gostaria de já ter chamado a cavalaria de meu irmão, apesar de não haver como fazer isso sem alertar Laurenna, e esse parecia o pior erro que eu poderia cometer.

— Tenho uma ideia sobre como podemos levar esta informação até a rainha — falei, fazendo uma oração mental a todos os Seis Deuses para que Hornblatt estivesse sóbrio hoje e que a vendedora de bebidas ainda tivesse uma garrafa de hidromel no estoque.

— Como? — perguntou Alek, incrédulo.

— Eu sei onde Hornblatt está.

Enquanto atravessávamos a cidade, minha preocupação era se já não seria tarde demais. As pessoas falavam em sussurros apressados e os negócios pareciam devagar em todas lojas pelas quais passávamos. Pegamos a vendedora de bebidas a caminho da porta, fechando a loja mais cedo, e tivemos sorte de conseguir a garrafa de hidromel. Eu vi magia sendo usada com menos frequência do que o normal, e Alek manteve a mão no punho de sua arma por todo o caminho até a porta de Hornblatt.

Já que a batida educada na porta de Hornblatt não obteve resposta, tentei a maçaneta. Ela não girava, então bati com força na porta.

— Abra!

— Para de gritar! — gritou alguém de uma janela do lado oposto do beco.

Ignorei a pessoa e continuei a esmurrar a porta.

Finalmente, uma fresta se abriu. Tentei forçá-la para entrar, mas uma corrente fazia com que a porta só abrisse parcialmente.

— Que confusão é essa? — perguntou Hornblatt, indignado.

Tirei o hidromel da capa.

— Eu preciso falar com Denna. Agora. É urgente.

Ele olhou para o destilado.

—Agora não é uma boa hora, mas eu fico com o hidromel se não for precisar dele — sugeriu ele, em tom adulatório.

—Você não vai ter isso a não ser que me deixe falar com Denna agora mesmo — argumentei.

— É tarde demais. Já começou. — Ele parou um instante, como se ouvisse alguma coisa no vento, então bateu a porta na minha cara.

— Maldito seja, Hornblatt! Abre essa porcaria de porta! — Desembainhei a espada. Eu o obrigaria a me deixar falar com Denna nem que tivesse que derrubar a porta sozinha.

— Pare — pediu Alek.

O vento mudou de direção, trazendo um cheiro de fumaça. Ao longe, ouvi um leve rugido que não conseguia decifrar.

— Pelos Seis Infernos, o que é este barulho?

— Provavelmente o que Hornblatt ouviu antes graças ao seu Lonvido — disse Alek.

De um telhado próximo, ouvi o estalo familiar da corda de um arco, e então uma flecha se cravou na porta de Hornblatt a quinze centímetros da minha cabeça. Derrubei a garrafa de destilado na varanda de Hornblatt e ela se estilhaçou.

— Que os raios me partam! — xinguei. Quem estava atirando em nós?

Com um rápido movimento dos dedos, Alek fez um escudo em forma de bolha aparecer à nossa frente bem a tempo de impedir a próxima flecha.

— Corra — gritou, e eu não esperei por mais instruções.

Parte de mim esperava que nosso caminho fosse bloqueado quando saíssemos do beco, a estratégia clássica da maioria dos bandidos ou assassinos. Em vez disso, fiquei chocada em ver que a cidade havia irrompido em anarquia total. Ninguém estava atrás de mim ou de Alek especificamente; toda a cidade estava sob ataque de Sonnenborne. Tudo que eu temia estava acontecendo, da mesma forma que ocorrera em Porto Zephyr, mas em uma escala muito maior. Se os guerreiros de Sonnenborne conseguissem tomar Kartasha, teriam a maior cidade de Zumorda sob seu controle, assim como o maior centro comercial dos Reinos do Norte.

Nós nos lançamos pela cidade desviando de punhos e armas. Um edifício pegava fogo perto da torre e os tumultos se intensificavam à medida que nos aproximávamos da Corte Invernal. Pessoas se trans-formavam por todos os lados, tentando escapar de seus agressores assumindo a forma de suas manifestações. Ursos, javalis, cobras, coelhos e vários outros animais saíam de todos os becos, muitos deles sendo perseguidos por grupos de cães selvagens.

— Esses cães são dos tamers? — perguntei para Alek enquanto nos escondíamos atrás de uma construção, tentando recuperar o fôlego.

— Pode ser. — Ele desembainhou seu sabre e partiu para a batalha.

Segui seu exemplo, torcendo para que minha espada e o trei-namento que eu tinha recebido fossem suficientes para me manter viva. Agora que estávamos perto da Corte Invernal, havia soldados de Sonnenborne brandindo suas armas e zumordanos tentando se defender desesperadamente para todo canto que eu olhava. Logo estávamos no meio daquilo tudo. Eu derrubava os inimigos a torto e a direito, mas, mesmo com a ajuda da espada, eu podia sentir meu corpo se enfraquecendo depressa. Não havia muito que eu pudesse fazer com os músculos exaustos, e a batalha só piorava.

Um cachorro dos tamers saiu de trás de uma carroça e avançou na direção do pescoço de Alek. Eu o acertei com a lateral da espada e o fiz cair de lado. Um corvo mergulhou em nossa direção e eu levantei a arma, protegendo minha cabeça com a espada.

Em vez de atacar, o corvo pousou em uma carroça de vegetais a nossa frente e se transformou em Kerrick.

— Ah, graças aos Seis — falei, aliviada.

— Vocês têm que correr — disse Kerrick. Sua expressão era sombria.

— Mas temos que voltar para a corte — argumentei. — Meu cavalo...

— O que aconteceu com Zhari? E Laurenna? — Alek indagou de pronto.

— E Fadeyka? — acrescentei.

— As três foram levadas prisioneiras para a torre — contou Kerrick. — Os guerreiros de Sonnenborne já conquistaram a cidade. Estão em muitos. Não podemos lutar contra eles.

Senti meu estômago se revirar. Meu cavalo ainda estava preso na Corte Invernal, junto com as pessoas no poder. E estaríamos errados sobre Laurenna? Não fazia sentido os inimigos a pegarem como refém se ela estava do lado deles. Eu queria lutar, mas já estava quase exausta. Olhei para Alek em busca de orientação e me surpreendi em ver sua expressão de tristeza.

— Tenho que avisar o máximo de pessoas que conseguir — disse Kerrick. — Vão para o norte, até o pé da próxima montanha. Estamos montando um acampamento lá.

Antes que eu pudesse fazer mais perguntas, ele já havia voltado a se transformar em corvo e estava novamente no ar.

GELO & SOMBRAS

— Temos que continuar nos movendo — disse Alek de forma sombria.

Assenti e fomos na direção contrária à Corte Invernal. Meia hora depois atingimos o limite da cidade e os sons da batalha não eram mais audíveis. Uma torre de fumaça erguia-se alta por sobre Kartasha, atrás de nós, tingindo o sol de um estranho tom de vermelho.

Em apenas uma tarde, a cidade de Kartasha fora tomada.

Uma vez fora da cidade, não havia por que nos apressarmos, todos que seguiam para a mesma direção estavam igualmente derrotados. Pessoas e animais andavam fitando o chão. Crianças soluçavam nos braços de seus pais. Os kartashianos eram refugiados em seu próprio reino. Nosso grupo de algumas centenas crescia rapidamente, e ondas de poeira ainda subiam da estrada para o sul. Quantos haviam escapado da cidade e quantos estavam colaborando com Sonnenborne? Quantos tinham sido enviados em caravanas de prisioneiros, agora que não havia ninguém para impedi-los? Não havia como saber.

O acampamento que Kerrick mencionara ficava na encosta de uma montanha ao norte de Kartasha, próximo às ruínas de uma fazenda abandonada. Apesar de ali ser mais frio, escalar até o sopé mais alto garantia que um penhasco estivesse a nossas costas, o que servia tanto como escudo contra o vento do norte quanto como uma prevenção contra ataques vindos de nossa retaguarda. Havia uma casa com buracos no telhado, e um bocado de animais selvagens se aninhavam embaixo dele, mas não demorou muito para que se transformasse em algo semelhante a uma sede do nosso mísero acampamento de campanha. E como os currais ao redor tinham sido grosseiramente restaurados com galhos de árvores próximas, tínhamos lugar para colocar o gado que alguns dos refugiados conseguiram trazer da cidade.

Meu corpo tremia de exaustão quando Alek partiu para ajudar a cortar madeira e eu me sentei para descansar. Mas não fiquei muito tempo assim, porque senti que não podia. Não com mais pessoas chegando, não com abrigos precisando ser construídos e alimento precisando ser caçado. Por quanto tempo seria possível viver desse

353

jeito aqui? Talvez a magia pudesse ajudar de algumas formas, mas ainda assim não conseguiria sustentar um assentamento desse tamanho. Havia um riacho próximo, mas milhares de pessoas não conseguiriam subsistir com o pouco de comida disponível. As provisões não durariam muito, e não demoraria tanto para que os ânimos se acirrassem. No minuto em que nos voltássemos uns contra os outros, toda a esperança seria perdida.

Cada músculo em meu corpo protestou quando me levantei, mas cerrei os dentes e me juntei aos outros. Só havia uma resposta: precisávamos de ajuda. E muita. Eu tinha que encontrar uma forma de entrar em contato com a cavalaria do meu irmão. Comecei a perguntar à minha volta se alguém sabia de um Falonge. O máximo que consegui foram balançares assustados de cabeça e histórias ocasionais de membros da família que tinham possuído o dom várias gerações atrás.

Perto do riacho, várias pessoas, incluindo Alek, estavam cortando lenha e passando as toras para entregadores que as levavam para alimentar as fogueiras ao redor do assentamento. Enquanto me aproximava, era fácil ver que Alek não era a fonte interminável de força que eu pensava. Pelo tremor de seus braços, ele trabalhara além da exaustão desde que havíamos começado a lutar para sair da cidade.

— Sem fogueiras depois do anoitecer — disse ele, repetindo o refrão para cada pessoa que pegava madeira de suas mãos. Claro que ele pensara nisso. Não era sua primeira batalha ou primeira vez em um acampamento de campanha. Era a minha.

— Alek — chamei-o, esperando que fizesse uma pausa longa o bastante em sua tarefa para que eu o pudesse interromper.

Ele se virou para mim, preparado para me entregar uma braçada de madeira como todo mundo.

— Mare. — Estava claramente surpreso em me ver. — Achei que você fosse descansar.

— Não posso — expliquei.

Ele me deu um olhar de avaliação que não pude decifrar.

GELO & SOMBRAS

— Bethla, pode assumir aqui para mim? — perguntou para uma mulher que estava próxima e cujos bíceps indicavam que ela estava apta para a tarefa. — Volto para ajudar daqui a pouco.

Ela assentiu, pegou o machado da mão dele e logo entrou no ritmo como todos os outros.

Alek andou na direção do riacho.

Respirei fundo.

— Sinto muito por pensar que você estava por trás disso. — Se tivéssemos conseguido conversar um com o outro, talvez pudéssemos ter trabalhado juntos para impedir tudo isso a tempo. — Eronit e Varian mereciam o benefício da dúvida também.

— Varian e Eronit estavam na Corte Invernal para tentar expor uma conspiração de seu próprio povo — disse Alek. — Eles chegaram tarde demais.

— Se estavam lá para impedir uma conspiração, por que estavam conseguindo mais papelada para estabelecimentos de fachada para pessoas de Sonnenborne? — perguntei. Isso sempre me incomodara.

— Eram cópias da papelada, não eram os originais. Evidências, não licenças. Eronit e Varian trabalhavam para impedir a ação de algumas das tribos que estavam colaborando com o tráfico de pessoas. Esperavam que suas pesquisas pudessem provar para as outras tribos que acrescentar sangue zumordano nelas não reintroduziria magia em suas terras nem reverteria a seca.

Falei um palavrão.

— É nisso que as outras tribos acreditam? — Aquilo era ainda pior do que Kriantz planejava fazer comigo.

— Uma grande parte do reino tem essa crença. Já havia rumores disso quando eu trabalhava na fronteira, anos atrás, mas aparentemente estas facções se tornaram mais barulhentas e dogmáticas. Parece que arqueólogos de Sonnenborne descobriram evidências de que seu reino não foi sempre desértico. Isso deu visibilidade a teorias de que algo mudou de modo brusco e fez com que a magia desaparecesse da terra. Quando isso aconteceu, o deserto começou a se formar. Então

355

agora eles acreditam que a única forma de restaurar a magia no reino é através da reprodução.

— Por isso sequestraram aqueles jovens de Duvey — concluí, horrorizada.

Alek assentiu.

— Eles tomaram Porto Zephyr pelos recursos, mas têm se movimentado em direção a Zumorda com a intenção de pegar nosso povo, além de nossos recursos.

— Por que você não me falou sobre isso antes? — perguntei.

— Desde quando uma mynariana se importa com Zumorda? — desdenhou.

— Eu me importo com o fato de as tribos de Sonnenborne estarem ferindo pessoas — argumentei. — E eu me importo em não estar do lado errado de uma guerra.

Ele se agachou às margens do lago e enxaguou mãos e braços na água fria.

— Respeito isso — anunciou por fim. Ele olhou para minha espada e balançou a cabeça. — Sinto muito sobre o que aconteceu na sala com essa espada. Eu não deveria ter te atacado como fiz.

— Por que você se sentiria mal por fazer isso? — perguntei. Em grande parte, seu propósito sempre tinha sido nos ensinar como arrebentar uns aos outros.

— Não foi construtivo. Aquela arma… — Fez uma pausa.

Inclinei a cabeça e esperei que ele continuasse.

— Encantei aquela arma para que fosse como uma professora — explicou. — Ela preenche as lacunas de técnica de um aprendiz e dá ao seu portador a habilidade de se mover como um mestre espadachim. Eu não deveria ter feito aquela maldita coisa.

— Isso é incrível — exclamei. Não era à toa que a espada se comportava daquele jeito. Eu estava prestes a perguntar por que Laurenna a havia me dado, mas então tive uma suspeita que Alek confirmou com suas próximas palavras.

GELO & SOMBRAS

— Muito tempo atrás eu estive em treinamento com Laurenna. Nós dois esperávamos nos tornar guardiões. — Ele balançou a mão no riacho, aparentemente indiferente ao frio. — Crescemos no mesmo cortiço, lutamos lado a lado e partimos juntos para treinar em Corovja. Antes de ir, juramos que nada ficaria entre nós.

Eu já sabia que essa história não tinha um final feliz.

— Laurenna se adaptou a Corovja e à política como um peixe na água. Eu não. Ela tentou me ajudar a pegar o jeito, mas eu não conseguia compreender por que as pessoas gostavam mais de falar sobre as coisas do que as executar. Eu queria arregaçar as mangas, fazer a diferença. Ela ficou frustrada. — Ele se levantou e começou a caminhar de volta para o assentamento.

— Então você fez essa espada?

— Eu me preocupava com Laurenna. Pensava que, por passar muito tempo estudando magia e política, ela não seria capaz de se defender de ataques físicos. Então comprei a melhor espada que pude e passei o inverno a encantando. Dei a arma para ela no dia em que a pedi em casamento.

Meu queixo quase caiu no chão.

— Você e Laurenna iam se casar?

— Pedi que ela desistisse do treinamento e voltasse para casa comigo. Éramos poderosos o suficiente para fazer nossa própria vida ou nos mudar para a Corte Invernal em uma posição mais modesta. Teríamos influência desta forma. Mas ela aceitou a espada e recusou a proposta. Só então percebi como ela havia se tornado sedenta de poder. Isso foi um pouco antes da batalha de Eusavka, quando abandonei de vez o treinamento para guardião, mas as coisas já haviam começado a ruir bem antes.

— Então ela me deu essa espada para machucar você — falei.

— E para me fazer não gostar de você e para me lembrar do meu lugar — complementou. — Não importa. Meu passado com Laurenna está enterrado há muito tempo. Principalmente porque parece que

357

minha teoria sobre ela ser a responsável pelos sequestros estava errada. E a espada é sua.

— Ela salvou a minha vida hoje — admiti. Eu não era estúpida para ficar com os créditos por metade do meu desempenho na luta para fugir de Kartasha.

— Eu queria que tivéssemos conseguido salvar mais vidas — disse ele, claramente pensando no trem que, sem dúvida, estava agora a caminho de Sonnenborne.

—Temos que fazer alguma coisa quanto a isso — argumentei. — Temos que pedir reforços.

Alek assentiu.

—Você está certa.

— O quê? — questionei, confusa por ele ter concordado tão rápido.

— Não me faça repetir. — Ele colocou a mão na água de novo e deu um longo suspiro de alívio.

— O que você está fazendo? — perguntei.

— Pegando emprestado um pouco de energia.

— Ah. — Não era por acaso que os zumordanos pareciam tão incansáveis. Muitos deviam fazer igual ele, pegando energia da terra.

— Eu posso ajudar — anunciei. — Meu irmão ofereceu a cavalaria para auxiliar Zumorda na luta contra Sonnenborne bem antes de ficarmos sabendo que seria assim que as coisas se desenrolariam. Os cavaleiros estão posicionados logo depois da fronteira. Precisamos de mais mãos. Precisamos de uma cavalaria. — Eu não podia evitar pensar em como a luta teria sido diferente com uma centena de cavaleiros do nosso lado. — Só preciso encontrar uma forma de enviar uma mensagem.

Os lábios de Alek se tornaram uma linha fina. Era claro que a ideia de pedir ajuda a mynarianos não lhe caía bem, mas ele era um estrategista astuto. Não iria se comportar como um tolo nessa posição. A prioridade era recuperar Kartasha antes que as garras de Sonnenborne estivessem tão fincadas que isso fosse impossível.

GELO & SOMBRAS

— Parece ser a única opção — concluiu ele por fim. — Talvez eu consiga entrar em contato com a cavalaria através de Wymund. Ele poderia mandar um grupo neutro atravessar a fronteira para se comunicar com a cavalaria. Alguns mercadores costumam passar o inverno em Duvey.

— Ele seria capaz de mandar reforços também? — perguntei.

— Espero que sim — disse Alek.

—Você já falou com Wymund depois do motim? — Eu não sabia que Alek tinha uma maneira de entrar em contato com ele.

Alek balançou a cabeça.

— O encantamento que usarei para entrar em contato com ele é para emergências. Só vai funcionar uma vez.

— Se conseguirmos trazer a cavalaria para cá, ela estará sob meu comando — avisei, e ele me olhou com seriedade. — Mas serei a primeira a admitir que não sou a especialista. Você é o guerreiro e o estrategista experiente por aqui. Nós podemos recuperar esta cidade, mas teremos que trabalhar juntos. Ajudar um ao outro.

— A primeira coisa que precisamos fazer é resgatar Laurenna e Zhari — comentou Alek. — Com os poderes das duas, nossas chances de retomar a cidade aumentarão bastante. Se elas morrerem, vencer a batalha talvez seja impossível.

— Tiraremos ambas de lá o mais rápido que pudermos — falei com mais determinação do que realmente tinha. — Mas, para fazer isso, talvez precisemos de um plano alternativo. Se algo acontecer conosco, temos que garantir que outras pessoas virão resgatar a cidade.

— Odeio quando você está certa — admitiu ele.

— Eu também — concordei, e sorrimos tristemente um para o outro.

Mesmo com nosso cessar-fogo improvisado, teríamos muito trabalho duro pela frente.

VINTE E QUATRO

Por mais que tentasse tirar da mente o alerta de Sigvar sobre um ataque a Kartasha, comecei a pensar naquilo desde o momento em que acordei na manhã do Solstício de Inverno. A Rainha Invasya estava ocupada com os últimos preparativos para o Festival, o que me impedia de obter qualquer confirmação de que as coisas estavam como deveriam estar no sul. Eu sabia que minhas preocupações provavelmente se deviam apenas ao nervosismo por conta da competição, então fiz uma última visita ao Grande Templo para rezar e me acalmar.

Os convidados do Festival começaram a chegar assim que o sol desapareceu por trás das montanhas. Parecia haver gente de todo tipo, e era como se toda a cidade de Corovja tivesse subido até o palácio. Eu me escondi na coxia do palco que fora montado na sala do trono para espiar as pessoas chegando. Elas passeavam por ali em grupinhos, aceitando comes e bebes de serviçais que circulavam pela sala com uma elegância ensaiada. Esse aspecto da festa era igual ao de outros eventos reais aos quais eu comparecera. No entanto, a sala passava uma impressão de energia contida. Eu mesma a sentia, junto com a energia nervosa que vibrava em meus ossos. O Festival determinaria os próximos passos de meu futuro em Zumorda, e, embora me sentisse o mais preparada possível para a competição, graças aos conselhos de Sigvar e ao apoio da rainha, a incerteza sobre o que viria a seguir me importunava. A certa altura, o influxo de convidados em algum momento se reduziu e o nível de ruído aumentou quando a sala se encheu quase até a capacidade máxima.

Fui até o toucador montado nos bastidores. Ondas haviam sido feitas em meu cabelo, preso para trás num coque ornamentado, à moda zumordana. Eu quase não me reconhecia. O batom nos meus lábios não havia borrado, mas as manchas escuras sob meus olhos não eram especialmente atraentes. Tudo em que eu conseguia pensar era que Tristan e Evie deveriam estar aqui comigo e, em vez disso, era culpa minha o fato de estar sozinha outra vez.

— Todos os competidores estão preparados? — A voz da rainha ecoou por nosso pequeno espaço.

Um coro de "sim" soou como resposta, e ninguém pareceu notar que minha voz não fazia parte do grupo. Parecia muito errado estar ali sem Tristan e Evie.

— Eryk e Aela, vocês irão primeiro — anunciou a rainha. — Agora, vamos começar.

Ela subiu ao palco provocando uma onda com camadas de saias brancas e prateadas, que se arrastavam pelo chão atrás de si como um rio.

— Boa noite.

Sua voz se espalhava facilmente pela multidão. O silêncio que caiu era completo e nervoso.

— Esta noite, os maiores jovens usuários de magia de Zumorda competirão, para a diversão de vocês… e pelo destino deles.

A rainha gesticulou para o centro do palco antes de saltar pela borda dele. Uma chuva de faíscas a acompanhou, sua longa saia brilhando até deixar de existir, revelando um vestido elegante por baixo. A rainha aterrissou no meio do salão enquanto a multidão se abria em torno dela, e dois Guardarinhos se adiantaram para flanqueá-la em formação de guarda.

GELO & SOMBRAS

A audiência explodiu em aplausos e gritos que só cessaram quando Eryk e Aela assumiram o palco. Quase de imediato, Eryk colocou Aela para lutar contra algo que apenas ela podia ver, com os olhos enlouquecidos de medo. O escudo de água dela, semelhante a uma bolha, encolheu até que a camada fina pairasse a menos de três centímetros da pele dela. Eu ficaria aliviada por vê-la fora da disputa tão cedo, já que não conseguiria canalizar o dom dela, mas, mesmo assim, doía vê-la sofrer daquele jeito. Um corpo se chocou com o chão do palco e um rugido subiu da multidão. Aela fora derrotada.

Meu estômago se contraiu de nervosismo. Eu seria a próxima a enfrentar Eryk.

Fui chamada ao palco assim que a bagunça gerada pela batalha de Eryk e Aela foi arrumada. Do outro lado da coxia, Eryk me lançou um sorriso cruel. Eu odiava a magia dele, a maneira como ela podia me fazer sentir como se estivesse do avesso e de cabeça para baixo, como se não soubesse nem meu próprio nome. Tudo dependia da minha habilidade de montar um escudo forte o bastante para mantê-lo fora de minha mente, já que eu também não conseguia canalizar sua Afinidade com os espíritos. Assumimos nossas posições, a vários passos de distância um do outro, e Brynan deu o sinal para começarmos.

Eryk desenhou um símbolo no ar antes que eu pudesse ao menos levantar um escudo. Imediatamente, minha cabeça foi inundada por memórias daqueles a quem magoei. Tristan e Evie vieram primeiro, mas as lembranças consumindo minha mente logo ficaram mais sombrias, conforme eu era obrigada a me recordar das mortes que causara em Duvey e Mynaria. Uma onda de tristeza me atingiu, tão debilitante que quase me colocou de joelhos. Não bastaria apenas me defender, e eu conhecia Eryk bem o bastante para saber que seus ataques psicológicos continuariam. Ergui as mãos e deixei que a magia fluísse até elas, distraindo o meu oponente e o público com um escudo que soltava cascatas de faíscas cintilantes. Ele riu de mim, claramente presumindo que eu me esquecera que ele raramente usava magias de um

363

tipo mais físico. Em seguida, lancei sobre ele uma coluna de chamas que incendiou seu casaco — pegando-o, aparentemente, de surpresa.

Eryk gritou e se jogou rolando no chão, e a influência de sua magia sobre mim foi se apagando. Aproveitei a oportunidade e busquei a magia da terra — outra coisa que ele não teria previsto. Ao meu comando, as tábuas do piso do palco se inclinaram para cima e então sobre ele, prendendo-o ao chão com os braços rentes ao corpo. Impedido de fazer contato visual, ele não podia empregar seu dom com a mesma potência. Ele se agitou e se contorceu feito um peixe na rede. Continuei apertando-o até que ele mal conseguisse respirar e fosse finalmente forçado a desistir. Mesmo na derrota, seu rosto estava contorcido de raiva, e eu sabia que, se tivesse chance, ele com certeza me faria pagar por isso mais tarde.

Tentei não pensar a respeito, centrando-me, em vez disso, para encarar minha última oponente: Ikrie.

A multidão já urrava quando Ikrie ficou diante de mim, criando um ruído de fundo que tentei abstrair. Ao contrário de Eryk, ela já sabia que não deveria atacar de primeira. Ela sabia que eu podia canalizar seus poderes e não ia me dar a chance de fazer isso, se pudesse evitar.

— Acho que você já se considera nobre, agora que acumulou algumas vitórias — disse ela, baixando a voz para que apenas eu pudesse ouvir.

Não respondi, porque sabia que aquilo fazia parte do jogo dela. Ela aprendera isso com Eryk: o talento para dar nos nervos dos outros. Como não podia usar magia para isso, ela usava as palavras.

Agitei a mão e fiz uma cascata de faíscas cair sobre ela, torcendo para que isso a tapeasse e a motivasse me atacar. Em vez disso, ela só riu.

— Isso é tudo que você tem? Trabalhar para alguém fraco e inútil te ensinou a ser assim também?

Ikrie me circundou, cuidadosamente acrescentando fios de magia a seu escudo de ar rodopiante e isolando-os de minha influência ou controle.

Seu comentário depreciativo sobre Mare me atingiu, assim como o lembrete de minha farsa. Tentei não deixar transparecer, mesmo enquanto o calor da raiva fazia minhas bochechas arderem.

"Deixe que sua raiva a ajude", uma voz falou baixinho em minha mente.

Ikrie tirou vantagem de meu momento de distração e atacou, usando sua magia do ar para arremessar um vaso ornamental da beira do palco em minha cabeça. Quase não consegui desviar do golpe. Em retaliação, empurrei meu escudo de fogo para longe de mim, ampliando o círculo, esperando que ela trombasse com minha defesa e se ferisse, para que eu não tivesse que feri-la por conta própria.

"Não se segure", a voz disse, sedutora. Era difícil não lhe dar ouvidos.

— É isso o que você chama de ataque? — comentou Ikrie. Ela lançou sua própria investida contra mim, forçando-me a recuar meu escudo para me proteger das lâminas de ar que lançara do outro lado do palco. — Você é tão inútil quanto qualquer outro mynariano, e tem tanto medo dos seus poderes que nem sequer consegue usá-los.

A raiva me devorava, meu dom percorrendo meu corpo, implorando para ser usado.

"Use-o."

— Por que você não volta a ser uma criada? — perguntou Ikrie.

Perdi o controle. Dessa vez, porém, não foi o controle dos meus poderes; foi apenas o controle das minhas emoções, que exigiam que eu a aniquilasse pelo que falava. O dom da rainha abriu caminhos, mostrando-me o que eu podia fazer para destruir Ikrie. Caminhei na direção dela, agora sem medo e deixando de tentar me conter.

Ikrie lançou ataques que ricochetearam, inofensivos, em meu escudo de fogo até eu me aproximar. Em seguida, comecei a absorver a magia, de modo que, a cada golpe que ela dava, mais forte eu ficava. Entretanto, ela não recuou, e, em pouco tempo, o meu nariz quase tocava o dela no centro do palco.

—Você não faz ideia de quem eu sou — falei e me entreguei ao meu poder.

O fogo se acercou de Ikrie, deixando-a como se estivesse presa em um inferno. Sua magia do ar servia apenas para alimentar as chamas, e logo o calor a fez cair de joelhos.

"Machuque-a", disse a voz em minha mente. "Mostre a ela a sua força."

Aproximei-me e, de pé, estendi o braço em meio às chamas que eu construíra ao seu redor. Minha pele formigou com o fogo, inofensivo para mim. Deixei minha mão se fechar em torno de sua garganta, sentindo a palma quente, enfurecida. O grito de Ikrie atravessou os gritos eufóricos do público. Ainda assim, ela não desistiu. Esperneava presa por mim, tentando se reerguer. Era inútil.

"Faça com ela o mesmo que ela faria com você." A voz soava empolgada agora, o que não combinava com a raiva que eu sentia. Mesmo assim, obedeci. Abri minimamente minha boca e inspirei fundo. O grito de Ikrie parou, substituído por um som gorgolejante enquanto eu tirava-lhe o fôlego. Momentos depois, ela jazia imóvel no chão. A marca da palma de uma mão se empolava em seu pescoço. Cambaleei para trás enquanto sentia que ia vomitar. O trovejar dos aplausos da plateia aumentou até ficar tão vertiginoso que eu não era capaz nem de ouvir meus próprios pensamentos.

"Tinha certeza de que escolhi corretamente." A satisfação na voz parecia em total desacordo com minhas emoções, e foi então que a verdade horripilante me ocorreu: a voz em minha mente não era minha.

Meu instinto foi sair correndo do palco, mas um calor pesado tomou conta de meus membros, prendendo-me no lugar. Eu ofegava como um animal numa gaiola.

"Xiiiu", disse a voz. "Não há nada a temer."

Havia tudo a temer. Alguém me havia manipulado durante a batalha. Se essa pessoa podia assumir o controle de minha mente no calor de uma luta, poderia fazer isso a qualquer momento. Aquilo era apavorante. Quanto de minha mente a pessoa podia ver? O que mais ela poderia me forçar a fazer? O terror pulsava pelo meu corpo enquanto a rainha deslizava para o meu lado no palco.

— Agora, apresento-lhes a campeã desta noite: Lia! — Ela pegou minha mão e a levantou junto com a sua. — Que Zumorda prospere para sempre!

A plateia emitiu um último rugido de júbilo enquanto os servos inundavam o local, carregando bandejas recheadas com todo tipo de comida de festim.

A rainha continuou segurando minha mão enquanto me conduzia para fora do palco. Eu a segui obedientemente, mesmo com o pânico que fazia meu estômago revirar.

— Eu sabia que você conseguiria, passarinha — disse ela, quando chegamos aos bastidores.

— Tem algo errado — consegui falar. Abri a boca para começar a explicar o que tinha acontecido durante a batalha, mas, antes que eu pudesse fazê-lo, a voz retornou.

"Não tenha medo." A rainha sorriu para mim. "Este não é um jeito melhor de nos comunicarmos?"

O calor do pânico se esvaiu rapidamente enquanto eu era consumida por um calafrio. Era dela a voz que estava em minha mente. Sua dádiva não tinha sido me auxiliar com minha magia ou me ajudar em meu aprendizado, mas compartilhar sua consciência com a minha e comunicar-se através da mente. Ela era quem tinha me ajudado, mas também fora ela quem me incentivara a derrotar Ikrie de forma muito mais brutal do que eu teria feito sozinha. Recuei, em choque com a traição.

— Não concordei com isso — falei. — O combinado é que me daria o dom do conhecimento.

— É uma dádiva muito maior — disse a rainha, estendendo a mão para acariciar meu rosto. — Antes que você se junte à celebração da sua vitória, eu tenho uma notícia importante para compartilhar com você, já que espero que opte por ser aprendiz de Zhari. Venha comigo.

Ela me levou para longe da festa e eu a segui. Meu medo e minha confusão se fundiam mais com a raiva a cada passo. Eu não gostava de Ikrie, mas não a teria queimado de propósito daquele jeito.

367

A rainha me forçara, fraudando, inclusive, a competição. Será que ela tinha feito isso porque eu era sua descendente, ou porque queria me usar de alguma outra forma que eu ainda não antecipara? Quando chegamos a seu escritório, eu estava pronta para confrontá-la e exigir que ela pegasse sua "dádiva" de volta; contudo, antes que eu pudesse fazer isso, ela disse algo que me deixou sem palavras.

— Temo que tenha havido uma rebelião em Kartasha — contou a rainha, assim que a porta se fechou e estávamos longe de ouvidos curiosos.

Meu sangue gelou.

— Como é?

— Kartasha foi tomada por soldados de Sonnenborne. Houve uma traição.

O comportamento dela havia mudado por completo da máscara de celebração que usara no Festival. A expressão ameaçadora que ela exibia agora indicava que alguém pagaria pelo ocorrido.

— Mas não pode ser. — Minhas mãos tremiam. — Não me disse que Zhari e Laurenna pegaram os traficantes que estavam escravizando pessoas? Não disse que isso ajudaria a rastrear a conspiração de Sonnenborne até a origem?

Uma pergunta para a qual eu sabia que não haveria resposta me consumia: o que tinha acontecido com Mare? Mesmo que alguém soubesse, a rainha não teria se importado a ponto de perguntar.

— Zhari me serve há mais de um século e é leal até a morte. — A rainha continuou. — Foi ela quem entrou em contato comigo e ainda está em contato, empregando medidas defensivas para retaliar os agressores. Para algo sair tão catastroficamente errado, seria preciso haver ingerência local. A Guardiã Laurenna foi colocada na prisão sob minhas ordens e será julgada por traição.

— Mas qual é a gravidade da situação? — perguntei, ainda em choque. Se Zhari ainda estava no controle, não podia ser uma conquista completa, não é? — Como pôde permitir que o Festival se desenrolasse com isso acontecendo em Kartasha?

GELO & SOMBRAS

Se dependesse de mim, teríamos partido para o sul assim que a notícia chegou.

— Cancelar o Festival não teria impacto algum na situação no sul. Teria servido apenas para aborrecer as pessoas no norte, o que é a última coisa de que precisamos. Quanto à gravidade da situação, as últimas notícias de Zhari me diziam que ela havia se entrincheirado na torre da corte. Continuarei a monitorar a situação por meio dela.

— Mas e Mare? — soltei.

— O que tem ela?

A rainha parecia confusa.

— Onde ela está? Está viva? — Por mais que não houvesse resposta a essas perguntas, elas estavam me queimando por dentro.

—Você gosta mesmo dela tanto assim? — indagou a rainha. — Eu sempre pensei que ela fosse um meio para você conseguir o que queria: passagem para Zumorda e treinamento para seu dom. Por que ela seria importante?

Mare era a única coisa que importava. Por mais chateada que eu estivesse com ela, essa percepção me atingiu com tanta força que eu não conseguia respirar.

— Tenho que ir — falei com uma voz vazia.

Embora eu precisasse aprender a dominar minha magia, isso não era, de forma alguma, o que eu queria. De que me adiantava ser uma aprendiz em Zumorda, se eu jamais seria uma guardiã? Eu não tinha vindo até aqui para arruinar as chances de Evie e Tristan na competição, e nunca quisera compartilhar minha consciência com outra, que não era bem-vinda. A única coisa que eu queria era voltar para Mare. Só me restava esperar que ela me perdoasse por ter ido embora, para começo de conversa.

"Você deve estar cansada. Descanse agora, e conversamos mais amanhã." As emoções me invadiram como as palavras da rainha. Eu podia sentir como ela se importava comigo, um tipo de proteção que beirava a possessividade. Eu queria gritar e expulsá-la de minha mente. Quem me dera saber como fazer isso.

369

— Vossa Majestade não compreende — argumentei. — Eu não quero isso. As honras prestadas a mim como vencedora do Festival do Solstício de Inverno... elas não são para mim. Não venci por ter lutado bem ou de forma justa. Venci porque Vossa Majestade me incentivou a usar meus poderes de formas que eu jamais teria usado por conta própria. Não é assim que eu quero ser.

O choque nas feições da rainha era evidente.

— Ninguém abandona as elites.

— Eu abandono — falei.

— Mas e quanto a mim? — indagou a rainha. — Você é mais do que uma aprendiz. Você é sangue do meu sangue. Minha herdeira.

A palavra varreu o ar de meus pulmões.

— Sangue não é a única coisa que mantém um coração pulsando. Por favor, me dê licença, Vossa Majestade.

Eu me levantei e saí do escritório dela, fechando o escudo o mais forte que conseguia em volta da minha mente, na esperança de que isso a mantivesse do lado de fora. Eu precisava partir para Kartasha, e precisava ser naquela mesma noite — o que significava que eu precisava recuperar meus amigos.

Depois de reunir as poucas coisas que eu queria levar comigo até Kartasha, encontrei Tristan e Evie nos aposentos de Tristan. Eles não fizeram questão de ir ao Festival, e eu não podia culpá-los.

— Por favor, escutem-me antes de bater a porta — falei, apressada.

Evie já a havia fechado pela metade assim que viu o meu rosto.

— Ouvimos falar que você ganhou — respondeu Evie. — Parabéns. Agora vá embora.

— Não vou virar aprendiz — falei.

Tristan fungou, zombeteiro.

— Sério? Nós perdemos nossa oportunidade de competir e você, que de alguma forma escapou do castigo, agora vai recusar essa chance de uma em um milhão como se não fosse nada?

— Desculpem — falei. — Não existem palavras suficientes para explicar quanto me arrependo. Tentei assumir a culpa, mas só fiz escolhas erradas até agora. Magoar vocês dois foi um dos meus piores erros. Eu nunca deveria ter pedido a vocês que me ajudassem a invadir a prisão. Só eu tinha algo a ganhar, e vocês dois tinham tudo a perder.

Evie e Tristan franziram o cenho para mim, claramente em dúvida se deveriam ou não aceitar o pedido de desculpas. Eu me remexi, inquieta, preocupada que Mare estivesse em perigo a cada minuto que eu perdia ali, e seria minha culpa se algo lhe acontecesse.

— Por que você parece ter visto uma das assombrações de Tristan? — questionou Evie.

— Kartasha foi dominada por Sonnenborne — falei, anestesiada. — É por isso que vou recusar a posição de aprendiz. Tenho que ir para lá agora mesmo.

— Meus pais e meu irmão mais velho vivem em Kartasha. — Evie parecia arrasada.

— A pessoa que eu mais amo está lá — falei.

Tristan nos olhava de uma para a outra.

— Como, pelo Sexto Inferno, você planeja chegar lá? Há uma camada de neve na altura das coxas desde aqui até Orzai! Não há ninguém fazendo a manutenção das estradas.

— Terei que me esforçar — falei, séria. — Talvez de trenó. Talvez eu possa usar minha magia do fogo para derreter a neve.

Tristan suspirou.

— Vamos lá, admita que você precisa de mim.

Evie e eu o encaramos com expressões igualmente carrancudas.

— Tudo bem, não teve graça — admitiu ele. — Mas eu posso ajudar. Com poder suficiente, nós poderíamos caminhar pelas sombras pela maior parte do caminho até lá, acho. Eu só preciso de uma âncora.

—A fazenda do meu primo fica logo ao norte de Kartasha — disse Evie. — Conheço o tipo de pedra daquela região; pode ser forte o bastante para lhe servir de âncora.

—Vocês não podem estar falando sério de me acompanhar — falei. — Eu já não estraguei a vida de vocês o suficiente?

— Nós poderíamos ter dito não sobre te ajudar a invadir a prisão — ponderou Tristan. — Tínhamos essa escolha.

Evie assentiu.

— Fiquei chateada com o que aconteceu, mas o problema real é que você não veio falar com a gente depois.

— Desculpe — falei. — Pensei que vocês me odiassem. Eu compreenderia se me odiassem.

— Eu fiquei com raiva — disse Evie. — Ainda estou, um pouquinho. Mas não acho que sua intenção fosse nos prejudicar.

— Claro que não — reforcei.

— Não me entenda mal. Boas intenções não servem de desculpa para tudo.

Evie puxou o suéter mais para perto de si.

— Claro que não — concordei. — As intenções não mudam o fato de que eu os prejudiquei. E sinto muito, muito mesmo, por isso. Vocês merecem uma amiga melhor do que a que eu tenho sido.

— Bem, ainda temos muito sobre o que conversar na estrada. — Tristan se levantou. —Vamos, antes que a rainha decida nos impedir.

Assenti, embora um tremor de medo subisse pela minha espinha. A rainha provavelmente seria capaz de sentir nossa partida através de sua ligação comigo. O pensamento fez meu estômago revirar.

Tristan e Evie reuniram os poucos itens de que iam precisar e então nos dirigimos ao Grande Templo. Por mais depressa que executássemos nosso plano, porém, a rainha também fora rápida em tentar nos impedir. Enquanto disparávamos pelos jardins, pássaros desceram de todos os lados para seguir os nossos rastros. Corri até que meus pulmões parecessem estar em chamas por absorver o ar gelado do inverno, até que minhas pernas parecessem ter se desprendido do corpo. Corri até atravessarmos a ponte para o Grande Templo.

O vento soprava sobre a plataforma em ruínas do antigo templo. A Visão me veio com tanta facilidade que eu teria chorado de gratidão, não fosse a urgência do que tínhamos que fazer. Segurei as mãos de Evie e Tristan, deixando o formigamento conhecido subir por meus braços e liberando minha magia com toda a gentileza possível na direção de Tristan. Ele tomou um choque com o impacto, mas conseguiu continuar segurando minha mão. Pássaros gritavam lá no alto enquanto um grupo de Guardarinhos se aproximava de nós. Ainda conectados, nós três encaramos o arco destruído que já havia sido a entrada para o templo. A magia de Tristan se enrolou em torno do batente como cobras feitas de sombra, até um buraco negro se abrir onde antes havia uma porta. Lá dentro, redemoinhos de brumas azuis e roxas pareciam se misturar com as sombras. Senti um aperto no estômago quando me lembrei de como era caminhar nas sombras, mas não havia tempo para hesitar.

Juntos, entramos na escuridão.

A sensação era de que a montanha havia ruído sob nossos pés e estávamos perdidos num túnel frio. Murmúrios acariciaram meus ouvidos e, em dado momento, eu podia jurar ter sentido dentes afiados mordiscando meu pescoço. A caminhada pareceu durar uma eternidade — um intervalo infinito de tempo no qual meu coração ainda estava disparado como se a Guarda Noturna estivesse segurando facas contra meu pescoço. Quando saímos das Terras Sombrias e chegamos a um gramado feio e cheio de pedras, a náusea me atingiu como um maremoto. Evie e eu apertamos a barriga, segurando o engulho.

Tentei respirar com mais calma e esperar o enjoo passar. O frio revigorante da noite ajudou a acabar com a sensação. Estrelas reluziam no alto e uma lua quase cheia iluminava debilmente os arredores. Um rebanho de ovelhas nos observava, cauteloso, de um ponto mais alto na colina rochosa, sem dúvida tomando um susto com nossa aparição súbita durante suas ruminações. Apertando os olhos, eu conseguia, com dificuldade, distinguir o perfil de uma montanha se erguendo perto de nós, mas não a reconhecia.

— Pelos Seis Infernos, onde estamos? — perguntou Evie, formando uma névoa com sua respiração.

— Hum… — Tristan analisava. — Em algum lugar perto de onde você estava pensando?

— Pensei que íamos acabar onde eu estava visualizando. Não conheço esse lugar.

Evie parecia estar em pânico.

— Estamos provavelmente a meio dia de caminhada de lá — explicou Tristan. — Caminhar nas sombras não é uma ciência exata. É possível apenas que haja mais coisas mortas por aqui.

Ele apontou para a esquerda, onde a carcaça quase limpa de um cervo jazia sobre uma rocha achatada.

Evie teve ânsia de vômito outra vez.

Olhei para o céu.

— Vamos usar a lógica. Ali está a estrela da caçadora. — Apontei para uma estrela brilhante. — Isso quer dizer que o norte fica para lá.

— E o lugar que eu estava visualizando era a fazenda do meu primo, ao norte de Kartasha — Evie conseguiu dizer. — Não é aqui, mas duvido que tenhamos exagerado e ido muito para o sul. Ainda que esteja terrivelmente seco aqui. Isso não é normal nesta época do ano.

— Olhem — falei. — O terreno se inclina um pouco para baixo aqui. Se continuarmos descendo a colina, acabaremos alcançando um rio ou uma estrada. Estamos num pasto de ovelhas, então definitivamente estamos em alguma fazenda. Isso quer dizer que também devemos estar perto de uma rota comercial, já que os fazendeiros precisam delas para transportar as mercadorias.

Evie pareceu apaziguada por essa informação lógica, mas não conseguiu resistir a outra cutucada em Tristan.

— Suponho que você não possa perguntar o caminho aos mortos, não?

— No momento, não — disse ele.

Ele estava começando a parecer um tanto acinzentado à luz do luar. A longa caminhada nas sombras deve tê-lo drenado mais do que ele queria admitir.

— Bem, penso que não há como evitar isso. Mas se vocês contarem para alguém que eu deixei vocês me montarem, nunca mais curo vocês — ameaçou Evie.

Quando terminou de falar, seus membros se alongaram e ela se transformou numa rena elegante. Ela se aproximou da cerca e sinalizou que subíssemos, ou, ao menos, presumi que era isso o que sua jogadinha de cabeça queria dizer. Era isso ou "Eu vou fazer picadinho do Tristan se ele não parar de aprontar".

— Acho que temos que ir montados — falei para Tristan.

Evie me deu um olhar funesto e uma fungada impaciente. Subi nas costas delas, espantada quando um gatinho preto saltou da cerca e se sentou atrás de mim.

— Tristan? — perguntei.

O gato piscou, inescrutável. De alguma forma, a manifestação dele era perfeitamente apropriada.

Cavalgamos lentamente para o sul, todos exaustos pelas provações da noite. Mas o mais importante era que estávamos a salvo, bem distantes da rainha e de seus planos sombrios para nós. Ou era o que eu pensava até a voz dela ecoar em minha mente, tão clara como se ela estivesse logo atrás de mim:

"Aonde você foi, passarinha?"

Vinte e Cinco

A fuga acabou não sendo a pior parte da derrota de Kartasha. O pior foi a batalha que ocorreu nos dias que se seguiram a ela, enquanto esperávamos pela chegada da cavalaria e das forças de Wymund. Embora a mensagem de Alek tivesse chegado a Wymund rapidamente, ainda levaria dias para que os soldados chegassem até nós viajando pelo sudeste. Os que vinham a cavalo não seriam muito mais ligeiros, devido à necessidade de manter os animais descansados para a batalha.

Eu estava de pé, protegida por uma árvore às minhas costas, sem fôlego e com meu sabre à minha frente, Harian e outra combatente me flanqueando dos dois lados. Uma matilha de cães latia a alguma distância, causando-me arrepios de medo. Eles atacavam a cada poucas horas, com frequência suficiente apenas para garantir que ninguém em nosso assentamento conseguisse dormir por mais de algumas horas.

Contemplei o acampamento que havíamos construído. Barracas e puxadinhos se amontoavam para todo lado, de modo desordeiro. Os combatentes que tínhamos à nossa disposição iam desde mercenários calejados até fazendeiros sem jeito que não pareciam à vontade carregando suas espadas, e a maioria era do segundo tipo. Aqueles que tinham ao menos alguma experiência de combate eram designados para as áreas próximas da estrada, como a primeira linha de defesa contra atacantes vindos de Kartasha. Tentei conter a crescente onda de desespero. Mesmo com a ajuda da cavalaria, como iríamos retomar a cidade com nada além de gente cansada e derrotada ao nosso lado?

— Cuidado! — gritou Harian.

Girei para a direita bem a tempo de afastar um cão em pleno ataque com o punho de minha espada. Os músculos doloridos de meu braço protestaram. Eu estava de vigia desde a noite anterior e não tinha mais forças agora que a luz coral da alvorada nascia sobre as montanhas ocidentais.

A combatente à minha esquerda, uma mulher pequena com magia da terra chamada Carys, usou seu dom para atrair vinhas para fora da terra e fazer com que elas se enrolassem nas patas de outro cão que se aproximava. Mais ou menos uma hora antes, eu começara a me preocupar com Carys — a exaustão parecia colocar uma máscara cinzenta em seu rosto.

— Eu maldigo o dia em que ouvi falar dos tamers — falei.

Depois de reunir informações por todo o acampamento, Alek e eu descobrimos como os atacantes de Sonnenborne tinham dado seu golpe de Estado. Eles não apenas tinham se infiltrado na cidade com comércios de fachada cheios de "trabalhadores" que eram, na verdade, combatentes disfarçados, mas também conseguido, de alguma forma, fazer uma aliança com os tamers. Os empréstimos para criar canis eram destinados aos animais de companhia dos tamers, que foram soltos na cidade no dia em que a rebelião estourou, e agora eram a fonte do nosso tormento.

— Eu jamais teria imaginado que eles nos trairiam — disse Harian.

— E por que não trairiam? — perguntei. — A seca vem afetando as terras deles. Se estava prejudicando os recursos dos quais dependem, qualquer coisa que as tribos de Sonnenborne tenham prometido deve ter parecido uma oferta atraente. Nunca ouvi nem sequer um cochicho sobre a Corte Invernal fazer algo para ajudá-los.

— Eu não tinha pensado nisso — respondeu Harian, sério.

Outra matilha de cães rosnando irrompeu da vegetação rasteira.

— Corram! — gritei.

Havia cães demais para nos defendermos em três. Correr ladeira acima demoraria demais, então, em vez disso, disparamos rumo à estrada, onde a próxima sentinela estava posicionada. Estar em quatro já seria uma perspectiva melhor, a despeito de nossa exaustão.

As árvores passavam num lampejo conforme eu corria ladeira abaixo, sendo por pouco superada por Harian e suas pernas absurdamente compridas. Quando chegamos à trilha onde a sentinela deveria estar, tudo o que nos recebeu foi a estrada poeirenta. Teríamos que lutar contra eles sozinhos.

Escorreguei até parar na frente de uma pedra enorme que poderia usar para proteger as costas e golpeei o animal mais próximo de mim. Ele se desviou do ataque com reflexos excepcionais e rosnou, fios de saliva pingando de sua bocarra ameaçadora. Ao meu lado, Harian ofegava, os olhos saltando de um cão para o outro. Havia oito deles nos cercando em um semicírculo que agora se fechava. Eles sabiam que nossas armas eram afiadas, e esperariam pelo momento certo para atacar.

O primeiro cão saltou, agarrando-se à minha bota. Eu o fustiguei com a espada, mas minha arma parecia ter me deixado na mão. Eu estava fatigada demais para empunhá-la com eficiência. Quando o primeiro cachorro recuou, outro pulou sobre mim em questão de segundos.

— Que jeito idiota de morrer — desabafou Harian, arfando enquanto atacava outro animal. — Gosto de cachorros. Não quero lutar contra eles.

Um terceiro animal se lançou sobre Carys e ela não fez nenhum gesto para contê-lo, forçando-me a saltar entre eles e desviar o bicho com minha espada.

— Hoje não, Deus das Sombras — falei, usando minhas últimas reservas de energia para botarmos os cães para fugir com os rabos entre as pernas.

— Ela está caindo! — avisou Harian, e esse foi o único alerta que tive antes que Carys desabasse no chão. Seus olhos estavam vazios e suas pupilas se contraíam rapidamente.

Praguejei. Não podíamos nos dar ao luxo de perder outra usuária de magia, mas isso acontecia com frequência cada vez maior. Refugiados com a habilidade de usar magia pareciam ser vítimas de uma doença que os deixava catatônicos. Todos os dias havia mais casos, e nada que se fizesse parecia ajudar. Ninguém conseguia encontrar a causa da doença, fosse ela mágica ou física. A cada dia que passava, mais medo eu tinha de que Alek fosse a próxima vítima.

— Temos que chamar ajuda — falei, e levei os dedos à boca para soltar um assovio alto.

— Deuses, espero que isso não atraia mais cães — pediu Harian. — Não tenho forças para outra rodada disso.

— Nem eu.

Suspirei, sentindo-me derrotada apesar de nossa pequena vitória.

Assim que a ajuda chegou para carregar Carys de volta ao acampamento, marchamos penosamente colina acima outra vez, ainda alertas para o caso de algum animal estar à solta. Quando chegamos na fazenda, Alek e Kerrick se levantaram de seus lugares em torno da fogueira. Eu lhes contei sobre como havíamos escapado por pouco dos cachorros, a falta de sentinela na estrada e o colapso de Carys. Em questão de minutos, Alek enviava outro par de combatentes lá para baixo — um para assumir o posto, outro para procurar pela sentinela ausente. Para meu alívio, ele ainda parecia lúcido.

— Alguma notícia da cidade? — perguntei.

Eu não vira nenhum refugiado chegando durante a noite, mas isso não queria dizer que não havia novas informações vindo à tona.

Alek assentiu.

— Algumas famílias que chegaram ontem foram dopadas com uma dose de raiz-da-paz. Elas trouxeram o que tinham da erva para tentar poupar outros disso.

Ele apontou para uma pilha de bolsinhas de couro na mesa. Kerrick fez uma careta.

— E é do tipo ruim... daquele que nem é preciso fazer um chá. Só de inalar, um usuário de magia cai em segundos. Aplicar um pouco nas gengivas tira o poder por horas.

Alek olhou para as bolsinhas como se fossem serpentes venenosas.

— Pelo visto, os atacantes de Sonnenborne demandam que qualquer zumordano que vá ficar na cidade tome raiz-da-paz. Qualquer sinal de rebelião é uma sentença de morte.

— Os que não estão escondidos ou mortos se juntaram aos invasores de Sonnenborne ou estão aqui — disse Kerrick. — Duvido que vejamos muito mais refugiados chegando da cidade depois do meio-dia de hoje.

— Não podemos continuar combatendo esses cães assim — falei. — Eles estão nos exaurindo de propósito. Se todos os nossos combatentes estiverem cansados demais para ajudar quando a cavalaria chegar e se continuarmos perdendo usuários de magia, vamos seguir sem o poderio de que precisamos para retomar a cidade.

— Os combatentes de Sonnenborne que enfrentamos na cidade eram muito mais do que os usuais bandos de salteadores — contou Kerrick. — Essa gente sabe como lutar, e mais da metade das pessoas do nosso lado não sabe. Temos mercadores e fazendeiros que não passam de bucha de canhão que podemos lançar contra os inimigos, torcendo para que nos sirvam de escudos. Francamente, eu não me sinto confortável de fazer isso. É uma perda desnecessária de vidas.

— Precisamos mesmo é tirar Laurenna e Zhari de lá — falei. — Elas podem ser nossa única esperança. Se estão recebendo doses de raiz-da-paz, podem precisar de algum tempo para se recuperar antes que consigam nos ajudar a retomar a cidade. Temos apenas mais alguns dias até a chegada da cavalaria. Estava torcendo para que pudéssemos esperar até lá, mas acho que não podemos nos dar a esse luxo.

— Concordo — disse Alek, em seu tom contrariado de sempre.

— Uma coisa a nosso favor é que o povo de Sonnenborne é tão cego quanto eu no que diz respeito aos usuários de magia — argumentei. — Isso quer dizer que não há como alguém detectar a presença de usuários de magia ativos na cidade, a não ser que existam algumas pessoas se escondendo que não tenham recebido doses de raiz-da-paz. Acho que nossas chances são muito boas se fizermos uma operação secreta para resgatar Laurenna e Zhari. A questão é: como entramos na torre?

— Quanto menor o grupo, mais fácil será — apontou Alek.

— Ainda assim, é mais provável que termine em morte do que em sucesso. — Kerrick parecia menos convencido.

— Então Alek e eu deveríamos ir — falei.

— Como é? — indagou Harian. — Isso não faz nenhum sentido. Não podemos enviar nossos dois líderes de volta para a cidade na missão mais arriscada.

— Podemos, sim — falei, espantada por ele ter se referido a mim como alguém de liderança. — A cada dia que passa, a chance de Alek pegar essa peste mágica aumenta. E com um pouco de repouso e a espada que tenho, sou uma lutadora decente. Além do mais, tenho muita prática em me esgueirar.

— Então vamos repousar e, esta noite, seguiremos para lá — disse Alek, que sacou uma pedra de amolar e começou a afiar sua espada.

VINTE E SEIS

Dennaleia

Mantivemos um ritmo constante, cavalgando noite afora e parte do dia seguinte até Evie se cansar de nos carregar. Depois disso, caminhamos até a noite pairar acima das montanhas. A fadiga nos manteve calados, embora começássemos a reencontrar um pouco de nosso entrosamento. Todos nós temíamos o que encontraríamos adiante, o que tornava um pouco mais fácil ignorar os pensamentos sobre o que tínhamos deixado para trás.

Mesmo à distância, não era difícil notar que havia algo de errado em Kartasha. Sua torre branca cintilava como um farol, mas a cidade aos seus pés parecia estranhamente escura. Não vimos uma única pessoa até alcançarmos os sopés de uma montanha ao norte da cidade.

—Vocês aí!

Uma mulher armada com uma espada apareceu na estrada exibindo uma postura defensiva.

Nós três paramos de modo abrupto, sem querer causar problemas. Estávamos exaustos demais para lutar.

— Ah, vocês não são de Sonnenborne — disse ela, relaxando a postura de imediato. — Perdão, eu não teria sacado a espada se soubesse disso.

— Eles chegaram muito ao norte de Kartasha? — perguntei, subitamente atemorizada. Se eles já tivessem tomado a região ao norte da cidade, eu não sabia se seríamos capazes de contê-los. O fato de que haviam dominado a cidade já era ruim o bastante.

— Não, mas têm enviado cães dos tamers para nos atacar. Parecia apenas uma questão de tempo até que chegassem soldados.

A mulher embainhou sua arma.

— Os tamers estão envolvidos? — Eu mal podia acreditar. Eles eram zumordanos e não deveriam ter motivo nenhum para trair seus compatriotas. — Como?

— Não temos certeza — disse ela. — Meu palpite é que a seca os afetou bastante e eles fizeram algum tipo de acordo com os atacantes de Sonnenborne.

— Quem mais escapou da cidade? — perguntou Evie. A preocupação com os pais e o irmão cintilou em seus olhos.

— Há um imenso campo de refugiados entranhado nos sopés das colinas. — Ela sinalizou para trás. — Não posso dizer que conheço todos por nome.

— Por acaso você saberia dizer o que aconteceu com a Princesa Amaranthine ou com Sir Alek? — perguntei. Ambos eram notáveis o suficiente para que alguém soubesse caso um deles tivesse escapado da cidade e, por mais que se odiassem, supus que um saberia onde o outro estava.

A expressão da espadachim se tornou curiosa.

—Vocês são amigos deles?

— Somos — falei, perguntando-me se era verdade. Eu não sabia o que Mare pensava de mim atualmente, nem se ficaria contente em me ver.

— Estamos aqui para ajudar — acrescentou Evie, depois que fiquei em silêncio.

— Então é melhor eu levá-los para o acampamento. Meu nome é Shazi, aliás.

GELO & SOMBRAS

Nós nos apresentamos enquanto a seguíamos até o campo de refugiados. Estava estranhamente quieto para um lugar com tanta gente. Não havia fogueiras em torno das quais as pessoas pudessem se reunir, embora eu visse alguns rostos espiando com curiosidade de dentro das barracas conforme passávamos. Shazi nos levou para uma casa decrépita com vista para o resto da cidade de tendas que os refugiados tinham construído. Até no escuro eu podia ver que o prédio estava em ruínas, embora eles tivessem feito um bom trabalho ao pendurar cortinas para bloquear a tênue luz que emanava lá de dentro.

— Encontrei ajuda lá na estrada — disse Shazi enquanto se abaixava para passar pelo cobertor que servia de porta improvisada. — Kerrick, Harian, esses são Lia, Evie e Tristan.

Os dois homens se levantaram para nos cumprimentar. O candeeiro na mesa entre nós lançava longas sombras sobre o rosto deles.

— Onde estão Alek e Mare? — perguntei, com a ansiedade começando a atravessar minha exaustão.

— Acabaram de sair — disse o mais baixinho, sério. — Partiram para tentar resgatar Zhari e Laurenna da cidade.

— O quê?! — O choque me enfraqueceu. — A rainha me disse que Zhari vinha se comunicando com ela. Ela me disse que Laurenna foi aprisionada por ela e que seria julgada por traição. Zhari não falou nada sobre estar aprisionada. Tínhamos a impressão de que ela estava a salvo.

E certamente os soldados de Sonnenborne não teriam permitido que Zhari se comunicasse com a rainha caso ela fosse uma refém.

— Quando foi isso? — perguntou Harian.

— Na noite passada — falei. — No Solstício de Inverno.

Já parecia que um século havia se passado desde então.

— A cidade foi tomada vários dias atrás — explicou Kerrick. — Zhari foi levada como refém pelos soldados de Sonnenborne, junto com Laurenna e a filha dela. Eu vi isso acontecer enquanto lutava para escapar da Corte Invernal.

385

— Como ela poderia ter falado com a rainha, então? — perguntou Evie.

—Ah, pelos deuses — falei, tomada de desalento. — E se a captura delas foi uma encenação? E se uma das duas estivesse mentindo para a rainha? Ou ambas? —Vasculhei minha mente em busca de qualquer outra informação que a rainha tivesse me passado. — A Corte Invernal chegou a flagrar alguém de Sonnenborne envolvido com tráfico de pessoas? — perguntei.

— Não que eu tenha ouvido falar — comentou Kerrick, trocando um olhar com os outros, que balançaram a cabeça, negando. — Mas somos soldados, não participamos das politicagens. É impossível saber de tudo o que acontece na corte.

— Mas parece que desmantelar uma rede de traficantes de pessoas exigiria um bom número de soldados, não? — apontou Tristan.

— Por que você pergunta isso? — disse Kerrick.

— Foi uma das informações de Laurenna que tranquilizaram a rainha, essa de que tinham pegado algumas das pessoas envolvidas com os desaparecimentos — falei. — Parece que não foi bem o caso. Talvez a história toda tenha sido invenção.

—Você acha que Laurenna está por trás disso? — questionou Shazi, arregalando os olhos. — Alek tinha essa teoria por um tempo, mas a abandonou quando ficamos sabendo que ela fora levada como prisioneira pelos atacantes de Sonnenborne.

—Tudo é possível — falei. — Ela ou Zhari poderiam estar sendo controladas por alguém, e, se não soubermos do que essa pessoa é capaz, é possível que tenhamos um inimigo muito mais perigoso do que esperávamos.

Se eu não houvesse visto Sigvar arruinado e desprovido de sua Afinidade, talvez suspeitasse dele. Ninguém teria um motivo melhor para se vingar da rainha, e o dom dele lhe daria a habilidade de controlar Zhari ou Laurenna, especialmente se encontrasse um jeito mais sutil de fazer isso do que aquele que usara com os membros de sua seita.

GELO & SOMBRAS

— Falando em usuários de magia, deveríamos alertar vocês três sobre outro problema que estamos enfrentando — disse Harian. — Muitos que têm Afinidades mais fortes estão sofrendo de uma doença que os deixa incapazes de falar ou agir. Nós nos perguntamos se isso poderia ser algum tipo de magia espiritual.

— É contagioso? — perguntei.

Harian chacoalhou a cabeça.

— Parece se alastrar de forma aleatória.

— Mostrem para mim — falei, com uma angústia crescendo na boca do estômago.

— Eu vou também — disse Evie. — Meu dom é a cura. Talvez eu possa fazer algo para ajudar as pessoas afetadas.

Seguimos Harian para fora da casa até uma barraca grande logo ao lado.

— Vejam por si mesmas — disse ele, afastando a aba da porta da barraca e segurando o candeeiro no alto.

Eu me engasguei com o cheiro que saiu de lá. Claramente, as pessoas incapacitadas não conseguiam se banhar nem ir até as latrinas desde o que havia ocorrido com elas, seja lá o que fosse. No interior da tenda, uma dúzia de pessoas estavam deitadas de barriga para cima, fitando o teto de modo inexpressivo. Alguém as enrolara em cobertores para mantê-las aquecidas, apesar da ausência de movimento; mais desconcertante do que a imobilidade total, no entanto, eram os olhos. Um par de olhos castanhos e outro de olhos azuis refletiam a luz baixa do candeeiro, suas pupilas apenas um pouco maior do que a cabeça de um alfinete.

— Eu já vi isso antes — falei.

— O líder da seita — comentou Evie. — Mas ele está preso em Corovja.

Porém eu me lembrava de algo que Evie não sabia — fora Zhari quem treinara Sigvar. Como eu não tinha juntado as peças antes? Se Zhari o havia treinado, sem dúvida ela conhecia o tipo de magia que ele usara para controlar os membros de sua seita. Uma das Afinidades dela tinha que ser com os espíritos. Ela tivera muito mais tempo do que Sigvar para aprimorar suas habilidades e não parecia impossível que tivesse a habilidade de manipular a mente das pessoas de uma distância maior ou com mais sutileza. Eu sabia como a magia dos espíritos podia ser potente depois de ver o treinamento de Eryk e enfrentá-lo em batalha.

— Há uma cura para isso? — perguntou Harian, fechando a porta da barraca e olhando para mim com uma expressão esperançosa.

— Somente matando ou incapacitando a pessoa responsável — falei, estremecendo ao me lembrar da situação de Sigvar.

— Se ao menos tivéssemos Laurenna ou alguém com um dom como o dela para nos ajudar — lamentou-se Harian.

— Não sei se precisamos disso — falei, desesperançosa. — E tenho a sensação de que Zhari não está sob o controle de ninguém. Acho que é ela que está fazendo isso.

Era um jeito brilhante de debilitar os refugiados e reforçar o domínio de Sonnenborne sobre a cidade. Mas de onde ela estava tirando o poder e como seu alcance era tão grande?

— Não pode ser — retrucou Harian. — Zhari é grã-vizir há mais tempo do que até meus pais conseguem se lembrar. Ninguém é mais leal a Zumorda. Ela é uma das mais poderosas usuárias de magia de todo o reino…

Ele foi se calando quando se deu conta do que estava dizendo.

— E quem melhor para fazer isso do que alguém que é a mais poderosa usuária de magia de todo o reino? — falei.

— Mas por quê? — indagou ele. — Não entendo por que ela se voltaria contra seu próprio povo.

— Também não entendo, mas se essa teoria tiver algum fundamento, e Mare e Alek acabam de ir para Kartasha pensando que vão resgatá-la, podem estar correndo um perigo terrível.

Minha magia rodopiava, inquieta, acompanhada pelo medo. Eu a silenciei com um pensamento, reforçando os escudos sutis que agora sabia como manter para impedir que ela irrompesse descontrolada.

GELO & SOMBRAS

Tornamos a entrar na casa decrépita e encontramos Kerrick e Tristan tomando goles de algo num cantil. Tristan encarava o fogo, mas levantou a cabeça quando entramos.

—Você pode ajudá-los? — Tristan perguntou a Evie.

Ela negou com a cabeça, explicando o que tínhamos visto. Kerrick, contudo, teve dificuldade para aceitar minha teoria a respeito de Zhari.

— Não podemos presumir que ela esteja por trás disso — disse Kerrick. — Ela não tem motivo algum. Nada disso faz sentido.

— A única coisa que sei é que quanto mais conversamos sobre isso, mais Mare e Alek se aproximam do perigo. Alguém tem que alertá-los. Não temos nenhum Falonge por aqui?

— Não — esclareceu Harian —, e quase todos os usuários de magia mais poderosos já sucumbiram à doença que acabaram de ver.

— Então nosso tempo provavelmente já está se esgotando — falei.

Minha boca ficou seca diante da ideia de ser mantida prisioneira dentro de minha própria mente como estavam aquelas pessoas na barraca. Mais apavorante ainda era o pensamento de que Zhari pudesse ser capaz de me subjugar. O pior era que eu sabia qual seria a solução, e a ideia de colocá-la em prática me causava arrepios. Eu não era uma Falonge, então não tinha como contatar Mare. Mas podia entrar em contato com a rainha através da ligação que ela me impusera — embora tivesse jurado a mim mesma que não permitiria que ela entrasse em minha mente outra vez.

— Eu vou atrás deles — falei.

— O quê? — exclamou Kerrick.

—Você não pode fazer isso. — O tom de Evie era inexpressivo. — Estamos todos exaustos.

— A situação não vai melhorar — falei. — Não vai haver nenhum descanso com os cães dos tamers atacando o acampamento e os usuários de magia sendo neutralizados por algum poder malévolo. Qualquer um de nós pode ser o próximo.

— Acho que não posso viajar pelas sombras sem mais um dia de descanso — disse Tristan, parecendo preocupado.

AUDREY COULTHURST

— Se pudéssemos pelo menos fazer esses malditos cachorros pararem de atacar o acampamento, poderíamos poupar uma quantidade suficiente de pessoas para fazer uma agitação perto da cidade, o que distrairia as sentinelas e os combatentes de Sonnenborne — sugeriu Kerrick. — Isso talvez lhe desse uma chance de se aproximar deles.

— Tenho uma ideia para parar os cachorros — disse Evie. — O vento vindo do norte anda estável?

— Claro. Costuma ser assim nessa época do ano — disse Harian com uma expressão intrigada.

— Foi o que pensei — respondeu Evie. — Posso abrir buracos em pedras com minha magia e criar um coro de apitos agudos para espantá-los. Ainda tenho um pouquinho de energia.

— Posso não ter energia suficiente para viajar, mas acho que consigo ajudar com a distração — matutou Tristan. — Muita gente morreu no tumulto?

Shazi anuiu gravemente.

— Então eu lhes darei uma breve segunda chance na vida — disse Tristan.

Estremeci ao pensar nos mortos se levantando para caminhar pelas ruas de Kartasha, mas sabia que não haveria distração melhor. E o melhor de tudo: nós não nos arriscaríamos muito.

— Então vamos lá — pedi. — Quanto mais esperarmos, maior o perigo que Alek e Mare correm. Tenho que alcançá-los o mais rápido possível.

— Estou com um mau pressentimento sobre você ir para a cidade sozinha — comentou Evie.

A carranca de Tristan era tão profunda quanto a dela, e a lealdade deles me tocou.

— Posso estar indo sozinha para a cidade, mas não estarei desamparada de verdade — declarei. — Eu não teria conseguido chegar até aqui sem vocês dois. — Olhei para ambos nos olhos. — Mas preciso fazer isso. Mare está em perigo. Será mais fácil me esgueirar pela cidade sozinha do que tentar passar com um grupo pelos soldados de

Sonnenborne. Caso o pior aconteça... bem, consigo me comunicar na língua deles com fluência para poder enganá-los por tempo suficiente para escapar.

—Vou com você até os limites da cidade — disse Kerrick. —Você precisa de alguém que saiba um jeito de se aproximar sem ser detectado.

Mesmo cansada como eu estava, ter um plano me revigorou, e em pouco tempo estávamos de volta à estrada. Caminhamos na direção da cidade o mais rápido que conseguimos, e foi ali, no silêncio da estrada, que baixei meus escudos e lancei minha mente para o norte.

"Vossa Majestade?", projetei o pensamento, perguntando-me como a distância afetaria nossa conexão.

"Eu sabia que você voltaria para mim." A voz parecia íntima demais dentro da minha mente, próxima demais de sentimentos e pensamentos que eu não queria compartilhar. A distância física entre nós pelo visto não significava nada.

"Não estou voltando." Torci para ela notar minha certeza com a mesma intensidade com que eu a sentia. As únicas coisas que importavam eram encontrar Mare e Alek antes de Zhari e repassar à rainha as informações importantes antes de reposicionar meus escudos. "Tem algo de errado em Kartasha. Zhari estava mentindo, não existe nenhuma contramedida sendo tomada para combater Sonnenborne. A cidade está sob o controle deles, e todos aqui pensam que Zhari foi aprisionada. Achei que Vossa Majestade deveria saber disso."

Seguiu-se uma longa pausa que me fez pensar se ela havia me ouvido, ou se era possível que eu tivesse imaginado toda a conversa. E então, finalmente, houve uma resposta:

"Já estou voando para o sul, passarinha. Vejo você em breve."

VINTE E SETE

Entrar em Kartasha exigiu todas as habilidades furtivas que eu desenvolvera, mas teria sido mais fácil se não fosse por Alek, que atravessava a floresta aos tropeços, com a sutileza de um urso. Felizmente, a magia dele compensava. Ele a usou para criar distrações e atrair inimigos para longe de nosso caminho pela cidade até a Corte Invernal. Entramos pelos cortiços em que Alek havia passado a infância, onde ele navegou com facilidade mesmo na mais completa escuridão. A área mais próxima da torre era mais difícil de atravessar e, de alguma forma, o silêncio das ruas deixava o local mais sinistro do que quando estava lotado de gente. Passamos pelas muralhas da Corte Invernal graças a um canal de irrigação que abastecia as pastagens dos cavalos, que Alek conseguiu fazer parar com sua magia por tempo suficiente para que nos esgueirássemos sem sermos detectados.

Ganhei ritmo conforme subíamos a colina de pastagem para o estábulo. Mexi na tranca até abrir a porta dos fundos da baia onde haviam colocado Flicker, quase chorando de alívio quando o vi erguer o pescoço para investigar as pessoas que se intrometiam em sua refeição noturna.

— Graças aos deuses — cochichei junto à crina dele.

Eu torcera para que os cavaleiros de Sonnenborne o considerassem valioso o bastante para mantê-lo alimentado e em segurança, e parecia que, por enquanto, esse era o caso. Ao contrário de antes, o estábulo estava cheio de cavalos, em sua maioria de raças do deserto de Sonnenborne.

— Tem alguém na sala de arreios. — Alek colocou a mão de modo gentil no meu ombro e gesticulou para que eu me escondesse atrás da porta do estábulo, onde seria mais difícil que me vissem. Em seguida, tirou o balde de grãos de Flicker do gancho na baia e o jogou pelo corredor do estábulo. Por um vão estreito, eu espiava o que estava acontecendo. Passos vieram correndo imediatamente da sala de arreios, revelando um jovem de Sonnenborne. Alek saiu da baia e o atingiu na cabeça, derrubando-o no chão feito um saco de sementes.

— Tem um túnel de criados que vai do estábulo até o pátio interno — disse Alek.

Eu o segui até o canto mais ao norte do estábulo, que dava para outra construção, e entramos na passagem. Alek caminhava à minha frente, bloqueando a maior parte da luz.

Quando chegamos a uma saída para o que parecia ser a cozinha do salão residencial, Alek empurrou a porta. Alguns segundos depois, ouvi o som de potes e panelas caindo ao chão.

— A barra está limpa — disse ele instantes depois.

Contornei o cozinheiro sonnenborne inconsciente no chão. Logo depois dos fogões escaldantes, várias portas levavam a pontos diferentes da residência.

— Agora, temos um problema — comentou Alek. — Só existe um caminho para o interior da torre: a porta da frente.

— Então entraremos pela porta da frente.

Saquei minha espada. A despeito de minha confiança fingida, meu estômago se contraía de nervosismo. Para adentrar a torre da Corte Invernal pela porta da frente, teríamos que neutralizar muitos mais invasores de Sonnenborne. Era apenas uma questão de tempo até que alguém percebesse nossa trilha de corpos inconscientes, e eu não queria ainda estar por perto quando isso acontecesse.

Alek puxou sua arma e assentiu antes de me mostrar o caminho para sair do salão residencial. Do outro lado do pátio, quatro guardas caminhavam pelo perímetro em padrões ordenados, movendo-se com a elegância de lutadores treinados. Não havia como passarmos despercebidos com os quatro em patrulha, e desejei com a força do Sexto Inferno ter trazido meu arco, além da espada. Em vez disso, eu teria que confiar na minha arma... e em Alek.

Sem nenhum aviso, Alek saltou das sombras e derrubou um dos quatro lutadores com um golpe rápido. Em segundos, os outros três soldados convergiram em sua direção, incluindo um guerreiro que tranquilamente se equiparava a ele em tamanho e força. Fiz uma prece silenciosa aos Seis e deixei minha espada me conduzir para a batalha. Nem em um milhão de anos eu teria imaginado que algum dia seria uma guerreira, mas enquanto eu seguia a orientação da lâmina e derrubava outro dos inimigos, eu me dei conta de que me sentia tão à vontade ali quanto no lombo de meu cavalo. Não se tratava de machucar pessoas, tratava-se de resistir em nome da justiça e fazer a minha parte, por menor que fosse, para proteger as pessoas com quem me importava. Alguns minutos depois, o pátio estava em silêncio outra vez, e o caminho para entrar na torre estava desimpedido.

— Onde eles mantêm os prisioneiros? — perguntei a Alek.

— Na masmorra da torre — disse Alek, como se fosse a coisa mais lógica no mundo.

— Este é o único lugar? — questionei, não convencida de que a resposta pudesse ser tão óbvia.

— É o único lugar seguro o bastante para conter pessoas com uma Afinidade tão forte quanto a de Laurenna e Zhari. As celas são blindadas para impedir o uso de magia.

— Ótimo. Uma masmorra mágica.

Zumorda nunca deixaria de ser cheia de surpresas desagradáveis.

Alek abriu a porta da torre. Eu esperava adentrar uma sala dilapidada, mas o interior da torre parecia intocado pela rebelião que tomara conta das ruas de Kartasha. Laurenna estava no centro da grande sala de recepção com os braços levantados. Uma saraivada de granizo redemoinhava em torno dela, formando um escudo gélido que parecia poder facilmente ser usado para atacar.

— Imaginei que talvez estivessem a caminho — disse.

Alek ergueu sua arma.

— Laurenna, o que você está fazendo?

— Servindo ao meu reino.

Ela mexeu a mão e uma bolha se formou ao redor da minha cabeça.

— Socorro! — tentei gritar, mas acabei apenas com a boca cheia de água.

Eu arranhava meu próprio rosto de modo frenético, mas não importava quanto tentasse lutar contra a água, ela se reagrupava em torno do meu rosto. Com a visão borrada pelo líquido, eu mal conseguia distinguir a luta de Alek e Laurenna. Ela lançava feitiço atrás de feitiço sobre ele, enquanto ele a atacava incansavelmente com sua espada.

— Onde está Fadeyka? — ele exigiu saber. Sua voz soava como se viesse de debaixo d'água e minha visão começara a ficar turva. Caí de joelhos.

De trás de mim veio uma súbita rajada de calor, que passou como uma onda de chamas e foi com tudo na direção de Laurenna e Alek. Eu me joguei no chão, certa de que estava prestes a morrer. Em vez disso, as chamas desviaram de Alek e se chocaram contra Laurenna com uma força que a derrubou no chão. A água que envolvia meu rosto escorreu, e arquejei em busca de ar.

— Acho que era a minha vez de te ajudar a voltar a respirar — disse uma voz, e, quando levantei os olhos, vi Denna parada perto de mim.

Como ela tinha chegado em Kartasha? Vê-la ali foi como a primeira chuva reconfortante depois de um verão longo e seco. Mesmo em sua capa suja pela viagem, ela não mais poderia se passar como dama de companhia. Sua postura era ereta, o queixo assumia um ângulo

GELO & SOMBRAS

orgulhoso e seus olhos cintilavam cheios de força. Quando o olhar dela encontrou o meu, havia uma ternura e uma preocupação ali que quase me dilaceraram. Eu nunca tinha visto alguém tão linda. Mas minha alegria ao vê-la desapareceu tão rápido como surgira graças à situação em que nos encontrávamos. Laurenna já quase me matara, e não importava quanto Denna tivesse se tornado poderosa, nós duas estávamos agora em perigo mortal.

Laurenna já se levantava, trôpega, agora cercada por um escudo iridescente de água que lembrava uma bolha. Denna assumiu uma postura defensiva na minha frente e lançou outro feitiço, ajudando Alek a se manter firme. Eu não podia deixar que eles lutassem sozinhos. Forcei-me a ficar de pé. Eu não dispunha de magia, mas tinha uma arma secreta. Peguei do bolso a bolsinha de raiz-da-paz que furtara da fazenda e despejei o pó na palma de minha mão. Em seguida, brandi minha espada com a outra mão e entrei na peleja. Eu só precisava me aproximar o bastante para um golpe.

Segui pelos cantos da sala, tentando determinar um padrão na batalha que me permitisse chegar a uma distância curta de Laurenna. As bolas de fogo de Denna se dissipavam no escudo de Laurenna, fazendo nuvens sibilantes de vapor se espalharem pelo local. A magia de água de Alek e Laurenna pareciam ter dificuldade de se opor uma à outra; em vez disso, elas se combinavam em novas formas. Finalmente, eu me aproximei tanto que Laurenna me notou.

Ela rodopiou na minha direção. A temperatura pareceu cair no recinto conforme seu escudo aquático ficou opaco, estalando para formar gelo. Ela o jogou sobre mim e eu ergui a espada, sabendo que isso não bastaria para contê-la, mas torcendo para que desse a Alek e Denna uma abertura suficiente para derrotá-la. Mas então minha espada se acendeu como fogo quando o escudo a atingiu, e a defesa de Laurenna se despedaçou em milhares de lascas de gelo. Antes que eu pudesse pensar, lancei-me para a frente e arremessei o punhado de pó de raiz-da-paz em seu rosto. Ela caiu imediatamente, gritando, e a magia na sala pareceu colapsar.

397

As botas de Alek esmagaram cacos de gelo enquanto ele se aproximava.

— O que você fez? — perguntou.

— Raiz-da-paz — falei.

Laurenna respirava com dificuldade, engasgando-se, limpando o pó cor de ferrugem de seu rosto, mas era tarde demais. Seus poderes estavam fora de alcance. Seu comportamento todo mudou em apenas alguns instantes, a agressividade dando lugar a uma expressão de pânico crescente.

— Fadeyka — murmurou, finalmente.

— Onde ela está? — perguntei.

Laurenna olhou para mim com puro terror nos olhos.

— Ela está em perigo.

Denna colocou-se ao meu lado, e senti sua presença com tanta força que mal conseguia respirar. Ela tocou meu braço, hesitante, quase como se quisesse conferir com as próprias mãos se meu corpo era real e sólido. Prendi o fôlego enquanto um choque me percorria. Eu queria puxá-la para meus braços ali, naquele mesmo instante, cobri-la de beijos até ela perder o ar. Queria que ela se lembrasse de todos os momentos mais incríveis que tínhamos vivido juntas, e sentia a necessidade de rastejar a seus pés para pedir perdão por todas as formas em que a decepcionara. Eu não sabia o que significava o fato de ela estar ali, ou de ela ter ajudado a nos salvar.

— O que quer dizer com isso? — perguntou Denna a Laurenna.

— Zhari estava me controlando com sua magia da mente — disse Laurenna. — Ela está com Faye, e nós temos que ir atrás dela agora mesmo!

Laurenna teve dificuldade para se levantar até Alek lhe estender a mão, que Laurenna observou com o desgosto que a maioria das pessoas reservaria à oferta de um peixe morto há muito tempo. Ainda assim, ela a aceitou e permitiu-se ser puxada para ficar de pé.

— Quem cometeu traição agora? — perguntou Alek.

Laurenna tirou sua mão da dele, com raiva.

— Zhari — respondeu ela, antes de se virar para sair pisando duro.

—Você não pode enfrentá-la sozinha — disse Denna, correndo atrás de Laurenna. — Não sem os seus poderes!

— Com ou sem poderes, eu faria qualquer coisa pela minha filha — rebateu ela.

— Então nos deixe ajudar — falei. — Nós também nos importamos com Faye.

— E Zhari precisa ser contida — acrescentou Alek, vindo na retaguarda.

Laurenna não diminuiu o passo. Ela nos guiou por uma porta lateral na torre e pelos salões da Corte Invernal a uma velocidade vertiginosa, deixando por conta de Alek abater os poucos soldados de Sonnenborne que tentaram nos impedir ou questionar. Sem aviso, Laurenna irrompeu pelas portas dos aposentos de Zhari.

— Faye! — gritou.

Fadeyka estava na mesa no centro da sala de Zhari, com uma expressão vazia e vidrada em seu rosto. Zhari se encontrava em cima da menina, respirando profundamente enquanto débeis traços de luz cintilante subiam de Fadeyka em direção ao nariz e à boca da mulher. O colar que Fadeyka sempre usava tinha sido arrancado de seu pescoço, e a corrente quebrada pendia da borda da mesa. Eu poderia pensar que Fadeyka estava morta, não fosse pela forma como convulsionou quando Zhari olhou para nós.

O rosto da mulher estava corado, mas seus olhos, normalmente cor de âmbar, estavam negros como uma noite sem luar. Ela ergueu a mão e, com um simples gesto, lançou Laurenna contra a parede do outro lado da sala. Laurenna desabou no chão.

—Vocês chegaram tarde demais — disse Zhari. — Estou alimentada, estou inteira, e estou pronta para o combate.

O negror em seus olhos retrocedeu lentamente e a respiração de Fadeyka ficou mais superficial.

Engoli em seco. Laurenna tinha sido difícil de derrotar, e eu não tinha mais pó de raiz-da-paz.

— Nós não precisamos lutar — sugeriu Alek, movendo-se devagar na direção de Fadeyka.

— Não se aproxime! — disparou Zhari. —Vocês, tolos, são irrelevantes. O desafio para o qual eu venho me preparando não é lutar com vocês.

— Então que desafio é esse? — perguntou Denna.

— Destruir Invasya, exatamente como ela me destruiu.

Olhei rapidamente para Alek para ver se ele compreendia o que ela estava dizendo, mas ter consultado uma pedra daria no mesmo. Seus únicos sinais de reação às palavras dela eram a tensão em seu maxilar e a postura que assumira, colocando a espada diante do corpo.

Um pequeno gemido escapou dos lábios de Fadeyka e meu temor por seu estado aumentou. Será que ainda poderíamos salvá-la, ou ela já estaria condenada por fosse lá o que Zhari tinha feito com ela?

— Por que vocês não me atacam? — perguntou Zhari, num tom provocativo. — Pode não ser particularmente difícil lutar com vocês, mas talvez seja divertido. Depois que eu os derrotar, vocês serão muito úteis como minhas reservas de poder, muito mais poderosos do que os fracotes que venho drenando daquele seu acampamentinho patético.

— Como você pôde fazer isso com seu próprio povo? — perguntei. Pelo visto, não era uma doença, afinal. Era só essa sanguessuga gigantesca drenando a magia das pessoas para mantê-las sob seu controle.

— Eles não fizeram nada além de empregar suas Afinidades para fazer suas famílias e seu reino progredirem — disse Alek.

—Você não tem como saber disso, seu bufão moralista — zombou Zhari. — Agora, por que não lutamos um pouquinho? Vocês começam. Vai ser divertido.

—Você tem Afinidades Múltiplas e nós não somos burros — disse Denna, numa postura tão defensiva quanto a de Alek.

Zhari riu.

— Depois de todo esse tempo, nem os mynarianos veneradores dos deuses reconhecem um quando o veem. Que maldição viver tanto tempo.

— Um deus?

Eu estava completamente confusa.

— Ou uma semideusa — disse Denna, arregalando os olhos.

— Eu sempre soube que aquela ali era a mais esperta — comentou Zhari, indicando Denna com a cabeça.

— Não há mais semideuses em Zumorda — Denna prosseguiu. — Foi o que a rainha disse.

— A rainha não sabe de tudo — disse Zhari. — Por exemplo, ela não sabe que eu venho planejando este dia desde que ela assumiu o trono. Ela não sabe que eu tinha quase atingido meus objetivos quando o pequeno golpe dela contra o rei javali pôs tudo a perder. Eu ia voltar para o deserto. Eu tinha o poder e os meios para libertar meu pai, o deus da confluência. — Ela deu a volta na mesa para se postar entre nós e Fadeyka. — Felizmente, vocês não são nem de longe capazes de me atrapalhar.

Alek traçou um símbolo, mas Zhari apenas riu enquanto uma camada de gelo subia por suas vestes. Com um simples peteleco de sua mão, o gelo desapareceu, parecendo apenas ter lhe dado mais força. Ela lançou um raio repleto de poder contra Alek, derrubando-o com facilidade, como se fosse um aprendiz novato. Gritei quando ela fez o mesmo com Denna e me atirei na direção dela com a espada à minha frente. Uma rajada de poder me atingiu, arrancando a espada de minhas mãos e me jogando no chão, debaixo da mesa onde Fadeyka se encontrava. A última coisa que vi foi a mão de Faye se fechando debilmente em torno de seu amuleto de estrela e então o mundo todo escureceu.

Acordei congelando de frio, apoiada de mau jeito no canto de uma cela de pedra. O frio das pedras havia penetrado completamente em meus ossos, e eu sentia dores da cabeça aos pés. Uma luz fraca revelava na cela nada além de um penico, dois catres estreitos e outra pessoa, que estava de pé, com o rosto contra as grades. Denna. Meu alívio profundo ao vê-la ainda viva lutava com nossa realidade, ou seja, que estávamos realmente ferradas.

— Denna — falei um pouco mais alto do que um sussurro.

Ela deu meia-volta e veio até mim.

—Você acordou — disse com uma voz entrecortada.

Colocou uma mão hesitante em meu ombro, e eu levantei a minha para segurá-la enquanto lágrimas ardiam no canto dos meus olhos.

— Sinto muito — grasnei. — Por tudo o que eu fiz ou disse que acabou te afastando. Eu...

— Xiiiu — respondeu ela, afastando o cabelo da minha testa. — Eu sei disso.

— Mas como você voltou para Kartasha? — perguntei.

O que eu realmente queria saber era por que ela tinha voltado. Queria acreditar que era porque estava preocupada comigo, mas eu sentia culpa por desejar que isso fosse verdade. Denna sempre tinha sido alguém que colocava o bem-estar do reino acima do próprio e, se agora considerava este o seu reino, esse podia facilmente ter sido o motivo.

—A rainha me contou sobre a rebelião — disse ela, ajudando-me a deitar num dos catres e se sentando à minha frente. Em seguida, ela me contou, baixinho, a história de como havia viajado de Corovja para o campo de refugiados e como seus novos amigos a haviam ajudado. — Tudo isso para acabar aqui, com uma semideusa ensandecida planejando drenar meus poderes para alimentar sua vontade de vingança contra a rainha.

— E não há como sair daqui? — perguntei.

— Não que eu tenha conseguido descobrir desde que acordei — falou ela. — Laurenna e Faye estão na cela à nossa esquerda e Alek está do outro lado do corredor. Fadeyka ainda está inconsciente... não sei exatamente o que Zhari fez com ela. Não sei quem está à nossa direita. — Ela apontou para as janelas altas e fechadas com grades entre as celas. Ela deve ter subido em seu catre para poder espiar por elas. — Posso usar minha magia aqui dentro até certo ponto, mas é inútil tentar usá-la nas paredes ou nas grades. Há um tipo de escudo.

Agora que eu sabia que ela estava ali, podia ouvir Laurenna cantando uma canção de ninar baixinho para Faye. Sua voz estava trêmula, provavelmente permeada de fadiga e preocupação. Em algum outro ponto da masmorra, água gotejava de um cano, acompanhando de forma lenta e ritmada a canção de Laurenna.

— Sinto muito — repeti. O desespero e o pesar brotaram em mim, formando um nó em minha garganta. — Se eu não a tivesse afastado com minhas preocupações tolas... se eu tivesse entendido antes o que estava acontecendo, e que era com Zhari que deveríamos nos preocupar... eu falhei com você de tantas formas.

Eu sentia que termos acabado onde estávamos era totalmente culpa minha.

Ela respirou fundo.

— Você não falhou comigo. E talvez suas preocupações sempre tenham sido justificadas. Afinal de contas, estamos aqui. Isso não terminou bem... tirando o fato de poder ver o seu rosto de novo.

Senti bolhas de alegria surgindo dentro de mim, mas elas se dissiparam na mesma velocidade.

— Não, falhei com você, sim — falei. — Porque deveria ter prestado mais atenção ao que você queria, em vez de ter dado ouvidos aos medos da minha cabeça. Você merece ter a vida que deseja, mesmo que seja uma vida que eu não possa lhe dar.

Eu mal conseguia continuar falando. Havíamos vindo para Zumorda em busca de uma chance de ficarmos juntas, mas tudo o que o reino fizera foi nos afastar. Os poucos passos que nos separavam na minúscula cela pareciam uma distância intransponível, mas tudo o que eu queria era senti-la nos meus braços outra vez.

— Eu sempre quis a vida que você pode me dar. — Os olhos dela, verdes como o mar, brilharam. — Minha vida como princesa foi planejada quase desde o começo. Aulas. Casamento. Filhos. Governo. Não havia espaço para erros ou desvios. Eu tinha que ser perfeita, e não importava o que eu queria ou que não me encaixasse no papel que era obrigada a desempenhar. Escolhi você por uma razão. Escolhi você porque, ao escolhê-la, eu também estava escolhendo a mim mesma pela primeira vez.

Ela se levantou e se aproximou, estendendo as mãos para mim.

Meus olhos arderam quando as segurei.

— E aí viemos para cá para conseguir alguma ajuda para você, mas, em vez de dar apoio, fui um estorvo. Pensei que mantê-la a salvo era um jeito de dar apoio. Mas era apenas uma maneira diferente de fazê-la desempenhar um papel que você não queria.

— Foi como me senti. Mesmo assim, não deveria ter ido embora sem aviso — admitiu ela. — Isso foi errado, e fui tola de não conversar com você para tentar compreender a sua perspectiva ou ajudá-la a compreender o meu ponto de vista. De nem ao menos ter lhe dado um beijo de despedida, porque não se passou um dia sequer sem que eu sentisse falta do seu toque.

Meu coração parecia querer saltar do peito.

— Eu só quero saber se em algum momento poderei voltar a acordar do seu lado.

O catre rangeu ameaçador quando ela se sentou junto de mim. Seus olhos passearam pelo meu rosto e ela secou uma lágrima com os dedos. Eu queria agarrá-la e não soltá-la nunca mais, mas, em vez disso, fiquei imóvel, esperando pela resposta dela.

— Agora você é uma espadachim.

— Estou aprendendo — falei. — E você tem o seu dom sob controle.

— Estou trabalhando nisso — concordou ela.

— Quero melhorar — sussurrei. — Quero apoiar você, não atrapalhar. Não posso prometer que serei perfeita, mas vou tentar.

— Também não posso prometer perfeição — declarou Denna. — Mas quero você.

Aquelas eram as únicas palavras que eu precisava ouvir. Deslizei as mãos por baixo de sua capa e embolei o tecido de sua camisa em minhas mãos. O calor do corpo dela me inundou, e um suspiro escapou de meus lábios quando a terrível tensão de nossos meses separadas finalmente se desfez. Puxei-a para junto de mim num gesto intenso, parando antes de beijá-la, querendo me certificar de que era isso que ela queria. Denna levou um dedo ao meu rosto e o passou por meu lábio inferior.

— Eu te amo tanto — cochichou.

As palavras dela preencheram todos os vazios que existiam em mim desde que ela desaparecera.

— Não quero nunca mais ficar longe de você — falei. —Também te amo.

Ela jogou os braços ao meu redor e me beijou até o horror de nossa situação se desvanecer, até que tudo o que eu sentia era a quentura de seus lábios e o conforto em seus braços.

— Carambolas — resmungou uma voz masculina em outra cela.

Eu me afastei levemente de Denna, arregalando os olhos. Havia apenas um lugar onde eu ouvira aquela palavra antes que Fadeyka começasse a usá-la para tudo.

— Isso soou como Hornblatt.

— Quem? — Denna parecia confusa.

— O Falonge que me ajudou a entrar em contato com você — expliquei.

Nós nos levantamos e fomos para a frente da cela, espremendo-nos contra as grades. Resmungos indignados vinham da cela à nossa direita.

— Hornblatt, é você? — perguntei

A voz parou com os queixumes ensimesmados.

— Quem quer saber?

— Mare — falei. — Sua fornecedora preferida de hidromel.

Um par de mãos agarrou as grades da cela adjacente.

— Os soldados de Sonnenborne também pegaram você, hein? — perguntou ele, embora fosse mais uma declaração do que uma pergunta. — Eles me arrastaram para fora de casa antes que eu pudesse pegar a porcaria da gata.

Ele deu início a um discurso inflamado sobre mingau e sobre se as pessoas de Sonnenborne que tinham tomado o controle da cidade alimentariam o animal.

— Suponho que a sua magia não funcione aqui, não é? — perguntei.

—Talvez, se houvesse alguém com quem eu pudesse fazer contato com alguma chance de me tirar daqui — rosnou.

— Que tal o seu amigo? — perguntei a Denna, sentindo uma súbita onda de esperança. — Aquele que consegue caminhar nas sombras, ou sei lá como se chama aquilo.

— Tristan? — perguntou ela, e a mesma centelha de esperança se acendeu em seus olhos também. — Ele pode conseguir nos tirar daqui, desde que esteja bem descansado.

— Eu não faço nada de graça — disse Hornblatt com arrogância.

—Você está preso — falei, exasperada. — Estamos todos presos. Você quer sair ou não?

Uma porta se abriu e fechou no fim do corredor, acompanhada pelo som de rodas rangendo.

— Recuem — disse Hornblatt, desaparecendo em sua cela.

Um guarda passou com um carrinho lotado de tigelas cheias de uma papa aguada com um aroma tão apetitoso quanto o de papel picado molhado. Ele passou uma para cada ocupante da cela por baixo das portas, sem se importar que metade da papa acabasse no chão.

Antes que o guarda chegasse ao extremo oposto do corredor, goles ruidosos ecoaram da cela ao nosso lado. Pelo visto, Hornblatt não era muito exigente em relação a comida. Denna e eu fizemos uma careta. Alguns minutos depois, fomos regaladas com o som de urina caindo num penico. Eu me sentei no catre, remexendo-me impaciente até o guarda desaparecer por onde viera.

—Vocês não teriam comida extra por acaso, não é? — perguntou Hornblatt da parte da frente de sua cela.

— Não é possível que você queira mesmo isso — falei.

— Ora, se vocês não vão comer, por que desperdiçar?

Ele fungou.

GELO & SOMBRAS

— Porque é um lixo — murmurei.

— Não, espere aí — disse Denna. —Você pode ficar com nossas duas tigelas, se usar seus poderes para entrar em contato com Tristan. Se ele puder nos ajudar a sair, também pode ajudar você.

— Não há nada reflexivo que eu possa encantar — disse Hornblatt, ficando impaciente.

Olhei de relance para o penico e fiz uma careta.

— Claro que tem. Sua cela tem um penico, não tem?

— Bem, a menos que vocês tenham algo do seu amigo, não faz diferença.

Denna tirou o que pareciam ser alguns pelos de gato preto de sua capa e os estendeu pelas grades mais próximas da parede que nos separava de Hornblatt. Ela esticou o braço o máximo que pôde na direção dele.

— Isso aqui serve? São da manifestação dele.

Hornblatt se esticou entre as grades de sua cela para pegar os pelos da mão de Denna.

— A manifestação de seu amigo é um gato? — Ele pareceu se animar com isso. — Gente boa, os gatos. Está bem, eu topo.

Chacoalhei a cabeça. O sujeito fazia pouco sentido num dia bom, imagine em um no qual todos nós estávamos trancafiados e ferrados.

Ouvi um arrastar e o ruído alarmante de líquido sendo derramando quando ele puxou o penico mais para perto da porta da cela.

Poucos minutos depois, Hornblatt conseguiu estabelecer contato com Tristan e passar uma mensagem um tanto quanto confusa sobre nossa localização e o que havia acontecido.

— Diga a ele que posso lhe dar mais poder se ele conseguir chegar até aqui — disse Denna. — Posso ajudar a nos tirar daqui.

—A baixinha disse que consegue empoderar sua saída — Hornblatt disse a Tristan.

Felizmente, Tristan pareceu entender o suficiente, e, momentos depois, ele e Evie surgiram do lado de fora de nossa cela. Evie parecia nauseada, e Tristan tinha uma expressão exausta.

407

AUDREY COULTHURST

— Tristan! — Denna correu para a frente da cela.

— Quantos precisamos tirar? — perguntou ele.

— Seis — disse Denna. — Chegue mais perto.

Ela enfiou a mão entre as grades e agarrou-o pelo pulso. Ele colocou sua mão no pulso dela e os dois ficaram ali, em silêncio, por alguns instantes. Enquanto eu observava, um pouco de cor retornou devagar às bochechas dele. Então Tristan finalmente soltou Denna.

— Já é o bastante; não se drene demais — disse ele para Denna. — Obrigado.

Usando uma magia bem além da minha capacidade de compreensão, Tristan de algum jeito desapareceu e reapareceu dentro de cada cela, vindo nos buscar por último.

— Estão prontas? — perguntou.

— Como sempre estive — disse Denna. — Isso pode deixá-la enjoada — explicou-me.

Tristan estendeu as mãos para nós duas, e eu dei um passo para segurá-la, com a prisão imediatamente sumindo na escuridão.

VINTE E OITO

Dennaleia

Saímos das Terras Sombrias bem na porta da casa, no assentamento. Todos vomitamos, exceto Tristan. A exaustão me atingiu com força total assim que eu soube que estávamos a salvo, e foi preciso usar toda a energia que me restava para me manter de pé. A viagem tinha despertado Fadeyka, que se agarrava à mãe enquanto ambas tentavam controlar o estômago embrulhado. O frio do ar noturno era refrescante depois do fedor da prisão, e respirei fundo para tentar aquietar minha náusea. Assim que Mare parou de ter ânsia, saiu do meu lado e foi correndo para perto de Fadeyka.

—Você está bem! — gritou.

Fadeyka abraçou Mare de um jeito meio atrapalhado, desabando nos braços dela.

— Acho que não quero treinar com Zhari — murmurou.

Mare balançou a cabeça.

— Só você pensaria em treinar numa hora dessas.

A comoção que criamos no local atraiu Kerrick e Evie para fora da casa. Evie virava aos poucos um chá restaurador na boca de Tristan antes mesmo que ele tivesse tempo de falar, e Kerrick aproximou-se de Mare decidido.

— Graças à rainha, você está de volta — disse para Mare. — Recebemos notícias de que a cavalaria chegará amanhã cedo. Eles mandaram um pássaro na frente; forças auxiliares de Wymund estão vindo com eles de Duvey.

— Não temos tempo a perder — disse Mare. — Tudo é bem pior do que imaginávamos. Zhari é uma semideusa e é ela quem está por trás da tomada de Kartasha por Sonnenborne. A magia dela é incrivelmente poderosa... tivemos sorte de escapar. Não teremos essa sorte outra vez.

— Uma semideusa? — Kerrick encarou Mare, imóvel.

— Achei que não houvesse mais nenhum deles em Zumorda há séculos. — Evie parecia chocada. — E, honestamente, sempre pensei que as histórias sobre eles fossem invenção.

Olhei de esguelha para Tristan, mas sua expressão não entregava nada. Ele não devia ter contado a Evie sobre seus pais, e me senti tocada por ele ter compartilhado aquela informação comigo.

O grupo todo entrou na casa decrépita, sentando-se no chão ou onde fosse possível nos amontoar perto do candeeiro.

— Quanto tempo acham que temos antes que Zhari descubra que fugimos? — perguntei.

— Eu não ficaria surpreso se ela já soubesse — disse Alek, tocando distraidamente um hematoma perto de sua têmpora.

— Deixe-me ajudá-lo com isso aí — ofereceu Evie. — Posso?

Para minha surpresa, Alek concordou e, com um roçar dos dedos de Evie, o hematoma desbotou para um tom de amarelo, quase curado.

— Obrigado — disse ele.

— Todos vocês deveriam me deixar dar uma olhada — sugeriu Evie, com uma expressão preocupada. — Se não temos muito tempo, não podemos deixar ninguém ir para a batalha enfraquecido.

— E os cães? — perguntei. — Vocês conseguiram se livrar deles?

— Ela conseguiu — confirmou Kerrick. — Falei com Harian no posto dele mais cedo, e ele disse que foi o turno de sentinela mais sossegado desde que deixamos Kartasha.

Fui inundada de alívio. Isso significava que pelo menos poderíamos dormir um pouco.

Evie fez sua ronda examinando todos nós e então decidimos descansar até de manhã e deixar o planejamento de estratégia para quando a cavalaria chegasse. Todavia, enquanto eu me aninhava junto a Mare num cobertor esfarrapado no chão, sabia que ainda restava uma tarefa a cumprir.

Cautelosamente, abaixei minhas defesas mentais.

"Olá, pequena. Estava me perguntando quando você precisaria de mim outra vez." "Majestade, precisa voltar para Corovja." Tentei transmitir o máximo da sensação de perigo possível nos sentimentos que enviei pela nossa conexão. "Zhari a traiu. Ela estava por trás da rebelião em Kartasha e é responsável pela tentativa de invasão de Zumorda por Sonnenborne".

"É mais um motivo para que eu vá aí. Não dou as costas para meu povo e não permito que traidores saiam impunes." Havia uma estranha nota de empolgação na voz dela, como se estivesse ansiosa pela batalha.

"Não está entendendo. Zhari é uma semideusa. A filha de algum deus do qual eu nunca ouvi falar, o deus da confluência." Eu me remexi na cama, inquieta, agitada por ela não estar me dando ouvidos. "Ela quase nos matou."

"Ela machucou vocês?" A voz mental da rainha assumiu um tom mais feroz.

"Tentamos atacá-la, mas foi completamente inútil. Ela usou os meus poderes e os de Alek contra nós com a mesma facilidade com que respirava."

"Vou matá-la." A selvageria na voz dela me assustou.

"Por favor, dê meia-volta. Vossa Majestade precisa estar a salvo para manter o reino a salvo. Deixe-nos tentar derrotá-la mais uma vez. Mesmo que fracassemos, talvez consigamos enfraquecê-la, pelo menos."

"É tarde demais para isso, passarinha. Muito, muito tarde."

A manhã seguinte raiou clara, seca e gelada, mas não foi o sol que nos acordou na casa dilapidada do assentamento. Lá fora, as pessoas gritavam tanto que saí da cama aos tropeços, certa de que estávamos sofrendo um ataque. Mare e eu corremos para fora da construção, apertando os olhos por conta do sol matinal, e foi então que descobri por que a rainha dissera que minha mensagem tinha chegado muito, muito tarde.

A Rainha Invasya voava como um dragão branco acima de nós, varrendo o pálido céu azul com uma elegância atemporal. Por toda a nossa volta as pessoas aplaudiam, vendo-a como o primeiro sinal de esperança depois da terrível provação pela qual tinham passado. Eu não sentia o mesmo conforto diante da visão, só uma sensação crescente de inquietação. Queria voltar a confiar nela como confiara nos primeiros dias de meu treinamento, ou a pensar nela quase como parte da família, como começara a fazer antes do Festival, mas não sabia se conseguiria.

O dragão circundou o acampamento algumas vezes, como se absorvendo o aplauso que saudava a soberana, finalmente mergulhando de maneira brusca ao longo do pico atrás de nós e lançando um jorro de chamas por sua bocarra. Enquanto todos os outros celebravam, eu me desesperava. Ela tinha caído diretamente na armadilha de Zhari. Mare viu a expressão no meu rosto e colocou o braço ao meu redor. Eu queria me agarrar a ela, mas me forcei a ficar de pé, ereta. Não podia permitir que a rainha visse nenhuma fraqueza em mim.

Ela pousou em um descampado não muito distante de nós e rapidamente assumiu sua forma humana. Caminhou em nossa direção e minha mente disparou a pensar no que dizer, mas antes que ela se aproximasse o suficiente para conversar, voltou-se para um espadachim aleatório e o seguiu para longe da multidão. Uma pontada de decepção inesperada se alojou em meu estômago, e eu me odiei por isso. O que ela fizera ainda me dava repulsa, e eu não a queria na minha cabeça. Parte de mim, no entanto, ainda esperava que ela

GELO & SOMBRAS

viesse até mim primeiro, e me senti perdida e confusa por isso não ter acontecido.

Ela não veio à casa nem quando os soldados de infantaria de Wymund e a cavalaria de Thandi chegaram. Ver aqueles soldados se aproximando, a cavalo e a pé, com armaduras novas e brilhantes e montarias fortes, fez com que os refugiados erguessem as próprias armas em saudação, e embora não fosse exatamente o mesmo clamor que se ouviu com a chegada da rainha, o clima de entusiasmo no acampamento era palpável. Era chegado o momento de retomar a cidade deles. O líder dos cavaleiros e o líder da infantaria foram até a casa, onde eu os esperava com Alek e Mare. Fadeyka se postou um pouco mais atrás, curiosa, ainda que não se afastasse muito de Laurenna desde que ambas tinham sido aprisionadas.

O general era o próprio Wymund, que arregaçava as mangas como todos os outros.

— Odeio voltar a vê-la em circunstâncias como essa, Mare — disse ele. — Mas parece que você arranjou uma bela arma para si. Eu gostaria de lhe oferecer minha lealdade. A cavalaria que você convocou é um belo grupo de guerreiros.

— Então estenda sua lealdade a Alek também — disse ela. — Eu não teria conseguido fazer isso sem ele. É ele que tem experiência e o dom do pensamento estratégico. Francamente, não seria mal aproveitarmos um pouco de sua sabedoria também.

— Fico mais do que feliz em estender minha lealdade a Alek e ajudar como puder — respondeu Wymund, trocando um cumprimento respeitoso com o outro homem.

Wymund se juntou a nós em torno do fogo onde cozinhávamos enquanto discutíamos o plano para retomar a cidade. Não teríamos o elemento surpresa por muito tempo: apesar de os animais de companhia dos tamers terem nos deixado em paz desde que Evie fizera os apitos de pedra, eu sabia que eles ainda enviavam espiões. Nem todo familiar era um cão, e era difícil acreditar que outros animais não estavam nos vigiando.

413

Zhari era nossa maior preocupação, embora os números também não estivessem a nosso favor. A cavalaria ofereceria alguma vantagem — desde que Sonnenborne não tivesse um exército equivalente de escaramuçadores. Mare contou a eles sobre todos os cavalos que vira nos estábulos da Corte Invernal, o que queria dizer que eles provavelmente tinham ao menos alguns. O que mais me preocupava era a habilidade que Zhari tinha de rebater os ataques dos usuários mais poderosos de magia que nos restavam — ela nos derrotara sem esforço algum e, depois de drenar o poder de Fadeyka, estava no auge do poder.

Mas aí a rainha chegou com as próprias ideias.

— Se o que Zhari quer é me matar — disse —, então vamos fingir que damos a ela essa oportunidade.

— Vossa Majestade — respondeu Wymund, com uma expressão chocada —, não podemos deixar que se arrisque dessa forma.

— Ah, podemos, sim, e também precisamos utilizar os poucos usuários de magia que nos restam — retrucou a monarca. — Zhari não é boba. A essa altura, ela sabe que alguns de vocês escaparam das garras dela, e seus espiões a avisarão da minha chegada. Não levará muito tempo para que ela planeje um ataque. Não me surpreenderia se enviasse um exército de soldados de Sonnenborne e tamers para destruir esse acampamento antes do pôr do sol.

Estremeci, e não foi de frio.

Discutimos os detalhes e decidimos agir naquela noite. Dividimos a cavalaria em grupos pequenos combinados com os soldados de Wymund, criando um plano para que adentrassem a cidade em grupos menores, o que dificultaria que o inimigo determinasse nossos números. De todo modo, as ruas estreitas e íngremes seriam um campo de batalha ruim para uma grande força de cavalaria. Eles entrariam e escolheriam seus combates com cuidado, até que eu desse o sinal para convergirem para a Corte Invernal. Aqueles que não eram combatentes se esgueirariam para dentro da cidade como suas manifestações e desarmariam o máximo de inimigos que conseguissem, discretamente.

GELO & SOMBRAS

E os usuários de magia mais fortes iriam atrás de Zhari.

O contingente furtivo partiu primeiro, pouco antes do poente. Soldados da cavalaria e da infantaria o seguiram quando o sol alcançou o horizonte, conduzidos pela rainha, que voava à frente deles, pronta para atrair Zhari para fora de sua torre. Assisti à partida deles com a ansiedade formando um nó apertado em minha garganta. Aqueles que viajariam usando magia o fizeram sob o manto da escuridão. Dessa vez, Evie e Tristan nos acompanharam, pois precisávamos de todas as armas e Afinidades que tínhamos a nosso dispor. Apenas Laurenna ficou para trás, ainda se recuperando de sua exposição à raiz-da-paz e, em minha opinião, ainda não de todo confiável. Quando chegou a hora, eu, Alek e Evie unimos nossos poderes para dar suporte a Tristan à medida que ele abria o portal para as Terras Sombrias. Prendi o fôlego enquanto a adentrávamos, murmurando uma prece. Zumorda podia ser uma terra sem deus, mas ainda me dava forças sentir que os deuses talvez estivessem cuidando de mim.

Não houve tempo para ficar enjoada quando fomos lançados das Terras Sombrias para o mausoléu da Corte Invernal. Reuni minha coragem, tentando me concentrar na necessidade da batalha que estava por vir e não no fato de que pessoas que eu amava estavam correndo um perigo mortal. Se não conseguíssemos derrotar Zhari, ela mataria a Rainha Invasya e lançaria Zumorda no caos. Desafiar costumes e tradições escolhendo uma herdeira, como a rainha sugerira certa vez, era uma coisa; a monarca ser assassinada pela sede de vingança de uma semideusa era outra, bem diferente. Isso colocava todos os Reinos do Norte em risco.

Uma caminhada curta escadaria acima separava o mausoléu das dependências médicas, onde, do lado de fora, encontramos as primeiras sentinelas de Sonnenborne. Alek e Mare entraram em ação na nossa frente, atacando os três combatentes. Cerrei os punhos quando o soldado mais próximo atacou Mare com uma maça, contendo minha magia e as emoções que me davam vontade de despejar labaredas em cima de qualquer um que tentasse feri-la. Eu precisava poupar minha

415

energia para a batalha com Zhari. Mare fazia os movimentos de espada parecerem fáceis e, embora dissesse que o crédito era todo de sua arma, eu podia ver que era mais do que isso. Suas roupas escuras de inverno não podiam esconder totalmente a maneira como sua figura e postura tinham mudado nas luas em que eu estivera longe. Ela lutava sobre os dois pés com o mesmo orgulho que eu a vira demonstrar quando estava em cima de um cavalo.

— É agora — falei assim que os corpos dos sentinelas foram removidos, e ergui o braço para o céu. Disparei uma fagulha para o ar, que se tornou uma explosão crepitante de chamas acima da torre, dando o alerta para nosso pequeno exército partir em direção à corte. Rezei para que fossem bem-sucedidos. Tudo o mais dependia de nós.

Baixei os escudos de minha mente apenas por um instante para compartilhar a mensagem: "Está na hora".

Atravessamos o prédio hospitalar correndo enquanto a rainha dava um rasante em direção ao pátio interno e aterrissava com as asas brancas abertas. Ela soltou uma rajada de chamas, varrendo toda a área e incinerando pelo menos uma dúzia de soldados de Sonnenborne, alguns dos quais estavam postados como guardas, enquanto outros lidavam com alguns cadáveres que eu presumia serem vítimas da primeira visita de Alek e Mare à torre. O odor acre de cabelo e carne queimando encheu o ar, fazendo com que engasgássemos com a fumaça. Foi preciso um esforço imenso para sossegar o engulho em meu estômago o suficiente para continuar me movendo.

Sob o comando de Tristan, vários dos soldados mortos se levantaram, trôpegos, quando passamos por seus corpos, correndo rigidamente à nossa frente para nos servir de escudo. Estremeci sem querer. Por mais agradecida que eu estivesse pela presença de Tristan, alguns de seus poderes eram profundamente desconcertantes. Eu duvidava que os combatentes reanimados ajudassem contra Zhari, mas, no mínimo, um paredão ambulante de cadáveres atrasaria qualquer outro soldado de Sonnenborne que encontrássemos torre adentro.

GELO & SOMBRAS

No final, nem tivemos a chance de entrar no prédio. As portas se abriram quando nos aproximamos. Uma luz forte inundou o pátio e Zhari saiu, exibindo um sorriso malicioso ao ver a rainha em sua forma de dragão. Uma tiara delicada adornava sua testa e seis soldados de Sonnenborne a flanqueavam. Os pelos de minha nuca se arrepiaram ao vê-la.

— Quer que nos livremos deles, minha rainha? — perguntou um dos soldados.

Rainha? Vacilei, chocada. Os planos dela iam muito além de matar Invasya. Se ela já era considerada a rainha de Sonnenborne, então também devia estar atrás da coroa de Zumorda. Seria o início de um império invencível. Mare olhou de relance para mim, e vi todo o amor e medo que eu sentia refletidos na expressão dela. Cerrei os dentes e invoquei minha magia, deixando que o calor inundasse meus punhos até eu estar pronta para o ataque. Se Zhari queria destruir Zumorda e matar as pessoas que eu amava, teria que passar por cima de nós primeiro.

— Eu não recomendaria isso — disse Tristan, lançando seus soldados mortos-vivos sobre os guardas de Sonnenborne.

Os mortos brandiram suas espadas loucamente, respingando sangue no piso conforme atingiam os inimigos e os cortavam em pedacinhos.

Zhari levantou a mão e os quatro mortos pararam, depois caíram ao chão. Ela sorriu para Tristan, mas não havia bondade em sua expressão.

— Não existe poder nem Afinidade nos Reinos do Norte que eu não tenha visto pelo menos dez vezes — disse.

Alek jogou uma onda de água sobre Zhari. Com um pequeno gesto dela, a água subiu e foi embora, sublimando até se reconstituir lá no alto como nuvem. Dando um pequeno sopro, ela dissipou a nuvem. Minha determinação fraquejou. Ela fazia a neutralização de cada feitiço parecer tão fácil, como se não lhe custasse esforço algum. Até onde eu sabia, não custava mesmo.

417

Reuni tudo o que podia, abrindo-me totalmente para o que eu era capaz de fazer. Pedaços de pedra se soltaram dos edifícios que nos circundavam e eu os incendiei com os rios de chamas que escorriam de minhas mãos. Com um berro selvagem, lancei tudo na direção de Zhari. As pedras se chocaram com a torre atrás dela, despedaçando o gesso ornamentado que ainda não tinha sido destruído.

Quando a poeira e a fumaça baixaram, Zhari se encontrava de pé no meio de tudo sem um arranhão sequer. Se muito, ela parecia ainda mais radiante e poderosa do que nunca. O medo percorreu minha espinha, e não pude deixar de achar que estávamos sendo tolos de tentar lutar contra ela. Com outro movimento de mão, Zhari se blindou com uma bolha prateada de magia. Nós prosseguimos com nossa ofensiva, mas cada feitiço que atingia o escudo só o fazia brilhar com mais intensidade. A rainha golpeou Zhari com força, sua raiva parecendo se sobrepor à lógica de que suas investidas não estavam funcionando. Eu me contive, procurando desesperadamente por falhas nos escudos mágicos de Zhari, mas não havia nenhuma.

Nada do que fazíamos a afetava.

Dei um pulo para me desviar quando Zhari rebateu um dos feitiços de Alek, disparando mísseis de gelo em nossa direção. De esguelha, vi Mare evitar por pouco a investida de um dos dardos dos soldados. Fervi de fúria e, sem pensar, arremessei uma série de bolas de fogo no combatente. Ele rapidamente caiu, ardendo como uma tocha humana. Zhari reuniu um pouco das minhas chamas em suas mãos, retirando-as do ar e do homem que queimava. Assisti, horrorizada, enquanto as chamas se transformavam em centelhas, que viraram raios e então se acumularam em torno das mãos dela. Ela os lançou contra mim num golpe mortal. Tentei fugir, mas a magia era muito grande para que eu escapasse. O tempo pareceu desacelerar quando os raios estalaram pelo ar. Exatamente quando a magia estava prestes a me atingir e eu havia me resignado a meu destino, Alek saltou na minha frente. Seu escudo de água, que havia assumido um cintilar tão luminoso quanto a lua, chiou quando os raios o atingiram. Houve um clarão,

GELO & SOMBRAS

e o escudo curvou-se sobre si mesmo e depois desabou sobre Alek, que caiu pesadamente. Corri para fugir do próximo ataque de Zhari, mas, quando olhei para trás para conferir se Alek havia se levantado para retornar à batalha, ele ainda estava deitado, tão imóvel quanto as pedras debaixo dele.

VINTE E NOVE

Amaranthine

— Alek! — gritei, mas minha voz se perdeu no fragor da luta e ele não respondeu.

Eu queria correr para junto dele, mas isso apenas faria de mim um alvo fácil para Zhari ou para a próxima rodada de seus defensores de Sonnenborne.

Eu me movi nas sombras junto à parede do edifício hospitalar enquanto Denna voltava ao combate. Lágrimas cintilavam em seu rosto ao mesmo tempo em que ela lançava bolas de fogo com uma mira que eu sabia ser ruim de propósito. Nós havíamos passado para nosso plano de contingência, que meu tio Casmiel teria resumido como: "se não é possível deslumbrá-los com seu brilhantismo, confunda-os com balelas". Tristan lotou o pátio com ilusões de morte feitas para confundir e distrair e Evie se concentrou em neutralizar qualquer coisa que Zhari tentasse, em vez de lançar seus próprios feitiços. Claramente desorientada, Zhari cambaleou para a frente com o rosto contorcido de raiva. Eu já estava quase atrás dela, e Evie se postou à minha frente para me dar cobertura. Tudo dependia dos outros a manterem distraída, e eu rezei para que ela não se virasse e me visse às suas costas.

— Agora! — gritou Denna.

Propeli meu braço adiante, mergulhando minha espada na luz brilhante que cercava Zhari. Como Denna previra, Zhari não havia se protegido de ataques físicos. A espada deslizou entre as costelas da mulher e saiu pelo peito, perpassando seu coração. Minha lâmina explodiu em luz e eu gritei, cambaleando para longe do corpo da mulher, que se desfez em poeira cintilante.

Deixei minha espada cair no piso do pátio, fazendo uma careta porque sabia que Alek não se importaria com o apito em meus ouvidos — ele ainda me daria uma bronca por largar a arma. Mas a reprimenda de Alek não veio conforme os últimos soldados de Sonnenborne eram expulsos e os usuários de magia baixavam sua guarda devagar.

Quando recuperei minha visão, corri para o lugar onde ele havia tombado. Evie estava ajoelhada ao lado de Alek, com as mãos no peito dele.

— Ele está… — Não consegui completar a pergunta.

— É tarde demais — disse Evie.

Denna se aproximou ao meu lado, lágrimas se avolumando em seus olhos.

— Ele não devia ter pulado na minha frente daquele jeito. Eu podia ter levantado um escudo.

Tristan se uniu ao círculo ao redor de Alek.

—Você não seria capaz de impedir Zhari. Ele salvou a sua vida.

Passei o braço em torno de Denna quando um soluço abalou seu corpo, meu próprio peito apertado de pesar. Alek parecera indômito, não alguém que poderia ser morto por um único golpe, mesmo que dado pelas mãos de uma semideusa. E a despeito de nossas diferenças e do quanto eu o havia odiado durante a maior parte de nosso tempo juntos, ele sempre estivera ali, era alguém com quem eu podia contar. Suas instruções, sempre dadas com rispidez e brusquidão, perseguiam-me pela sala de treinamento mesmo quando ele não estava lá. A expressão inabalável que nunca deixava seu rosto tinha se tornado tão familiar que, para mim, era tão reconfortante quanto irritante. Havia mais uma centena de coisas que eu esperara poder aprender com ele, e outra centena de respostas mal-educadas que sonhava em dar para estar à altura de seus comentários mordazes.

Eu me ajoelhei ao lado dele, ignorando o som de ferraduras se chocando com pedras conforme minha cavalaria se aproximava de nós.

Coloquei a mão no ombro dele e respirei fundo.

— Que nossas espadas sempre se encontrem do mesmo lado do campo de batalha.

— E que nossos escudos estejam sempre lado a lado — responderam os outros, baixinho.

Eu me levantei e me apoiei em Denna. Zumorda havia perdido seu maior guerreiro e eu havia perdido uma pessoa que nunca esperara que fosse se tornar um mentor — nem um amigo tão leal.

TRINTA

Os soldados de infantaria de Wymund inundaram a Corte Invernal pouco depois da morte de Zhari, escoltados por um dos pequenos grupos de cavalaria mynariana. O que eles encontraram foi uma porção de usuários de magia exaustos agrupados em torno do corpo de Alek e nenhum sinal de Zhari além do diadema que ela usara durante seu breve reinado como rainha de Sonnenborne. Eu estava ao lado de Mare, segurando a mão dela com firmeza. Ela conseguira recuperar um pouco da compostura. O baque viria depois, assim que ela tivesse algum tempo para processar tudo pelo que havíamos passado — especialmente a perda de Alek. Mantive o olhar fixo em Mare, permitindo que ela fosse minha âncora. Meus olhos se encheriam de lágrimas se eu os deixasse vagar pelo corpo de Alek. O preço que ele pagara por salvar a minha vida era alto demais e, embora eu soubesse que não havia como tê-lo impedido, a culpa por saber que ele dera sua vida em troca da minha me torturava. Quanto à Rainha Invasya, ela já havia subido aos céus e sobrevoava sua cidade retomada à procura de retardatários para matar, para que ninguém pensasse em retornar ao reino dela.

Uma representante da cavalaria e outro da infantaria nos abordaram assim que seu pessoal se organizou no pátio. A amazona se aproximou sentada em sua égua cinza com a elegância característica da maioria dos mynarianos com quem me deparara, enquanto, ao seu lado, o alto soldado de infantaria zumordana contava uma história que envolvia mais gesticulação do que eu imaginava possível para alguém que usava uma armadura relativamente pesada e carregava um machado de batalha. Havia uma desenvoltura surpreendente entre os dois combatentes, sem dúvida forjada na luta que havia ocorrido nas ruas de Kartasha.

— As ruas são nossas, Vossa Alteza — disse a amazona mynariana para Mare.

— A maioria delas é nossa — corrigiu o líder dos soldados de infantaria. — Meu pessoal ainda está expurgando da cidade os últimos inimigos. Será difícil garantir que sejam todos expulsos até o raiar do dia.

— Os aposentos de Zhari e a torre precisam ser vasculhados imediatamente — Mare disse a ele. — Vocês têm gente suficiente para mandar lá?

— Temos — respondeu ele. — Quando os refugiados terão permissão para voltar à Corte Invernal? Existe algum plano de repovoamento?

— Depois que confirmarmos que as pessoas podem voltar, precisamos garantir que elas retornem em segurança — destacou Mare. — Mais importante, porém, é que elas se sintam seguras quando estiverem aqui. Primeiro, vamos enviar soldados para fazer uma busca nas áreas com mais probabilidade de que Zhari tenha escondido algo desagradável. Separe-os em dois grupos e certifique-se de que ninguém vá a lugar nenhum sozinho.

— Vamos cuidar disso. — O líder dos soldados bateu continência. — Enviarei um grupo para vocês em breve.

— Quanto à cavalaria, por favor, mande alguns cavaleiros realizarem uma busca nas baias e garanta que os cavalos estejam alimentados. Só os Seis sabem por onde andam os servos dos estábulos nessa bagunça.

GELO & SOMBRAS

Ela voltou os olhos para o estábulo, e eu sabia que ela estava pensando em Flicker. Eu não tinha dúvidas de que ela iria lá conferir como ele estava assim que pudesse.

Meu peito se encheu de orgulho ao ver como Mare comandava os guerreiros com facilidade. Ela estava tomando decisões muito sábias, a despeito da tragédia que caíra sobre todos nós. Quem podia saber o que mais Zhari tinha à espreita na torre ou escondido em outro ponto da Corte Invernal? Não havia garantias de que ela estivesse agindo totalmente sozinha. Parte de mim se coçava para vasculhar os prédios com os soldados, embora eu não estivesse pronta para me separar de Mare. Eu estava curiosa para saber até onde ia a conspiração entre ela e o povo de Sonnenborne, e torcia para que algumas das evidências encontradas por eles ajudassem a explicar isso. O que eu queria saber mais do que tudo, porém, era sobre o sétimo deus. Parecia inconcebível que a religião na qual eu fora criada estivesse de alguma forma incompleta ou errada. Eu queria ir atrás da verdade.

Primeiro, contudo, queria ficar com Mare.

—Você se tornou tão forte — falei para ela, quando por fim todos estavam organizados e dedicando-se a suas tarefas.

— Devo isso a Alek — respondeu ela, com suavidade.

— Eu não quis dizer apenas que você aprendeu a usar a espada — comentei. — É mais do que isso. A posição de comando lhe cai bem.

E caía mesmo. Por mais cabeça quente que ela geralmente fosse, estar no controle a ajudava a se conter, dando-lhe a oportunidade de executar suas ideias em vez de explodir porque ninguém lhe dava ouvidos. Ela analisava as coisas a fundo e fazia mais perguntas.

— Eu não tenho ideia do que estou fazendo. — Ela olhou para o pátio, parecendo bastante cansada. — O que aprendi nas últimas duas luas… não parece ser o bastante.

— Sempre haverá mais coisas para aprender — falei. Isso era sempre verdade, e não importava a posição da pessoa nessa vida. — O importante é que você é o bastante.

427

— O que podemos fazer para ajudar? — indagou Evie. Tanto ela quanto Tristan pareciam exaustos.

— Nada — retrucou Mare. —Vocês dois foram brilhantes.

—Vá procurar sua família — falei baixinho para Evie.

Mare concordou.

—Vou com ela, se vocês não se incomodarem — disse Tristan.

Evie segurou a mão dele e lhe deu um sorriso cansado que trouxe um rubor às bochechas do garoto.

—Vemos vocês mais tarde — despediu-se Evie.

Nós quatro dissemos tchau temporariamente e então, de mãos dadas, Mare e eu caminhamos em direção à muralha da corte. Subimos as escadas estreitas até o mirante no grande muro e fomos recompensadas com uma vista da cidade.

Do lado de fora da corte, diretamente abaixo de onde estávamos, soldados e cavaleiros tinham amarrado alguns guerreiros de Sonnenborne, e Kerrick e Harian guiavam os soldados que os levariam até as celas, onde depois poderíamos lidar com eles. Tochas e luzes dos magos cintilavam fornecendo um mapa das ruas enquanto as pessoas saíam em ondas de seus esconderijos. Ouvi o rugido distante da multidão celebrando, jubilosa pela reconquista de sua cidade.

Entretanto, por mais que o dia tivesse sido um sucesso, uma voz rastejava em minha cabeça, avisando que aquilo ainda não tinha terminado.

"Precisamos conversar", cochichou a voz familiar. "Encontre-me na biblioteca."

—Tem uma coisa que preciso resolver — falei para Mare, apertando sua mão. — Vejo você nos estábulos daqui a vinte minutos, pode ser?

— Perfeito — concordou ela. — Estou vendo Wymund lá embaixo… é melhor eu ir conversar com ele sobre os planos de repovoamento.

Com relutância, eu me separei dela ao pé da muralha e atravessei o pátio movimentado para entrar na biblioteca gelada.

A Rainha Invasya chegou sozinha, em sua forma humana e vestida de branco, como sempre.

GELO & SOMBRAS

"Olá, passarinha", disse ela, contornando meus escudos mentais.

— Saia da minha cabeça.

Eu me levantei da cadeira onde esperava por ela. Os dias de me referir a ela como "Vossa Majestade" tinham terminado. Eu era eu mesma de novo, com minha própria força, e ela não podia tirar isso de mim.

— Não posso — disse ela, aproximando-se. — Eu vou para onde você for. Se eu quiser ser ouvida, você vai me ouvir.

— Isso não quer dizer que eu tenho que obedecer — falei. Eu precisava acreditar nisso, pelo bem da minha sanidade.

— Não, mas seria bom se você cogitasse obedecer — apontou ela, como se eu fosse uma tola se não obedecesse aos comandos dela. — A ameaça de Sonnenborne pode não ter sido neutralizada por completo. Duas usuárias poderosas de magia são melhores do que uma só em batalha, e só posso me colocar em perigo até certo ponto.

— Maravilha! Eu sempre quis me sacrificar pelo reino de outra pessoa. — Minha voz transbordava de sarcasmo. Com uma pontada, percebi que eu soava como Mare.

— Não é apenas Zumorda. Você sabe que, se Sonnenborne prosseguisse com a invasão, seria somente uma questão de tempo até penetrarem em Mynaria e Havemont.

A voz dela era persuasiva. Como ela podia estar tão calma depois de tudo o que tinha acontecido?

— Não estou dizendo que sou a favor de Sonnenborne assumir o controle — falei. — Mas sabe o que seria legal? Seria legal se, de vez em quando, alguém pedisse minha ajuda, em vez de dá-la como certa. Desde que eu era pequena, minha vida foi traçada para mim. Estudar, treinar, praticar, depois ir para Mynaria me casar com Thandilimon e me tornar uma rainha. Assim que me casasse, eu produziria herdeiros e cuidaria do castelo. Eu consegui escapar dessa armadilha. Mas então o que acontece? Sou arrastada para o jogo político de outra monarca que me vê do mesmo jeito: como uma peça de xadrez. Como alguém a ser usada. Como alguém descartável.

429

Eu parecia acreditar mais nessas palavras conforme as dizia, e uma raiva que eu não sabia haver dentro de mim me dominou, abrasadora.

—Você está reluzindo — comentou a rainha.

Ela tinha razão. Partículas de luz dançavam ao meu redor. Eu as puxei para meus escudos. Desperdiçar energia não seria correto neste momento, não quando eu estava tão exausta.

— Eu não a vejo como descartável — afirmou a rainha. — Familiares significam uma fraqueza para uma monarca zumordana, por isso nunca procurei meus descendentes. Mas observei e esperei, caso um dom como o meu surgisse em algum ponto da família. E foi o que aconteceu. Em você.

— Isso não quer dizer nada — falei.

Ela não se importara com nenhum de nós até meu dom se revelar. Aquilo, mais do que qualquer outra coisa, mostrava com o que ela se importava de verdade.

—Você se dá conta de quão raro é ter o tipo de dom que você possui? O mais forte dos guardiões que eu já treinei estaria estatelado no chão depois do dia que você teve.

— Elogios não significam nada para mim quando querem dizer que eu machuquei pessoas — argumentei.

—Talvez, mas espero que você ao menos cogite me ajudar, passarinha. Precisamos de você mais do que consegue imaginar. Não apenas Zumorda, mas todos os Reinos do Norte. E até que você concorde, irei aonde você for. Estarei com você e me importarei com você até o dia em que uma de nós duas morrer.

— Ou você poderia me deixar em paz — sugeri.

— Quando suas aventuras tiverem terminado, sua amiga retornar para Mynaria e o tédio inevitável tomar conta de você, quando estiver se coçando para fazer algo útil outra vez, você me procurará. E, juntas, faremos mais do que você jamais imaginou.

Ela se virou e foi embora antes que eu pudesse responder, sendo imediatamente engolida por Guardarinhos e cortesões assim que botou os pés fora da biblioteca. Tudo que me importava era voltar para Mare. A rainha não podia ditar minha vida. Eu encontraria um jeito de remover a voz dela da minha mente. Eu me lembraria, todos os dias, que as palavras dela eram uma ameaça, não uma promessa.

Fiquei escovando Flicker em sua baia enquanto esperava por Mare, absorta no movimento circular da rascadeira, tão familiar, e no som constante de feno sendo mastigado. Os estábulos estavam silenciosos quando Mare chegou: os cavaleiros tinham completado a vistoria, e todos os cavalos estavam alimentados, com água disponível e cobertos por mantas. Sendo sincera, os mynarianos não tiveram muito que fazer. A única coisa boa que podia ser dita sobre os guerreiros de Sonnenborne que subjugaram Kartasha era que cuidavam bem de cavalos.

— Bem, eis aí uma visão para aquecer meu coração gelado — disse Mare, juntando-se a mim na baia de Flicker.

Sorri junto a seu peito quando ela me envolveu em seus braços.

— E agora? — perguntei.

— Os soldados de Wymund vão ajudar a escoltar os refugiados de volta à cidade durante os próximos dias — disse ela, afastando-se do abraço mas mantendo um braço ao meu redor enquanto estendia a mão para afagar o pescoço de Flicker.

— É uma notícia excelente — comentei. — E depois disso?

— Bem, eu tenho que contar a Thandi o que aconteceu e lhe dar a boa notícia de que temos ajuda a postos para retomar Porto Zephyr.

Ela apanhou uma escova macia da bolsa com itens de manutenção e a deslizou sobre a pelagem de Flicker. Ele suspirou, como que comovido com toda aquela atenção.

— Temos, é? — perguntei. A rainha não me dissera nada disso.

Mare sorriu, maliciosa.

— Mesmo que a rainha se recuse a nos dar uma ajuda formal, Wymund me prometeu um contingente de seus soldados de infantaria. Acho que metade deles está encantada pela ideia de umas férias em Mynaria, mesmo que envolvam um pouco de derramamento de sangue no início. Eles ficam terrivelmente entediados em Duvey durante o inverno sem nada para fazer além de treinamentos e recapeamento de estradas.

— Que notícia incrível — falei, concordando apenas em parte com minhas próprias palavras. Claro que eu queria que Porto Zephyr fosse retomado o mais rápido possível, mas havia outro problema. — Isso quer dizer que você vai voltar para Mynaria? — Eu tinha minhas preocupações quanto a voltar para lá, mesmo com meus poderes sob controle. A maioria das pessoas ainda me consideraria uma herege, uma ameaça, ou as duas coisas, sem mencionar que o reino todo, inclusive o homem com quem eu deveria me casar, pensava que eu estava morta.

— Talvez — disse ela, largando a escova de volta na bolsa e se virando para mim. — Mas preciso conversar com Thandi primeiro. Suponho que eu deva me certificar de que ele concordará com o plano que eu e Wymund criarmos.

Ela revirou os olhos. Mais hesitante, perguntou:

— Quais são os seus planos?

Abri a boca e então me dei conta de que não tinha nada a dizer.

— Não sei — admiti.

Ela sorriu.

— Para tudo existe uma primeira vez.

Chacoalhei a cabeça, aturdida.

— Eu sempre soube o que vinha pela frente.

— Bom. — Ela pegou minhas mãos. — Existe uma parte do seu futuro que poderia estar garantida, se for o que você quiser.

— Qual parte?

Dei um passo mais para perto dela, de modo que nossos corpos quase se tocassem.

— Esta.

Ela se inclinou para me beijar. Quando nossos lábios se tocaram, deixei que os meus se demorassem, sentindo o gosto de sal e tristeza, mas também a alegria de estar perto dela outra vez. Agora que estávamos juntas, nós duas finalmente estávamos em casa.

TRINTA E UM

Amaranthine

De manhã, o sangue nas ruas de Kartasha estava coberto por uma manta de neve fresquinha. Parecia tão mais inofensivo agora, mas eu sabia da escuridão espreitando abaixo de tudo.

Denna ainda dormia pesadamente, e hesitei em acordá-la. Dei-lhe um beijo na testa, prendi a espada na cintura e saí do quarto. Conforme descia as escadas em direção ao pátio, as pessoas se comportavam com uma deferência estranha em relação a mim. Isso me deixou desconfortável, até eu me dar conta de que era apenas o jeito delas de demonstrar gratidão e respeito. Era por causa de nossa equipe de combatentes e usuários de magia que essas pessoas estavam de volta à sua cidade e às suas vidas. Tentei cumprimentar cada uma delas, ao menos até começar a pensar que minha cabeça ia cair de tanto assentir.

A essa hora da manhã, ainda havia pouquíssimas pessoas circulando, exceto aquelas que começaram a retirar a neve cedo. Como eu esperava, a neve no beco de Hornblatt era como um lençol branco intocado. Evitei as pilhas que se escondiam debaixo dela, sem saber se eram sacos de lixo ou algo pior.

Bati à porta dele, sorrindo quando ouvi o conhecido praguejar incessante vindo do interior.

— O que raios... ah, é você.

Hornblatt abriu a porta e me deu passagem. Entrei nas ruínas, com cuidado para não tropeçar em nada, até que Jingles se enrolou ao redor dos meus tornozelos, num esforço extra para garantir que eu desse de cara com o chão.

— Suponho que queira falar com alguém — disse Hornblatt.

— Meu irmão — esclareci.

Ele estendeu a mão e eu pressionei o selo de meu irmão na palma dele, torcendo para que isso fosse o bastante.

—Você me trouxe hidromel?

—Trouxe minha gratidão eterna — falei. — Pelo menos, por hoje.

Ele resmungou e empurrou uma de suas pilhas caóticas de papéis para fora da escrivaninha em sua salinha. O espelho estava debaixo dela, com uma crosta verde. Hornblatt resmungou, depois cuspiu no espelho e limpou a sujeira com a manga da camisa, enquanto eu assistia levemente horrorizada. Depois de um encantamento breve, ele me entregou o espelho. Olhei fixamente para ele e esperei meu irmão aparecer, torcendo para que não fosse cedo a ponto de ele ainda estar tomando banho ou em algum outro cenário horrível do qual eu não queria fazer parte.

— Thandi? — perguntei, esperando que ele pudesse me ouvir, embora a imagem ainda não estivesse clara.

O cabelo loiro dele entrou em foco primeiro, seguido por seus olhos azuis e uma expressão assustada.

— Mare? — Ele espremeu os olhos para mim, incrédulo. — O que você está fazendo no balde d'água do meu cavalo?

Suspirei. Hornblatt precisava se empenhar mais na sua escolha de receptáculos.

— Dê-se por contente que não é um penico — falei.

— Nojento. — Thandi sorriu. — Suponho que seja você, e suponho que isso seja alguma magia zumordana bizarra que devo aceitar como coisa cotidiana.

Hornblatt bufou, indignado, do outro lado da mesa.

GELO & SOMBRAS

— Recuperamos Kartasha dos invasores de Sonnenborne — falei. — Os zumordanos nos ajudarão a reconquistar Porto Zephyr da mesma forma, mediante uma ordem sua. Além da cavalaria, eu também tenho uma companhia de soldados de infantaria à minha disposição.

Thandi me encarou como se estivesse me vendo pela primeira vez.

— Você está comandando um exército?

— Tipo isso. — Sorri.

— Os havemontianos ficarão muito contentes em ouvir isso — disse Thandi. — Acho que estavam começando a duvidar da nossa força.

Ergui uma sobrancelha.

— Você ainda está tentando impressioná-los?

Ele abaixou a cabeça, e seu pescoço se ruborizou.

— Bem, pelo menos Alisendi — admitiu.

— Eu riria, mas estou cansada demais.

Sorri. A verdade era que, seja lá o que isso significasse para nossos reinos, eu estava contente por ele ter encontrado o amor de outra pessoa. Ele nunca amara Denna como eu amo, mas merecia alguém que o inundasse de luz como ela faz comigo.

— Mas falando em Havemont, tem algo muito importante que eu preciso contar sobre a batalha e como nós a vencemos.

— Alguma chance de realocarmos essa conversa para outro lugar que não a baia do meu cavalo? — perguntou ele. — Pareço um maluco falando com a água do balde.

Olhei para Hornblatt, que balançou a cabeça em negação, azedo.

— Temo que não — falei. — Mas só para que fique ciente… — Respirei fundo, sentindo-me abalada e insegura. Eu tinha que lhe contar a verdade, mas não sabia como. — Existem alguns fatos que preciso esclarecer sobre o que aconteceu quando Kriantz me sequestrou.

O rosto de Thandi se retorceu de culpa.

— Prefiro não falar sobre aquela noite — disse.

Minha própria culpa dobrou de tamanho.

437

— Eu sei, mas é necessário — continuei, baixinho. — É sobre Denna.

— Nada que eu faça pode compensar a realidade de perdê-la — comentou ele. — Não espero que você me perdoe. Eu jamais vou me perdoar.

Havia chegado a hora da verdade.

— Mas Denna ainda está viva — admiti. — Ela não morreu com a chuva de estrelas.

— O quê?

Thandi parecia ter levado um coice na cabeça.

— Será que pode acelerar essa confissão? — interrompeu Hornblatt. — Alguns de nós têm outras coisas para fazer. Ou beber.

Lancei um olhar maldoso para ele.

— Quem é esse? — perguntou Thandi.

— Um amigo, mais ou menos — falei, e Hornblatt pareceu muito contente, apesar de tudo.

— Então Denna… está viva?

A esperança vacilando no rosto de Thandi era quase demais para eu suportar.

Assenti.

— Ela fez parte da equipe que ajudou a reconquistar Kartasha. Estava aqui aprendendo a controlar sua magia e a utilizá-la para ajudar a todos. Desculpe por não termos lhe contado antes. Ela temia ser perseguida em Mynaria e precisava desesperadamente de treinamento para seu dom.

Thandi me encarou, depois olhou para cima por alguns momentos, respirou fundo e finalmente voltou a encontrar meu olhar no espelho.

— Não sei o que dizer — concluiu, por fim.

— Só isso? — falei, incrédula.

— Não faz muito tempo que me habituei a pensar que ela estava morta, e agora você está me dizendo que isso não é verdade. É muita coisa para digerir, Mare.

— Justo — falei.

GELO & SOMBRAS

Resisti a acrescentar um comentário maldoso sobre como qualquer luto que ele tivesse carregado pela "morte" de Denna provavelmente havia sido mais tranquilo do que tudo pelo que Denna e eu havíamos passado nas últimas luas.

— De qualquer forma, parece que ela teve sucesso em fazer o bem — apontou ele. — Fico feliz por ela ter encontrado um caminho que faça uso de todos os seus talentos. É o que a família dela teria desejado. É o que eu teria desejado para ela, se fosse um homem mais sábio quando nos conhecemos.

Talvez meu irmão não fosse o único com dificuldade de reconhecer alguém nessa conversa. Eu mal reconhecia meu irmão, mas gostava da pessoa que começava a descobrir.

— Acho que ela apreciaria saber disso — falei.

— De qualquer forma, por favor, diga-lhe que ela está livre, caso isso seja algo que ainda a preocupa. Alisendi e eu elaboramos novos termos para a aliança, que não envolvem casamento, mas ainda assim são produtivos para ambos os reinos. E espero fazer um acordo com Zumorda também.

— Pode demorar um pouco — falei. — A rainha ainda é uma pessoa difícil de convencer. Qualquer coisa que possa ser uma ameaça para sua autonomia não é bem recebida. Eu tenho tanto para lhe contar!

— Mare?

— Sim?

— Depois de Porto Zephyr, promete que vem para casa? — pediu ele.

Senti um nó na garganta. Eu jamais pensara que meu irmão fosse me querer por perto. Sempre presumira que, assim como meu pai, ele desejaria me enviar para longe em casamento, assim que pudesse encontrar alguém tolo o bastante para me aceitar.

— Seus conselhos viriam a calhar de tempos em tempos, sabe? — declarou.

Assenti, emocionada.

— Sei. Vou, sim, claro.

439

Hornblatt fingiu cortar a garganta com o dedo do outro lado da mesa. Ele estava começando a ficar meio acinzentado.

—Tenho que ir por ora, mas vou lhe enviar um pombo de Porto Zephyr, se você concordar — falei.

— Meu direito de comandar está transferido para você, e cuidarei para que a papelada chegue para a força auxiliar de lá — disse Thandi.

— Argh, papelada! — exclamei. Essa era a única coisa de que não sentia falta de Mynaria. — Não posso só pedir para Denna botar fogo em tudo?

— Não. — Ele sorriu. — Tome cuidado, e que os Seis a abençoem.

— O protocolo subiu à sua cabeça — comentei. — Mas tome cuidado também.

O espelho ficou nublado e, em seguida, escureceu.

— Agora, cai fora da minha casa — disse Hornblatt. — Preciso alimentar Jingles.

Ele se levantou e me enxotou na direção da porta.

— Não precisa me acompanhar — avisei, abrindo caminho pelo corredor desastroso até a porta de entrada. — Obrigada pela sua ajuda, Tum. Você ajudou a salvar sua cidade, sabe? E tenho certeza que Jingles está feliz por você ter voltado para casa.

Fiz carinho na gatinha cinza e ela soltou um miado feliz, batendo o corpinho minúsculo contra meus tornozelos.

— Ajudei mesmo, não foi? — disse Hornblatt, parecendo contente e ainda um pouco confuso.

Eu ri e saí para a rua, seguindo o caminho de volta para a Corte Invernal. O ar tinha um cheiro pesado e metálico que, como aprendera a reconhecer, significava que provavelmente nevaria outra vez. Puxei minha capa mais para junto dos ombros e caminhei o mais depressa possível para me manter aquecida. Quando cheguei nos meus aposentos, agora na Corte Invernal, muito mais elegantes do que aqueles que tivera na ala dos mercadores, Denna esperava por mim.

— Como foi? — perguntou ela.

— Temos uma aventura a planejar e uma tarefa difícil pela frente.

GELO & SOMBRAS

Ela sorriu.

— Então é melhor vir se sentar comigo. Discutir estratégias requer chocolate quente.

Eu me juntei a ela no sofá fofinho defronte das janelas e estendi a mão para pegar a caneca que ela estava prestes a me entregar.

— Espere, ele esfriou um pouco — avisou ela, aninhando o chocolate quente nas mãos.

Ela fechou os olhos, murmurou algo que soou como uma prece e só então me passou a caneca. A xícara de porcelana estava quase quente demais para segurar, e fui obrigada a transferi-la de uma mão para a outra para não me queimar.

— Tentando escaldar minha língua para me calar? — provoquei.

— Imagine! — Ela se fingiu de ofendida.

— Bem, se eu não posso usar a boca para tomar esse chocolate, suponho que terei que encontrar outro uso para ela nesse meio-tempo...

Coloquei a caneca na mesa e, em seguida, inclinei-me e beijei a lateral do pescoço de Denna daquele jeito suave que eu sabia que a arrepiava até o ombro. Ela se virou para mim e seus lábios encontraram os meus, impossivelmente macios e meigos. Cada vez que nos tocávamos, eu voltava a sentir que aquilo era um milagre. E agora, mais do que nunca, estava agradecida por ela ter me escolhido e por eu a ter escolhido.

Aconcheguei-me ao lado dela e fitei pela janela as copas das árvores e os vales abaixo de nós, estranhamente contente apesar dos desafios que estariam à nossa espera. Nossa vida juntas jamais seria como eu havia fantasiado, porque a perfeição não era sustentável. Sempre haveria novos obstáculos a superar, novas dificuldades a enfrentar, e mudanças pelas quais Denna e eu passaríamos ao longo do tempo. Contudo, mesmo que uma vida perfeita não fosse possível, existiriam pequenos momentos de perfeição. Aninhada junto dela e olhando para as montanhas com chocolate quente em minhas mãos e a garota que eu amava a meu lado... não haveria momento mais perfeito do que esse.

Flocos de neve começaram a cair, borrando o mundo exterior de branco, então me voltei para beijar outra vez a garota que eu amava, sabendo que, aonde quer que o futuro nos levasse, iríamos para lá juntas.

AGRADECIMENTOS

Gelo e Sombras não estaria aqui sem os leitores apaixonados que amaram *Fogo e Estrelas*. São vocês que tornaram possível que eu continuasse a história de Denna e Mare. Minha agente, Alexandra Machinist, e minha editora, Kristin Rens, também merecem um poço sem fundo de agradecimentos por sua fé em minha escrita – eu não poderia ter dois pilares melhores para a minha carreira.

Kristin, muito obrigada por mover montanhas para mim durante a escrita e a publicação deste livro. Para mim, cada livro tem sido mais difícil do que o anterior, mas sua dedicação e sua assistência sempre me ajudaram a atravessar as tormentas. Cada um de seus autores é infinitamente sortudo por contar com você. Outros integrantes da equipe Balzer + Bray e dos profissionais autônomos brilhantes contratados por eles também merecem seu devido agradecimento: a designer Michelle Taormina e o artista Jacob Eisinger por outra capa incrível; Audrey Diestelkamp e Mitch Thorpe pelo apoio no marketing e na publicidade; e Renée Cafiero e Valerie Shea por seu heroísmo na revisão (também conhecida como "evitar que eu rotineiramente pareça uma idiota").

Meus amigos e leitores críticos merecem minha gratidão, como sempre, mas especialmente Rebecca Leach, Helen Wiley, Kali Wallace e Paula Garner. Todas vocês me ajudaram com manuscritos indizivelmente ruins deste livro. Rebecca, com você particularmente tenho uma dívida que espero ser capaz de pagar um dia – obrigada por Aster, Brynan e por me salvar de me afogar. Menções honrosas vão também para Ben Chiles, Gretchen Flicker, Doug Twisselmann, Adriana Mather, Gretchen Schreiber, Elizabeth Briggs, Rachel Searles, Jessica Love e Kathryn Rose. E sejam bem-vindos ao mundo, bebês Haxtun, Theodore e Erin!

No dia a dia, Katie Stout, Elisha Walker, Allison Saft, Kia Christian e Delia Davila merecem minha gratidão infinita por garantir que eu mantenha fiapos de sanidade a despeito de desempenhar dois trabalhos bem difíceis.

Charlie – obrigada por ser um carinha forte e saudável durante a escrita deste livro. Você estava bem ali, do meu lado, durante os dias exaustivos e noites insones, mas nem uma vez fez com que eu me preocupasse com sua saúde ou bem-estar. E agora que está aqui, você me delicia todos os dias com seus sorrisos e o jeito engraçado com que dorme.

Por último, eu estaria totalmente perdida sem minha esposa, Casi Clarkson. Sobreviver a um emprego de tempo integral, a uma gravidez e à escrita de um livro, tudo ao longo de um ano, teria sido absolutamente impossível sem o seu apoio. Casi, você é a esposa mais gentil e engraçada do mundo, e sou muito grata por ter você. Nada do meu sucesso teria sido possível sem você, e é uma alegria enorme tê-la como minha parceira na vida e na maternidade. Feliz aniversário de dez anos para nós. Eu te amo.

SOBRE A AUTORA

AUDREY COULTHURST escreve livros de literatura YA que tendem a envolver magia, cavalos e beijos nas pessoas erradas. Quando não está sonhando com novas histórias, ela geralmente pode ser encontrada pintando, cantando ou montada num cavalo. Audrey tem mestrado em escrita pela Portland State University. Ela mora em Santa Monica, na Califórnia. Ela também é a autora de *Fogo e Estrelas* e de *Inkmistress*. Você pode encontrá-la on-line em www.audreycoulthurst.com (EM INGLÊS).